BABEL NOIR

sous la direction de Nelly Bernard

POINTE ROUGE

DU MÊME AUTEUR

Fétide. Le noir dans la truffe, Autres temps, 2006.
Alger la Noire, Actes Sud, 2006.
Ça va bien, Autres temps, prix de la Nouvelle noire au Festival du polar "Noir dans le blanc", 2005.
Le Carnaval des gueux, HC, "Hors noir", 2001.
Rue Oberkampf, HC, "Hors noir", 2000.
Une rude journée, Contre Plan, 1999.

Drames de l'adolescence, familles en séance, récits cliniques, ESF, "La Vie de l'enfant", 1996.

ISBN 978-2-7427-7026-7

Photographie de couverture :
D. R.

MAURICE ATTIA

POINTE ROUGE

roman

BABEL NOIR

Remerciements à : Claude André, Anne-Sophie Attia, Henri Attia, Nelly Bernard, Gilles Del Pappas, Emmanuèle Gaulier, Maryvonne Guillen, Bernard Martinez, François Missen, Marcel Morin, Charline Pléau, André Protche, Christian Régis, Raymond Seckel, Sylvie Valignat, Alain Zillhardt.

A Arlette, au-delà, à Gérard, Tigran et Jeanne, ici-bas,
A Francesco et son Cuba, à Serge et sa martingale,
A Maryvonne et son Albert,
A Mathilde et notre Hugo.

COMA

Samedi 20 janvier 1968

Je vais peut-être bientôt mourir. Ou pire, jusqu'à ma fin, dormir.

Roulé comme un bleu, je me retrouve dans une chambre, blanche comme un suaire, d'un flou cotonneux, que je distingue vaguement entre deux phases de coma.

Depuis quinze jours à hésiter entre vie et mort, éveil et inconscience, y voir clair ou fermer les yeux sur mon avenir.

Par intermittence, j'aperçois Irène… Ou bien je l'hallucine pour m'encourager à demeurer parmi les vivants. Qui l'aurait avertie de mon état ? La veuve Choukroun ? Son fils ? Khoupiguian ? Un journal orléanais ? Qu'importe. Ça me rassure de l'imaginer à mes côtés dans ces instants qui sont, peut-être, les derniers, me convaincre de me battre contre la mort. Comment sait-on qu'on vit ses derniers instants ?

J'ai froid, mais pas faim, soif, mais pas sommeil. Même dans le coma, je n'ai pas sommeil. Je n'en veux pas de cette absence au monde et je rêve de finir mon enquête. Une enquête de cauchemar. Mon cerveau semble plus réticent, comme s'il avait assez donné de son temps, de son énergie, comme s'il avait besoin d'une pause. Comme si le coma reposait ce corps que j'avais malmené ces dernières semaines, le nourrissant mal, le couchant peu, l'entretenant avec parcimonie. Vivre ou enquêter, il fallait choisir.

J'ai choisi et payé le prix fort, quatre balles dans la peau, une, à l'épaule, pour la forme, deux, à l'abdomen, pour m'arrêter, une, près du cœur, pour me tuer.

Je me souviens de la violence des impacts dans le ventre et des jambes qui lâchent, vidées de leurs os.

Je me souviens de Khoupiguian, en larmes, qui me dit : "Paco ! Si tu meurs, je te casse la gueule !" Et puis… Plus rien.

Mais je me souviens de tout, avant…

Première partie

PACO, ENTRE-DEUX

Quand j'ai rouvert les yeux, tout
était sombre dans la chambre,
J'entendais quelque part comme
une sonnerie…

CLAUDE NOUGARO,
A bout de souffle.

I

SAINT-JEAN-DU-DÉSERT

Jeudi 29 décembre 1967

“Une mort suspecte à la cité Saint-Jean-du-Désert ?… On arrive…” J'ai raccroché et demandé :

— C'est où ?

— Paco ! m'a interpellé d'un air moqueur Khoupiguian, il s'agit d'une cité universitaire à deux pas de chez toi.

— Tu sais bien que les émigrés ne connaissent jamais bien leur terre d'exil.

Pied-noir, j'étais arrivé dans cette ville à la fin du printemps 1962. Cinq ans plus tard, j'avais encore du mal avec le nom des rues, des quartiers, des gens. Je n'étais pas chez moi. Ni invité, ni touriste, ni rien. Un exilé sans espoir de retour. Même pas une grotte comme saint Jean pour me réfugier dans la solitude, seulement quelques salles obscures pour oublier mon présent. Un ami et collègue, Khoupiguian, une vieille maîtresse, encore jeune, Irène, une veuve et son fils en parrainage, ce qu'il restait de la famille de Choukroun, mon compère, mort, assassiné par l'OAS en Algérie. Des centaines de milliers d'inconnus et quelques truands connus. Pour le reste, un vaste désert.

Cette ville, dès les premiers instants, m'était apparue hostile et inhospitalière. Le contexte de mon arrivée, le rapatriement d'un million d'âmes en métropole, avait imprégné durablement mes rétines.

Arriver isolément dans une terre inconnue permettait de se fondre dans le paysage ; débarquer en masse, au contraire, avait induit, chez les Marseillais, la crainte d'une invasion, chez les pieds-noirs, la menace d'une répulsion.

D'autant que tout, dans cette cité, avait un effet miroir désastreux : la même mer, sans la baie ; la même Notre-Dame, sans l'Afrique ; l'équivalent de notre Bassetta*, nommé le Panier, aussi populaire, mais plus malfamé ; une casbah, porte d'Aix, sans la beauté ; le même bleu du ciel, un autre vent, plus violent ; la même langue, un autre accent. La liste en défaveur de la cité phocéenne n'en finissait plus. Parfois je me demandais si je n'avais pas été plus heureux dans l'Alger en guerre que dans la Marseille en paix. Je n'aimais pas cette ville et elle me le rendait bien…

Entre boulevard Chave et rue Saint-Pierre, Saint-Jean-du-Désert était une cité universitaire pour couples et familles, gérée par la MNEF, une mutuelle

* Quartier populaire d'Alger.

étudiante. On venait d'y découvrir le cadavre d'un célibataire. Tombé du balcon.

Khoupi a conduit puisque lui connaissait la ville comme Lucrèce, son poète préféré. Nous étions curieux d'enquêter en milieu étudiant. Ça nous changerait des habituelles querelles d'ivrognes ou de prostituées, et des règlements de comptes de la pègre. Enfin un univers exotique, pensait-on.

Malgré la douceur de l'hiver, nous avons eu droit à un accueil glacé. En cette fin d'année 1967, les étudiants n'appréciaient pas trop la police. Pas plus que les Américains, nous disaient les murs de l'édifice, bombés de slogans anti-US.

Au milieu de la cour intérieure gisait le corps de la victime recouvert d'une mauvaise couverture, protégé du regard des curieux par deux policiers en uniforme. Aux balcons de la cité, des dizaines d'hommes et de femmes jeunes observaient notre arrivée tels les spectateurs, pouces baissés, d'un combat de gladiateurs dont ne subsistait que le cadavre du vaincu.

J'avais l'intuition, partagée par mon collègue, que la victime était connue et peu appréciée par le voisinage. “Enquête en milieu hostile”, j'ai marmonné puis demandé à un des deux flics :

— Qui a mis la couverture ?

— Elle y était quand nous sommes arrivés. Personne n'a rien vu. Les étudiants c'est comme les Corses, motus et bouche cousue…

— Qui vous a appelés ?

— Coup de fil anonyme d'une cabine.

— Comment le savez-vous ?

— Le bruit de la circulation sur Sakakini, pendant l'appel…
— Homme ou femme ?
— Femme.
— Qu'a-t-elle dit ?
— Qu'il y avait un cadavre dans la cour…
— Elle n'a pas parlé de suicide ?
— Non. Juste la voix qui tremblait un peu…

Nous avons levé la tête, cherchant, dans les regards de femmes, un signe qui l'identifierait. Les silhouettes se sont retirées hors de vue comme si la représentation était terminée.

Substitut, médecin légiste et gars du labo sont arrivés. Ces derniers se sont emparés de la couverture avec des gants et l'ont glissée dans un sac, dévoilant un corps désarticulé, le crâne éclaté : un type brun, d'une trentaine d'années, en blouson noir clouté, pantalon de toile et bottes. Une pâle copie de Dick Rivers victime de ses Chats sauvages. Mais pas l'allure d'un étudiant. Un intrus, tué dans un univers qui n'était pas le sien.

En fumeur invétéré, j'ai allumé une maïs, en onychophage confirmé, Khoupi a attaqué d'une dent vorace l'ongle de son index droit.

La victime avait dans les poches de son blouson un poing américain, des clés, un bout de haschich dans un emballage plastique, un portefeuille contenant mille balles en billets de cent et une carte d'identité, tachée par un liquide non identifié.

Il avait vingt-six ans et s'appelait Ernest Vespucci.

J'ai ironisé : "Il cherchait l'Amérique et il a trouvé la mort..." sans que personne comprît mon jeu de mots douteux.

Khoupi a noté l'adresse du défunt sur son carnet : campagne Larousse, bâtiment B2, le Canet, Marseille.

— Où est-ce ? j'ai demandé, une fois de plus.

— Banlieue nord... Un ensemble HLM. On commence par quoi ?

— Les étudiants. Personne n'entre ni ne sort.

Et on a fait la tournée des apparts. Convaincus, par avance, que la coopération n'allait pas être évidente. Pourtant les mystères sur le saut de l'ange se sont assez vite éclaircis grâce aux gars de la balistique, appelés à la rescousse ; ils ont trouvé sans peine, à partir de la chute du corps, les quelques appartements d'où le bonhomme avait pu être balancé.

Le troisième gauche du bâtiment central était le bon. Vide. Le type qui y habitait avait disparu. Une fuite qui signait l'aveu.

C'était un petit deux-pièces, bien entretenu, sans disques, sans ouvrages d'étude ou romanesques, sans rien qui pût évoquer le moindre labeur estudiantin. Quelques numéros de *L'Equipe*, une tenue de rugby sale dans le panier à linge. Et des fiches de paie de serrurier ! Que faisait un serrurier, joueur de rugby, dans une cité universitaire ?

— Robert Sénigalia… Il faudra vérifier s'il est fiché…, dit pour lui-même Khoupiguian.

— Surprise !

Je venais de découvrir, dans l'armoire de la chambre, une littérature inhabituelle pour un serrurier, une partie des écrits de Léon Trotski !

— Ecoute : *La Révolution permanente*, *Terrorisme et communisme*, *Bolchevisme contre stalinisme*, *La Révolution trahie*, *Où va la France ?*, *Comment vaincre le fascisme* et *Ma vie*.

— On voulait de l'exotisme, on est servi, a commenté Khoupi.

Et on a interrogé les résidents. Un à un, étage par étage, séparément pour aller plus vite. Pendant trois heures.

*

Dans l'appartement mitoyen vivait un couple de jeunes mariés. Un beau couple, bien comme il faut. M. et Mme Galtier. Lui, Philippe, vingt-deux ans, étudiant en troisième année de médecine à la Timone, la faculté de médecine toute proche, elle, Chantal, vingt-deux ans, étudiante en troisième année de pharmacie à la Timone, la faculté de pharmacie toute proche. Nano et Nanette. Comme le mobilier standard de bois clair, identique dans tous les logements de la cité, ils se ressemblaient en tout, hormis les cheveux courts, bouclés et blonds de l'un, la toison longue, noire et raide de l'autre. Même taille, même regard mi-benêt, mi-terrifié par l'interrogatoire policier.

Chantal a rapidement lâché le morceau, d'une voix chevrotante, mangeant les mots qu'elle débitait en salves, comme si elle avouait un meurtre avec préméditation :

— Nous ne connaissons pas la victime. Quant à Sénigalia, il était notre voisin depuis peu de temps. Il sous-louait à un couple…

— Leur nom ?

— Lui s'appelait Ferraro, je crois, mais plus connu sous le surnom de Pips…

— S'appelait ?

— Il est mort pendant un voyage à l'étranger…

— Et sa femme ?

— Ils n'étaient pas mariés. Elle se prénomme Eva, mais certains l'appellent la Fourmi à cause de son physique… Menu.

— Etudiants en quoi ?

— Eva, en histoire…

— Et Pips, que faisait-il ?

— Petites combines…

— Mais encore ?

— Trafic de voitures d'occasion, dit-on…

— Où habite-t-elle ?

— Aucune idée. Nous nous connaissions de vue, sans plus.

— Personne n'est intervenu pour secourir la victime ?

— …

— Non-assistance à personne en danger, ça peut aller loin…

— Jean-Louis est descendu pour constater le décès…

— Qui est ce Jean-Louis ?

— Jean-Louis Minier. Un médecin du travail.

— Mais vous ne le trouverez pas chez lui, il est parti au travail, juste après, a ajouté en souriant Philippe, manifestement content d'avoir énoncé un calembour aussi pauvre.

— Sa femme est là ?

— Non, elle est prof et ils ont deux enfants en bas âge. Ils sont tous absents…

Ils ne savaient rien de Sénigalia sinon qu'il était tranquille, partait tôt, rentrait tard, c'est-à-dire 19-20 heures. Tard pour des étudiants qui terminaient leurs cours à 17 heures et se réfugiaient dans leur deux-pièces pour étudier.

Ils ont décrit notre fugitif comme un travailleur sympathique et plutôt convivial. Il les avait même invités à prendre l'apéro, mais son seul sujet de conversation tournait autour de l'Olympic de Marseille, du rugby à treize et l'échange avait tourné court. Ils n'avaient pas rendu l'invitation probablement parce qu'eux-mêmes semblaient incapables de discourir sur autre chose que le destin des molécules et l'avenir du cancer…

Au cours de mes visites, j'ai compris que cette cité universitaire n'hébergeait que des couples avec ou sans enfants, dont l'un des conjoints devait être étudiant en médecine ou en pharmacie. En réalité, cette condition pouvait être détournée…

L'interrogatoire du couple suivant a été une horreur.

Pourtant ma première impression avait été plutôt bonne. Jean-Paul Chambon, alliant le regard brûlant d'un individu torturé et une moue ironique, évoquait la silhouette de Paul Newman. Il écoutait du free-jazz et tenait en main, un ouvrage de Guy Debord, *La Société du spectacle*, quand il a ouvert :

— Bonjour, monsieur l'éboueur, c'est pour les calendriers ? a-t-il demandé avec le rictus sarcastique de Luke la Main froide*.

— Non, c'est pour les bonnes œuvres de la police… Je peux entrer ?

— Faites comme chez vous. Pendant la perquisition, respectez l'ordre alphabétique de mes livres et disques, s'il vous plaît.

— Ne vous inquiétez pas, je viens juste m'informer…

— Vous perdez votre temps, je n'ai pas l'âme d'un informateur.

— Les gens qui meurent sous vos fenêtres ne vous intéressent pas ?

* *Luke la main froide*, film de Stuart Rosenberg avec Paul Newman (1967).

— Pas les ordures. “Quand une merde s’écrase, il faut tirer la chasse.” Lao-tseu.

— *“E pericoloso sporgersi.”* Dante.

Il a ricané :

— Si la police nationale recrute des individus capables d’humour, cela va nuire au respect de l’uniforme.

— Les accessoires ne sont pas nécessaires pour être respecté. Inspecteur Martinez…

— Que voulez-vous savoir ? Le nom du saxophoniste qui joue ? Pharoah Sanders.

— Vous vivez seul ici ?

— Non. Ma femme se repose dans la chambre.

— Elle est malade ?

Son visage s’est durci, son regard, perdu dans une douleur muette.

Une femme, très belle, aux cheveux auburn et courts, le visage félin, est apparue sur le seuil de la chambre, enceinte. Très enceinte. Mais pas heureuse de l’être.

J’ai cru que le couple traversait une période difficile, l’attente pénible et incertaine précédant le terme.

— Bonjour, madame. Inutile de vous déranger…

— Vous ne me dérangez pas. Que se passe-t-il ?

— Monsieur est policier et il interroge les résidents sur la mort de… de l’autre.

— Ha…

— C’est pour quand ? j’ai demandé pour détendre l’ambiance qui s’est tendue comme un arc aux traits assassins.

— Bientôt… Excusez-moi…

Elle s'est retirée dans la chambre.
— Un problème ?
— … Plutôt.
— La fin de grossesse se passe mal ?
— L'enfant est mort…
— Mort ?… Et… Les médecins ne font… rien ?
— … Ils attendent l'expulsion… naturelle.
— Naturelle !?
— Oui. Si près du terme, seule une césarienne serait possible. Et elle n'en veut pas…
— Qu'est-ce qui se passe alors ?
— Quand le cadavre du bébé sera momifié, l'expulsion commencera…
J'ai pensé : "Quelle horreur !", j'ai dit :
— Terrible ! Désolé…

Les femmes donnaient la vie donc la mort, disaient certains. Celle-là avait pris un raccourci terrifiant et s'était offerte en sépulture, en morgue provisoire…

Par choix. Pourquoi ? Il m'était impossible de l'interroger sur les raisons de sa décision, de même que sur le reste d'ailleurs…

Le saxophone a hurlé un cri déchirant, interminable, j'ai frissonné.

En diversion au chant funèbre, je me suis dirigé vers la bibliothèque chargée d'ouvrages d'auteurs inconnus au petit bataillon de ma culture. Je l'ai questionné sur ses études. Il était étudiant en psychologie et se destinait à la psychanalyse. Il s'est étonné qu'un flic eût lu l'*Introduction à la psychanalyse*. Il ignorait que, dans une autre vie, j'avais suivi des études de lettres…

— Je vais vous laisser. Votre femme est aussi étudiante… ?

— Non. Elle est médecin anesthésiste, mais pour l'instant en congé de… mortalité.

— Vous n'êtes pas obligé de rire de tout…

— L'humour est la politesse du désespoir.

— Quand puis-je repasser, sans déranger ?

— Quand vous voulez. A vrai dire, je m'en fous…

— Vous devriez parler de vos… "difficultés" à quelqu'un…

— C'est déjà fait, je consulte au BAPU*…

Je ne savais pas ce que signifiait ce sigle mais j'ai préféré fuir l'ambiance morbide pour me réfugier sur le palier et griller une maïs. Le tabac avait un goût moisi…

Ensuite, je me suis coltiné la visite de l'appartement suivant. Une Antillaise communiste, du nom d'Aimée Faure, m'a ouvert, l'air mauvaise. La beauté sculpturale d'une Peule et le ton d'un commissaire politique.

— Je veux voir votre carte.

— Voilà…

— Monsieur… Martinez, avez-vous le droit d'entrer ?

— Ça ne tient qu'à vous…

— Alors, non. Je n'aime pas la police et ses représentants.

* Bureau d'aide psychologique universitaire.

— J'avais remarqué… J'en déduis que vous avez quelque chose à cacher…

— Raisonnement petit-bourgeois de fonctionnaire paranoïaque…

— Si vous le dites. Et vous n'avez rien vu, rien entendu ? j'ai demandé en distinguant sur le mur du fond un poster du Che.

— Quelle importance puisque je ne vous dirai rien ? Je me refuse à être complice de l'ordre bourgeois…

— Deux fois bourgeois en deux phrases ! C'est la mort du Che* qui vous a mise dans cet état ? Vous savez, je n'y suis pour rien. Je le trouvais plutôt romantique, ce héros révolutionnaire. Et beau gars en plus…

— Vous en parlez comme d'un acteur hollywoodien…

— Hélas, j'aime beaucoup le cinéma, et, comble de l'hérésie, j'ai une tendresse particulière pour les comédies musicales et les westerns, ça me perdra… Bon, vous coopérez ou on continue à jouer au chat capitaliste qui veut la peau de la souris communiste…

— Un chat ! Un tigre en papier, oui.

— Maoïste ?

— Pourquoi ? Vous êtes des RG ?

— C'est vous la parano. Où est votre compagnon ?

* Erncsto Guevara a été tué le 9 octobre 1967 en Bolivie.

— De garde à l'Hôtel-Dieu.

— Garder l'hôtel de Dieu quand on est un révolutionnaire communiste, c'est un comble !

— Très drôle !

— Bon, Vespucci, vous le connaissiez ?

— Amerigo ? Comme tout le monde, dans les livres.

J'ai soupiré :

— Et Sénigalia ?

— Un brave type, sans histoire, serviable. Toujours prêt à réparer une serrure à l'œil…

— Trotskiste aussi, non ?

— Possible…

— C'est tout ?

— C'est tout. Bon, faut que j'y aille.

— Que faites-vous ?

— Infirmière à la Conception.

— OK. On reprendra ça plus tard.

— Le plus tard sera le mieux.

— Merci pour votre accueil. Les malades doivent être enchantés par votre convivialité…

— Je pratique la médecine de classe, gentille avec les prolos, glacée avec les salauds.

— Ça fait peur…

— Allez vous faire…

— J'y vais de ce pas.

Elle a pris un manteau, a claqué la porte, m'a dépassé, a dévalé les marches… Puis des hurlements hystériques sont montés de l'entrée de l'immeuble. Un planton lui avait interdit de sortir.

J'ai descendu l'escalier à la façon d'un crooner de Las Vegas, sourire aux lèvres, jouissant de l'accueil de son public.

Elle m'a fusillé du regard et lâché une salve d'injures, en créole. Bon prince, j'ai ordonné :

— Laissez-la filer, elle est plus bruyante qu'une manif.

J'ai retrouvé Khoupi qui, entre locataires absents et contestataires présents, semblait plus agacé que moi.

— Ils font vraiment chier, ces étudiants. Pas coopératifs pour deux sous. Je croyais qu'en fac de médecine et de pharmacie la population était plutôt réactionnaire. Ils sont pour la plupart syndicalistes ou communistes…

— Voire situationnistes.

— C'est quoi ?

— Je n'en sais pas plus que toi, ça vient de sortir. N'oublie pas que nous sommes dans une cité universitaire. Les enfants de la bourgeoisie provençale ont des studios ou vivent toujours dans la demeure de leurs parents. Où se retrouvent les étudiants après les cours ?

— Dans une série de bistrots sur le boulevard Baille.

— Tu les connais ?

— Y a quelques années, j'ai eu une petite amie qui était secrétaire du doyen de la fac. On se retrouvait dans un bar dont l'arrière-salle servait de base à la SFIO locale.

— Il faudra qu'on aille traîner dans le coin. Bon, on continue à deux ?

— D'accord, ça sera peut-être moins pénible.

Un type dénommé Sébastien Bidet s'est montré accueillant. Non pas qu'il aimât les flics, mais sans hostilité manifeste. Son appartement lui servait plus de garçonnière que de résidence. Bien qu'âgé de vingt-cinq ans, il n'était qu'en deuxième année de médecine.

— Je double toujours la mise, dans la vie comme dans les études. Entre le bac et médecine, j'ai mis six ans pour en faire trois. Avec les femmes, c'est pareil…

— Deux ans avec chaque femme ?

— Non, deux nuits…

— Vous devez avoir de gros revenus pour louer deux appartements ?

— Ça dépend des mois. Je joue au casino d'Aix ma bourse universitaire. Soit je mène grand train, soit je tape les copains. Soit je vends, soit j'achète. Là je viens de vendre ma moto. Une Norton splendide. Je l'avais depuis deux mois, mais j'avais plus un radis, alors…

— Et pourquoi deux appartements ?

— Je ne termine jamais les nuits avec mes partenaires…

J'avais déjà entendu ça quelque part. Une règle imposée par Irène…

— Vous n'aimez pas partager votre sommeil ?

— Non, leur laisser croire que ce serait le début d'une histoire durable.

— Pourquoi vous n'allez pas plus loin ? Vous n'êtes pas curieux des femmes ?

— Au contraire. Seulement, je suis lucide. La nature m'a donné une belle gueule, une silhouette séduisante, mais j'ai rien dans la tronche. Tout m'ennuie, les femmes comme le reste. Et j'ennuie tout le monde. Je ne laisse pas le temps à mes conquêtes de se lasser de moi. Chambon dit…

— Le psychologue ?

— Oui, il dit toujours de moi que je suis le prince du lieu commun et le roi du truisme.

— Pas très gentil…

— Il n'est pas gentil, mais on s'aime bien. Et puis j'ai l'habitude.

— Qu'est-ce que vous pouvez nous dire sur la victime ?

— Je le connaissais juste de réputation. Petit dealer et magouilleur…

— Quoi d'autre ?

— C'est ma nana qui a averti les flics. Elle s'est enfuie peu après sa mort. Elle redoutait d'être coincée ici. Elle est infirmière et son mari croit qu'elle était de garde de nuit.

— Il était quelle heure ?

— 5 heures. Les gardes se terminent à 6.

— C'est la chute du corps qui vous a réveillé ?

— Non, les cris d'une dispute entre Sénigalia et l'autre qui s'est terminée sur le balcon. Le temps de se lever pour voir, l'autre était déjà passé au rez-de-chaussée.

— Personne n'a rien fait ?

— Si. Tout le monde a conseillé à Robert de se tirer avant d'être pris.

— Belle solidarité !

— Il est vraiment sympa, Robert, et l'autre, apparemment, un vrai salaud, alors…

Sébastien Bidet, le chapeau en moins, m'évoquait Dean Martin, dans *Comme un torrent*. L'indolence du *gambler* séducteur. Les femmes, le jeu, l'ennui et l'amitié. Il n'a pas pu nous en dire plus. Il a sollicité l'anonymat pour ne pas avoir d'ennuis avec ses copains. Pour une fois qu'il avait quelque chose à dire d'intéressant…

— Vous n'êtes pas obligé d'être à l'hôpital ? a demandé Khoupi, plus au fait des études médicales que moi.

— Si, mais comme j'ai vendu ma moto, j'ai demandé à un copain de me faire un arrêt maladie. Pour l'hôpital Nord, le trajet en bus dure une heure…

— Comment allez-vous faire…

— Demain, on me prête une mob, en attendant des jours meilleurs…

— L'adresse de votre vrai domicile ?

— A Montolivet, impasse de l'Eglise. Y a qu'une maison, vous pouvez pas vous tromper…

— Une maison ?

— Je suis logé par mon employeur. Je m'occupe d'un tétraplégique de dix-huit ans.

— Comment l'est-il devenu ?

— Accident de moto.

— Conduite sans casque ?

— Non, passager sans casque ; son copain, le chauffeur, en avait un, il n'a eu que le nez cassé.

— Et ça ne vous a pas dissuadé de faire de la moto ?

— Je suis joueur, je vous ai dit ! La moto c'est comme le jeu ou la toxicomanie. Le goût de l'ordalie…

— Que signifie ce terme savant ?

— L'ordalie ? C'est le jugement de Dieu. Celui qui gagne le combat a raison puisque Dieu l'a laissé en vie. Ce n'est pas forcément juste, mais qu'est-ce qui l'est ?

— Pour un type qui n'a rien à dire !

— J'ai pas trouvé tout seul, c'est Chambon qui m'a expliqué ça, un soir où j'ai conduit la bécane complètement bourré…

Décidément, ce Chambon en savait des choses. Peut-être plus qu'il n'en disait…

II

LA GAIETÉ ET LA CAMPAGNE

Khoupiguian réfléchissait toujours en silence, le sourcil froncé, à la façon d'un mathématicien auquel une équation résistait.

Moi, j'alignais les phrases à haute voix et j'opérais un tri *a posteriori* :

— Un type, consommateur de cannabis, est balancé d'un balcon au cours d'une rixe avec un serrurier trotskiste qui sous-louait un appartement dans une cité universitaire familiale. A l'aube…

La plupart des témoins présents encouragent le coupable à fuir. Quant aux autres, ils optent pour une passivité complice.

Seule une infirmière adultère de passage ose prévenir la police du meurtre. Et encore, avec réticence, puisqu'elle ne signale que la chute du défunt…

Et personne n'a la moindre compassion pour ce dernier ou ne semble horrifié par ce fait divers…

Drôle d'attitude pour des apprentis médecins…

— La Gaieté ! a fini par dire mon compère.

— Ça n'a pas l'air pourtant !

— C'est le nom du bistrot dont je t'ai parlé sur le boulevard Baille.

— Allons-y, ça n'est pas loin, j'ai proposé en me demandant s'il gambergeait sur notre crime ou si l'évocation de son ancienne petite amie l'avait troublé.

En cinq ans, je ne lui avais connu aucune liaison. La compagnie des poètes et les fins de semaine chez ses parents semblaient lui suffire.

Il n'avait rien d'un homosexuel, rien d'un séducteur non plus.

Irène le trouvait mignon avec son regard noir d'adolescent mal dans sa peau et ses taches de rousseur qui, malgré sa tignasse brune et épaisse, lui constellaient les ailes du nez. Elle avait même joué les entremetteuses, au cours d'un dîner à Aix, en lui présentant une amie plutôt jolie qu'il avait ostensiblement méprisée parce qu'elle préférait les Beatles aux Stones et Aznavour à Brel. De plus la pauvre jeune femme avait ironisé sur son prénom, Tigran, en parlant de félin, ignorant qu'un roi arménien, et plus précisément le second du nom, avait été à la tête d'un empire glorieux, celui des Parthes. Ce que j'avais trouvé injuste à l'égard de la damoiselle car, en dehors de la communauté arménienne et des historiens, personne ne connaissait ce monarque.

Quand j'étais arrivé à l'Evêché, tous les collègues l'appelaient Khoupi mais, après que Chabrol eut commis en 1964 *Le Tigre aime la chair fraîche* et, l'année suivante, *Le Tigre se parfume à la dynamite*, avec Roger Hanin dans le rôle-titre de ces médiocres séries B d'espionnage, "Khoupi" était devenu "le Tigre".

Même les putes de l'Opéra, qui avaient appris ce surnom par quelque commère interrogée dans nos locaux, l'interpellaient de leur trottoir de formules moqueuses. La plus douée d'entre elles avait asséné, en ma présence, le calembour numéro un au hit-parade de Radio-trottoir : "Ho le Tigre, viens glisser ton bâton de dynamite dans ma chair fraîche, tu vas aimer son parfum !"

M'étant interrogé sur l'origine du prénom de Khoupiguian, j'avais compulsé des ouvrages à la bibliothèque et assez vite découvert le sens. Satisfait de mon enquête, je lui avais juste demandé en le croisant dans le couloir :

— C'est en l'honneur du premier ou du deuxième roi que tes parents t'ont nommé ainsi ?

— Tigran II, le roi des rois, m'avait-il répondu avec le sourire d'un petit garçon enfin compris par les adultes.

Cet échange, en plus de ce que nous avions partagé à Marseille alors que je n'étais qu'un jeune inspecteur de Bab-el-Oued*, avait scellé notre amitié…

*

— Les bars étudiants du boulevard Baille représentent un échantillon de l'échiquier politique marseillais, m'avait expliqué Khoupi.

* En référence à *Alger la Noire*.

Le Central était la base des étudiants sages et apolitiques. Sur le trottoir opposé, le Champoro, quartier général de la droite et de l'extrême droite médicale, où se pavanaient des jeunes filles en manteau élégant, avec sac et foulard Hermès, serre-tête et catogan, accompagnées de jeunes hommes en blazer bleu marine, chemise oxford bleu ciel, cravate de soie à rayures, pantalon gris perle et cigarette anglaise. Presque mitoyenne de ce dernier, la Gaieté, façade délavée et déco formica, faisait figure d'épave comparée au clinquant de navire de croisière proposé par son concurrent. Les étudiants attablés à l'intérieur étaient à son image : une brochette de jeunes gens délibérément débraillés, visages des filles sans fard et tenues sans élégance, garçons à la barbe approximative, jeans pour tout le monde, chemises du stock américain de chez Moulé et Gauloise sans filtre.

Au Champoro, les étudiants dévoraient des entrecôtes frites pour échapper à la promiscuité du restaurant universitaire ; à la Gaieté, œufs au plat ou à la sauce tomate pour ceux qui, à court de tickets de restau U et de blé, se repliaient sur l'ardoise du patron.

A peine avions-nous poussé la porte que la chaleur naturelle et le brouhaha des bavardages se sont éteints. Seules résonnaient les commandes de l'énorme serveuse, accompagnées d'injures bienveillantes à l'égard de ses petits. Je me sentais dans la peau d'un bandit de western entrant dans un saloon pour provoquer en duel le shérif. Toutes les tables étant occupées, nous nous sommes accoudés au zinc sur lequel j'ai posé mon borsalino. Un accessoire de plus en plus encombrant qui, par l'usage dans les films noirs, me désignait comme flic ou truand, voire agent de la Gestapo ou du KGB...

— On pourrait manger quelque chose ?

— Y a plus rien en cuisine, a aboyé la serveuse.

Réalité ou méfiance à l'égard des nouveaux venus...

— Des sandwiches peut-être ?

— Y a plus de pain. Allez au Champoro, vous serez en meilleure compagnie.

Méfiance franchement agressive.

— Vous voulez boire quelque chose ? a demandé le vieux derrière le zinc qui évoquait un Raimu malade du foie ou un patron épuisé par l'agitation de son personnel.

J'ai commandé une mauresque et Khoupiguian un café serré. Qui ne valait pas le café turc de sa chère maman.

Les bavardages ont repris, *mezzo voce*.

J'ai demandé, sans conviction, au patron :

— Vous connaissez un serrurier qui s'appelle Sénigalia ?

— Et pourquoi qu'il vous dirait, papa ? a menacé dans mon dos la serveuse.

— Au nom de la loi, j'ai rétorqué façon Steve McQueen en sortant ma carte tricolore.

— Gilberte ! Laisse ces messieurs tranquilles, et file aider ta mère ! a grondé le père d'une voix soudain baryton. Excusez-la. Si c'était pas ma fille, je l'aurais virée depuis longtemps. Y a plus que le mariage qui peut m'en soulager.

Je l'ai trouvé d'un optimisme exagéré.

— Alors ce Sénigalia ?

— Connais pas. On a une clientèle d'étudiants.

— C'est pas un militant socialiste ? a suggéré Khoupiguian.

— Vous êtes des RG ?

— Décidément ! Non, on enquête sur un meurtre !

— Un meurtre ? Qui est mort ? Un étudiant de chez nous ?

— Non. Un dénommé Vespucci et on soupçonne Sénigalia…

— Vespucci ? C'est un Italien ou un Corse ?

— On ne sait pas.

— Parce que les Corses, vous les trouverez au Champoro…

— Pas tous, est intervenu un jeune type trapu, aux cheveux en bataille, au strabisme divergent, l'air narquois.

— Je parlais pas pour toi, Napo…, s'est excusé le patron.

— C'est l'empereur du bistrot ? j'ai ironisé.

— Non, Napoléon, c'est vraiment comme ça qu'il s'appelle. Chez les Corses, c'est courant.

— Ça ne doit pas être facile à porter ?

— Moins difficile qu'un œil qui joue au billard et l'autre qui marque les points, a raillé un géant au zinc.

Napo s'est levé. Du haut de son mètre soixante-dix, il a lancé son pied droit à la façon d'un tireur de penalty dans le pli d'un des genoux du consommateur qui s'est aussitôt retrouvé à hauteur de son adversaire. Ce dernier lui a saisi une main et luxé un pouce. Le géant a hurlé de douleur.

— Moins difficile à porter que le doigt à l'envers d'un grand con qui dit pouce…

Et Napo est allé se rasseoir sous les applaudissements de la salle et nos regards stupéfaits.

Penaud, le géant a quitté les lieux sous les quolibets des étudiants.

J'ai tenté de reprendre le cours de mes questions :

— Alors, ce Vespucci ?

— Un type qui a voulu coloniser l'Amérique, c'est forcément un réac, a lancé Napo.

— Merci du tuyau. Et s'il était réac, il serait plutôt centre droite, droite ou extrême droite ?

— Les colonisateurs sont toujours d'extrême droite !

— Et Napoléon un grand pacificateur ?

— Non ! Un salaud de mégalo et un esclavagiste. Le seul truc intelligent qu'il ait pondu, c'est le Code civil. Pour le reste, il vaut pas mieux que Thiers.

Ce Napo que je prenais pour un caractériel s'avérait être un type intelligent. Je l'ai rangé dans le tiroir des relations à cultiver pour l'enquête.

— En dehors de palabres politiques, on perd notre temps, s'est agacé Khoupiguian.

Il avait raison. J'ai réglé les consos et on s'est replié dans la bagnole.

Il était temps d'aller au rapport.

*

Sénigalia n'était pas fiché, Vespucci, si.

Pour des broutilles : vol de chéquiers et trafic de stupéfiants. Mais, plus intéressant, lors de sa dernière interpellation pour coups et blessures dans un bar des Arnavaux, il avait été défendu par un cabinet d'avocats connu pour ses accointances avec certains truands du milieu corse. Troublant.

Comment une petite frappe de cet acabit avait-elle pu s'offrir un tel avocat sans l'aide d'un généreux mécène ?

Ce mec avait des protecteurs et depuis peu. Merde !

— Encore une enquête sur le milieu marseillais, a confirmé Khoupi, dépité.

Depuis la mort d'Antoine Guérini en juin et la chute de son clan, la guerre de succession entre truands était ouverte à Marseille et les règlements de comptes se multipliaient comme, jadis en Algérie, entre barbouzes et OAS. Bien que l'hypothèse fût crédible, je n'y ai pas adhéré : Choukroun m'avait appris à respecter mon intuition.

"Ecoute ton ventre, pas ta tête, Paco !" me disait-il avec bienveillance quand j'échafaudais des raisonnements trop complexes.

Et mon ventre me disait que cette histoire commençait à peine. Sur ce coup-là, il aurait mieux valu mettre des boules Quiès. Etre sourd à mon intuition m'aurait peut-être évité d'être entre vie et mort…

Mon ventre me parlait aussi d'Irène. Je ne l'avais pas vue depuis huit jours. Irène et ses coups de gueule. Je n'avais toujours pas porté le dernier chapeau qu'elle m'avait offert. Le huitième, commandé en Italie. Un feutre splendide d'un gris perle que je trouvais trop élégant. Allié à mon regard triste, il me donnait l'apparence d'un tueur à gages aux tarifs exorbitants. Selon elle, il me fallait acquérir un costume de même facture pour le mériter. Je m'y étais refusé, compte tenu de mon modeste salaire de fonctionnaire.

— Tu es resté un petit Espagnol de la Bassetta ! s'était-elle insurgée.

Je l'étais et plutôt fier de l'être. Et je n'aimais pas l'outrance et la démesure.

— Il n'y a que toi pour imaginer de passer pour un mafieux. Ton intégrité et ton statut suintent de toute ta personne. Même nu, on saurait que tu es du côté du devoir et du droit ! D'ailleurs, je connais un avocat du barreau d'Aix qui…

— Tu lorgnes du côté de la magistrature, à présent ! Un petit flic ne te suffit plus…

— Fiche le camp, tu es trop stupide !

Je suis parti en claquant la porte. Jadis, je me serais excusé, l'aurais serrée dans mes bras pour me faire pardonner. L'abus d'accessoires nuit à la passion…

Depuis cet incident, nous nous étions repliés dans une bouderie puérile.

— Tu veux des panisses ? m'a demandé Khoupi. J'ai une petite faim.

— Ben, pourquoi pas… Mais est-ce bien raisonnable ? Il faudrait aller faire un tour à la campagne Larousse…

— Je peux manger en conduisant, c'est presque sur le chemin.

*

On est passé par la rue Belle-de-Mai où se trouvait, niché sous un pont de chemin de fer, un kiosque qui vendait des pans-bagnats et des panisses. Les meilleurs de Marseille, selon Khoupi. En fait, adolescent, il allait au lycée Victor-Hugo, près de la gare Saint-Charles, et, sur le chemin du retour, s'arrêtait là pour goûter. Le rituel alimentaire avait continué. Les panisses et Lucrèce, ses madeleines, comme, pour Choukroun, Labassi* et la calentita**. Mes partenaires, et leurs habitudes.

Irène, sa canne et sa Studebaker, Paco, son chapeau et son cinéma. Chacun ses trucs.

* Chanteur judéo-arabe.

** Flan à base de farine de pois chiches.

Khoupi, tout en dévorant ses rondelles de pâte frite, est passé par la traverse Bonsecours où des retraités jouaient à la pétanque sur un boulodrome étrangement bucolique en regard du boulevard de Plombières tout proche. La voiture a croisé ce dernier pour escalader une pente raide qui débouchait… là où mon aventure marseillaise avait commencé : le boulevard des Pins. Y habitaient des rapatriés chers à mon cœur, ce qui restait de la famille Choukroun…

Khoupi a parcouru le boulevard sans ralentir, sans savoir. Nous avons grimpé la côte qui montait à Saint-Gabriel puis nous sommes retrouvés face à un ensemble immobilier HLM : la Marine, nommée ainsi à cause des ouvertures circulaires en forme de hublot sur sa barre, était, à cette heure, peuplée de cacous* pétaradant sur leur Malagutti, leur Paloma aux moteurs gonflés, ou le dernier modèle volé, une petite Honda.

Puis on a filé vers le Petit-Canet par le boulevard Gibbes.

Un village à l'orée de la ville. "Quelques années plus tôt, c'était encore une enclave rurale avec sa ferme laitière !" m'a signalé Khoupi.

Et puis la campagne Larousse, édifiée en bordure de l'autoroute nord.

Pas plus de champs que de dictionnaire, bien sûr. Seuls quelques arbres exténués par la proximité du béton et du flot automobile. La ville à la campagne, version cynique. Le prolétaire marseillais cumulait en

* "Voyous" en provençal.

ce lieu résidence principale et secondaire. Du haut des immeubles, on devait même voir la mer ou, du moins, le sommet des grues portuaires. De loin. Très loin.

Les bâtiments n'étaient pas encore dégradés, mais ça viendrait. Forcément. L'Etat est mauvais propriétaire à l'égard du pauvre, mauvais payeur.

Le bâtiment B2, cerné d'immeubles de dix étages, devait être un des plus anciens puisqu'il n'en avait que quatre, à l'image de la velléité sociale des architectes. De longs balcons aux balustrades métalliques couraient sur la façade presque blanche. L'architecture des années 1960, de luxe ou bas de gamme, avait sacrifié l'imagination au fonctionnel au point que, en quelques années, le paysage urbain dégageait une monotonie à l'image d'une société sans relief.

Nous avons consulté les boîtes aux lettres : Vespucci y figurait.

Sur la porte du premier étage était punaisée une carte de visite au nom de M. et Mme Ricardo Vespucci.

J'ai sonné.

— *Momento !* a crié une voix d'homme.

Khoupi a écarté un pan de son blouson pour accéder plus facilement à son flingue.

Le bruit de pas connus a sonné à mes oreilles. Ceux d'Irène.

— Laisse ton attirail, c'est un vieux.

La porte s'est ouverte sur un homme d'une soixantaine d'années appuyé sur une canne orthopédique, à la silhouette massive et musclée, une casquette de laine grise vissée sur une crinière blanche en bataille, les yeux bleus enfoncés dans un visage massif et carré, envahi d'une barbe drue de plusieurs jours, poivre et sel. Il donnait une impression de solidité et de franchise.

— C'est pour quoi ?
— Police. On peut entrer ?
— Le petit a encore fait le couillon avec sa mobylette ?
— C'est Ernest le petit ?
— Non, Alfredo. Ernesto, on le voit plus.
— Pourquoi ?
— C'est plus mon fils. Il a perdu l'honneur. Le sien et le nôtre. Pour moi, il est mort depuis… (Il a grimacé en se tenant une jambe.) Entrez. Asseyez-vous.

L'appartement était clair et impeccable. Le mobilier, plaqué palissandre, brillait de tout son vernis. Des photos de famille étaient alignées sur le buffet.

Nous nous sommes installés dans des fauteuils aux accoudoirs et aux dossiers protégés par des napperons blancs brodés.

— Un accident ?
— *Si*. De chantier. Je suis maçon. Une chute du premier étage à cause d'une poutre mal fixée par un débutant… Misère.
— Votre fils Ernest…

— Ah oui ! Ernesto ! Une bêtise et la prison, j'ai pardonné. Mais je l'ai averti, s'il recommençait, il n'aurait plus sa place dans la famille. Il a recommencé…

— Nous avons une mauvaise nouvelle à vous annoncer…

— Il est retourné en prison ?

— Non… Il est mort.

Ses yeux se sont embués, ses mâchoires, serrées. Sa silhouette massive s'est tassée. Lino Ventura à la recherche de son deuxième souffle*.

Il a émis un grognement, une vague de douleur et de rage contenue par le barrage de ses émotions. Des lèvres mordues jusqu'au sang et la question qui tue :

— Comment ?

Pas plus que moi, Khoupi n'a osé évoquer la chute dont la résonance risquait d'effondrer le père.

— Une querelle qui s'est mal terminée…

— Vous avez arrêté l'assassin de mon fils ?

Dans la mort, Ernesto avait retrouvé sa légitimité.

— Pas encore, mais nous connaissons son identité : Sénigalia.

— Connais pas. Un voyou ?

— Apparemment non, un serrurier.

— J'en ai connu qui étaient serruriers le jour, et cambrioleurs la nuit.

— Peut-être, mais il n'est pas fiché. Vous lui connaissiez des ennemis, des amis qui pourraient nous éclairer ?

* *Le Deuxième Souffle*, film de J.-P. Melville (1966).

— On ne se parlait plus. Sa mère devait le voir en cachette. Elle travaille comme femme de ménage à la mairie… Sa sœur Jeanne lui a prêté de l'argent et, comme il lui a jamais rendu, elle s'est fâchée avec lui… Alfredo, son petit frère, en sait peut-être plus…

— Où est-il ?

— Il était télégraphiste. Il a été viré. Toujours en retard… Il traîne comme son frère… Peut-être à la cave à trafiquer sa mobylette…

Ernesto n'avait plus d'affaires dans l'appartement depuis qu'il avait été renié et son père ne lui connaissait ni domicile, ni petite amie.

Le couple et le petit Ernesto étaient originaires des Pouilles et avaient émigré, après la Seconde Guerre mondiale.

Le père avait commencé comme manœuvre, puis, travailleur, était devenu maçon, à présent chef de chantier. Sa femme, pour aider dans leurs débuts en terre étrangère, avait été embauchée à la mairie comme femme de ménage. Elle y était restée pour mettre du beurre dans les épinards. Elle aimait les jolis meubles et voulait que les enfants ne manquent de rien.

— Les fils ont tout eu sauf une mère qui les surveille pour les empêcher de faire des conneries…, avait-il conclu avec mélancolie.

— C'est aussi le boulot du père, non ? s'est exclamé Khoupi.

— Pas chez nous. Le père fait bouillir la marmite, la mère dirige son monde ! Et si elle est débordée, elle demande au père de gronder ou de punir…

— Vous l'avez beaucoup puni ?

— Pas assez pour qu'il me craigne. Et voilà le résultat…

Il a sorti de son bleu un linge à carreaux et mouché ses larmes. Pour lui, un homme, ça ne pleurait pas.

Nous avons pris les coordonnées de la sœur et promis de l'informer sitôt l'assassin interpellé.

Et nous sommes partis explorer le sous-sol.

De la descente de cave, nous avons entendu des bruits d'outils et des chuchotements. Une porte était ouverte. Au son de nos pas, deux adolescents sont sortis, ont pris peur et se sont enfuis vers le fond du couloir.

— Des vraies flèches, ces deux-là, a ricané Khoupi devant la bêtise des jeunes.

Au passage, on a pu distinguer un cadavre de Lambretta dont l'autopsie était largement avancée. Deux petits voleurs de motos. J'ai crié :

— Alfredo ! Sors de là ! On n'est pas là pour la moto ! Ton frère Ernest a été tué !

Il est apparu aussitôt : le visage d'un personnage de Vittorio De Sica. Un môme, aux allures de voyou. Un ersatz du frère : duvet sur les joues, blouson de skaï noir, banane ridiculement gominée. Un ange déguisé en cacou.

— Ernest est mort ?

— Amène-toi. On a besoin de ton aide.

Tel un gamin convoqué par le proviseur, il s'est avancé, mi-méfiant, mi-penaud.

— Je… sais… rien, il a pu énoncer en sanglotant. Il a essuyé ses larmes avec un chiffon maculé de graisse : un maquillage de clown triste a habillé la frayeur de son visage.

— On ne te demande pas de balancer, juste des infos sur les copains de ton frère.

— La dernière fois que je l'ai vu, il était avec un vieux en costard. Ça m'a fait bizarre. Le type avait l'âge de papa, mais des airs de riche. Ses mains, elles avaient pas dû beaucoup servir, ou alors à compter les billets de banque.

— Plutôt bourgeois ou truand ?

— Plutôt… militaire à la retraite. Les cheveux en brosse. Raide comme l'as de pique. Baraqué et l'air mauvais.

— C'était quand ?

— Y a huit jours. Il voulait prendre des nouvelles de la famille. De maman surtout. Il est venu me voir à la poste Colbert. Je suis télégraphiste.

— Tu étais, a précisé Khoupi, et tu ferais mieux de chercher un autre boulot avant de finir comme ton frère. Remontez-moi cette Lambretta et remettez-la où vous l'avez piquée, sinon je vous embarque…

— Oui, m'sieu, a dit l'autre, mort de trouille.

On a tenté d'en savoir plus pendant qu'ils remontaient fébrilement la bécane, mais aucun des deux n'avait d'infos intéressantes.

Après une scolarité médiocre, Ernest avait été apprenti plombier sur les chantiers de leur père. Peu doué pour la plomberie, il avait essayé le service en restauration, les livraisons et le vol à la tire. Il avait changé de train de vie depuis qu'il avait de nouveaux amis.

Juste de la frime. Celle du jeune con qui a réussi dans la vie. A en crever.

On a quitté la campagne Larousse pour le siège de l'entreprise de serrurerie où travaillait Sénigalia, aux Chutes-Lavie.

— Qui est ce Lavie ?

— Un pied-noir…, a ricané Khoupi.

— Ça m'étonnerait que les Marseillais aient donné à un de leurs quartiers le nom d'un rapatrié.

— Un rapatrié du XIXe siècle. A Constantine, l'ingénieur Léon Lavie avait installé des minoteries utilisant la force hydraulique. L'arrivée de l'eau de la Durance a attiré Léon Lavie à Marseille où il a acheté des terrains sur les pentes de Saint-Just pour y développer son savoir-faire.

— Quelle érudition !

— Tu parles ! Un de mes oncles est passionné par l'histoire de la ville. A chaque fois que je prononce, devant lui, le nom d'une rue ou d'un quartier, j'ai droit à un "Sais-tu que…".

— C'est une chance d'avoir dans sa famille la mémoire de l'histoire…

Cette chance que je n'ai jamais eue. Orphelin et petit-fils unique d'une grand-mère possessive, je n'avais eu droit qu'à des légendes familiales farcies de mensonges et de trompe-l'œil…

MURMURES D'IRÈNE

"Je t'aime encore, tu sais, Je t'aime..."

Depuis que tu es dans le coma, j'écoute Les Vieux Amants* *en boucle. Je suis sûre que tu m'entends, caché sous tes paupières closes.*

Je te regarde et je ne cesse de revoir des images de notre histoire.

Notre rencontre dans le commissariat de Bab-el-Oued où tes yeux noirs m'ont dévisagée avec envie.

Mon trouble devant ce beau brun que j'ai coiffé aussitôt d'un borsalino comme on redessine une silhouette.

Ton bouquet de roses rouges et notre premier rendez-vous.

Ton baiser hollywoodien devant le porche de mon immeuble, sans langue intruse, comme si tu redoutais d'entrer en moi trop vite.

Notre première étreinte, non chez toi mais chez moi, qui m'a fait craindre une autre femme, une liaison, une secrète maîtresse.

* Chanson de Jacques Brel.

Celle qui partageait ta vie depuis toujours n'était autre que ta grand-mère ! Une compagne dont je n'avais pas pris la mesure tandis que mes seins vibraient encore sous les caresses de tes paumes.

La tendresse avec laquelle tu ébouriffais ma crinière rousse pendant que j'allumais, pour toi, la première maïs.

Notre première séparation, exigée par moi. Mon impossibilité à partager les nuits, de peur qu'au petit matin la désillusion s'installe en encombrant la relation des rituels médiocres de la vie quotidienne : la faiblesse des corps qui réclament l'expulsion du trop-plein, l'ingestion de liquides et de solides, les bains de bouche et de peau. Ces petites choses qui rassurent certains et qui me terrifient.

Pourtant, j'ai toujours été émue de t'observer endormi, les quelques fois où je l'ai toléré. Ton sommeil me garantissait, en cet instant, que je ne pouvais pas te perdre, le mien réveillait la crainte de ton absence, de l'abandon.

Aujourd'hui, je te veille pour t'interdire de disparaître, je te parle, à l'oreille, pour t'empêcher d'oublier la vie, celle que nous partageons, par intermittence, depuis dix ans…

III

COFFRES-FORTS

L'entreprise Frichet, serrurerie-métallerie en tout genre, était dans une impasse. Aux sens propre et figuré.

Malgré la multiplicité des services qu'elle proposait et son slogan *La sécurité est une question de confiance*, l'ambiance y était plus frondeuse que besogneuse et la confiance ne semblait pas y régner.

Dans le fond de l'atelier aux machines-outils abandonnées s'étaient regroupés une trentaine d'ouvriers en colère. Très en colère.

Personne ne nous a accueillis puisque le bureau "Accueil et Secrétariat" avait été, lui aussi, déserté par son ou ses occupants. Conscients qu'une présence policière compliquerait les choses, nous sommes restés à distance du conflit en cours, à la façon de gars des RG en corvée de manif.

— Moi, je suis pour la grève jusqu'à ce que ces empaffés de la direction nous donnent des explications…, a proposé un type au gabarit de catcheur.

— Ça servira à quoi, la grève ? Tu crois qu'ils vont nous dire : "On a envoyé un jaune faire la peau à Sénigalia parce qu'on voulait pas de lui comme délégué syndical" ? s'est insurgé un gringalet, sec et nerveux.

— Si ça se trouve, il était pas net le Sénigalia…, a suggéré un jeune au visage de fouine qu'un coup de poing du catcheur a allongé aussitôt.

Un vieux s'est interposé en hurlant :

— Arrêtez de vous engatser* ! Bande de couillons ! On va pas se diviser alors qu'un collègue est accusé de meurtre et a besoin de nous ! Il faut chercher un moyen de l'aider et basta ! Laissons les palabres aux femmes !

— Les femmes, elles t'emmerdent ! s'est écriée une grosse.

Rire général.

Du haut d'un escalier en fer, dominant sa troupe, un homme au costume sombre et aux traits durs a ordonné :

— Fin de la pause, les gars ! On retourne au boulot, fissa ! et il a retrouvé sa cage de verre juchée dans un angle de l'atelier.

La troupe s'est dispersée en grommelant.

Nous avons escaladé les marches du mirador pour interroger celui qui semblait être le patron.

Des véhicules de l'entreprise ont embarqué quelques équipes. Une poignée d'ouvriers est retournée aux machines à fabriquer des coffres-forts ou des portes blindées.

Khoupi a interrogé le type qui n'était en fait que chef du personnel. Le patron était en rendez-vous à l'extérieur sur un chantier important.

* S'engatser : "se disputer".

— Sénigalia est plutôt un bon gars. Mais, depuis quelque temps, il me gonflait les alibofis* avec sa politique…

— C'était un militant communiste ?

— Pas avant. Au début, seul l'OM l'intéressait. Depuis un mois ou deux, il s'est mis à distribuer aux autres des tracts, d'abord de soutien pour des ouvriers en grève dans la région et puis, récemment, contre les Américains et la guerre en Indochine…

— Ça s'appelle plus l'Indochine depuis Dien Bien Phu…

— Du pareil au même, rien à faire des bridés ici. Y a le vieux qui est à la CGT, on tolère mais pas de politique dans la boîte.

— Vous alliez le virer ?

— Non ! C'est un bon élément. J'ai appris par le vieux qu'il avait tué un gars. C'est vrai ?

— Comment l'a-t-il su ?

— Il a dû l'appeler pour lui demander de l'aide.

— On aimerait bien le rencontrer pour en parler.

Il est sorti du bureau et a hurlé :

— Michel ! Arrive !

Le vieux Michel avait une bonne gueule, quelque chose de Gabin dans *Les Tontons flingueurs*. Malheureusement, Audiard n'était pas le dialoguiste de notre échange. Blindé comme un coffre, ce Michel. Onomatopées type “hum” et “j'sais pas” constituaient l'essentiel de son stock verbal.

Alors je me suis énervé, de cette colère froide dont Paul Meurice, dans *Le Monocle*, avait le secret.

* “Testicules”.

— Monsieur Michel, vous taire n'aide pas votre ami. Au contraire. De plus la complicité de meurtre vous expose à une condamnation sévère.

— C'était de la légitime défense !

— Si vous ne collaborez pas, nous allons être obligés de vous embarquer…

Il s'est levé pour nous suivre. Je n'étais pas Paul Meurice.

J'ai soupiré :

— OK, on y va, tant pis pour vous.

— Tu es con, Michel ! Dis-leur ce que tu sais et retourne au boulot !

— Tu as jamais rien compris à la solidarité, c'est pour ça que tu es vendu au patron.

— Fangoule* ! Je te retiens ta journée pour le compte… !

— C'est ça. Jaune un jour, jaune toujours…

Il était manifestement plus bavard avec son chef qu'avec nous.

Alors que nous l'embarquions dans la bagnole de service, la radio nous a ordonné de revenir illico dans les locaux de la SRPJ. Ça tombait bien, nous allions le faire, ça tombait mal, un hold-up sanglant venait de se produire en gare de Bouc-Bel-Air : trois malfrats avaient volé la paie de la SNCF et grièvement blessé un convoyeur.

* Vient de *fan culo*.

Nous avons mis le vieux serrurier au chaud dans notre bureau pour rejoindre les collègues en réunion de crise avec Morand, notre patron, qui exposait ses premières conclusions :

— … C'est une pègre redoutable, comme pour les hold-up de Marignane et de la Légion. Les membres qui la composent sont déterminés, prêts aux pires exactions pour réussir leur plan. Un cerveau dangereux dirige ce gang.

En mai 1966, un commando de dix hommes avait fait main basse sur la paie des ouvriers de Sud-Aviation, et, en avril 1967, cinq hommes avaient raflé la solde du 1er régiment étranger d'Aubagne. Des méthodes que j'avais vu pratiquer, dans une autre vie, pendant la guerre d'Algérie… J'ai commis l'erreur de l'énoncer :

— Le mode opératoire rappelle celui de l'OAS…

— Je suis d'accord avec toi. Malgré le déclin et la chute du clan Guérini, les truands rapatriés ont réussi à s'implanter à Nice, mais pas à Marseille. Sans putes et sans boîtes de nuit, ils en sont réduits aux attaques de diligence… Martinez, tu vas travailler au corps tes informateurs ; après tout, tu dois connaître ces gars mieux que nous…

— C'est que Khoupi et moi enquêtons sur un meurtre…

— Eh bien, prends-le avec toi, le reste attendra. Allez ! Au boulot, les gars ! Il me faut du résultat et vite !

— Et *mierda* ! j'ai marmonné comme un élève de primaire auquel l'instit a demandé de ramasser les copies.

— Quand tu jures en espagnol, c'est signe que tu es furieux.

— Je le suis. Aucune envie d'explorer le milieu algérois ou oranais de Marseille.

— Mauvais souvenir, je te comprends.

— Bon. Qu'est-ce qu'on fait du serrurier ?

— On prend son nom et son adresse et on le laisse filer. C'est un brave type.

Il s'appelait Michel Agopian et habitait dans une banque près d'Arenc.

*

Ernestine avait le blues du trottoir. Elle avait partagé avec Irène et moi ma dernière enquête algéroise. Ça avait créé des liens. Presque une amitié, certainement une tendresse. Prostituée du bordel *Le Sphinx* à Alger, elle était arrivée, quelques mois avant l'indépendance, à Marseille où, avec un pragmatisme certain, elle avait grimpé les échelons de la prostitution. Intelligente et vive, sous l'apparence d'une jeune femme espiègle, elle avait su convaincre le milieu marseillais de lui confier la gestion d'un bar-restaurant contrôlé par les frères Guérini, grâce à la complicité d'une ancienne camarade homonyme de ces derniers. Un temps associée, Brigitte Guérini avait renoncé à la cogestion pour suivre aux Antilles un Corse, héritier d'une distillerie de rhum à Marie-Galante.

Jusqu'au début de l'année 1967, les choses s'étaient plutôt bien passées pour Ernestine qui dirigeait son monde avec la fermeté d'un chef d'entreprise. Et puis les Guérini, en fin de règne, avaient perdu la vie pour Antoine, gagné la prison pour Mémé, la Corse et son maquis pour les moins téméraires. Au total, durant l'année 1967, il y avait eu quarante morts par règlement de comptes à Marseille !

Tout avait commencé par l'exécution à Pélissanne de Robert Blémant, un ancien flic passé chez les truands qui faisait de l'ombre au clan marseillais. Les tueurs avaient, à leur tour, été éliminés par le milieu. Devant l'hommage de la pègre internationale à Blémant, le clan Guérini avait pris la mesure de son erreur. Les truands marseillais avaient été mis au ban de la pègre européenne. Lâchés aussi par la municipalité socialiste, ils avaient offert leurs services à l'adversaire, le député gaulliste Comiti. Autre erreur au nom de l'amitié, Antoine Guérini avait protégé la fuite d'un ancien lieutenant, Christian David, meurtrier d'un commissaire à Paris.

Enfin, dérapage fatal, au cours d'un dîner dans un restaurant parisien, Francisci, une autre grosse pointure de la pègre, avait reproché à Antoine de ne pas avoir participé à la collecte pour un trafiquant de drogue arrêté aux Etats-Unis. Le ton était monté, et Antoine aurait menacé son alter ego parisien d'une arme à feu.

Le 23 juin 1967, alors qu'il avait laissé son fils Félix conduire sa Mercedes 220 SE, Antoine avait été exécuté de onze balles par des tueurs à moto, devant une station d'essence, avenue de Saint-Julien.

Vengeance de Francisci ou des amis de Blémant ? Rivalité entre jeunes loups et “vieux bonzes” ?

Humiliation suprême, pendant les obsèques d’Antoine Guérini, des voleurs avaient dérobé les bijoux de sa veuve, dans sa villa.

En juillet, Mémé et Pascal, les deux frères d’Antoine, avaient retrouvé l’un des cambrioleurs, l’avaient tué et avaient abandonné son cadavre sur une plage du cap Canaille.

Nos services avaient interrogé des clients du restaurant *Méditerranée* qui avaient assisté au départ en “promenade” des frères Guérini et du cambrioleur. On avait interpellé les frères et les comparses le 4 août.

J’avais trouvé étrange que des truands chevronnés aient éliminé de façon si explicite un voyou de seconde zone, sans faire disparaître le corps et en lui laissant ses papiers. A moins que leur mégalomanie, comme souvent, n’ait laissé croire aux Guérini qu’ils pouvaient laver l’affront impunément ? Une vision du monde qu’on rencontrait souvent chez les grands propriétaires dans les westerns… Mais Marseille n’était pas l’Ouest sauvage, et les Guérini n’avaient pas la carrure et le talent de Lee J. Cobb ou d’Edgar G. Robinson. Ils avaient quitté la scène, sans envergure ni panache. Laissant leur troupe orpheline et désemparée. Comme Ernestine.

— Qu’est-ce qu’on va devenir, Paco, avec tous ces jeunes fous sans foi ni loi ?

— On le saura assez tôt. Pour l'instant, il me faut des infos sur les braqueurs du train. Quels sont les bruits ?

— Tu sais bien… On parle de la bande des Algérois. José dit que…

— C'est qui José ?

— José Gomez, mon nouveau gars. Tu le connais pas, c'est mon chef cuistot. Un taiseux aux mains propres. Il me fait du bien et avec lui je me sens en sécurité. C'est un ancien commando…

— Toujours aussi fascinée par les militaires, hein ?

— C'est pas à trente et un ans qu'on va me changer…

Et pourtant elle avait toujours cette fraîcheur adolescente qui lui donnait un charme étrange.

— Et que dit José ?

— Que les temps changent…

— Ah ! Un philosophe…

— Ne te moque pas. Ils sont pas idiots dans les commandos. Il dit que les Guérini, c'est comme de Gaulle. Après avoir méprisé les pieds-noirs, c'est au tour des Français, des ouvriers, des jeunes et ça va lui péter à la gueule un de ces jours… Il pense que les jeunes truands comme les jeunes ouvriers vont se révolter contre les vieux patrons.

— Ben dis donc, il faudra que tu me le présentes, ton José !

— Il est parti acheter *Le Canard enchaîné*. Et Irène, comment va-t-elle ?

— Ça va.

— Qu'est-ce que vous faites le 31 ?

— Euh, rien…

— Je l'appelle et j'organise un truc. D'accord ?

— Je ne suis pas venu parler réveillon…

— Je sais, je sais. Je vais écouter les hommes et je te rappelle dès que j'ai du nouveau.

— Rien d'autre ?

— Si, j'ai un retard de règles et j'ai la trouille.

— Il faut que tu apportes un cierge à Notre-Dame-de-la-Garde pour remercier Neuwirth…

— Neuvirte ? C'est qui ?

— Un député qui vient de faire passer une loi pour légaliser la contraception. Avec la pilule, la vie des femmes va changer.

— A qui le dis-tu ?! Je me suis fait avorter deux fois… Et c'est pas une partie de plaisir…

Khoupi m'attendait dans la voiture car Ernestine, sous son apparence de gamine, donnait sa confiance avec parcimonie et ne tenait pas à jouer les informatrices avec le tout-venant policier marseillais. Elle n'avait trempé dans aucune histoire louche et ne s'affranchissait d'aucune dette envers la police. Elle me donnait des infos par amitié et sous réserve que ça ne menaçât pas son commerce. Elle était respectée par tous, y compris par les truands. Jusqu'à présent. Et, en femme lucide, prendre un amant, ancien commando, lui garantissait une relative sécurité.

— Alors ? a demandé Khoupi.
— Alors rien.
La radio de bord a grésillé :
— Un dénommé Agopian cherche à vous joindre. Il dit que c'est urgent…
— Il a laissé un message ?
— Oui, d'aller chez lui dès que vous pouvez…

Khoupi a allumé le gyro, moi une maïs et nous avons foncé vers Arenc sans échanger un mot, soulagés d'échapper à la pègre et à ses embrouilles.

*

Michel Agopian avait donc élu domicile dans une banque ! Une petite succursale d'un groupe lyonnais qui avait déménagé pour des locaux plus vastes et mieux situés. Etrange endroit où il vivait seul. On y accédait par une ruelle à l'angle des boulevards Roger-Salengro et National, tous deux extrêmement bruyants. Une porte quelconque derrière laquelle s'était constituée, au fil du temps, une vraie caverne d'Ali Baba. Tout d'abord un couloir sous verrière où l'homme avait amassé une multitude de plantes tropicales. Puis une grande pièce, probablement l'ancienne salle de réunion, meublée d'une longue table de conseil d'administration dont il avait scié les pieds et de vieux fauteuils de cinéma, en blocs de trois, au velours rouge élimé par les postérieurs de générations de spectateurs. Ce dernier détail a forcé ma sympathie.

Occupant l'un des murs, un immense panneau de bois sur lequel étaient collés des centaines de photos, articles et documents sur le génocide arménien. Khoupi s'est arrêté, fasciné, bouleversé à la vue de ce spectacle.

— Ça fait trente ans que je me bats pour qu'on reconnaisse le génocide. Mais c'est pas pour ça que je vous ai fait venir…

On l'a suivi jusqu'à une grille protégeant la porte blindée de la salle des coffres : la cuisine où nous attendait, assis à une petite table, un balèze d'une trentaine d'années, les traits fatigués, l'air apeuré.

— C'est Robert… Robert Sénigalia, a présenté Agopian.

Le tableau était surprenant. D'un côté, un mur de coffres individuels dont certains, ouverts, contenaient des pots d'épices diverses, réserves de farine, café, pâtes, de l'autre, une batterie d'une douzaine de casseroles en cuivre, au fond, un piano pour cuisinier, et ce garçon, baraqué comme un déménageur, mort de trouille, attendant son interpellation.

— Il est d'accord pour se rendre. Il a compris que c'était une connerie de fuir.

— C'est vous qui l'avez hébergé depuis le meurtre… ?

— Je l'ai pas tué ! C'était un accident…

— Racontez-nous votre version…

— Vespucci a débarqué chez moi, défoncé au haschich, réclamant de voir la Fourmi… C'est la nana de Pips… Ils me sous-louent l'appart. Il était persuadé que je savais où elle était.

— Pourquoi voulait-il la voir ?

— Aucune idée. Elle m'avait demandé de ne donner son adresse à personne, surtout pas à Vespucci… J'ai promis et quand je donne ma parole, je la tiens.

— Vous connaissiez donc votre victime ?

— Comme tout le monde. Quand je lui ai répondu pour la dixième fois que je savais pas où elle créchait, il m'a pas cru. Il voulait l'adresse de son boulot. Il a eu droit à la même réponse.

— Mais vous aviez les deux adresses ?

— Forcément, je déposais le loyer en liquide dans une boîte aux lettres d'un petit immeuble à Endoume.

— Où travaille-t-elle ?

— Depuis octobre, à temps partiel, à la librairie Maupetit sur la Canebière.

— Ensuite ?

— Il m'a injurié. J'ai essayé de le calmer. Il a cherché la castagne… On s'est retrouvé sur le balcon. Après je sais plus…

— Comment ça ?

— Il essayait de m'étrangler, j'étais dos à la balustrade… je crois que je l'ai pris par la taille et… il était plus là… Il a fait une cabriole et s'est retrouvé dans le vide accroché à mon cou. Comme je suffoquais, j'ai écarté ses doigts pour pas crever asphyxié…

j'ai entendu son cri et tout de suite après le bruit de son corps qui s'écrasait.

— Tout simplement…

— Avant d'être serrurier, je jouais au rugby à treize, j'ai dû faire une poussette…

— C'est-à-dire ?

— Quand il y a touche, on pousse par la taille celui qui est chargé de récupérer le lancer… L'habitude, j'ai pas senti ma force…

— Ouais…

— Je vous jure que je voulais juste me dégager…

— Bon, on vous emmène à l'Evêché et on va prendre votre déposition…

— Je vais aller en taule ?

— Ça dépend pas de nous mais du juge d'instruction…

Khoupi n'avait pas dit un mot, posé une question. L'air absent, spectateur indifférent à l'intrigue, préoccupé par une autre enquête.

Celle du génocide arménien.

Alors que j'embarquais le gars et son complice pour interrogatoire et déposition, il est resté un long moment planté devant l'immense et sinistre collage. Il semblait y chercher des noms, des visages, des traces…

J'avais eu le même trouble lorsque j'avais compulsé, pour la première fois, les archives de la guerre d'Espagne, y cherchant, inconsciemment, le visage de mon père dans les photos d'anarchistes républicains. En vain. Khoupi avait-il aussi un secret ? Lequel ?

Je l'ai sorti de son hypnose en claquant des mains, tel un Charcot rappelant à l'ordre de la réalité une de ses patientes hystériques.

En chemin, j'ai interrogé Agopian sur le choix de son domicile. En dehors de l'histoire arménienne, il avait une autre passion : celle des coffres-forts. Lorsqu'il avait appris le déménagement de cette banque, il s'était aussitôt porté acquéreur. Les coffres individuels étaient tous fermés. Aussi il s'amusait à en ouvrir quelques-uns par an qu'il utilisait pour ses réserves alimentaires. Il lui en resterait suffisamment pour occuper sa retraite les soirs de mélancolie. Célibataire et sans enfants, indifférent aux joies de la pétanque, de la contrée, du PMU ou des matchs de l'OM, il forçait des coffres et compulsait des archives comme d'autres vont à la pêche ou collectionnent des timbres. Accessoirement, il hébergeait des collègues en fuite…

A l'Evêché nous avons pris sa déposition et l'avons relâché. Par contre, Sénigalia a été incarcéré en attendant d'être déféré au parquet. Seul le juge pouvait décider de la liberté conditionnelle s'il estimait crédible la légitime défense. Pas avant l'année prochaine…

Le présumé coupable était donc sous les verrous et l'enquête, bouclée. Une fin d'année efficace malgré l'absence totale de piste sur les braqueurs de la SNCF.

Il nous fallait cependant éclaircir les raisons qui avaient poussé Vespucci à agresser Sénigalia. Pour savoir s'il disait vrai, nous devions retrouver la Fourmi. Pas avant l'année prochaine…

J'ai quitté Khoupi pour aller m'écraser dans le fauteuil d'un cinéma de la Canebière et suivre les exploits des *Douze Salopards* de Robert Aldrich avec Lee Marvin qui, en vieillissant, avait quitté le camp des méchants pour jouer les gentils et John Cassavetes dont je retrouvais la bonne gueule découverte dans *A bout portant*.

La guerre pouvait permettre à des salopards de mourir en héros, la paix, à des héros de guerre de vivre en salauds…

MURMURES D'IRÈNE

"Bien sûr, nous eûmes des orages. Dix ans d'amour, c'est l'amour fou..."

Te souviens-tu de notre querelle le soir qui fut fatal à ma jambe ?

Comme toi, après l'explosion, je me suis retrouvée dans un lit d'hôpital.

Comme moi, tu vas te réveiller.

Comme toi, j'ai cru que j'allais mourir.

Comme moi, tu vas te remettre de tes blessures.

Moi, j'ai toujours gardé une conscience claire de mon état. Le moment de panique passé devant le fantôme de ma jambe, je n'avais qu'une idée en tête, retrouver un semblant d'autonomie, me battre, pour vivre normalement, malgré ce handicap.

J'ai perdu une jambe et gagné une Studebaker à transmission automatique.

J'ai gagné une canne et perdu le plaisir de la danse...

Mais toi, je ne t'ai pas perdu. Et je ne veux pas te perdre.

Comme à ton habitude, dormir te permet de fuir la douleur. Souviens-toi, à la mort de ton ami Choukroun...

A présent, tu as un nouvel ami, et c'est lui qui t'a sauvé la vie.

L'odeur de ta peau, le goût de ton sexe, tes mains sur mon corps, tes doigts dans mes cheveux me manquent. "I miss you", *comme tu aimes à dire.*

"Je t'aime", te dit ta "miss" qui te retrouvera, comme en avril 63, grâce à la belle Pandora...

IV

UNE SOIRÉE MORTELLE

Dimanche 31 décembre 1967

L'année 1967 s'est terminée comme une semaine, un dimanche. La veille, Ernestine m'avait téléphoné pour m'inviter à un réveillon au casino de Cassis. Avec Irène.

— Elle a accepté ?

— Bien sûr.

— Au casino ? Avec moi… ?

— Tu as bu, Paco, ou tu deviens idiot ?

— Bon… Ben… OK… Qui d'autre as-tu convié ?

— Mon jules, c'est tout.

"Au casino, avec moi !" tournait dans ma tête comme une rengaine obsédante. Une malédiction ou la conjuration d'un mauvais sort ? Irène allait souffrir de voir danser les autres, souffrir aussi de réminiscence. Pourquoi avait-elle accepté cette invitation maladroite ? A moins qu'Ernestine n'eût oublié l'attentat du casino d'Alger ? J'en doutais. Et si Irène avait suggéré le lieu, histoire d'afficher son orgueil et sa force ? Peut-être.

En tout cas, si je voulais me faire pardonner, il me fallait arborer le borsalino objet de querelle et donc acquérir forcément le complet assorti.

J'ai passé mon samedi après-midi à essayer des costumes et à faire comme tout le monde. Même un peu plus. Avec le temps, surprendre un vieil amour est un exercice de style de plus en plus complexe. Je me savais incapable de rivaliser avec Irène dans le registre des surprises.

Son coup de maître, ou plutôt de maîtresse, avait été joué en juin 1963 pour l'anniversaire de mes trente-trois ans.

Après dix mois de silence, je l'avais appelée, avec la maladresse qui me caractérise, pour prendre de ses nouvelles. Elle avait semblé à peine étonnée de mon coup de fil.

— Qu'as-tu prévu pour ton anniversaire ? m'avait-elle demandé.

— Rien, pourquoi ?

— Accepterais-tu une invitation pour la soirée ?

— Volontiers.

— Mets un borsalino et retrouvons-nous à Aix. Rendez-vous à la Rotonde sur le cours Mirabeau. A 20 heures.

Je suis arrivé à 19 h 30. Après avoir exploré salle et terrasse, j'étais secrètement déçu de ne pas l'y avoir trouvée. Installé à une table de la brasserie, je l'ai attendue.

A 20 heures, elle n'était toujours pas là. Un inconnu est entré dans la salle, a dévisagé les consommateurs tel un tueur à gages cherchant sa future victime. Quand il m'a vu, ou plutôt quand il a aperçu mon chapeau, il s'est dirigé vers moi.

— Monsieur Martinez ?

— Oui…

— Bonsoir. Voulez-vous bien me suivre ?

— Habituellement, cette réplique est dans mon répertoire…

— C'est possible. Je ne fais qu'appliquer les consignes dictées par votre hôtesse.

— Où allons-nous ?

— J'ai ordre de ne rien vous dire.

Je l'ai suivi, excité par la mise en scène de ma belle.

Mon guide m'a conduit jusqu'au Studio 24, un petit cinéma du cours Sextius, puis m'a entraîné dans la salle étrangement déserte et sombre.

L'inconnu a sorti une lampe torche de sa veste, l'a allumée et m'a dirigé jusqu'au troisième rang, mon préféré, suffisamment proche de l'écran pour être avalé par l'image et n'être pas gêné par des spectateurs bruyants ou bavards.

Au milieu du rang, la crinière rousse d'Irène m'attendait.

Je me suis penché pour l'embrasser, elle s'est refusée en souriant :

— Attends donc que la salle soit obscure et que ton cadeau soit offert…

— C'est quand vous voulez, a proposé le maître des lieux.

— Allez-y, a ordonné Irène en prêtresse de ce rituel amoureux.

La scène s'est éteinte et la projection d'un film a commencé. Celle d'un film-culte pour moi, *Pandora* d'Albert Lewin avec Ava Gardner, jeune beauté sauvage, et James Mason, romantique à souhait. L'histoire du Hollandais Volant transposée dans l'Espagne contemporaine. J'en ai eu les larmes aux yeux. Avant la fin du générique, je l'ai embrassée avec passion comme un adolescent qui se lance à corps perdu dans son premier baiser cinématographique.

— Tu es folle ! Cette histoire a dû te coûter une fortune !

— J'économise depuis neuf mois…

— Tu étais convaincue que j'allais te rappeler ?

— Non, mais je l'espérais.

A la fin de la projection, elle m'a pris par la main et entraîné sur scène avec cette claudication familière, presque rassurante. Magiquement, un traiteur est apparu et a dressé une table : assiettes, couverts, coupes, candélabre, seau à champagne et sa bouteille.

— A tes amours, a-t-elle lancé en trinquant.

— A ton amour, j'ai répliqué, amant comme au premier jour.

Au dîner nous a été servie une somptueuse paella accompagnée d'un excellent rioja.

— Je n'ai pas voulu prendre le risque d'un mascara, ça nous aurait rendus mélancoliques.

Elle avait raison. L'Algérie était désormais loin. Très loin. Disparue, engloutie entre l'amirauté d'Alger et le port phocéen. Une autre était en cours de renaissance dont nul ne savait si elle réservait le pire ou le meilleur. Notre amour, par contre, semblait renaître de ses cendres, intact. Grâce au talent d'Irène.

Puis nous avons quitté le cinéma pour nous rendre à sa nouvelle boutique que je n'avais encore jamais vue. Enfin, c'est ce que j'ai tenté de lui laisser croire. En vérité, quelque temps plus tôt, un soir de blues, j'étais venu rôder dans les parages pour découvrir son nouvel univers. Plus joli qu'à Bab-el-Oued, plus chic aussi. Elle devait avoir une clientèle bourgeoise car les prix affichés des chapeaux étaient plutôt dissuasifs.

— Je me suis inspirée de Moetsch, avenue George-V à Paris. Du haut de gamme, uniquement.

— Et ça marche ?

— Pour l'instant, plutôt bien. Mais, ce soir, oublions le travail, le tien, le mien. Promis ?

— Promis.

Son appartement était au rez-de-chaussée mitoyen de la boutique. Elle avait eu la sagesse de renoncer à son Golgotha algérois, ces cinq étages qu'elle avait dû escalader depuis son amputation.

Cerise sur le gâteau, pour accéder à son logement, nous sommes passés par une cour privée où trônait un lilas, décorée d'une petite table et deux chaises de bistrot.

J'ai éclaté de rire*.

— Incroyable mais vrai. J'ai eu la même réaction que toi lors de ma première visite. L'agent immobilier n'a pas compris mon hilarité.

— C'est vraiment très sympathique comme endroit.

Elle a ouvert la porte et a allumé le vestibule. Un flash-back, l'espace, les meubles Art déco, les rayonnages de disques probablement enrichis depuis son arrivée, le guéridon où patientait une autre bouteille de champagne dans son seau à glace. Comme là-bas.

Comme là-bas, je l'ai enlacée, soulevée et entraînée dans sa chambre.

Et, sans me préoccuper de la décoration, je l'ai prise, envahie, écrasée, léchée, sucée, mangée, pétrie, caressée pendant qu'elle m'engloutissait de sa bouche, son ventre, son cul, de la pâleur de sa peau, de sa toison pubienne, des grains de sa beauté, du vert de ses yeux, de la rousseur de ses taches, des mèches bouclées de sa crinière, du carmin humide de ses lèvres… Jusqu'au matin.

Sans un mot, comme on reprend le cours d'une histoire, elle avait pioché, dans la poche de mon veston, paquet de cigarettes et briquet, en avait allumé une et me l'avait tendue.

Le retour des rituels et ses variations.

* Voir *Alger la Noire* : Paco y portait, un temps, un brin de lilas à la boutonnière, pour démasquer un assassin allergique à cette fleur.

Puisque je ne pouvais plus naviguer entre la Bassetta et la rue Montaigne à Bab-el-Oued, nous nous retrouvions à Aix ou à Marseille. Plus souvent à Aix car elle jugeait sinistres mes deux pièces de la Plaine meublées d'un lit à deux places, d'une table et de deux chaises, d'un frigo et de deux plaques électriques, du vieil électrophone Teppaz de Choukroun et de ses disques de Labassi, de mes livres et revues de cinéma. Alors que la plupart des gens rêvaient de la télé couleur à peine commercialisée à un prix exorbitant, je n'avais même pas un récepteur en noir et blanc.

Dans *Tirez sur le pianiste* de Truffaut, Michèle Mercier chantait : "La télévision est un cinéma où on peut aller en restant chez soi." Avec l'arrivée de la couleur sur les petits écrans, le technicolor allait perdre sa longueur d'avance et le cinéma risquait d'y laisser des images…

Selon Irène, mon appartement semblait le territoire d'un vieil étudiant différant son entrée dans la vie active ou d'un célibataire monomane.

Par ailleurs, son jugement sur la vie conjugale était demeuré identique : le quotidien tuait le couple. De même, elle ne manifestait aucun désir d'enfant et, incapable d'assumer une fonction paternelle, je me gardais bien de l'y encourager.

Comme on disait, par ici, j'avais tous les crayons mais pas toutes les couleurs. En tout cas, pas celles d'un père, le mien ayant choisi de mourir pour la République espagnole et les beaux yeux de sa maîtresse…

Pas d'épouse, pas d'enfant, pas d'animal domestique, pas de télé et... pas de voiture ! Sinon celle du service.

Chargé de mes cadeaux, je suis allé prendre un car sur les allées Gambetta en direction de Cassis.

Bercé par les virages de la route sinueuse, j'étais loin d'imaginer que Khoupi, en cet instant, questionnait la Fourmi et qu'il en était instantanément tombé amoureux.

Loin d'envisager aussi que le vieil Agopian souffrait le martyre sous les coups de ses tortionnaires.

Une seule question s'imposait vraiment : que me réservait Irène pour cette soirée de réveillon ?

*

Après avoir déposé cadeaux, manteau et chapeau au vestiaire, je me suis rendu dans la salle du restaurant. Les lieux décorés pour l'événement se remplissaient mollement. Ernestine se tenait aux côtés d'un bel homme, trapu et musclé, au regard noir et scrutateur, l'évocation de Bruno Cremer dans *La 317e Section* de Schoendoerffer. Elle s'est levée pour me faire signe de les rejoindre à la table réservée par ses soins. José Gomez s'est adressé à moi d'une voix étonnamment douce :

— Ernestinc m'a beaucoup parlé de vous.

— En bien, j'espère ?

— Plutôt. Et d'Irène aussi. Vous semblez avoir partagé, en Algérie, des moments... intenses.

— Plutôt, oui. Suffisamment forts pour sceller une amitié. Vous êtes à Marseille depuis longtemps ?

— Non. Quelques mois, mais je crois... (il a regardé Ernestine avec tendresse) je crois que je vais y faire mon trou.

J'ai souri en jetant à mon tour un regard complice à Ernestine :

— Je vous comprends, c'est une ville intéressante, le soleil, la mer et certains sites sont inoubliables.

— Arrêtez un peu tous les deux. J'ai l'air d'une potiche qui assiste à la discussion entre un ex-amant et son dernier.

— Heureusement pour moi qu'Irène n'est pas encore là, elle t'arracherait les yeux, j'ai dit, ignorant qu'en cet instant, un salopard énucléait le serrurier arménien.

— Je crois qu'elle arrive, a annoncé Gomez.

Je me suis retourné : Irène était bien là, splendide dans un fourreau émeraude, façon Gene Tierney dans *Laura*. Ses boucles rousses dévalaient ses tempes pour s'effondrer sur ses épaules, encadrant la pâleur lumineuse de son visage d'un incendie capillaire. Comme à son habitude, elle s'appuyait d'une main sur sa canne à pommeau d'argent, mais, de l'autre, tenait le bras d'un type d'une quarantaine d'années, élégant et plutôt beau gosse. Je le connaissais. Et sa réputation aussi. Un journaliste d'investigation du *Provençal* doublé d'un grand séducteur.

— Je vous présente François Nessim, il a une magnifique petite MG et il est tombé amoureux de ma Studebaker dans le parking. Il était prêt à me proposer l'échange jusqu'à ce qu'il découvre la transmission automatique…

— Rébarbative pour un amateur de conduite sportive…, a continué le nouveau venu.

J'ai craint, un instant, qu'elle songeât à échanger un flic contre un journaliste.

— Je lui ai proposé de se joindre à nous…

— Pas de problème, a dit Ernestine.

— Sous réserve que je ne sois pas le mort, comme au bridge, j'ai ironisé sans soupçonner qu'Agopian, en cet instant, rendait son dernier soupir, las des tortures qu'il subissait depuis des heures.

La soirée a été un calvaire : Nessim n'a cessé de faire la cour à Irène sans se préoccuper un seul instant du coup de boule que je lui donnais en boucle, dans ma tête.

Le point d'orgue a été son invitation à danser. J'aurais voulu qu'elle le giflât pour cette indélicatesse. Elle s'est contentée de refuser avec un sourire triste. Mais, loin de renoncer, il lui a déclaré :

— Ne craignez rien ! *Trust me*, comme disent les Anglo-Saxons. Sans forfanterie, je suis un danseur hors pair et je sais, à votre regard, que vous adorez cela.

Il l'a aidée à se lever et conduite jusqu'à la piste. Par un tour de force insensé, il est parvenu à effectuer avec elle un slow en compensant par sa prise de taille le handicap de ma belle.

J'étais fou de rage et de jalousie.

— C'est formidable ! a dit Ernestine.

— Je ne suis pas sûr que notre ami Paco apprécie ce play-boy…

— Il a le courage et le talent que je n'ai jamais eus…

— Mais tu en as d'autres, a consolé Ernestine en pressant ma main avec affection.

— Si vous faites danser ma fiancée, je vous tue, a affirmé, de sa voix douce, Gomez en souriant.

Je l'ai cru. Ce type masquait une violence inouïe sous ses airs bonhommes.

— Je ne m'y risquerai pas. Les jaloux sont impitoyables.

L'animateur de la soirée a demandé au public de compter les douze coups pendant que les tortionnaires, ayant terminé d'asséner les leurs, quittaient la banque désaffectée et dévastée du vieil Arménien, abandonnant son cadavre crucifié sur la table de conférence de son salon, tel un messie horizontal, oublié de dieu, de sa mère et de ses apôtres. Une orbite vidée de son œil.

S'appuyant en confiance sur son solide partenaire, Irène a dansé trois fois pendant que j'échangeais avec Gomez sur l'état du monde, de la France et de Marseille. Selon lui, notre pays allait imploser comme un vieux téléviseur.

— Je n'ai pas de télé…

— Vous avez tort. C'est un miroir à peine déformant de la réalité politique. Depuis les dernières élections et leur majorité étriquée, les gaullistes verrouillent tout : la jeunesse se jette dans les bras des trotskistes ou des maoïstes, la classe ouvrière dans ceux du PC. Pour l'instant la guerre du Viêtnam et l'antiaméricanisme les occupent, de Gaulle, plus préoccupé de son image internationale que de sa politique intérieure, se convainc que tout est pour le mieux. Ce pays étouffe et siffle comme une cocotte-minute.

— Vous semblez bien intéressé par la politique pour un cuistot ?

— Je ne l'ai pas toujours été…

— Vous étiez dans les commandos, je crois ?

— Dans les forces spéciales.

— Pourquoi les avez-vous quittées ?

— Je suis épuisée, a annoncé Irène en s'asseyant. Le vert du fourreau évoquait un écrin ouvert sur les perles de sueur qui constellaient son buste nu.

— Moi aussi. Je vais rentrer.

— Déjà ? s'est désolée Ernestine.

— Comment rentres-tu ? m'a demandé Irène, avec une moue ironique.

— Je suis un grand garçon.

— Voulez-vous que je vous raccompagne ? a proposé Nessim.

J'ai vidé mon chargeur sur lui et répondu :

— Non, ça ira, merci. Continuez à vous amuser sans moi.

Je me suis levé et éloigné sans me retourner. Pendant que je récupérais mes effets au vestiaire, la voix d'Irène m'a interpellé :

— Je vois que tu t'es décidé à porter le chapeau que je t'ai offert. C'est très élégant avec ce nouveau costume.

— Merci.

— C'est pour moi, ces paquets ?

— C'était pour toi, mais je te les ferai livrer pour ne pas encombrer ta soirée.

Sans rien dire, elle a récupéré son manteau et m'a suivi vers la sortie.

— Tu ne restes pas ?

— Bien sûr que non, sale espingoin ! Je t'enlève.

Elle m'a pris le bras et nous nous sommes dirigés vers sa voiture. Elle m'a tendu les clés :

— Faute de me faire danser, conduis-moi.

— N'en rajoute pas, s'il te plaît.

— J'aime te voir jaloux, c'est si rare.

— Où va-t-on ? Chez moi ? Chez toi ?

— Non. J'ai réservé une chambre à l'hôtel du Port.

— Tiens donc !

— Tu n'as pas envie de moi ?

— Je ne sais pas, il faut que j'y réfléchisse.
— Salaud !
— Je hais ce Nessim.
— Moi, je t'aime. Sens comme mon cœur bat.
Elle a pris ma main droite et l'a glissée sous l'étoffe de son bustier. Son aorte avait la consistance d'un mamelon durci et ses ventricules de globes ronds et fermes. Mon sang s'est précipité côté ventre et mon désir côté tête.

Quand mes doigts ont fait glisser la fermeture de son fourreau dans l'obscurité de la chambre, mon abstinence s'est perdue, corps et mains, sans savoir qu'un autre, ailleurs, Khoupi, pratiquait le même exercice avec la Fourmi dans les volutes de substances hallucinogènes.

Alors que la petite mort finissait de secouer nos corps, celui d'Agopian entamait sa lente décomposition orchestrée, sans états d'âme, par une armée de bactéries. Jusqu'au mardi.

MURMURES D'IRÈNE

"Mille fois tu pris ton bagage. Mille fois tu pris ton envol..."

Et puis la conjonction de la mort de ta grand-mère et du massacre de la rue d'Isly nous a séparés.

Toi, à Marseille, à ruminer tes deuils, moi à Aix, à faire comme si j'étais une autre, une Orléanaise en mal de soleil, célibataire et ambitieuse.

Toi, enlisé dans ta culpabilité, moi, plongée dans mes rêves de retrouvailles.

Tu t'es décidé à reprendre notre "tendre guerre" sur de nouvelles bases. Ton travail n'aurait désormais plus droit de cité entre nous.

Hélas, il a fallu que ce notaire me retrouve.

Si tu ne m'avais pas encouragée à retourner à Orléans, cela aurait-il changé quelque chose ? Voilà que je me mets à parler comme toi ! Au conditionnel passé !

Apprendre par Khoupi que tu avais été abattu aurait-il été moins brutal que par les infos ? Oui. De plus, cela m'aurait évité de m'effondrer en larmes sous les yeux de ma mère et permis d'échapper à sa compassion.

La remercier pour sa donation entre vifs après avoir été rayée de la généalogie familiale n'a pas été facile, mais découvrir que l'âge l'avait adoucie, la voir s'emparer de ma détresse pour tenter de me donner ce qu'elle m'avait toujours refusé. Insupportable. Elle a appelé mon frère pour qu'il m'accompagne à Paris et me permette d'attraper le premier train pour Marseille. Même lui s'est montré gentil et affectueux…

Douze ans après mon départ, ma rancune est passée des sommets de l'Himalaya à la plaine beauceronne. Aplatie par ma douleur et leur douceur.

Sans le vouloir, tu as participé au retour de l'enfant prodigue et au pardon d'une fille à sa mère. C'est cher payé si tu ne me laisses que ton fantôme pour me débrouiller avec ça.

Pour la première fois, j'ai besoin de toi. Et je suis malade à l'idée de te perdre.

Pourquoi ai-je la certitude que tu m'entends même lorsque je te parle dans ma tête ?

C'est peut-être cela, la part irréductible de l'amour, cette certitude télépathique, cette écoute de sentiment à sentiment, cette circulation secrète des émotions, cet entre-deux, cet entre-nous…

Le médecin te nourrit le corps d'un sang étranger, moi je te transfuse l'esprit de mots familiers. A nous trois, nous finirons par redonner son goût à ta vie et par tuer la mort qui te séduit encore…

V

FOURMI ROUGE

Mardi 2 janvier 1968

Quand j'ai ouvert les yeux pour fermer sa gueule à mon réveil, je n'étais pas seul. Une splendide créature nue, une jolie brune couronnée de laurier m'offrait son dos et sa croupe posée sur une pile de livres. Une créature d'Aslan, de rêve, de papier figurant la lauréate d'un prix littéraire en forme de pin-up juin 1967 du calendrier de *Lui*. Avec une dédicace :

"Une compagne facile à vivre pour fantasmer durant tes nuits solitaires…"

Une compagne énigmatique dont je ne verrais jamais les seins ni le ventre et qui me tournerait toujours le dos.

Un des cadeaux d'Irène. Les autres, *Les Vieux Amants* de Brel et *Comme d'habitude* de Claude François. Histoire de signifier que le temps passé n'était pas passé inaperçu. Elle m'avait confié aussi un cadeau pour Khoupi, *Ferré chante Verlaine et Rimbaud.*

Comme les grands esprits se rencontrent dans le bras de fer, j'avais acquis pour elle *Toulouse* de Nougaro, les chansons du film de Demy *Les Demoiselles de Rochefort*, que nous avions vu ensemble, et *Sergent Peppers Lonely Heart Club Band*, l'album le plus abouti des Beatles.

En ce début d'année, ma bonne humeur a été anéantie dès mon arrivée dans le service.

Un appel d'un collègue d'Agopian et de Sénigalia ; il voulait savoir si nous détenions le vieil Arménien et pourquoi.

— Non, monsieur. Il a été seulement interrogé dans nos bureaux.

— Il n'est pas au travail et son téléphone ne répond pas.

— Vous êtes bien attentif à vos collègues ?

— Agopian est notre mascotte. C'est un vieil emmerdeur mais consciencieux ; il n'a jamais été absent sans avertir. Il a déjà eu un infarctus et je suis inquiet de son silence.

— Vous êtes serrurier, non ? Allez chez lui.

— Pas si simple, je suis au boulot.

— Je vais voir ce que je peux faire.

Khoupi est arrivé. Il semblait plus distrait que jamais, absent au monde, ou plutôt présent dans une autre dimension.

— J'ai un cadeau d'Irène pour toi.

Il l'a déballé, indifférent au contenu.

— Verlaine et Rimbaud en chansons !?

— C'est mieux que des chansons paillardes…

— Sans doute, mais je redoute le pire. Enfin, c'est gentil, tu la remercieras pour moi.

— Ah non ! C'est ton cadeau ! Tu te démerdes avec elle. Tu n'as pas l'air dans ton assiette ?

— J'ai interrogé ladite Fourmi, samedi…

— Sans m'en avertir ?

— Ça s'est fait comme ça. Je voulais acheter un bouquin chez Maupetit et…

— Quel hasard !

— Sans déconner. C'était hors service. Il se trouve qu'elle s'est occupée de moi et, pour ne pas la mettre en difficulté devant la clientèle et son employeur, je lui ai proposé d'attendre la fin de sa journée pour l'interroger…

— Quel zèle en cette fin d'année !

— Oh, tu me nifles* !

— Et susceptible avec ça ! Tu me raconteras vos échanges en chemin. On vient d'appeler au sujet d'Agopian. Il faut aller chez lui vérifier qu'il n'a pas fait un nouvel infarctus…

— De quoi tu parles ?

— Je n'en sais rien. Mais on va en avoir le cœur net, comme dirait le professeur Barnard**.

Et, dès cet instant, les choses se sont compliquées.

* Nifler : "agacer", "fatiguer".

** Chirurgien sud-africain qui a effectué la première greffe cardiaque.

Tout d'abord, son récit sur l'interrogatoire d'Eva Pelletier surnommée Fourmi puait la censure et la subjectivité. Une pauvre victime des circonstances. Pips, son compagnon, ex-étudiant en sciences, étudiant en rien – il renouvelait systématiquement son inscription pour bénéficier du restau U et autres tarifs réduits –, vivait de petites arnaques et de trafic de grosses cylindrées volées, non par lui, mais par un réseau de vrais truands qui lui confiaient de temps en temps le convoyage de Mercedes pour le Maghreb ou le Moyen-Orient. Et puis le sort s'était acharné sur la pauvre Fourmi : Pips était parti en Syrie avec un copain parisien livrer une bagnole avec l'intention de faire une virée en Jordanie en pleine tension israélo-arabe. Ils s'étaient retrouvés coincés à la frontière turque jusqu'à la fin du conflit, soit "six jours", comme disait la guerre, plus quelques autres, le temps que les esprits se calment et que les frontières s'ouvrent à nouveau.

En attendant le retour improbable de son amant, la pauvre Fourmi, désœuvrée, avait fait appel au fournisseur habituel de Pips pour sa consommation, évidemment épisodique, de haschich, Vespucci. Il lui avait offert une barrette et donné une formation accélérée de confection de joints car, jusqu'alors, Pips les roulait pour elle.

Ils avaient fumé toute la soirée. Au petit matin, elle l'avait retrouvé dans son lit. Affolée et amnésique, elle l'avait gentiment congédié en espérant qu'il en resterait là. Hélas, Vespucci lui avait proposé de renouveler l'expérience, l'adjurant de se souvenir de leurs ébats passionnés. L'idée qu'elle ait pu appartenir à cet individu la dégoûtait et l'effrayait. Malgré son refus catégorique, il l'avait harcelée et elle avait eu, à chaque fois, un peu plus de mal à s'en défaire.

En octobre, sans nouvelles de Pips depuis des mois et sans le sou, elle avait pris peur et sous-loué leur appartement à Sénigalia que Minier, le médecin du travail, lui avait recommandé. Elle avait fui Saint-Jean-du-Désert pour échapper aux avances de Vespucci. Pour survivre, elle avait accepté un boulot de libraire à temps partiel. Sénigalia l'avait informée que le dealer n'avait pas renoncé à la sauter puisqu'il questionnait tous les locataires pour la retrouver. Depuis, elle se terrait dans un meublé à Endoume. Elle ne savait rien d'autre sur Vespucci sinon que c'était un petit voyou, ni sur Sénigalia sinon qu'il était serrurier et copain avec les étudiants de la cité U.

Début décembre, l'ambassade de France en Syrie lui avait appris la mort de Pips dans un accident de la route près de Damas. Un choc frontal avec un camion qui roulait de nuit, sans lumières. Pips avait agonisé, bloqué dans l'habitacle, jusqu'à l'explosion du réservoir, sous les yeux de son copain légèrement blessé et impuissant devant l'incendie du véhicule. Le corps de Pips avait été carbonisé. Le copain, survivant, avait été rapatrié sur Paris, choisissant, semblait-il, d'y rester…

— Savait-elle que Sénigalia se planquait chez Agopian ?

— Evidemment non !

— Evidemment…

— Je suis sûr qu'elle ne ment pas. C'est une nana plutôt paumée mais intelligente et attachante, a conclu Khoupi.

— Attachante, hein ? Tu t'es laissé rouler dans la farine, oui !

— Tu es bien péremptoire pour un type qui ne la connaît pas.

Pourquoi son rapport m'agaçait-il à ce point ? Khoupi n'était pas une jeune recrue naïve.

“Tais-toi et réfléchis à ce qui te gêne, tu finiras par trouver. C'est comme les noms qu'on oublie, ils reviennent toujours sans avertir. Attends, ça viendra”, m'avait soufflé le fantôme de Choukroun. J'ai suivi son conseil. Il me manquait toujours, mais lui ne reviendrait pas…

Je n'ai pas attendu longtemps.

Quand nous sommes arrivés chez Agopian, la porte n'était pas verrouillée. Nous avons sorti nos flingues et traversé la serre toujours impeccable pour renifler la puanteur de la mort. Et découvrir un corps dévasté par la barbarie, le cadavre du vieil homme, crucifié à l'horizontale, figurant la pose d'un Christ de Dalí. La cloueuse traînait encore sur la table. En m'approchant, j'ai eu la nausée. Ses avant-bras avaient été brûlés à la cigarette ; l'orbite gauche, vide, emplie de mouches, bourdonnait. Non loin du visage, le globe oculaire ensanglanté reposait sur la table en compagnie de la petite cuiller utilisée pour l'énucléation.

Pourquoi une telle cruauté ?

Le FLN avait pratiqué ce genre de choses sur les gars du contingent, *post mortem*, une manière d'épouvanter le troufion. La guerre était finie, d'autres se déroulaient ailleurs, Israël, Viêtnam. Loin de nous. Que cachait ce serrurier… ? Les coffres !

Dans la cuisine, aucun n'avait été forcé.

Etait-ce une punition, une sanction ? Si oui, quel forfait méritait une telle vengeance ? Une torture pour l'aveu d'un secret ? Quel secret inavouable avait-il défendu ou lâché ?

J'imaginais bien la progression dramatique. Le ou les types voulaient obtenir une information. Ils avaient commencé par les brûlures de cigarette, puis la crucifixion, enfin l'œil crevé. Moins compliqué que de percer une multitude de coffres ou de perdre un temps infini dans une fouille aléatoire.

Massu et ses paras, pressés par le pouvoir d'empêcher les attentats à la bombe à Alger, avaient utilisé des méthodes moins spectaculaires avec les gars du FLN.

Agopian n'avait rien d'un terroriste. Pour qui un archiviste militant arménien était-il dangereux ? Les Turcs ?

Le mode opératoire était-il un message adressé à quelqu'un, façon mafieuse ? Les mains, les yeux… Qu'avait volé ou vu Agopian ?

Khoupi pétrifié, la mâchoire serrée, contemplait le spectacle morbide.

Arme au poing, je suis retourné dans le salon, décidé à explorer le reste de l'espace jusqu'alors inconnu.

A gauche, un couloir distribuait une petite salle de bains, les toilettes et deux chambres. L'une, la sienne, meublée d'un lit et d'une armoire, dans le désordre d'un petit matin, l'autre joliment décorée, emplie de poupées et de jouets d'enfant ! Une chambre de fille où personne ne semblait vivre ! Une fille dont les photos étaient punaisées sur un panneau d'affichage bancaire. Apparemment ça n'était plus une gamine. Une jeune femme aux yeux rieurs, aux cheveux bruns coupés ras, aussi jolie et émouvante que Renée Falconetti, la Jeanne d'Arc de Dreyer. Une Jeanne transposée, par erreur, dans son *Vampyr*…

— Eva ! a soufflé Khoupi.

— Quoi, Eva ? Tu as un rencard avec la Fourmi ?

— Putain ! Mais qu'est-ce qu'elle fout là ?

— La femme sur les photos, c'est Eva Pelletier ?

— Ouais. Je comprends rien. Elle est orpheline de père…

— Et lui nous a dit qu'il était célibataire et sans enfants. C'est peut-être sa nièce. Quoi qu'il en soit, ils ne portent pas le même nom, donc ils ne sont pas parents proches. Sa mère est peut-être arménienne aussi…

— Non, pas du tout, sa mère est…

— Tu l'as sautée ? C'est ça ?

— Ouais, a dit Khoupi comme une évidence, une anecdote sans importance.

En spécialiste de la pudeur, il masquait ses émotions par une apparente légèreté, plutôt lourde.

— Si elle connaissait Agopian, elle savait que Sénigalia travaillait avec lui…

— Forcément. Elle s'est foutue de moi !

A sa mine décomposée, j'ai compris que c'était plus sérieux.

— Tu es tombé amoureux ? Ça arrive… Ne t'inquiète pas, on va rattraper le coup…

— Je m'inquiète pas, je suis vexé…

Il était en pleine décristallisation :

— On appelle les gars du labo et on fait une pause. Le temps qu'ils arrivent, raconte-moi tout.

*

Un coup de foudre. Tout simplement. J'avais connu ça avec Irène. A la différence qu'elle ne m'avait ni menti ni sauté dessus, le premier soir.

Après tout, des avocats tombaient amoureux de leurs clientes, des médecins de leurs patientes, des ménagères de leurs facteurs, et réciproquement. Pour Khoupi, elle ressemblait à Twiggy, le mannequin anglais en vogue, une sorte de femme-enfant aux allures fragiles. A chacun ses représentations…

Il m'a rapporté la soirée en détail, sans rien omettre.

Il l'avait interrogée puis n'avait pas pu la quitter. Il l'avait écoutée toute la nuit sans la toucher. Elle avait étudié l'histoire jusqu'en maîtrise et commencé la rédaction d'un mémoire sur la fin de l'Empire ottoman quand, au cours d'une soirée chez des amis à Saint-Jean, elle avait rencontré Pips qui partait, la semaine suivante, livrer une BMW en Turquie. Elle l'avait accompagné avec l'intention de mener des recherches sur place. En chemin, ils étaient devenus amants et l'étaient restés. Leur relation avait été instable et insatisfaisante, cependant elle l'avait continuée. Par lâcheté. Pips claquait son fric sans compter et elle en avait largement profité. Depuis un an, son mémoire était resté en plan. Sa vie aussi.

Elle était la cinquième et dernière de sa fratrie. Son frère et ses sœurs vivaient à Toulouse, sa mère à Albi, seule. Quant à son père, il était mort quatre ans plus tôt d'un cancer de la plèvre.

A l'aube, elle avait proposé à Khoupi de passer le 31 en sa compagnie car elle avait le blues. Il avait accepté. Rentré chez lui, il avait dormi, puis s'était préparé à enterrer l'année et sa solitude en compagnie d'Eva.

Dans la nuit du 31 au 1er, devant l'inhibition de mon camarade, elle avait roulé un joint et, après l'avoir partagé, avait fini par lui faire l'amour. Jusqu'au matin.

— C'était… c'était… pfff !

— Formidable ! Inoubliable ! Ineffable ! Inexplicable ! ai-je commenté, amusé. N'oublie pas que tu étais défoncé…

— Pas du tout ! J'ai tiré unc taffe… !

La confession a été interrompue par l'arrivée de l'équipe des "fouille-morts".

Doublée par des perceurs de coffres. Etrange de voir des flics cambrioler une banque dans une cuisine…

Rien. Rien dans les coffres, rien dans la maison. Rien dans la partie "agence" de la banque, le bureau d'Agopian, sinon une multitude d'archives, de courriers et témoignages sur le génocide arménien, rangés dans autant de chemises, dossiers, classeurs. L'œuvre d'une vie. Inachevée.

Par contre, des empreintes. Partout. Celles d'Agopian mais aussi des tortionnaires. S'ils étaient fichés, l'enquête pourrait être résolue rapidement.

Le cadavre nous a appris l'horreur du supplice. Selon le médecin légiste et à l'examen des plaies et blessures, le bonhomme avait été assommé, probablement avec la cloueuse, torturé pendant toute la soirée du 31 décembre et avait fini par mourir d'un arrêt cardiaque. Au nom de quoi ? Quelle cause pouvait engendrer un tel acharnement ? Quel fanatisme ? Ou quel intérêt supérieur ?

Khoupi sombrait dans le désarroi sans que je fusse capable de discerner lequel, de la Fourmi ou d'Agopian, en était responsable. Probablement les deux.

Les gars du labo relevaient les empreintes sur la cloueuse, la cuiller, les mégots, les assiettes, les couverts. Les tortionnaires avaient mangé entre deux séances de supplice. Bu. Pissé, chié. Ri même, peut-être. Et tué, de sang-froid. Comme les lugubres héros de Truman Capote.

Pendant que Khoupi parcourait de manière compulsive les archives arméniennes, j'ai trouvé une boîte à chaussures ouverte et abandonnée au sol dans la "chambre" de fille : elle contenait la correspondance d'Eva Pelletier à Michel Agopian.

Toutes les lettres commençaient par *Cher Michel*. Quel lien les unissait ? A la lecture succincte et diagonale du courrier, une évidence : ce personnage comptait pour elle et depuis longtemps puisque les plus anciennes lettres étaient datées de 1963, l'année de son entrée en fac d'histoire à Aix.

Quand je les ai montrées à Khoupi, il a pâli puis annoncé d'une voix blanche :

— On y va.

J'ai suivi sans comprendre, sans questionner, plus pour le protéger de sa détresse que par adhésion.

*

Sous ses airs de doux rêveur, Khoupi pouvait être brutal.

Il a conduit dans un silence tendu jusqu'à la Canebière, abandonné la voiture sur le trottoir et foncé vers le rayon d'ouvrages universitaires de la librairie Maupetit. Il a repéré la Fourmi qui échangeait avec un client, l'a saisie par le bras et entraînée à travers les étals de livres, en a renversé un ou deux au passage pendant que la jeune femme se débattait en le sommant de s'expliquer. John Wayne et Maureen O'Hara dans *L'Homme tranquille*. Personne n'a osé intervenir, moi y compris.

Il a ouvert la portière arrière de la voiture, l'a jetée sur la banquette puis rejointe en m'ordonnant :

— Retour à la case départ !

J'ai démarré en douceur.

— Où va-t-on ? a demandé Eva.

— Tu le sauras assez tôt.

— Mais de quoi parles-tu ? Tu débarques, tu m'enlèves…

— Oh non, je ne t'enlève pas, je t'interpelle !

— Pourquoi ? Qu'est-ce que j'ai fait d'illégal ?

— Tu m'as menti et tu t'es foutue de moi !

— C'est faux, j'ai toujours été sincère avec toi.

— Qui est Agopian ?

— Pourquoi me demandes-tu ça ? Il est impliqué dans une affaire louche ?

— Plutôt, oui.

— Vous l'avez arrêté ? Mon dieu ! Il a déjà eu un infarctus. Si vous l'avez mis aux Baumettes, il risque d'en mourir.

— Pitié pour mon vieil amant !

— Imbécile ! C'est mon père !

— Tu m'as dit qu'il était mort.

— Michel est mon… mon géniteur.

J'ai freiné et me suis retourné pour observer l'expression de Khoupi. Pétrifiée.

Le temps d'un embouteillage marseillais. Puis, d'une voix éteinte par le malaise et la culpabilité, il a murmuré :

— J'ai une mauvaise nouvelle à t'annoncer, Michel Agopian est mort.

Elle a poussé un cri d'une douleur animale puis s'est mise à sangloter en trépignant comme une petite fille qu'elle était redevenue, avec hoquets, respiration saccadée, se tapant le crâne contre le dossier de la banquette, étreignant son propre buste comme si elle se raccrochait à la réalité de son corps pour ne pas sombrer dans le désespoir. Quand la morve a commencé à couler de ses narines, je lui ai tendu un mouchoir et Khoupi a tenté de la prendre dans ses bras :

— Ne me touche pas !

D'une voix douce, je suis intervenu pour éviter un malentendu inutile :

— Nous n'y sommes pour rien. Il a été assassiné chez lui.

— Qui a fait ça ?

— Nous ne le savons pas encore.

— Mais pourquoi ?

— Nous cherchons…

— Je veux le voir ! a-t-elle exigé en se redressant.

— Plus tard.

— Pourquoi ?

— Justement parce que ce n'est pas beau à voir.

Elle a repris le cours de sa douleur, en adulte cette fois, sans perdre de son intensité. J'avais mal pour elle, pour Khoupi. Sans doute aussi pour moi. Comme à chaque fois qu'il était question de la mort d'un père.

Nous sommes retournés sur les lieux du crime et je les ai abandonnés dans la voiture pour savoir si nos gars avaient trouvé l'ombre d'une piste. Le chef m'a annoncé :

— Apparemment, on ne lui a pas volé d'objets de valeur. Il a toujours sa chevalière en or au doigt. On a retrouvé son chéquier et son portefeuille qui contenait cent francs. Les agresseurs étaient deux. Les assiettes, les verres, les vomissures…

— Les vomissures ?

— Ouais, des traces de gerbe sur la cuvette. L'un des deux a vomi.

— Pourquoi pas Agopian ?

— Parce que, mélangée aux aliments, il y avait de la bière. Et ici, il n'y a que du vin rouge.

— Pas d'empreintes ?

— Plein, partout, comme s'ils s'en foutaient. Le seul carnage, c'est le corps de la victime. Le reste des lieux n'a pas subi de bouleversement flagrant. Soit ils ont eu l'info qu'ils cherchaient, soit le type est mort avant de parler. En tout cas, c'était un coriace, ce mec…

— Ou bien il ne savait rien.

— Alors, il serait doublement à plaindre. Subir ce qu'il a subi pour rien… J'espère que vous allez les choper, ces enfoirés, et qu'ils seront raccourcis…

Les arrêter, nous allions tout mettre en œuvre pour cela. Quant à la guillotine, j'avais déjà vu assez d'horreurs en Algérie pour estimer que les mises à mort au nom d'une cause ou de la république n'étaient pas vraiment dissuasives.

Je suis retourné à la bagnole où un silence lourd de chagrin régnait. J'ai démarré et conduit le jeune couple à l'Evêché. Une autre surprise nous attendait.

*

Par sécurité, j'ai conduit le nouvel interrogatoire d'Eva.

Née officiellement en 1945 à Marseille d'un père représentant en papeterie pour les Bouches-du-Rhône, le Var, le Vaucluse et les Alpes-Maritimes, et d'une mère secrétaire à l'entreprise de serrurerie Frichet.

C'est dans le cadre professionnel que madame avait rencontré Agopian et entamé une liaison. Un an plus tard, elle était tombée enceinte ; incertaine sur le géniteur, elle avait songé à avorter et finalement, probabilité un demi, s'était résignée à poursuivre la grossesse.

A la naissance d'Eva, le doute n'était plus permis. Une noiraude. Les quatre autres enfants étaient blonds comme leur mère, d'origine bretonne, et avaient les yeux bleus du père, Biterrois et châtain. Ce dernier n'avait émis aucun doute et avait reconnu l'enfant sans sourciller. La sœur aînée l'avait surnommée la Fourmi à cause de sa taille menue, de l'abondance de ses cheveux bruns et de ses grands yeux noirs.

Eva avait accepté sa différence sans s'interroger plus avant puisque tous semblaient l'adopter comme une sœur et une fille à part entière. Pourtant, un rituel particulier et secret s'était instauré pendant sa petite enfance. Sa mère l'emmenait à l'atelier de l'entreprise un jeudi après-midi par mois, et l'abandonnait à la compagnie de Michel Agopian. Il lui expliquait le fonctionnement des machines, l'invitait au bistrot du coin pour boire une grenadine, et se montrait fier d'exhiber la petite fille :

— Elle est pas belle, ma petite Eva ? disait-il à la cantonade.

Au début, il lui faisait un peu peur, ce type aux mains rugueuses, aux sourcils broussailleux, aux yeux perçants et avec ce nez si curieux, comme le bec d'un aigle.

A l'usage, elle l'avait trouvé gentil et tendre, sans comprendre les raisons de l'affection qu'il lui portait et des cadeaux qu'il lui offrait. D'autant que lorsqu'elle retrouvait sa mère cette dernière les confisquait, promettant de les lui rendre plus tard. Elle l'obligeait aussi à jurer qu'elle ne dirait rien de ces rendez-vous. Ni à ses frères et sœurs, ni à son père.

— Pourquoi ? demandait la petite Eva.

— Parce que papa n'aime pas les gens avec qui je travaille et, s'il le savait, il t'interdirait de venir ici.

Un jour, son père a annoncé à la famille qu'on le nommait chef de région pour le Sud-Ouest. Ils allaient quitter leur petit appartement marseillais de la Blancarde pour une vraie maison à la campagne et maman n'irait plus travailler. Tous ont sauté de joie, sauf la mère qui semblait morose.

Durant la dernière semaine passée à Marseille, elle avait organisé un pot d'adieu sur son lieu de travail. Eva allait avoir cinq ans et avait passé une heure avec Agopian dans le bistrot habituel. Il lui avait fabriqué un livre, écrit à la main, illustré d'images de rois et de princes, qu'elle avait trouvé très joli.

— Je sais pas lire… Tu me la racontes ?

— Non. C'est une surprise, quand tu sauras lire, tu la découvriras toute seule et tu penseras à moi. D'accord ?

Et la petite Eva s'était mise à parler de son père, de son nouveau travail, des photos de la belle maison qu'il leur avait achetée.

— Et puis mon papa… et puis mon papa…

Agopian avait lâché dans un soupir, un murmure :

— Ton père, c'est moi…

Eva n'avait pas entendu, pas voulu entendre cette confidence expirée comme un dernier souffle.

Une ultime fois, sa mère lui avait confisqué le livre avec la sempiternelle promesse non tenue : “Plus tard…”

La famille Pelletier était partie pour le Sud-Ouest ; le temps était passé. Eva n'avait jamais trahi le secret ni entendu parler d'Agopian.

Elle était en terminale quand son père avait succombé à un cancer. Le deuil accompli, sa mère lui avait révélé le secret de ses origines et restitué tous les cadeaux de son géniteur. Le livre écrit et illustré par ce dernier racontait l'histoire et les légendes des rois arméniens…

Naturellement, elle avait voulu revenir à Marseille et revoir ce géniteur qu'elle avait côtoyé pendant son enfance au cours de rencontres mystérieuses. Elle l'avait retrouvé sans peine puisqu'il n'avait pas quitté l'entreprise de serrurerie.

Malgré son jeune âge à l'époque, elle avait recomposé, sans s'aider d'un plan, le chemin qui menait aux Chutes-Lavie et à la ruelle où était toujours installée l'usine. Comme si son corps avait inscrit en lui le rituel du trajet. De même, la représentation qu'elle avait de l'amant de sa mère lui avait permis une identification rapide. Curieusement, il l'avait reconnue aussitôt et entraînée vers “leur” bistrot, dans un silence ému.

Il n'avait jamais cessé de penser à elle, aménageant une chambre et continuant à lui offrir des cadeaux. Sa mère l'avait alimenté des photos de l'enfant entre cinq et dix-huit ans, du mythe de cette fille disparue et retrouvée. Les photos que nous avions découvertes, affichées dans la chambre d'enfant.

Il l'avait invitée à dîner dans son antre bancaire qu'elle découvrait pour la première fois. Tous ces coffres dans cette cuisine en forme de bunker, tous ces documents sur le génocide arménien !

Après des heures d'échanges à tenter de rattraper le temps perdu, il lui avait proposé de passer la nuit dans "la" chambre. Eva avait refusé et, par la suite, n'avait jamais pu y séjourner ou y dormir. C'était la chambre d'une fille illusoire. D'une fille rêvée. D'une autre. Pas la sienne.

Ils avaient renoué assez vite leur complicité sans qu'elle songeât jamais à le nommer papa. Elle l'avait longuement questionné sur l'objet de ses recherches et s'était piquée au jeu de ce vieux partenaire. Elle trouvait désuet son combat alors que des guerres actuelles exterminaient des populations. Au contact des étudiants, elle avait développé une conscience d'extrême gauche, davantage séduite par le soutien à la lutte du peuple vietnamien et à tous les peuples opprimés par l'impérialisme américain.

Pendant ses trois premières années universitaires, elle avait choisi de résider en cité universitaire à Aix et le voyait, en moyenne, un week-end par mois. Le samedi soir, elle dormait chez une copine à la cité U Cornil près du boulevard Baille et, naturellement, en compagnie de son hôtesse, avait découvert la Gaieté. Puis rencontré Pips au cours d'une soirée à Saint-Jean-du-Désert. Après leur voyage en Turquie, elle s'était mise en ménage avec lui. Agopian ne l'avait pas trouvé assez sérieux pour elle, mais elle avait passé l'âge de demander l'autorisation à qui que ce fût…

Après l'avoir laissée dérouler les retrouvailles avec son géniteur, j'ai abordé les sujets qui fâchent :

— A quel moment Michel Agopian vous a présenté Sénigalia ?

— Il ne me l'a pas présenté ! C'est Minier qui le connaissait !

— Et pas vous ? Allons, ils travaillaient dans la même entreprise !

— Je ne l'ai su qu'après. Quand j'ai retrouvé Michel, à dix-huit ans, Sénigalia ne travaillait pas encore pour Frichet. Et par la suite, je n'avais plus aucune raison d'aller aux Chutes-Lavie. Je retrouvais Michel chez lui et toujours en fin de semaine…

— Certes, mais pourtant ils semblaient assez proches pour que Michel l'hébergeât pendant sa cavale…

— Je ne le savais…

— Ne vous moquez pas de moi, s'il vous plaît, je pourrais me fâcher et vous laisser interroger par des collègues moins patients.

— … Je l'ai su… par hasard.

— Tiens donc !

— Je vous jure. J'avais prévu de passer le réveillon chez lui et…

— C'est pour protéger Agopian que tu m'as fait ton numéro de charme ! a craché Khoupi dans une bouffée de rage.

— N'en rajoute pas, Khoupi ! C'est assez compliqué comme ça ! ai-je sermonné.

— Au début oui, c'est vrai, je voulais découvrir ce que tu savais.

— Parce qu'il vous a fait des confidences sur l'enquête ?

— Pas vraiment. Mais, à ses questions, j'ai compris qu'il ne savait pas grand-chose…

— Qu'aurait-il pu apprendre ?
— Que Michel était un militant communiste…
— Sénigalia aussi ?
— …
— Sénigalia aussi ?
— Un temps, par entrisme. En réalité, il était trotskiste.
— Quel rapport avec la mort de Vespucci ?
— Aucun. Vespucci voulait VRAIMENT me sauter.
— Et c'est pour vous protéger qu'il l'a balancé par-dessus bord ?
— Je… je sais pas. Peut-être.
— Michel était-il au courant du harcèlement de Vespucci ?
— … Oui, c'est lui qui m'a conseillé de quitter Saint-Jean…
— Et lui qui vous a remplacée par Sénigalia pour le dissuader de vous emmerder…
— Non ! Sénigalia cherchait depuis des mois à quitter Château-Gombert à cause des réunions…
— Quelles réunions ?
— Les réunions trotskistes à Saint-Jean… Elles se terminaient toujours tard et…
— Chez Minier.
— … Oui.
— Je résume : vous retrouvez votre géniteur et quelques années plus tard vous vous mettez en ménage avec Pips à Saint-Jean. L'été dernier, Pips part livrer une bagnole en Syrie et tarde à revenir. Vous faites appel à son dealer habituel dont vous devenez la maîtresse…

— Faux, il profite de mon état pour me baiser…

— Si vous voulez… Ensuite, il vous harcèle. Vous en parlez à Michel qui vous conseille de disparaître. Sénigalia, trotskiste en herbe, cherche une piaule plus pratique pour ses réunions où vous allez régulièrement…

— Faux ! Je ne suis pas trotskiste. Les trotskistes me gonflent avec leur armée populaire et leur idéologie de noyautage.

— Et vous êtes quoi ? Communiste ?

— Non. Luxembourgiste.

— C'est quoi, une secte ?

— Comme tous les flics, vous êtes incultes !

— Non, pas nous, mais pas suffisamment érudits sur les mouvements gauchistes…

— Vous avez entendu parler des spartakistes ?

— Vaguement. En Allemagne, c'est ça ?

— Exact.

— Que va chercher une luxembourgiste dans une réunion trotskiste ?

— Une sous-location…

— Les voies locatives sont impénétrables… Bon. Sénigalia est donc preneur.

— Oui et c'est en réglant les formalités que je découvre qu'il connaît Michel.

— Le monde d'extrême gauche est finalement petit…

— Le hasard… Michel me confirme que c'est un garçon fiable.

— Je reprends : Sénigalia occupe votre appartement, élimine Vespucci et fuit. Pourquoi chez Agopian et pas chez ses amis trotskistes ?

— Parce qu'il panique : rester à Saint-Jean, c'était la taule assurée. De plus Michel et lui sont amis et il avait besoin de ses conseils.

— Donc il se réfugie chez Michel qui vous en informe…

— Non. Je ne l'apprends que lorsque vous l'avez relâché…

— Vous ne vous en doutiez pas ?

— Franchement, non. De plus, je n'ai appris que le lendemain la mort de Vespucci. Quand j'ai appelé Michel, il semblait désolé pour Sénigalia. Pour en savoir plus, je lui ai proposé de réveillonner avec lui, il a refusé. Tout ça l'avait fatigué, il avait besoin de calme et de solitude. Malgré ma tristesse, je n'ai pas insisté… (Des larmes ont coulé sur ses joues.) J'aurais dû… Il ne serait peut-être pas mort…

— Ou vous seriez morte avec lui…

— Pourquoi ? Que lui voulait son assassin ?

— Selon vous, où faut-il chercher ? Du côté du génocide arménien ? Du côté politique ? Ou ailleurs ?

— Je n'en sais rien… Michel était foncièrement généreux et serviable. Il n'aurait pas fait de mal à une mouche…

— Pourtant, ceux qui l'ont tué lui ont fait très mal…

— Ils étaient plusieurs… ?

— L'enquête nous le dira. Selon vous, avait-il des secrets ?

— C'était un homme secret mais le seul que j'ai partagé avec lui est celui de ma naissance.

— Quel était-il ?

— Ma mère et lui s'aimaient, mais il ne voulait pas qu'elle quitte mon père pour ne pas briser notre foyer. Pour lui, la famille était d'autant plus sacrée que la sienne avait été exterminée par les Turcs…

Un collègue est entré pour m'annoncer que le divisionnaire me demandait.

Avant d'y aller, j'ai appelé les sommiers pour savoir si on avait identifié les empreintes. *Nada*, inconnus au bataillon. *Mierda !*

Morand, notre patron, le visage bonhomme et l'œil pétillant de François Perrier dans *Le Samouraï*, était un type intelligent. Découvrant dans mon dossier que j'étais licencié en lettres modernes, il m'avait confié qu'il l'était en philo et avait ajouté :

— Mon maître m'a conseillé de laisser tomber…

— Pourquoi ?

— Selon lui, j'étais plus un homme d'action que destiné à l'enseignement. A cette époque, je pratiquais le judo et j'ai été champion universitaire. Et toi ?

— A cause de *Pépé le Moko**…

— Fallait t'inscrire dans une école d'art dramatique pour jouer les flics au cinéma.

— J'ai préféré être flic et aller au cinéma.

Quand j'ai frappé à sa porte, son "Entrez" tonitruant présageait une mauvaise nouvelle.

— Sénigalia vient d'être libéré !

Depuis son interpellation, s'étaient bousculés au portillon une multitude de témoins dignes de foi

* Drame policier de Julien Duvivier (1937).

jurant qu'il s'agissait d'un homicide involontaire en état de légitime défense. Son avocat n'avait eu aucun mal à convaincre le juge de lui accorder la liberté provisoire. D'autant que Vespucci avait un casier, et pas son meurtrier.

J'ai expliqué au commissaire la situation :

— Il faut interroger Sénigalia à nouveau. Son ami et protecteur Michel Agopian a été sauvagement assassiné à son domicile dans la nuit du 31 au 1er par deux inconnus.

— Des empreintes ?

— Oui mais pas fichées.

— Embêtant. Selon toi, les affaires sont liées ?

— J'ai du mal à croire qu'elles ne le soient pas. Nous étions en train de cuisiner la fille d'Agopian qui sous-louait son appart à Sénigalia...

— C'est quoi ce sac de nœuds ?

— Justement. Ces trois individus semblent liés par quelque chose d'autre... Quoi ? Nous n'en savons rien.

J'ai préféré taire, pour l'instant, les activités politiques des uns et des autres.

— Et sur le hold-up, tu as trouvé quelque chose ?

— Rien non plus, ai-je menti puisque je n'avais pas vraiment cherché. J'ai l'intuition que le meurtre d'Agopian cache un gros truc...

— Quoi ?

— Je ne sais pas. Les tortures qu'il a subies étaient impitoyables : brûlures, crucifixion, énucléation... Soit ses tortionnaires ont été dérangés et sont partis précipitamment, soit il est mort avant de lâcher le morceau. A mon avis, c'était un gros morceau.

— S'il savait quelque chose, il l'aurait avoué avant d'avoir un œil arraché. Avez-vous interrogé le voisinage ?

— Pas encore.

— Alors faites-le, fissa.

— Je préférerais questionner Sénigalia avant qu'il ne disparaisse.

— Tu crois qu'il va se tirer ?

— Non, s'ils n'ont pas eu leur info, je crains que les tueurs d'Agopian l'enlèvent pour le faire parler.

— Tu ne crois pas que tu extrapoles ?

— Peut-être mais je préfère m'en assurer.

— … D'accord mais vas-y mollo. Pas d'embrouille, hein ?

Le fantôme de Choukroun m'a soufflé à l'oreille interne : “Fonce, Paco, avant qu'il ne soit trop tard, mais ne confonds pas vitesse et précipitation.”

— Promis, en douceur.

Question douceur, j'allais être servi…

*

Je suis retourné dans le bureau où Khoupi et la Fourmi poursuivaient leur bouderie amoureuse.

— On reprendra cette discussion une autre fois. Faut y aller. Nous vous convoquerons pour enregistrer votre déposition, mademoiselle Pelletier…

— Quand pourrai-je voir Michel ?

— Dès que l'autopsie sera terminée.

— Au revoir, Tigran…, a murmuré Eva.

Khoupi n'a pas répondu, s'est levé pour me suivre sans un regard pour sa belle. Pourtant, il crevait d'envie de la prendre dans ses bras, mais c'eût été s'humilier devant son coéquipier. L'état amoureux rendait idiots les êtres les plus subtils…

Saint-Jean, comme son nom l'indiquait, était désert. Sénigalia n'avait pas réintégré son appartement. Ses copains trotskistes l'avaient planqué ailleurs que dans la cité U.

Mme Minier, le cheveu court, les lunettes professorales, la poitrine nue, gorgée de lait, un nourrisson pendu à son sein et un petit de deux ans dans ses jupes, nous a ouvert. Elle s'est comportée en mère de famille attentive à sa progéniture :

— Je préférerais que vous évitiez de raconter des horreurs devant les enfants. Je n'ai pas vu Sénigalia et mon mari est absent…

— Où est-il ?

— Il ne me l'a pas dit.

— Quand revient-il ?

— Il ne me l'a pas dit.

— Vous devriez être plus coopérative, nous pensons que Sénigalia est en danger.

— Moins que dans vos locaux.

— Vous vous trompez.

— Vous aussi. Vespucci était un petit truand sans envergure. Un parasite et un dealer. Sénigalia nous en a débarrassés et il a payé le prix fort.

— C'est plutôt Vespucci qui a payé de sa vie.

— Vous croyez que Sénigalia va se remettre facilement d'avoir tué un homme ? C'est pas rien de tuer…

J'étais bien placé pour le savoir et les cauchemars qui hantaient encore mes nuits me le rappelaient de façon récurrente.

Nous avons quitté la cité U, bredouilles. J'ai suggéré à Khoupi :

— Tu devrais rester en contact avec la Fourmi. Elle pourra peut-être nous rencarder sur la planque de Sénigalia…

— Je ne lui fais plus confiance.

— Tu as tort. Elle est bardée de culpabilité et elle fera tout pour la réduire d'une parcelle…

J'étais bien placé pour le savoir, la culpabilité était ma compagne la plus fidèle…

Nous sommes allés interroger les voisins d'Agopian. Les vieux avaient passé le réveillon ailleurs, en famille, les jeunes, à s'enivrer et à danser, sourds à la torture que subissait le vieil Agopian. Tous semblaient désolés de ne pouvoir nous aider à identifier les assassins.

MURMURES D'IRÈNE

Qui va raconter à Choukroun ce qui t'est arrivé ? Jamais tu n'as raté la visite au cimetière, le jour anniversaire de sa mort.

Vas-tu attendre cette date pour rejoindre ton partenaire dans cette terre d'exil ?

Veux-tu me déguiser en une presque veuve qui vivrait dans le souvenir d'un amour perdu ?

Si tu meurs, je t'oublierai, Paco, pour continuer de vivre. Comme j'ai oublié mon père, et toute ma famille. C'est dans ma nature d'oublier ce qui m'a fait mal. Quelques mois après mon amputation, je me suis étonnée auprès d'un médecin :

— Je ne me souviens plus de la douleur au moment de l'explosion. Je sais que j'ai eu très mal à la jambe, comme si j'avais reçu un coup de poignard, mais rien n'a subsisté de la douleur…

— Heureusement ! m'avait-il répondu. Si nous gardions en mémoire la trace de tous les accidents de la vie, nous ne bougerions plus. Prendre un couteau rappellerait la première plaie, passer à côté d'une chaise, le premier choc au tibia, monter sur un vélo, la première chute. Apprendre, c'est se faire mal

et oublier la douleur permet de continuer à apprendre. Par contre, garder le souvenir de l'expérience est une assurance pour ne pas répéter les mêmes erreurs de jugement.

Si tu meurs, je découvrirai une nouvelle souffrance, celle de la compagne d'un flic mort en service.

Si tu vis, j'irai avec toi sur la tombe de Choukroun et, de loin, je t'observerai lui parler, te voir abandonner ton ami mort et me rejoindre parmi les vivants…

J'ai l'étrange impression que tu as souri à mes dernières paroles…

A moins que ce ne soit la Mort qui, par tes lèvres, se rie de moi. Je vais me lever et t'embrasser, féconder ta bouche de ma salive, le foutre de ma vie pour faire bander la tienne…

VI

PLUS RIEN

Dimanche 7 janvier 1967

Vendredi, Sénigalia n'était pas venu aux obsèques de Michel Agopian, pas plus que ses camarades étudiants. Par contre, toute l'entreprise s'était déplacée, y compris le patron, encadrée, d'un côté, par des gros bras de la CGT et de la cellule du parti, de l'autre, par la communauté arménienne, pope en tête. Beaucoup de monde, donc, et, dans un coin, Eva Pelletier, accompagnée de sa mère en larmes, avait semblé somnoler. Elle avait dû fumer du haschich ou ingurgiter quelques pilules antichagrin.

Sénigalia était introuvable. Nous avions interrogé les étudiants, trotskistes ou non, les ouvriers. Une solidarité sans faille le protégeait. Apparemment, ce garçon forçait la sympathie. Alors pourquoi se cachait-il s'il ne craignait rien ?

Mon hypothèse d'un danger mortel se confirmait de jour en jour. Néanmoins, je n'avançais pas dans l'enquête sur la mort du serrurier.

Khoupi s'était lancé dans le dépouillement effréné des archives du génocide pendant que je m'informais auprès des RG sur les différentes mouvances gauchistes.

— A quel usage ? m'avait demandé un certain Leccia.

— Pour enrichir ma culture générale…

— Tu vas pas être déçu du voyage. L'histoire de l'Eglise à côté, c'est limpide…

— Pourrais-tu me faire une note de synthèse ?

— Comme je suis un type sympa, j'ai mieux : un arbre généalogique que j'ai fabriqué pour y comprendre quelque chose.

— Pourrais-tu développer les infos sur les trotskistes et les luxembourgistes ?

— Bravo ! Tu n'es pas si inculte que ça en la matière.

— J'apprends…

— Bon, je t'envoie ça mais sans les noms des militants locaux, chasse gardée…

— Dommage. Tant pis, je ferai sans…

— Sauf si tu me dis sur quoi tu travailles.

— J'écris une thèse sur la circulation de l'information entre les différents services de l'Etat…

— Si tu continues à me vanner, je le garde sous le coude, mon arbre…

— Dès que j'en sais plus, je t'appelle, promis.

Et j'ai raccroché.

Quand j'ai décroché le combiné pour composer le numéro d'Irène, magiquement sa voix a demandé : "Paco ?"

Elle m'appelait, et j'avais répondu, sans le savoir, avant la première sonnerie.

— Ouais, quelle synchro, hein ?

— Je peux te voir, ce soir ?

— On a envie d'un câlin ?

— Tu ne crois pas si bien dire.

— Oh là ! Voix grave, humour en berne. Mauvaise nouvelle ?

— Je… Je ne sais pas. A quelle heure puis-je passer ?

— Vers 20 heures. Le temps de préparer un petit truc à dîner…

— Je n'aurai pas faim.

Elle avait la gueule des mauvais jours. Et, pour une fois, je n'y étais pour rien.

J'avais confectionné une salade de gésiers aux lardons accompagnée d'un cahors.

Sans toucher à son assiette, elle a avalé son verre de rouge comme pour se donner du courage. J'ai attendu sans rien dire en dégustant mon vin, tout en l'observant du coin de l'œil. Le sien était perdu dans un vague plus qu'incertain, celui de l'âme.

— J'ai eu la visite d'un notaire… Il m'a annoncé que je bénéficiais d'une donation entre vifs…

— Venant de qui ?

— Ma mère !

— Ta mère ? Tu m'as dit qu'elle t'avait rayée de sa vie et de son testament !

— C’est ce dont elle m’a menacée quand je suis partie en claquant la porte, il y a douze ans…

— Et finalement non…

— Il semblerait.

— Combien ?

— Beaucoup. Elle a vendu des terres constructibles dont elle avait hérité et a réparti la somme entre les trois enfants.

— Dont toi…

— Oui. Mais je ne sais pas si je vais accepter…

— Ridicule ! Elle te tend une perche et tu la refuses !

— Une perche ou un bâton pour me battre ?

— Une tentative de réconciliation. Quel âge a-t-elle ?

— Je ne sais plus. Trente-neuf et trente-trois… Soixante-douze ans, je crois.

— Une vieille dame qui met ses affaires en ordre et qui ouvre une porte claquée…

— Une manœuvre, oui ! Pour m’acheter !

— Ne parais pas plus méchante que tu n’es ! Tu vas refuser ta part et l’abandonner à ton frère et à ta sœur, juste pour la punir une fois de plus. Accepte cette main tendue pour ton père, ça te donnera une occasion de te recueillir sur sa tombe…

— Quoi ! En plus d’accepter, tu voudrais que j’y aille !

— Bien sûr. Accepter à distance conforterait ta famille dans ta déloyauté, accepter et y aller offrirait la possibilité de renouer un lien. C’est une chance pour vous deux…

— Tu parles d'une chance, ça me rend malade ! L'idée de revoir son visage enfariné et de la remercier me donne la nausée…

— Elle a peut-être changé. Elle a vieilli…

— Ta grand-mère avait changé avec l'âge… !?

— Inutile de te montrer agressive mais oui, tu sais bien que oui puisqu'elle nous a avoué son secret…

— Excuse-moi. Je deviens idiote.

— Non, tu l'es. Quand tu parles de ta famille, tu l'es… L'image de ta mère s'est figée il y a douze ans. Tu as en tête une image arrêtée. Son mari s'est suicidé, ses enfants sont partis, elle est grand-mère et elle n'a plus revu Irène, sa dernière fille, adolescente et rebelle, depuis douze ans. Irène a changé, est devenue une belle femme, a traversé une souffrance terrible, a rencontré un type formidable, a une magnifique boutique de modiste à Aix et fait l'amour comme la plus chevronnée des courtisanes orléanaises…

— Flatteur !

Elle a souri. Enfin.

Je lui ai tendu, au bout de ma fourchette, un morceau de gésier confit qu'elle a léché du bout de la langue, en fixant mes yeux de son regard vert, irisé de violet, un mélange de colère et d'invite. Puis elle l'a suçoté comme si je lui avais offert mon gland au bout des dents. L'a mordu, mâché pendant que mon entrejambe s'est gonflé, heureux d'avoir échappé à la mastication mais tenté par les lèvres luisantes de graisse d'oie.

Elle a pris ma main pour m'obliger à quitter ma chaise, m'a attiré à elle, a dégagé mon sexe de son coton qui s'est dressé à la hauteur de sa bouche, aimanté par le désir. Debout, yeux mi-clos, je distinguais vaguement le dos de la pin-up d'Aslan qui, pudiquement, n'a pas tourné la tête vers nous pour évaluer une fellation qu'elle ne saurait jamais pratiquer.

J'ai observé, en contre-plongée, la crinière rousse s'activer en tous sens. Bourses en main, verge en bouche, Irène oubliait sa mère pour honorer son homme à sa façon.

Il était temps que je la prenne avant qu'il ne soit trop tard. Sans une larme pour mes assiettes et mes verres, je les ai, d'un revers de main, éjectés de la table pour y allonger ma belle. Ses jambes sur mes épaules, j'ai déchiré sa culotte d'un coup sec, soulevé son col roulé, dégagé du soutien-gorge sa poitrine dont j'ai mordillé les mamelons, saisi ses poignets et écarté ses bras en croix. Puis j'ai violé son ventre trempé par l'attente, avec tendresse.

Quand nous avons fini de trembler d'un orgasme électrique, elle a murmuré, vaincue :

— C'est bon, c'est bon… Je vais y aller.

Après un temps sourd, j'ai entendu qu'elle parlait d'Orléans, de sa mère.

Ensuite il a fallu ranger le désordre des corps et des choses. Vaisselle, nourritures et culotte à la poubelle.

— Tu m'accompagneras à la gare Saint-Charles ?
— Bien sûr. Quand comptes-tu partir ?
— Demain. Je rentrerai lundi. Tu sauras quoi faire de la Studebaker ?
— Je m'occuperai bien d'elle. Ne t'inquiète pas. Tu as pris la bonne décision. Au pire, tu vérifieras que rien n'a changé, au mieux…
— Au mieux, je reviendrai avec la sensation d'être passée sous un camion.
— Idiote et pessimiste.
— A mon retour, ira-t-on à Barcelone rechercher ta mère ?
— Promis, dès qu'elle m'envoie son notaire.
— Pardon… a-t-elle soufflé en m'embrassant de lèvres chargées d'angoisse, et elle s'est dirigée vers la porte en claudiquant, telle une petite fille courageuse qui vient de faire une mauvaise chute de vélo, les mâchoires serrées, les yeux gorgés de larmes.

La croupe de la pin-up me narguait de ses rondeurs, me rappelant qu'Irène était désormais nue sous sa jupe. Une nouvelle bouffée de désir m'a envahi, trop tard. En cet instant, elle était une fille en route pour la mère…

Après son départ, je me suis allongé et j'ai sombré dans une mélancolie, celle du petit garçon qui avait perdu sa mère, disparue sans laisser d'adresse au milieu des combats d'une guerre fratricide en Espagne. Puis dans une douloureuse culpabilité, celle du grand garçon qui avait laissé sa grand-mère mourir seule dans le chaos algérois d'une guerre civile dévorant ses dernières victimes.

“Fais ce que je te dis, mais fais pas ce que je fais”, aurait pu me renvoyer Choukroun. Je n'étais jamais retourné à Barcelone par crainte de retrouver une mère inconnue, ou sa tombe…

Il devrait exister une tombe de la Mère inconnue pour tous les enfants élevés sans mère, victimes de l'histoire.

*

Le lendemain, au volant de la Studebaker, j'ai déposé Irène à la gare Saint-Charles. Elle a pris le train pour Paris comme une résistante de la dernière guerre mondiale passant de la zone libre à la zone occupée. La peur au ventre d'être prise dans une rafle familiale. Et d'y être fusillée…

Elle n'arriverait qu'en fin d'après-midi à Orléans, après un changement de gare, de train, de ville et, peut-être, de vie.

J'ai seulement tenté de réveiller la femme en elle, sans vraiment y parvenir. La fille occupait tout le champ, celui des partisans en lutte contre une vieille dictature maternelle.

Rentré chez moi, pour oublier ses angoisses et, sans doute, pour nettoyer les miennes, j'ai examiné, en détail, “l'arbre généalogique” de l'extrême gauche française qui m'était parvenu des RG la veille.

Un bel embrouillamini. Marx aurait eu du mal à y reconnaître les siens.

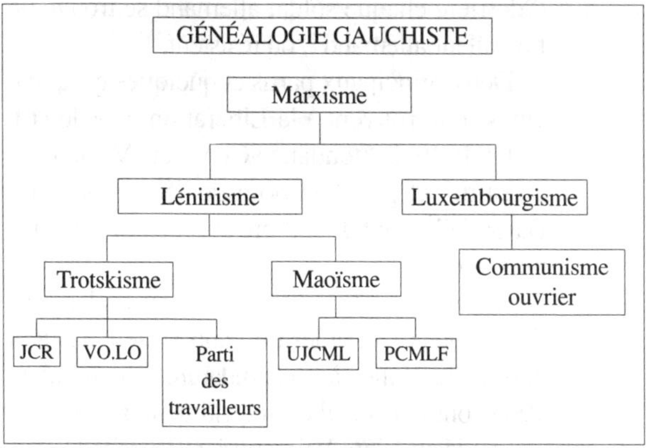

Suivaient des notes plutôt fastidieuses :

1. – LES TROTSKISTES

a) Notes historiques

Ligue communiste de France (1930-1934, rejoint la SFIO).

Parti communiste internationaliste (non reconnu par Léon Trotski, 1936-1943).

CCI : Comité communiste internationaliste (1943-1944).

POI : Parti ouvrier internationaliste (exclu de la SFIO en 1936, 1936-1944).

PCI : Parti communiste internationaliste IVe Internationale (fusion entre le CCI et le POI, 1944-1968, rejoint les JCR en 1965 [Jeunes communistes révolutionnaires]).

Les trotskistes, pendant la Seconde Guerre mondiale, refusent de prendre parti, collaborent ("derrière chaque soldat allemand se trouve un travailleur allemand") ou résistent.

Deux principaux partis et quelques groupuscules se retrouvent à la Libération dans le PCI.

En 1946, la "tendance Chaulieu-Montal" se constitue et prend le nom de "Socialisme ou Barbarie", avant de rompre avec le PCI deux ans plus tard.

En 1952, c'est la séparation entre les lambertistes et le PCI, dont les militants sortent des JC à la suite du soutien à la candidature Mitterrand en 1965 contre de Gaulle et constituent la JCR.

Fondé en 1956, Voix ouvrière regroupe beaucoup d'anciens du "groupe Barta". L'hebdomadaire *Lutte ouvrière* commence à être diffusé à partir de 1963.

b) Notes idéologiques

Le trotskisme critique le nationalisme de l'URSS (l'abandon de la perspective de la révolution mondiale au profit de la conception stalinienne de socialisme dans un seul pays).

Il s'appuie sur les idées marxistes révolutionnaires pour comprendre et changer un monde capitaliste incapable de résoudre les problèmes.

Les révolutionnaires doivent se battre aux côtés des non-révolutionnaires pour gagner des améliorations dans la vie des travailleurs et des opprimés, tout en mettant en place les conditions pour un renversement par les masses du système capitaliste.

Le secret : un héritage du sort qu'ils ont connu en URSS.

Chassés par la bureaucratie stalinienne, puis rappelés au front lors de la guerre, longtemps les victimes des staliniens à travers le monde, contraints de s'organiser dans l'anonymat (d'où les pseudonymes d'une certaine génération de militants par exemple).

Le programme de la IVe Internationale a été écrit par Trotski en 1938.

Il s'agit d'un programme de transition vers le socialisme.

Trotski pensait que l'on ne peut pas savoir à l'avance la forme que prendra le communisme, et qu'il fallait donc préparer la transition avant de laisser l'avenir du mouvement entre les mains du prolétariat.

Dans l'idéologie trotskiste, le programme doit être "l'expression consciente de l'expression inconsciente des masses".

Les trotskistes, en bons léninistes, justifient la persistance de l'Etat et d'une nouvelle domination (celle du parti sur les masses, censées s'exprimer "inconsciemment" avec docilité) après la révolution.

2. – LUXEMBOURGISME

Le luxembourgisme (ou luxemburgisme) fait référence à la ligue Spartakus de Karl Liebknecht et de Rosa Luxemburg.

Ce courant issu du mouvement ouvrier allemand, marxiste et révolutionnaire, s'est caractérisé par son refus total de la guerre en 1914, sa défense de la politique communiste, son attachement à la démocratie ouvrière (notamment contre la vision "militarisée" du parti selon Lénine).

Il défend la conception de Karl Marx disant que "l'émancipation des travailleurs doit être l'œuvre des travailleurs eux-mêmes".

a) Notes historiques

Du vivant de Rosa Luxemburg, le courant "luxembourgiste" constituait l'aile gauche du SPD allemand.

A partir de la guerre de 1914, on parle de spartakisme, d'après le nom de la fraction de l'USPD où militent Rosa Luxemburg, Karl Liebknecht, Franz Mehring, Clara Zetkin, etc., à la suite de leur exclusion du SPD.

Ils participent à la révolution allemande de 1918, et à la fondation du parti communiste d'Allemagne en décembre 1918.

b) Notes idéologiques

En janvier 1919, Rosa Luxemburg et Karl Liebknecht sont assassinés par les sociaux-démocrates au pouvoir. Leo Jogiches et Franz Mehring meurent la même année.

Le courant luxembourgiste, décimé par la répression de la révolution spartakiste de 1919, n'a alors plus de réelle existence en tant que tel.

Cependant, de nombreux courants marxistes ont continué de se revendiquer de la filiation luxembourgiste. Ces courants se caractérisent par leurs exigences socialistes, communistes, révolutionnaires et démocratiques. L'alternative pour l'humanité est, selon Rosa Luxemburg, "socialisme ou barbarie".

Il existe un courant luxembourgiste qui s'inspire de l'œuvre de Rosa Luxemburg. Il est essentiellement basé sur une certaine spontanéité révolutionnaire du prolétariat, l'attachement à la démocratie ouvrière et à la démocratie interne, la critique de la question nationale et du "droit des peuples à disposer d'eux-mêmes".

Les luxembourgistes aujourd'hui en France se retrouvent dans différents courants communistes et syndicaux. Ils y défendent les principes de la démocratie directe, de la lutte collective pour l'abolition du capitalisme et du salariat.

3. – MAOÏSME

a) Notes historiques

En 1965, début de la révolution culturelle en Chine. Avènement des gardes rouges sous l'impulsion de Mao Tsé-toung.

b) Notes idéologiques

PCMLF (Parti communiste marxiste-léniniste de France) : nom adopté le 31 décembre 1967 par le mouvement communiste français qui défend des positions maoïstes.

Depuis 1966, radicalisation d'une partie de la jeunesse étudiante : nouveaux partisans du maoïsme.

En rapport avec la révolution culturelle chinoise, rayonnement de la Chine dans les milieux étudiants et intellectuels.

"Voie chinoise" perçue comme une sortie du stalinisme par la gauche.

La révolution culturelle chinoise est interprétée comme un mouvement de critique du parti par "les masses", et séduit par l'idéologie anti-autoritaire affichée.

Des récits se multiplient sur une Chine où se forge "l'homme nouveau" : des journalistes, psychanalystes, philosophes, prêtres, cinéastes et écrivains ne tarissent pas d'éloges.

Des médecins rapportent avec enthousiasme que la lecture du *Petit Livre rouge* permet de se passer d'anesthésie.

Pour Charles Bettelheim, la Chine aurait découvert une voie économique authentiquement socialiste en rompant avec la tradition stalinienne…

Vers 15 heures, alors que j'allais entamer la généalogie anarchiste *made in France*, le téléphone a sonné. Bien que ce fût impossible, j'ai cru à un appel d'Irène. Etait-elle descendue à Lyon ou Dijon pour m'annoncer son renoncement, son retour ?

Eva Pelletier voulait me parler :

— … Je… je crois savoir où est Sénigalia…

— Je vous écoute.

— … Vous comprenez… S'il lui arrivait quelque chose, je ne me le pardonnerais pas…

— …

— Les beaux-parents de Minier ont une petite maison hors de Marseille, il y est peut-être…

— Où ça ?

— A Ensuès.

— Pour quelles raisons ?

— … Une intuition. Minier y a reçu des trotskistes italiens et allemands. En secret.

— Pourquoi en secret ?

— Les trotskistes se réunissent toujours en secret. La clandestinité fait partie du folklore. Depuis le meurtre de Trotski au Mexique et la liquidation des Brigades internationales, ils craignent toujours que des staliniens débarquent et les flinguent.

— Le nom et l'adresse ?

— Sa femme s'appelle Juliette Dusserre. L'adresse, je ne sais pas. Je n'y suis allée qu'une fois pour une fête, l'été dernier. C'est une maison de village. Il y a un bistrot, le patron vous indiquera l'adresse de la famille Dusserre.

— OK, merci. Vous avez eu raison de m'appeler.

— Une dernière chose… Pourriez-vous ne pas donner votre source, je ne veux pas passer pour une balance…

— Sénigalia n'est pas un taulard en fuite. Il s'agit de le retrouver et non de l'arrêter. Ça pourrait m'éclairer sur l'enquête Agopian. Bien sûr, je ne dirai rien sur vous…

— Merci beaucoup… Tigran va bien ?

— Pas vraiment mais il fait comme si. C'est sa spécialité.

— Moi aussi, je suis triste… Je… Non, rien.

J'ai pensé à la phrase de Marianne à Ferdinand, dans *Pierrot le Fou** : "Tu me parles avec des mots, moi, je te regarde avec des sentiments."

— Quand je le verrai, je lui dirai que vous êtes aussi malheureuse que lui.

— Merci… Merci très fort.

Excité par l'information, j'ai appelé Khoupi. Pas de réponse. Puis ses parents.

Sa mère m'a confirmé qu'il devait les retrouver bientôt.

— Pouvez-vous lui transmettre un message ?

— Bien sûr.

— Dites-lui de me retrouver au bistrot du village d'Ensuès.

— Près de Carry ?

— C'est ça.

— C'est tout ?

— Non, précisez-lui que Sénigalia y est peut-être.

J'ai cherché dans l'annuaire à Ensuès : aucun abonné au nom de Dusserre.

Seuls les bourgeois avaient les moyens de s'offrir une ligne téléphonique dans une résidence secondaire.

* Film de J.-L. Godard (1965).

La Fourmi avait dû procéder de la même façon avant de m'appeler. Tant pis. Pour moi.

Malgré l'avertissement de Choukroun, je n'ai pas roulé vite, mais je me suis précipité… dans la gueule du loup. Un loup affamé.

En progressant sur la route sinueuse à l'ouest de Marseille, me sont revenues les images d'un vieux Hitchcock, *Soupçons*, un film qui se terminait plutôt bien le long de la côte somptueuse de Big Sur. Joan Fontaine s'imaginait que son mari, Cary Grant, voulait la tuer pour s'emparer de sa fortune, à tort. Il suffisait de projeter ses angoisses sur l'autre pour y voir un monstre…

Une rêverie optimiste, sans doute pour me convaincre que j'accomplissais une formalité sans réel danger.

La crédulité du flic imbécile sûr de son invincibilité.

Ensuès était un modeste village à quelques kilomètres de la mer, sans réel cachet. Si la côte ouest de Marseille était demeurée populaire, les maisons en bord de mer appartenaient à la petite bourgeoisie. Comme partout, les familles les plus humbles s'étaient contentées de l'arrière-pays encastré dans les failles rocheuses.

J'ai trouvé, sans peine, le seul bistrot du village à proximité d'une placette où j'ai garé la Studebaker.

Quatre joueurs de contrée occupaient la salle pendant que le patron, accoudé au comptoir, explorait un journal de pronostics hippiques sous les commentaires avisés d'un consommateur. Il a levé ce regard interrogateur du tenancier qui voit rarement de nouvelles têtes en cette saison :

— Qu'est-ce que je vous sers ?

— Une mauresque. Pourriez-vous m'indiquer la maison des Dusserre ? Les Minier m'ont invité, mais j'ai oublié de prendre l'adresse.

— Bien sûr. A deux minutes près, vous trouviez Jean-Louis ici. Il vient de m'acheter des Gauloises. La maison, elle est dans une impasse trois rues plus loin. C'est celle qui a des volets bleus et un vieux figuier dans le jardin.

— Je peux téléphoner ?

— Au bout du comptoir…

J'ai appelé chez les parents de Khoupi : il venait de partir avec sa 4L pour me rejoindre.

J'ai pris ma mauresque, allumé une maïs et je me suis installé à une table d'où je pouvais observer la rue au cas où Sénigalia passerait.

Sur le mur, face à moi, une affiche de l'OM représentait l'équipe de la saison 1966-1967. J'y ai reconnu Skoblar, la star du moment, et Djorkaeff.

Au bar des Arènes de Bab-el-Oued, l'équipe de l'ASSE figurait en bonne place… Comme un mauvais pressentiment, des bribes de ma dernière conversation avec Choukroun dans ce bistrot ont saupoudré mon esprit d'un poivre noir mélancolie. Derrière la vitrine, je ne voyais plus la rue vide d'Ensuès mais la rue Montaigne d'Alger dont le trottoir opposé exposait la boutique d'Irène… jusqu'au moment où deux motos, conduites par deux anges de la mort, vêtus de cuir noir et casqués de Cromwell, ont traversé au ralenti mon champ de vision, de droite à gauche.

Certain de leur destination. j'ai bondi, payé mon verre sous le regard ahuri du patron et foncé vers l'impasse. Celle de ma vie.

Je cours tout en sortant de son holster mon flingue. Vers ma perte.

Mon cœur bat encore, mes sens croient être aux aguets, mes jambes tiennent encore la route.

L'impasse. Je ralentis.

Au bout du chemin, la maison et son figuier.

A quelques mètres de la petite porte en métal bleu du jardinet, les motos.

Personne en vue.

Je pousse la porte, bien huilée, sans bruit et pénètre dans le jardinet.

Le temps d'un regard, tout bascule…

A travers la fenêtre sur jardin, j'aperçois la cuisine :

Minier assis, mains liées dans le dos, bouche scotchée, regard terrifié vers sa femme, le bébé dans les bras, l'autre enfant accroché à son jean, en larmes, sous la menace du fusil à canon scié d'un des deux motards.

L'autre, pistolet équipé d'un silencieux, appuyé sur la tempe de Sénigalia assis qui parle sans que je puisse entendre.

Aussitôt Sénigalia me voit. Le tueur, aussi.

Le canon quitte la tempe et, sans détoner, crache son feu qui brûle mon épaule droite, l'arme s'échappe de ma main, deux coups de hache dans le ventre suivent et m'écroulent.

Une détonation, au loin, explose, mais je suis déjà à terre, hors combat.

J'ai perdu, je suis fichu.

Des pas, des cris, une contre-plongée sur l'orifice noir du silencieux qui va m'achever, dominé par la silhouette terrifiante de mon assassin anonyme.

Une dernière balle, pour la route, fonce vers mon cœur, me traverse, me déchire. Une ultime douleur, thoracique.

Mes yeux s'embuent de rouge, de noir.

Le bruit de motos qui s'éloignent en trombe. Des coups de feu, encore…

Plus rien.

Pendant que mes paupières tentent désespérément l'ouverture, des mains me palpent, une femme sanglote, une voix jure :

— Putain ! Il faut le transporter, il est toujours vivant, mais il perd beaucoup de sang.

Une autre voix, celle de Khoupi :

— Paco ! Paco ! Si tu meurs, je te casse la gueule.

Plus plus rien.

Deuxième partie

LE TIGRE ET LA FOURMI

Si on tond les mots sans en arracher les racines, ils repoussent comme du chiendent.

TIGRAN KHOUPIGUIAN

I

LES MOTS POUR LE DIRE

Dimanche 7 janvier 1968

A l'inverse de Paco, parler me coûte.

Pour cette raison que j'aime la poésie. Elle va à l'essentiel.

Horreur du bavardage des romans et des récits. Horreur des mots vides, du bruit des paroles…

Si on tond les mots sans en arracher les racines, ils repoussent comme du chiendent.

Ma mère a toujours été silencieuse et mon père mélancolique. Il paraît qu'avant sa blessure de guerre, il ne l'était pas. Avant, j'y étais mais si peu. Je suis né en 1938. Quant à mon frère Pierre, tout le contraire, volubile, jouisseur, absent à la famille, présent à un monde qui m'est étranger, celui du fric et du pouvoir.

Mon univers est spartiate, ma vie affective aussi. Les femmes, souvent, babillent, sauf ma mère, les amis, la plupart, envahissent, sauf Paco. Alors seul. Quelques moments partagés avec Paco dans le cadre du boulot et, parfois, dans l'intime, la compagnie de quelques poètes, basta. Et puis la rencontre avec la Fourmi a bouleversé l'ordre de mes choses…

Paco croit que je suis banalement tombé amoureux. C'est pire.

Elle est dans moi. Elle est moi. Elle et moi. Elle aime moi. Elle hait moi. Emoi. Aime-moi. Fourmi, une allitération épuisante.

D'abord la rencontre avec Agopian. Un vieil Arménien qui renvoie à mon histoire, celle de ma famille, de mon nom, de mon prénom.

Les archives, la reconnaissance, son combat, pas le mien. Et pourtant.

Chassez l'histoire, elle revient au galop.

Mes parents ont fait silence sur l'exode de leur peuple et joué la carte de l'intégration. La seule histoire, celle d'un bateau français qui, repérant leurs signaux de détresse sur les hauteurs du Moussa-Dagh, les avait recueillis et débarqués à Port-Saïd.

Maman et sa sœur tiennent un commerce de fruits et légumes à Saint-Mauront. Papa, invalide de guerre, des gâches, de-ci, de-là.

Vie dans l'arrière-boutique, toujours mangé à ma faim, jamais manqué de l'essentiel, jamais préoccupé du superflu.

Enfants de la république et de l'école comme ascenseur social. Drôle de terme. J'ai pris l'escalier, l'ascenseur, plutôt pour les riches…

Le lycée Victor-Hugo, pour mon frère et moi, l'éducation, la réussite. Bon élève, c'est bien, bons bulletins, tu assures ton avenir, fiston, disaient les parents.

Pour mon frère, l'ambition, prépa au lycée Thiers avec les bourgeois, la réussite, études de commerce, l'import-export, acheter, vendre, vers l'Afrique noire ou du Nord.

Pour moi, l'introverti, être fonctionnaire, la garantie d'un emploi stable et durable. Enseignant, bureaucrate ou flic. Flic, donc. Sans doute que la persécution et l'injustice étaient passées par là. Du côté de la loi, du droit. On ne sait jamais. Si l'histoire se répétait…

Il y a quelques jours, on a massacré Agopian. Le meurtre d'une métaphore, d'un homme qui défend la mémoire d'un génocide. Une bataille contre l'amnésie.

Depuis, ma bataille contre l'insomnie. Hanté par les images, par les documents, les archives. Un *Nuit et brouillard* arménien. Un million et demi de morts. Et toujours le silence, le silence des témoins qui redoutent qu'on les taxe de mensonge, la honte d'avoir survécu aux parents, aux amis, aux voisins, aux fils, aux frères… La honte pour la victime, l'oubli pour le bourreau. La raison du plus fort. L'oraison du plus faible.

Qui s'en souvient ?

J'ai embarqué une partie des archives et de l'iconographie. Depuis, je ne dors plus très bien, envahi, dès les yeux fermés, par un diaporama de cauchemar, ponctué de mots. De mots gras dont la Mort s'était empiffrée…

Une chronologie de l'horreur.

En 1894 démarrent les MASSACRES HAMIDIENS.

Le sultan ordonne de frapper les Arméniens de Sassoun. Les Kurdes s'en chargent. Ruines et massacres.

Reproductions de dessins en noir et blanc illustrant les tueries.

Puis, en septembre 1895, Constantinople.

Dessins de POGROMS : une femme sur le point d'être égorgée, à ses côtés sa petite fille tente de la protéger. Légende d'Agopian : "Octobre 1895, massacre de Trébizonde."

Photos en noir et blanc : CHARNIER d'Erzeroum, une colonne de jeunes filles, vêtues de longs vêtements blancs. Légende : "Prise en charge des orphelines arméniennes par la Deutsche Orient Mission. Les autres sont vendues comme ESCLAVES."

La plus terrifiante : trois planches de bois sur lesquelles sont alignées huit têtes d'HOMMES DÉCAPITÉS en 1898.

Puis, comme une pause, l'illustration de la révolution de 1908 et les espoirs qu'elle a suscités. Malheureusement, les jeunes-turcs, responsables des massacres arméniens, lèvent une armée qui entre dans Istanbul et dépose le sultan.

Et ça repart. Massacres de CILICIE EN 1909. 30 000 MORTS.

Images de villes et villages rasés, ruines, désolation et charniers. En légende, le récit d'un officier russe.

1914. La Première Guerre mondiale : ÉLIMINATION DES SOLDATS ET DES ÉLITES ARMÉNIENS.

Corps décapités de soldats de la 52e division, photos de groupes des notables de Césarée avant leur exécution. Les photos de vivants ne prouvent pas leur disparition, celles des morts qu'ils sont arméniens. Les preuves ! Toujours aux victimes de prouver ! Parfois une image s'impose : des soldats turcs posant fièrement, fusil en main, devant un socle où sont déposées cinq têtes d'hommes.

1915. DÉPORTATION de la population, accompagnée d'un extrait du rapport d'un certain Johannes Lepuis : "Lorsque s'accomplit la déportation générale de la population arménienne de toutes les villes et de tous les villages arméniens, les familles étaient en grande majorité déjà privées de la protection de leurs hommes. Là où ce n'était pas le cas, les hommes furent le plus souvent séparés des femmes au début de la déportation, emmenés à part et fusillés. Là où les hommes furent mis en route avec les femmes et les enfants, ils en furent souvent séparés durant le transport, ou tombèrent dans des guets-apens organisés d'avance et furent fusillés en première ligne."

Photos d'Armin Wegner de cadavres d'enfants avec légende d'un employé allemand des chemins de fer de Bagdad : "On rencontre d'innombrables cadavres d'ENFANTS GISANT SUR LE CHEMIN SANS SÉPULTURE."

Photos de Turcs s'amusant avec un groupe d'affamés. Commentaires de Leslie Lewis dans un rapport : “LE CAMP OÙ ILS SE TROUVENT OFFRE UNE SCÈNE DE L’*ENFER* DE DANTE...”

Progression dans l’atrocité. LES MASSACRES GÉNOCIDAIRES.

Erzinghian, fin 1915 : image d’une terre jonchée de TÊTES COUPÉES, de MEMBRES HUMAINS ÉPARS, de CHEVELURES DE FEMMES. Charnier de FEMMES ET ENFANTS BRÛLÉS VIFS à Alizernan.

Rapport du consul allemand d’Alep : “LA PRÉSENCE DE CADAVRES DANS L’EUPHRATE A DURÉ VINGT-CINQ JOURS. Les cadavres étaient tous attachés de la même manière, dos à dos, et deux par deux… après une interruption de plusieurs jours, les cadavres sont réapparus de plus en plus nombreux ; cette fois, il s’agit de femmes et d’enfants…”

Photos des massacres de Bitlis : des hommes plastronnent devant une multitude d’OS HUMAINS EN TAS, des cadavres encore et encore, crânes, corps, empilés.

Dachau, Auschwitz, en brouillon turc. Agopian avait griffonné ces lignes : “Les nazis avaient tiré les leçons de ce génocide et de cette occasion perdue de juger les coupables… «QUI SE SOUVIENT ENCORE DE L’EXTERMINATION DES ARMÉNIENS ?» AURAIT LANCÉ HITLER EN 1939, A LA VEILLE DE MASSACRER LES HANDICAPÉS DE SON PAYS. Deux ans plus tard commençait l’extermination des juifs…”

Il y a quelques jours, on a massacré Agopian. Le géniteur de la Fourmi. Qui ne me dit pas tout. Dont je doute. Que j'aime.

La Fourmi s'est emparée des miettes de moi. Par son silence, ses balbutiements. Comme moi, l'élocution n'est pas son outil favori. Elle lit, écoute mais a du mal à énoncer. Peut-être le poids du secret partagé avec sa mère et Agopian, peut-être le fardeau de ses gènes, adultères, arméniens. Le choix des mots qu'elle utilise n'est pas toujours le bon, pourtant ils me parlent d'incertitude, d'égarement, de fragilité. Je tombe toujours amoureux de femmes fragiles. Enfin, toujours, seules quelques femmes ont croisé mon chemin. Ça me donne l'illusion d'être fort. La fragilité de l'autre rend fort. Parfois.

Avec la Fourmi, c'est différent. Elle me rend vulnérable. Paco aussi, depuis sa presque mort, son coma.

Quand il m'a appelé, je n'étais pas là. Ni chez moi, ni chez mes parents. Je roulais, au volant de ma 4L, hésitant sur mon itinéraire, hésitant entre jeune maîtresse et famille. Ma curiosité a fait le reste. Encore imbibé des archives, je voulais interroger mes vieux sur leur histoire. Des questions qui sont restées sur le pas de leur porte, de mes lèvres, lorsque ma mère m'a transmis le message. Je suis reparti vers Ensuès sans imaginer que je roulais vers une possible perte, celle de mon partenaire, de mon seul ami.

J'arrive.

Plus de Paco au bistrot.

M'informer de la direction à prendre. La maison de Minier.

La voiture à nouveau.

La Stude garée tout près, le bruit d'une détonation, l'impasse, deux motards surgis de nulle part. L'un passe, l'autre casse, percute ma caisse, s'envole, retombe sur le toit de la voiture qui se creuse sous l'impact.

Sortir de la bagnole, l'arme au poing. Neutraliser l'adversaire avant qu'il ne retombe sur ses pattes.

A l'entrée de l'impasse, le premier motard de retour, face à moi, veut récupérer son copain. Un flingue jaillit de son blouson. Plonger. Il vide son chargeur dans ma direction pour couvrir son pote qui a glissé du toit par l'arrière et court. Viser les jambes, tirer, toucher, au bras gauche, je crois. Nouvelle salve sur les pneus de la bagnole. Dernier soupir. Vrombissement de moteur, crissement de gomme sur le gravier.

Les deux tueurs ont pris la fuite sur la même moto, abandonnant la seconde aux services de police. Sans doute une moto volée.

Foncer jusqu'à la maison de Minier où Paco gît, inconscient, en sang, une mousse saumonée aux lèvres.

Murmuré un truc insensé à Paco. Pleuré, je crois.

Agitation professionnelle de Minier autour du corps, sa femme, pétrifiée, nourrisson en main, garçonnet en pleurs, le visage et les vêtements maculés de sang. Pas celui de Paco mais de Sénigalia, méconnaissable, la face arrachée par la décharge d'un fusil à pompe, mort dans la cuisine.

— Je ne peux rien pour votre copain ! Il faut le transporter de toute urgence…

— Ma voiture est naze, et la vôtre ?

— Ma femme en a besoin !

— Prenez-la, je me débrouillerai ! a ordonné la femme.

— Non, inutile.

Fouiller Paco, trouver les clés de la Stude.

— Je reviens.

Retourner vers la 4L, criblée de balles et saignant de divers liquides sous le capot. Elle aussi, à l'agonie. La pousser quelques mètres pour laisser la voie libre. Courir jusqu'à la voiture d'Irène.

A la vitesse d'un conducteur fou, marche arrière jusqu'au portail de Minier.

Transporter le corps de Paco à l'arrière de la voiture.

Ecraser la pédale d'accélérateur, Minier, à genoux à mes côtés, dos à la route, extirpant d'une sacoche seringue et ampoule.

— Que faites-vous ?

— Une piqûre pour éviter que son cœur lâche. Il a un poumon perforé, un hémothorax, plus deux balles dans le bide… Si l'aorte abdominale avait été touchée, il serait déjà mort par hémorragie interne. La blessure à l'épaule a l'air sans gravité. La balle a traversé le trapèze sans endommager l'artère brachiale…

L'impression d'entendre un compte rendu médico-légal…

Au cours d'une autopsie.

L'impression de conduire comme un braqueur de banque après un casse. A fond. Avec, comme seul butin, quelques balles dans le corps de mon coéquipier.

La route sinueuse se termine, l'autoroute nord, enfin. Devant moi, un flot de voitures, le klaxon appuyé, en continu.

L'impression de zigzaguer entre des véhicules à l'arrêt, à pied, le cœur battant d'une angoisse de mort, pas la mienne.

Direction l'hôpital Nord. Loin, si loin, au pôle. Toutes les quinze secondes :

— Toujours vivant ?

— Pouls faible et filant mais ça tient…

Les urgences, enfin. Compte rendu clinique de Minier au chirurgien de garde. Paco en route pour le bloc, sans nous.

A l'infirmière des admissions, demander :

— Il va s'en sortir ?

— C'est très grave… On le saura après l'opération…

Dans la tête de Minier, sa femme et ses gosses, dans la mienne, Paco et Irène.

Entre ses dents, la lèvre supérieure mordillée, entre les miennes, l'ongle de mon pouce droit dévoré par l'inquiétude.

Minier appelle chez lui d'une cabine, pendant que, du poste de l'infirmière, j'avertis la SRPJ de la fusillade et de ses conséquences.

La femme et les enfants ne sont toujours pas arrivés. Il est anxieux, je le comprends. L'interroger pour oublier le bistouri qui étripe Paco.

— Racontez-moi…

— Vous croyez que c'est le moment ! J'espère que les tueurs ne sont pas revenus pour éliminer ma famille…

— Je pense qu'ils sont comme nous, quelque part à Marseille ou à Aix à chercher un médecin véreux pour soigner la blessure de l'un d'eux…

— Vous en avez eu un ?

— Au bras, je suis un tireur très moyen. Où est allée votre femme ?

— Chez mes parents.

Le téléphone de la cabine sonne. Il bondit, parle, écoute, puis revient, soulagé.

— C'est bon, ils sont arrivés. Qu'est-ce que vous voulez savoir ?

— Tout !

— Les enfants venaient de se réveiller de la sieste. Robert a proposé de donner le goûter à notre fils pendant que ma femme allaitait la petite… Et ils sont arrivés. Dans la journée, le portail n'est jamais fermé.

— Vous pourriez les reconnaître ?

— Non. Ils ont gardé en permanence leur casque et leurs lunettes.

— Ils ont exécuté Sénigalia tout de suite ?

— Non. Ils m'ont ligoté et collé un sparadrap sur la bouche, puis le chef lui a ordonné de rendre les documents…

— Quels documents ?

— Je… J'en sais rien.

— Et…

— Votre collègue est arrivé.

— Il s'appelle Paco Martinez.

— Dès que le chef l'a vu, il a tiré. L'autre a flingué Robert… devant les enfants… Après, ils sont sortis et ont voulu achever Martinez, je suppose…

— Ensuite…

— Quand on a entendu les motos démarrer, ma femme a dénoué mes liens… Une nouvelle fusillade a éclaté. J'ai ordonné à ma femme de se réfugier avec les enfants dans la chambre du fond et j'ai rampé jusqu'au jardin. J'ai cru que le flic n'était pas seul et que les tueurs s'étaient retrouvés coincés par le reste de l'équipe…

— Le reste de l'équipe, c'était moi…

— La fusillade a cessé. Pour Sénigalia, il n'y avait plus rien à faire, mais Martinez vivait encore. Je commençais à évaluer son état quand vous êtes arrivé…

— Pourquoi planquiez-vous Sénigalia ?

— Il avait peur depuis la mort de son collègue de travail.

— Les deux meurtres sont donc liés. Par quoi ?

— Je ne sais pas.

— Il fait partie de votre groupe trotskiste, non ? On ne se fait pas confiance, chez vous ?

— Cette histoire n'a rien à voir avec notre activité politique !

— Comment le savez-vous ?

— J'aurais été exécuté moi aussi…

— Comment les tueurs ont-ils découvert votre adresse ? Vous avez une taupe dans votre groupe… ?

— Peut-être…

— Et Vespucci ?

— Une petite frappe sans envergure.

— Pourquoi en voulait-il lui aussi à Sénigalia ?

— C'est une autre histoire. Il collait aux fesses d'Eva…

— Selon vous, c'était une raison suffisante pour le balancer par la fenêtre… ?

— Un accident idiot… J'ai vu la bagarre de mon balcon… Je l'ai dit à vos collègues et au juge d'instruction…

— Avec Paco sur la table d'opération, je n'ai pas les idées très claires. Allez retrouver votre famille. Mais pas de disparition intempestive, OK ?

Il sort et s'engouffre dans un taxi.

La standardiste de l'hôpital me demande.

Le patron et toute l'équipe m'attendent à Ensuès. Je refuse. Plus tard, quand je serai fixé sur le sort de Paco.

— On a besoin de toi ici ! A l'hôpital, tu ne lui sers à rien… !

— Je suis arrivé trop tard. Je ne veux pas le quitter trop tôt…

— Je comprends… Viens dès que tu peux, on t'attend…

L'attente. Des heures. Cinq heures et demie.

Sortir, entrer.

Sortir.

Le ballet des ambulanciers, des pompiers, des particuliers.

Portes qui claquent, brancards qui roulent, jambes qui courent.

Les allées et venues des soignants, des familles.

Entrer.

Des mots échangés entre les uns et les autres, des visages qui se crispent, des corps qui s'effondrent, des larmes de détresse ou de soulagement, des douleurs qui se crient, des joies qui s'écrient.

Sortir.

Distinguer dans le crépuscule la Stude tachée du sang de Paco. Irène. L'avertir ou attendre de savoir. L'avertir, oui, plus loyal.

Entrer.

Téléphoner à la boutique d'Irène, entendre une sonnerie de ressac. Absente ? Bizarre. Les infos ? Trop tôt. Appeler les parents pour les rassurer sur mon sort.

Sortir, entrer.

Jusqu'à ce qu'on sorte Paco du bloc.

Vivant ou mort ?

Vivant mais entre vie et mort. En réa. Pronostic réservé. Très réservé.

Le silence gêné du chirurgien, le silence noué, le mien.

Sortir. Sortir pour respirer et se sentir vivant.

Prendre la Stude et rouler jusqu'à Ensuès, le lieu du crime et des assassins. Pour reprendre ma fonction, ma place parmi les miens.

Pour continuer l'enquête et rechercher les tueurs jusqu'à leur fin.

Les mots, dans ma tête, reprennent peu à peu leur place, sans excès.

La ruelle est barrée, ma voiture aussi, sans doute dans nos locaux pour le service balistique.

Celle du patron est toujours là. Tout le monde est rentré, sauf lui. Il m'attend, assis derrière son volant. Il me voit, baisse la vitre :

— Alors ?

— Toujours vivant, pour l'instant.

— Monte et raconte.

Il a écouté sans poser de questions.

Quand j'ai fini, il a dit :

— Erreur de débutant. Paco sait qu'on ne mène jamais une enquête en solitaire.

— Je n'étais pas joignable.

— Vous n'étiez pas de service et pas les seuls à la brigade ! Bon, on reparlera de ça plus tard. Je veux interroger personnellement les témoins. Tu sais où ils sont, j'espère…

— Oui. Des indices… ?

— Rien pour l'instant, la moto était volée… Mais je mets tout le monde sur le coup. Si des types ont la bêtise de croire qu'on peut abattre un flic comme ça, ils vont voir de quel bois je me chauffe… Une nouvelle génération de voyous qui ne respecte rien ni personne… Tu as une idée sur le contenu des documents qu'ils exigeaient de Sénigalia ?

— Non mais ça pourrait être un truc politique.

— Tu crois que ces gauchistes détenaient des infos importantes… ?

— Oui, le problème est de savoir qui est prêt à tuer pour les récupérer.

— On va trouver. Bon, allons nous coucher. Je veux tout le monde au boulot demain, à la première heure… C'est à toi cette bagnole américaine ?

— Non, à la compagne de Paco.

— Il a une riche maîtresse ?

— Elle est modiste à Aix.

— Elle sait pour Paco ?

— Pas encore, je n'ai pas pu la joindre.

Je suis descendu et l'ai regardé s'éloigner. J'ai hésité entre aller chez mes parents, retourner à l'hôpital ou rentrer chez moi. J'ai choisi la dernière option.

La Fourmi était là, endormie, adossée à la porte de mon appartement.

II

LA *THE NANA*

Lundi 8 janvier 1968

J'ai peur. De tout. De moi, des autres. Et je suis malheureuse. Tellement.

Mon père, Pips, Vespucci, Michel, Sénigalia et, peut-être, Paco. Tous ceux que j'approche meurent. Je ne suis pas une fourmi, plutôt un scorpion.

J'aime Tigran. Va-t-il mourir lui aussi ? Pourtant, je n'ai rien d'une héroïne de tragédie. Une enfant sage jusqu'à la bêtise. Terriblement suggestible. Je suis toujours ce qu'on attend de moi. Certains diraient que je manque de caractère. Selon Chambon, je suis une grande hystéro. Pourtant, je suis toute petite. Un mètre cinquante-sept pieds nus, quarante-neuf kilos vêtue. Tout est petit chez moi, la tête, les seins, le cul même s'il en fait bander plus d'un. Mon corps d'adolescente explose à la figure de celui qui sait le réveiller, le révéler. J'aime l'amour et le faire. Parfois, presque malgré moi, comme avec Vespucci. L'addition de l'abstinence et du haschich m'a été fatale. Je me foutais de Vespucci, je ne voyais que son corps musclé par la fonte et son sexe tendu vers moi. Je ne sais même pas si j'ai joui, mais mon ventre a pris possession de cet étalon de passage avec sauvagerie. A l'entendre, il n'avait jamais connu ça. Moi, si. L'homme comme objet de plaisir et rien d'autre. Le plaisir, tout dans le corps, rien dans la tronche.

Avec Pips, c'était aussi ça plus le reste, l'argent facile et d'autres manières de jouir : jouer avec le feu, la loi et singer Kerouac. Il me trompait régulièrement, y compris avec des hommes. Pips voulait profiter de tous et de tout. Jusqu'à en mourir. Flirter avec la guerre l'a tué…

La semaine suivant la mort de Pips, paniquée par la solitude qui m'attendait, j'ai couché avec Chambon et avec Bidet. Tentatives effrayantes et dérisoires pour échapper à la solitude du deuil.

J'ai croisé Chambon à la Gaieté. Il n'avait pas touché sa femme depuis le cinquième mois de grossesse. Il était encore plus déprimé que moi.

Sa femme portait un bébé mort, moi le deuil de Pips. Nous formions le couple le plus sinistre de la Gaieté. Il a acheté une bouteille de bandol et nous sommes allés chez moi.

Habituellement, je fais l'amour et je parle après, si je parle. Je n'aime pas ça, parler. J'ai toujours l'impression de n'avoir rien à dire ou si peu. Je me demande comment font les autres pour étaler leur culture ou leur inculture, sans vergogne.

Chambon n'a pas cessé de parler, avant, après. Il a tenu à tout me dire sur le situationnisme et *La Société du spectacle*. J'avais l'impression de baiser avec Guy Debord. Epuisant.

Deux jours plus tard, Bidet est passé me voir à la librairie pour me présenter ses condoléances. Il avait plusieurs fois tenté sa chance avec moi, sans succès. Il s'était dit que c'était peut-être le bon moment. Il avait raison. Il m'a invitée chez son paralytique. C'était un bon amant mais un partenaire affligeant. Il n'a cessé de me répéter que j'étais une fille "super", que la soirée était "super", que la bouffe était "super". Le joint que je lui ai roulé pour qu'il la boucle aussi.

Il a souri en assénant une dernière fois : "Je me sens super-bien", et il s'est endormi. Je l'ai laissé à ses "super"-rêves.

Mon corps avait son compte, mais ma tête était toujours embuée par la solitude et l'inquiétude du lendemain. Jusqu'à ma rencontre avec Tigran.

Lui ne s'intéressait pas à mon corps mais à moi. J'avais l'impression d'exister. Ses yeux s'enfonçaient dans les miens comme s'il pétrissait mes sentiments. Il me questionnait avec sobriété et m'écoutait généreusement. Avec lui, je n'avais plus peur de dire. Même des bêtises. Dans son regard, je me trouvais sinon intelligente, du moins intéressante. Comme avec Paul.

Quand je suis arrivée à Aix, j'étais paumée. Mon père venait de mourir et je me suis repliée pendant des mois dans ma chambre à la cité U ou à la BU. Un jour, devant l'amphi, un étudiant à lunettes, au visage tapissé de noir, chevelure, barbe et yeux, distribuait des tracts. Ça parlait de lutte contre l'impérialisme américain, de soutien au peuple vietnamien et de Rosa Luxemburg. C'était la première fois que j'entendais le nom de cette femme et j'avais envie d'en savoir plus sur elle. Il m'a invitée à la cafèt' et s'est montré excellent didacticien. Je ne comprenais pas tout ce qu'il me racontait mais la manière dont il parlait de cette femme, dont il l'admirait, me séduisait. Il s'appelait Paul Choukroun. Il a été mon maître en politique et mon premier véritable ami de fac. Je l'ai perdu de vue quand je me suis mise en ménage avec Pips. Paul ne l'aimait pas et trouvait que je méritais mieux. Le problème avec les maîtres à penser, c'est qu'ils pensent souvent pour vous. Bien qu'il m'ait traitée, dès le début, comme une petite sœur, je me suis demandé s'il était jaloux. Il avait une copine, Margot, plutôt moche, un peu trop ronde et très intelligente, une étudiante en socio, incollable sur le mouvement ouvrier et la lutte des classes. Mais pas très sexy.

— Toi aussi tu mérites mieux que Margot, c'est un vrai boudin…, je lui avais répondu méchamment.

— Tu es aliénée par la représentation petite-bourgeoise de la femme-objet…, m'avait-il asséné.

Il est vrai que les étudiantes d'extrême gauche ne souffraient pas de ce genre d'aliénation. Elles étaient si peu féminines… J'ai toujours eu du mal avec les femmes. En général, elles ne m'aiment pas. Peut-être parce que les hommes viennent facilement à moi. J'ai toujours été à l'aise en compagnie des garçons, comme ma mère. Elle m'a transmis son goût pour la coquetterie et l'imagination pour faire de trois bouts de tissu un vêtement sexy et décontracté.

Tigran, je n'ai pas tenté de le séduire, il m'est tombé dessus, non pas comme un coup de foudre, mais comme un orage d'émotions violentes, une nuée ardente. Peut-être parce qu'il est flic. Passer d'un étudiant délinquant à un flic intègre m'a mélangé la tête. Au début, je me suis raisonnée : il ne portait qu'un intérêt relatif à son enquête sur la mort de Vespucci. J'étais sur mes gardes. Lorsqu'il a abordé les motivations de Sénigalia, j'ai préféré ne pas parler de Michel pour ne pas l'impliquer dans mes ennuis. Erreur majeure.

Dès qu'il a su que j'avais menti par omission, il m'a détestée, pensant que je l'avais roulé. La seule chose que j'ai roulée cette nuit-là, c'est un joint pour le détendre. Nous avions mangé, bu. J'avais mis un disque de Satie, doux comme la peluche d'un enfant triste, des bougies brûlaient dans tout le studio, mon corps nu sous la tunique écrue en soie indienne, mon seul vêtement. Rien n'y a fait. Il ne m'a pas touchée. Cette fois, j'ai eu envie d'un homme non pour mon ventre mais pour moi. Dès la première inhalation de cannabis, un flot d'images d'étreintes, de corps en boule, emmêlés, de salives mélangées, de murmures obscènes m'a envahie. Je me suis déshabillée à l'orientale, telle une vierge offerte avec malice, sensualité et pudeur pour finir lovée entre ses bras ballants. Il a fini par m'étreindre avec prudence, délicatesse. Ses mains et son cœur vibraient comme les ailes d'une mouche collée à la langue d'un caméléon. Puis mon corps s'est déchaîné, en vagues de plus en plus puissantes. Je l'ai englouti sous ma peau, sous mes baisers et sous mes larmes à jouir. Une véritable extase amoureuse. Comme je n'en avais jamais vécu. Une de celles qu'on n'oublie pas. Pas plus que l'homme avec qui on l'a partagée.

Alors que je baisais, Michel mourait. L'amant de ma mère, mon géniteur crucifié un 31 décembre. J'en pleure encore toutes les nuits.

Et à présent Sénigalia et peut-être Paco, par ma faute. Alors que je pensais éviter le pire…

Quand j'ai entendu aux infos la nouvelle de la fusillade à Ensuès, j'ai compris immédiatement. J'avais envoyé Paco à la mort. Asphyxiée par la peur, j'ai arraché mes vêtements, tourné, nue, dans ma chambre comme une folle, extirpant par touffes les poils du pubis pour me punir, et je me suis effondrée au sol, en lambeaux. Le froid du carrelage sur ma joue m'a ramenée à la vie.

J'ai pris une douche tout en rasant ce qu'il restait de ma toison et décidé de me réfugier chez Tigran.

Il m'avait donné son adresse, j'y suis allée et j'ai attendu, attendu. Devant sa porte. Puis assise, telle une mendiante, une femme qui mendierait son pardon. Sans boire, sans manger, sous les regards réprobateurs des voisins circulant dans l'immeuble. Personne ne m'a adressé la parole comme si l'on craignait d'apprendre de ma bouche des horreurs. J'ai fini par m'endormir à la façon d'une clocharde, ivre de douleur.

Tigran est arrivé en fin de soirée et m'a réveillée. Il semblait épuisé.

*

Quand j'ai découvert la Fourmi en boule sur mon palier, je l'ai invitée à entrer et à m'expliquer sa présence.

Je l'ai écoutée parler, pleurer, parler. La confusion s'est accentuée. Etais-je manipulé ? Etait-elle sincère avec sa mine apeurée de biche noiraude ?

Il nous fallait à l'un et l'autre le repos d'une nuit, ou ce qu'il en restait.

J'ai retiré mes vêtements tachés par le sang de Paco et pris une douche rapide. Ensuite j'ai fait couler un bain et l'ai engagée à s'y plonger.

Elle s'est déshabillée sous mes yeux indifférents à ses charmes. Quand elle s'est blottie, nue, encore humide, dans mes bras, je dormais déjà.

Au matin, je lui ai suggéré de rester chez moi et de ne pas aller travailler.

— Jusqu'à quand ?

— Jusqu'à ce que nous y voyions plus clair. Tu es en danger. Je vais aux infos, j'en saurai plus ce soir.

Elle a effleuré mes lèvres de ses doigts et j'ai quitté les lieux pour ne pas céder à la tentation de l'étreinte.

Je suis passé à l'hosto avant d'aller au boulot. L'état de Paco demeurait stationnaire.

Les flics, un peu comme les chirurgiens, ne devaient pas penser à leur possible disparition, sinon ils ne pourraient plus exercer. Quand l'un de nous tombait sous les balles de truands, une sorte d'union sacrée gommait les antipathies individuelles en même temps que s'installait l'angoisse de notre propre mort. Bien sûr, Paco avait déconné en allant seul à Ensuès, mais lequel, parmi nous, ne s'était pas trouvé, au moins une fois, en situation de décider vite et mal ?

Ainsi, moi-même, et malgré ce qu'il venait de se passer, je n'ai pas parlé de la visite et de la présence de la Fourmi chez moi.

Cela allait-il m'être fatal aussi ?

J'ai chassé cette pensée pour m'atteler à l'enquête avec le nouveau coéquipier que le patron m'avait imposé : lui-même.

— J'ai lu vos rapports sur le meurtre de Vespucci et d'Agopian. Primo : je veux le tien concernant le meurtre de Sénigalia et la tentative de meurtre de Paco. Un truc concis, hein, pas une dissertation comme les rédige Paco. Des dates, des faits. Pour les hypothèses, on verra plus tard… Secundo : je veux les témoignages de tous les employés de l'entreprise de serrurerie mêlés de près ou de loin à Agopian et Sénigalia. Tertio : Eva Pelletier. On va la cuisiner à fond. Trop de hasards : son mec meurt en Syrie, Vespucci, un ancien amant, est balancé par la fenêtre par Sénigalia qui se trouve être un camarade de son géniteur, Agopian. Et tous deux meurent dans les jours suivants. Quatre types nettoyés dans son environnement immédiat, ça fait beaucoup pour une seule femme. Sans compter Paco… J'espère qu'elle n'a pas disparu et qu'on ne va pas retrouver son cadavre dans le Vieux-Port…

J'ai acquiescé, sans commentaire.

— Et quarto, on va embarquer les trotskistes de Saint-Jean…

— A quoi reconnaît-on un étudiant trotskiste d'un non-trotskiste ?

— Raflons tous ceux qu'on trouve et perquisition générale. On fera le tri ici !

— Le juge va être d'accord ?

— Je l'emmerde. Quand on flingue un de mes gars, aucun juge n'a intérêt à pinailler… Je l'appelle tout de suite, occupe-toi d'organiser le ramassage scolaire. Je veux que ça se passe en douceur, sinon l'opposition de gauche va se régaler en cas de "violences policières". L'objectif n'est pas de punir les étudiants mais de leur foutre la trouille.

— J'embarque les mères et les enfants aussi ?

— Soyons machos. Faisons comme si les mères étaient femmes de trotskistes comme d'autres le sont de notables. Laisse-les à la maison avec leur marmaille ; quant aux femmes sans enfants, à l'Evêché, puisqu'elles sont pour l'égalité des sexes…

En raison de mes origines, je n'ai jamais aimé les rafles, mais j'ai dû obéir.

Dans la demi-heure, le patron a obtenu la commission rogatoire pour tout ce petit monde.

Nous nous lancions dans les grandes manœuvres. Paco n'aurait pas été d'accord avec cette stratégie. Hélas, il n'y pouvait rien.

J'ai téléphoné à l'hôpital, état stationnaire, puis à Irène, toujours injoignable. Sa disparition m'interrogeait…

Dans la foulée, j'ai appelé discrètement chez moi. La Fourmi m'a répondu avec la voix d'une petite fille certaine de croiser le loup dans les prochaines heures. Je l'ai rassurée comme j'ai pu, mal, certain qu'il finirait par la retrouver.

Mais qui était le loup ? Un tueur de serruriers ? Un gauchiste déjanté ? Un amant éconduit par Eva, éliminant tous les hommes qui l'approchaient ? Etait-il seul ou était-ce une meute ? Si oui, quel objectif poursuivait cette bande ?

Pour alimenter ma mauvaise humeur, François Nessim, un journaliste du *Provençal*, a demandé à me parler.

Le patron occupé à organiser les opérations, je l'ai reçu, seul.

— Comment va Paco ? a entamé Nessim comme s'il parlait d'un ami.

— Vous le connaissez ?

— Nous avons passé le réveillon ensemble…

— Il est dans le coma…

— Irène est au courant, je suppose ?

— Je ne sais pas, impossible de la joindre. Que puis-je pour vous ?

— Je m'intéresse à cette histoire. Deux ouvriers assassinés, un flic gravement blessé, sans mobile apparent, ça n'est pas anodin…

— Certes…

— Vous avez une piste ?

— Plusieurs…

— Mais encore ?

— Trop tôt pour les révéler à la presse…

— Vous avez tort de me cacher des infos, je peux vous aider…

— Ah bon ? Comment cela ?

— J'écris un livre sur… le milieu marseillais. Une autre époque commence. Les Guérini hors jeu, la jeune garde veut sa part du gâteau et ne craint plus la peine de mort. Alors elle tue sans se poser de questions existentielles. De plus, les alliances politiques varient…

— Rien de nouveau sous le soleil marseillais. Ecrivez votre bouquin et envoyez-le-moi quand il sera publié. Ça sera bon pour ma culture générale…

— Moquez-vous ! Je vous contacterai à nouveau quand vous aurez fini de piétiner. Alors peut-être…

— C'est ça. Dès que mes semelles rendent l'âme, je vous téléphone. Bon, c'est pas que je m'ennuie, mais on a du boulot…

Sans croire à l'implication du milieu qu'il me suggérait, je l'ai regardé s'éloigner. Je n'ai aimé ni son sourire narquois ni son arrogance. Je doutais de son amitié pour Paco. Je ne savais pas encore qu'il en pinçait pour Irène…

*

A chaque bruit de pas dans l'escalier, je frissonnais de peur. J'avais eu ce qu'ils cherchaient et ils finiraient par le savoir. Et quand ils le sauraient, ils me tueraient. Sans me torturer car je parlerai pour ne pas souffrir comme Michel. Pourquoi ai-je accepté de partager le secret de Sénigalia ? L'habitude ? Pire, pourquoi ai-je accepté d'en être la dépositaire provisoire ? Sans doute, à mon insu, parce que je ne pouvais jamais conserver les cadeaux secrets de l'amant de ma mère, de mon presque père. Ma mère ne me faisait pas assez confiance pour me laisser la jouissance de ces petits objets dont elle craignait que je dévoile l'origine à son mari, mon père.

Sénigalia, au lieu de déposer les documents chez ses amis trotskistes, m'a choisie et j'en ai été fière comme une enfant à qui l'on confiait un trésor. Dans un premier temps, j'ai pris cette enveloppe cachetée avec un sentiment de dérision. Un jeu de cache-cache pour trotskistes en herbe en mal d'action. Une carte au trésor, l'emplacement de l'île mystérieuse. Depuis l'assassinat de Trotski par les staliniens, il fallait entretenir le mythe du complot. C'est ce que j'ai cru jusqu'au meurtre de Michel dans des conditions atroces. Au début, j'ai douté que sa mort pût avoir un rapport avec cette enveloppe. Une coïncidence puisque Michel, bien que collègue et ami de Sénigalia, était à la CGT, donc plutôt proche du PCF. Mais il avait hébergé Sénigalia. Ont-ils torturé Michel croyant qu'il détenait l'enveloppe ?

Ensuite j'ai averti Paco, convaincue qu'après la liberté provisoire de Sénigalia, ils allaient tenter de récupérer leur bien. Mais quel bien ? J'ai décacheté l'enveloppe, les doigts tremblants, et jeté un œil sur son contenu. Je l'ai refermée aussitôt sans en lire une ligne, comme si d'en prendre connaissance signait mon arrêt de mort. Surtout ne rien savoir. Sans attendre, je l'ai brûlée.

Je n'ai parlé de l'enveloppe à personne, ni à Michel, ni à Minier, ni à Tigran.

Encore l'habitude de me taire. Pour protéger qui, quoi ? Je n'en savais rien. Cette enveloppe semblait être une boîte de Pandore. Quand j'ai demandé à Robert pourquoi il ne l'avait pas donnée à ses amis, il m'a répondu avec un sourire étrange :

— Parce que tu es luxembourgiste. Je suis sûr que, chez nous, il y a une taupe. Je ne sais pas qui, mais je n'ai pas confiance. Toi, tu es une fille bien et tu n'habites plus Saint-Jean…

Il n'a pas voulu m'en dire plus.

Je devenais dingue, seule dans cette piaule encombrée des archives arméniennes de Michel. Pourquoi Tigran les compulsait-il ? Espérait-il y trouver la solution de son enquête ou se replongeait-il dans l'histoire tragique de ses ancêtres ?

Curieusement, en matière policière, je me fiais plus à Paco qu'à Tigran. Sans doute parce qu'il était moins concerné. J'aimais l'expression mélancolique de son visage, sa douceur et sa bienveillance. Il fallait que j'aille le voir. Tant pis pour moi s'il m'arrivait malheur. J'avais besoin de sortir.

En fin d'après-midi, j'ai appelé un taxi qui m'a conduite à l'hôpital Nord. Nous n'avons pas été suivis.

Quand je suis arrivée en réanimation, une femme splendide à la crinière rousse, une canne à pommeau d'argent appuyée sur sa cuisse, murmurait à l'oreille de Paco. J'ai observé ce dialogue amoureux – car c'en était un – dans un mélange de tendresse et de gêne. Comme s'ils faisaient l'amour sous mes yeux. Le corps de la femme, penché sur celui de Paco immobile, dégageait une sensualité électrique. Les mots chuchotés circulaient, presque visibles, entre les lèvres de la femme et l'oreille de Paco. Malgré le coma, il semblait l'écouter avec attention et lui répondre par l'oscillation de la ligne que traçait son cœur sur l'écran de réanimation. A cet instant, j'ai eu la certitude que cette femme magnifique allait le ramener à la vie. J'ai quitté les lieux sans qu'à aucun moment elle ne quittât des yeux son amant. Sans un regard vers moi.

Je suis retournée dans le centre et j'ai acheté dans une boutique africaine de la rue Tapis-Vert une perruque longue et brune. La vendeuse, en l'ajustant sur mon crâne, a commenté :

— C'est bien les cheveux courts, c'est mieux pour les perruques. Dorénavant, vous ressemblez à une vraie femme…

En vérité, je ne ressemblais plus à rien, en tout cas plus à moi-même. Protégée par mon nouveau déguisement et le crépuscule, j'ai remonté la rue

Thubaneau où quelques vieilles putes, en fin de carrière, m'ont lancé des regards mauvais, me soupçonnant de vouloir occuper un bout de leur trottoir. Au moins j'étais fixée. Avec ma perruque et mon petit cul rebondi, j'avais plus l'allure d'une prostituée que d'une femme. Afin d'échapper à d'éventuelles propositions de clients, j'ai coupé par le Grand Garage Noailles dont une porte vitrée au fond du rez-de-chaussée donnait sur le passage du même nom pour rejoindre la rue Vincent-Scotto et la Canebière. Cet itinéraire était utilisé en sens inverse par tous les manifestants en cas de charge policière et leur permettait de se disperser dans le labyrinthe des ruelles entre Belsunce et le boulevard d'Athènes.

Je suis allée délibérément traîner devant les vitrines éclairées de ma librairie et ainsi vérifier que je passais inaperçue aux yeux de mes collègues. Rassurée, j'ai poursuivi mon chemin vers la Plaine et la rue Terrusse, où j'ai attendu Tigran dans un bar à proximité de chez lui. Il allait me gronder une fois encore…

*

La rafle n'a pas été facile à organiser. Une cité U n'était ni un hôtel de passe ni un cabanon isolé dans l'arrière-pays. Il a fallu mobiliser trois fourgons, une trentaine de flics en uniforme et une demi-douzaine d'inspecteurs pour les perquisitions. Compte tenu de l'accueil que nous avions reçu, Paco et moi, lors de notre première visite, j'imaginais le pire. J'espérais que ça ne tournerait pas en siège d'une forteresse estudiantine.

Par ailleurs, le patron avait décidé que nous irions ensemble interpeller Minier chez ses parents, juste avant la rafle. J'avais insisté pour que nous procédions après dîner afin de ne pas traumatiser ses enfants déjà choqués par les meurtres.

Vers 19 heures, j'ai appelé, à nouveau, l'hôpital Nord : état toujours stationnaire mais une femme rousse se tenait au chevet de Paco, depuis peu. Irène s'était enfin manifestée. J'en étais soulagé.

J'ai composé mon numéro, histoire de vérifier que la Fourmi allait bien. Elle n'a pas répondu. Merde ! J'ai annoncé au patron que je devais passer chez moi avant la visite chez Minier.

— OK, mais ne traîne pas. Je t'appelle et je te récupère au passage…

J'ai foncé.

Alors que j'ouvrais fébrilement la porte, elle m'a tapoté l'épaule. J'ai hurlé :

— Qu'est-ce que tu fous dehors ? Je t'avais demandé de…

— J'en étais sûre !

— De quoi ?

— Que tu allais m'engueuler.

— C'est quoi cette perruque ?

— Envie de changer de tête. En ce moment mon système pileux navigue…

— Comprends pas…

— Tu comprendras quand tu me prendras…

— Je n'ai pas l'esprit à la bagatelle. Je suis venu vérifier…

— … que tu tenais à moi.

Et elle m'a roulé une pelle d'enfer. Ça m'a rappelé la première fois où j'ai furé* avec une fille : Françoise, une voisine, quatorze ans, moi treize et déjà elle qui avait pris l'initiative. Je n'étais plus un môme et je me suis emparé de la rondeur de ses fesses à pleines mains en disant : "Pas raisonnable…"

J'ai ouvert la porte, elle, mon blouson.

J'ai ouvert ses jambes, elle a fermé les yeux.

J'ai baisé de lèvres avides son mont de Vénus glabre.

Elle a tremblé, serré mon cou de ses cuisses de crainte que je m'échappe. Elle a joui. Longtemps. Moi, en dedans. Le téléphone a sonné.

Le patron passait me prendre dans cinq minutes. Le temps qu'il a fallu à Eva pour me prendre et forcer ma jouissance, en elle.

Sur le pas de la porte, elle m'a dit avec un ton coupable :

— A ton retour, je te dirai un secret…

— A mon retour, tu seras là, promis ?

— Promis, juré.

* Furer : du provençal, "embrasser".

NOTES DE FRANÇOIS NESSIM SUR POLITIQUE ET PÈGRE

1) 1945 à 1954 : *le SO*. Développement du réseau gaulliste.*

*Printemps 1947 : création du RPF**.*
Milliers d'adhésions enthousiastes structurées par J. Soustelle.
400 000 adhérents, deuxième parti de France après PCF.
Contexte de guerre froide, RPF crée un service d'ordre installé rue Taitbout (Paris 9e).
A la tête du SO, essentiellement anciens résistants, culture du secret : Malraux, Ponchardier (frère de l'amiral), Renault, alias *colonel Rémy, Paul Comiti, ancien FFL en Syrie, Dumont, commandant Thamis, ancien de la Légion, Foccart, ancien du BCRA surnommé le Bacille ; ce dernier va prendre une place de plus en plus importante au sein du SO.*
Ponchardier, adepte de la guérilla urbaine, "poussait ses hommes à affronter les communistes dans la rue, y compris dans leurs bastions ouvriers".

* Service d'ordre.

** Rassemblement du peuple français.

Effectifs du SO : en 1948, 5 000 hommes.
Délégués régionaux : Jean Georges pour la Provence, Devernejoul pour Marseille.
A Marseille, le SO du RPF recrute des truands (notamment pour le contrôle des docks).
SO prolongé par groupes dits d'autodéfense (AD).
A la suite des dérapages du SO, réputation du RPF entachée : parti violent et factieux.
Réorganisation.

Fonctions du SO :
Garantir la sécurité des responsables du parti.
Assurer l'ordre des réunions publiques : la sono, la solidité des tribunes, transport des orateurs, circulation des défilés, la claque des meetings.
Bénéficie des moyens de transport et de communication de l'armée ou de la police.

Equipement :
Rangers à bouts renforcés, manche de pioche et revolver si besoin.
Plusieurs bavures sanglantes.
Certaines antennes plus violentes que d'autres.

A Marseille :
Le SO provençal dirigé par Camille Rayon alias *Archiduc (nom de résistance).*
Ancien agent de liaison de Tartane-Phratrie, appelé plus tard à une belle carrière chez Ricard, vivotant jusqu'alors comme plagiste : Charles Pasqua.
Confrontation entre SO et communistes en 1948.
Pour empêcher la perturbation d'un meeting à Grenoble, C. Rayon appelle à la rescousse ses gars de Marseille et de Toulon pour renforcer le SO local.

Cerné par des groupes de choc du PCF, le SO ouvre le feu : 2 cars incendiés, 20 blessés dont 3 par balle et 1 mort : Lucien Vautrin, première victime des affrontements entre RPF et PCF.
Arrivée en urgence du SO parisien pour assurer la relève du SO marseillais débordé.
Déchaînement de L'Humanité *: le SO gaulliste recrute dans la pègre marseillaise.*
Renucci, Guérini, Simonpierri et Francisci, caïds à la recherche de protection politique, infiltrent le RPF via *son service d'ordre.*
Plusieurs réunions de gauche (Christofol et Defferre) dispersées à la matraque.
Rafales de nuit en direction de leurs permanences.
Durant la campagne électorale, plusieurs dizaines de blessés.
Marseille, seul port important de l'Europe occidentale aux installations intactes, choisi par les Américains pour décharger les marchandises du plan Marshall. Contact entre CIA et pègre pour retirer le contrôle des docks à la CGT.
Emeutes à Marseille après augmentation du prix des transports publics, foule investit mairie et moleste le maire RPF.

Dès 1947, tendance à l'idéologie putschiste : arriver au pouvoir par la force.
Malraux prédit l'apocalypse rouge : sabotage des infrastructures par les communistes, etc.
Dépôts de munitions clandestins (datant de la Résistance), utilisation de pseudos par les membres du SO issus des réseaux de la Résistance.

SO a son propre service de renseignements grâce à des complicités DST, police et pompiers.
PC radio rue de Naples dans un immeuble EDF en cas d'insurrection.
SO dispose de groupes paramilitaires, armés, encadrés et motorisés, infiltrés dans l'armée.
Note des RG : "16 000 hommes sous la direction du colonel Rémy plus un certain nombre difficilement appréciable de nervis recrutés dans le Midi, et des effectifs relativement importants dépendant du ministère de la Défense nationale... Le RPF peut compter également sur les appuis du SDECE..."*
Dans les Bouches-du-Rhône, matériel complet de transmission d'origine américaine, stock d'armes, dépôt de carburant, financement occulte.

1948 : début de traversée du désert de De Gaulle et RPF.
Démocrates-chrétiens, socialistes et radicaux résistent aux assauts des gaullistes et du PC.
Effondrement des effectifs du RPF et, par contrecoup, du SO.
De Gaulle se retire à Colombey pour y rédiger ses Mémoires de guerre.
Les anciens, purs et durs du SO et du RPF, alliés aux nationalistes tentent de déstabiliser la IVe République, enlisée dans guerres coloniales.

*4 avril 1954 : tentative de putsch de l'ACUF**, avortée à cause du maréchal Juin, qui refuse de la cautionner.*

* Service de documentation extérieure et de contre-espionnage.
** Association des combattants de l'Union française.

III

GARDE A VUE

Mercredi 10 janvier 1968

Les parents de Minier habitaient rue Sylvabelle, derrière la préfecture.

Un hôtel particulier cossu mêlant privé et public. Une plaque de cuivre signalait que le père était avocat au barreau de Marseille. Un notable, donc.

Le hall, où nous patientions, était meublé de design contemporain et d'ancien, ses murs, habillés d'une tapisserie des Gobelins et de deux Andy Warhol : l'un représentant Marilyn Monroe en dix exemplaires multicolores, l'autre Jackie Kennedy sur fond rouge.

Le père, un homme de belle allure, à la tignasse poivre et sel comme seuls les avocats savent en jouer, costume et visage sombres, nous a reçus assez froidement après avoir exigé d'examiner la commission rogatoire.

Le fils n'était plus là. La femme et les enfants, si. Morand semblait furax contre moi, le père, le fils.

— Maître, Jean-Louis est mêlé à un meurtre et à une tentative de meurtre. De plus, il a été le témoin visuel d'un homicide involontaire en état de légitime défense.

— Je sais. Il m'a raconté tout cela.

— Et vous trouvez normal qu'il disparaisse ?

— Non. Je lui ai même proposé de le représenter, il a refusé. Il ne veut pas d'un avocat bourgeois et préfère s'adresser à un avocaillon…

— Qui ça ?

— Je ne le connais pas, un type du barreau parisien. Un gauchiste comme lui sans doute.

— Où est votre fils ?

— A Paris, justement.

— C'est grand !

— Oui, assez. Il n'a pas daigné me donner une adresse dans la capitale.

— A sa femme non plus ?

— Oh, sa femme… ! Même engeance, même combat ! Jeunes adultes écervelés de tous les pays, unissez-vous ! Elle m'a demandé de garder les petits pour le suivre ! J'ai refusé. Je suis peut-être vieux jeu, mais, dans ce contexte, j'ai estimé plus judicieux de laisser leur mère à mes petits-enfants. Les accueillir, c'était normal, jouer les baby-sitters pour leur permettre de faire d'autres sottises, très peu pour moi.

— Nous pouvons l'interroger ?

— Bien sûr, elle est en train de coucher les enfants, mais vous n'en tirerez rien. Une tête de mule comme mon fils. On peut dire qu'ils se sont bien trouvés, ces deux-là.

— Que savez-vous sur l'engagement politique de votre fils ?

— Pas grand-chose. C'est moi qui l'ai sensibilisé à la politique, à l'époque j'étais mendésiste. Mal m'en a pris. Adolescent, il a dévoré Marx, Lénine, Trotski. Après avoir ingurgité tout ce qui concernait la révolution d'Octobre, il s'est attaqué, en amont, à l'histoire de la Commune, en aval, aux révolutions chinoise et cubaine. Il a adhéré aux Jeunesses communistes et milité activement contre la guerre d'Algérie. En 1965, quand le PC n'a pas présenté de candidat au premier tour des présidentielles pour laisser une chance à Mitterrand de mettre de Gaulle en ballottage, il a jugé que le PC trahissait la classe ouvrière et a quitté les JC pour participer à la création des JCR d'obédience trotskiste. Dès lors, à nos débats, plutôt houleux, s'est substitué un silence, hostile de sa part, inquiet de la mienne. J'espérais que ça lui passerait car il préparait l'internat. Hélas, il y a renoncé pour s'engager dans la médecine du travail, épouser cette… Juliette et lui faire des enfants.

— Et qu'en pense votre femme ?

— Elle est morte d'un cancer, il y a deux ans.

— Désolé.

— Je peux vous assurer qu'actuellement elle me manque cruellement.

— D'autres enfants ?

— Un fils cadet qui suit des études de droit à Aix et une fille, ma petite dernière, prof aux Beaux-Arts de Nice.

Morand a interrogé ensuite Mme Minier, sans résultat. Elle ne savait rien ou ne voulait rien dire.

— Mon mari a sauvé la vie de votre collègue et, pour le remercier, vous le persécutez ! Bravo !

— Madame, après avoir secouru l'inspecteur Martinez, ce dont nous lui sommes reconnaissants, il aurait pu aider nos services à retrouver les assassins. Apparemment, il a estimé que ce n'était pas de son devoir et je le regrette amèrement. Si l'inspecteur Khoupiguian ne lui avait pas sottement fait confiance, il aurait été interrogé et sans doute libre à l'heure qu'il est ! Dites-lui que s'il ne se présente pas rapidement à nos services, je vais être obligé de lancer un mandat contre lui… Allez, on y va ! a conclu Morand.

Je l'ai suivi, penaud. Son silence a été plus que sévère à mon égard. De la voiture, il a appelé la brigade pour lancer la rafle.

Nous sommes arrivés quelques minutes avant le gros de la troupe.

Le patron n'a pas compris ma nervosité. Des images défilaient dans ma tête, celles qu'Agopian avait, à son insu, imprimées dans ma mémoire. Je ne voyais pas des policiers en képi mais des soldats turcs, pas des étudiants entraînés jusqu'aux fourgons mais des familles maltraitées à coups de crosse, des hommes, des femmes et des enfants exécutés ou décapités…

En réalité, hormis quelques “A bas l’Etat policier”, nous avons embarqué tout ce petit monde sans grande résistance.

Les perquisitions n’ont pas donné grand-chose : des affiches contre la guerre du Viêtnam, des tracts appelant à la révolution les ouvriers d’entreprises locales. Des textes en allemand, signés Rudi Dutchke, un révolutionnaire berlinois. Des dizaines de *Petit Livre rouge* de Mao et des photocopies de *La Guérilla urbaine* de Che Guevara.

Chez les Minier, des rapports sévères de Jean-Louis, médecin du travail, sur l’environnement dangereux pour la santé des salariés de quelques entreprises marseillaises, utilisés à la rédaction d’articles signés MLJ, militant trotskiste, dénonçant les “patrons capitalistes prêts à risquer la vie de la classe ouvrière pour augmenter leurs profits”…

Chambon, au salon, écoutant du Coltrane, seul, car sa femme avait été enfin hospitalisée pour accoucher du bébé mort.

Aimée Faure, l’infirmière antillaise qui avait injurié Paco, au lit avec Napo Orsini, concubin de la susnommée. Sous le lit, une arme à feu, un vieux Beretta, enroulée dans un chiffon.

Seul Sébastien Bidet était absent, à jouer ou baiser ailleurs…

A l’Evêché, on a placé en garde à vue les étudiants militants et libéré les autres.

Lors des interrogatoires, tous ont beaucoup parlé pour ne rien dire. Des intellectuels, futurs médecins, aux convictions fortes, aux discours intelligents, mais irréprochables au regard de la loi…

Morand est sorti de la nuit épuisé et bredouille.

— Quelle bande de petits cons ! S'ils avaient des couilles, ils iraient en Amérique du Sud ou au Viêtnam se battre pour leur révolution ! Je comprends plus les jeunes ! Ils ont du pognon, du boulot, la paix depuis l'indépendance de l'Algérie, qu'est-ce qui leur faut de plus ?

— Peut-être qu'ils s'ennuient…

— Moi, ils me gonflent ! Ils devraient suivre l'exemple de Schweitzer et partir soigner les Africains à l'œil ! Ça leur remettrait les idées en place ! Entre les gauchistes, les hippies et Occident, notre jeunesse est mal barrée !

Entre de Gaulle et Pompidou, Mitterrand et Waldeck-Rochet, Lecanuet et Tixier-Vignancourt, l'était-on mieux ? Pas sûr. Mais je n'en ai rien dit pour ne pas rajouter à sa mauvaise humeur. Morand était un bon serviteur de l'Etat mais un piètre politologue…

A l'aube, il est parti se coucher et m'a demandé de convoquer Eva en fin d'après-midi. J'espérais qu'elle ne s'était pas tirée comme Minier.

*

Dracula, enveloppé de sa cape noire, l'œil brillant, le teint pâle, s'avançait dans la chambre vers mon lit. J'avais un sommeil agité. Mon corps nu s'offrait à ses mains lubriques, à ses dents assoiffées. Il a posé ses ongles crochus sur mes épaules, ses lèvres rouge sang sur mon cou…

Je me suis redressée dans le lit en repoussant à coups de poing et de pied mon agresseur pour… découvrir Tigran, les lèvres en sang :

— Aïe ! La vache ! Tu m'as fait mal !

— Pardon ! Je faisais un cauchemar horrible ! Viens, mon chéri…

Il s'est allongé à mes côtés ; je lui ai léché le sang de sa lèvre blessée, passant du côté vampire. Cet homme m'avait contaminée.

— Ça va ?

— Non ! Une nuit de merde, pour rien, et Minier s'est barré à Paris !

— Le con ! Tu veux un café ?

— Volontiers.

Je me suis levée, lui ai caressé la joue au passage. J'ai frissonné. Il a enlevé sa chemise que j'ai enfilée.

— Vous avez trouvé une piste ?

— Non, juste un flingue chez Napo Orsini et Aimée Faure…

— Merde ! C'est grave ?

— Si la balistique révèle qu'il n'a servi à tuer personne, non.

— Un ou deux sucres ?

— Un, merci.

Telle une épouse aux petits soins, je lui ai apporté son café au lit.

— Il va falloir que j'aille au boulot, sinon je vais le perdre.

— Je comprends. En fin de journée, je viens te chercher…

— C'est gentil.

— Pas vraiment. Le patron veut t'interroger.

— Encore !

— Et avec lui, ça ne va pas être une partie de plaisir… !

Je me suis décidée à lui raconter l'histoire de l'enveloppe confiée par Sénigalia et sa destruction.

Il est entré dans une agitation furieuse, jurant, m'injuriant, me bousculant presque. La tentation de me gifler puis de me repousser. J'ai pleuré en silence, souhaitant presque être battue pour le soulager de sa tension.

Enfin, il s'est calmé. Liquéfié. Sans me regarder, il a murmuré :

— Tu me rends dingue avec tes mensonges et tes cachotteries… Je sais plus quoi faire avec toi…

Je me suis assise à ses pieds et j'ai posé ma tête sur ses genoux :

— S'il te plaît, protège-moi…

— … Il faut que je dorme un peu.

— Tu passes toujours me prendre au boulot ?

— Je n'ai pas le choix.

Je me suis habillée en vitesse et j'ai quitté les lieux.

En chemin, les pensées s'emmêlaient. Le fil en devenait une pelote inextricable, le flot, un torrent d'images nauséabondes et d'odeurs sales…

*

Ni les quarante-huit heures de garde à vue ni l'interrogatoire d'Eva ne nous ont avancés.

Le flingue d'Orsini n'avait pas servi depuis une décennie, les trotskistes et autres maoïstes s'étaient enfermés dans un discours pseudo-révolutionnaire.

Eva et moi avions convenu qu'elle ne dirait rien de notre histoire amoureuse. Moi aussi, je mentais par omission.

Durant son interrogatoire par Morand, elle n'avait rien dévoilé que je ne sache déjà, hormis cette confidence d'Agopian : "Quand je serai plus là, va chez moi et récupère, dans ta chambre, une boîte à chaussures, il y a un cadeau pour toi…"

— Elle était dans l'appartement, cette boîte ? m'avait demandé Morand, intrigué.

— Oui, avais-je répondu, elle contenait tout le courrier de Mlle Pelletier adressé à Agopian.

— Rien d'autre ?

— Michel était un sentimental et avait une âme de documentaliste. Il gardait et classait tout, avait confirmé Eva.

La rafle, les interrogatoires à la chaîne, Eva, tout cela m'avait laminé. J'avais les yeux bordés d'anchois.

— Il va falloir s'occuper des serruriers, à présent…, avait soupiré Morand.

— On commence quand ?

— Demain.

— J'avais prévu de rendre visite à Paco…

— Tu pourras, après…

J'ai donc décidé d'y aller avant, le soir même, malgré la fatigue de ces derniers jours sans vraie nuit. En attendant d'avoir un nouveau véhicule, le service m'a généreusement prêté une 203 noire qui avait dû connaître les Guérini du temps de leur splendeur. Même si un double débrayage était nécessaire pour passer la troisième, cette bagnole marchait mieux que mon ravan*.

Eva avait remis sa perruque et m'attendait au Cintra. Elle a tenu à m'accompagner. Au point où j'en étais, j'ai accepté.

A 19 heures, il y avait foule, non pas à l'hôpital Nord, mais aux environs de Paco. J'ai demandé à Eva de rester en retrait et je me suis approché du groupe dans le couloir : une femme d'âge mûr, en larmes, était consolée par une jolie fille, d'une trentaine

* En provençal, désigne une vieille bagnole, bonne pour la casse.

d'années, accompagnée par un quadragénaire trapu, l'air mauvais.

A quelques pas, Irène et – encore lui ! – Nessim écoutaient avec attention un grand type inconnu, à l'allure dégingandée.

Quand Irène m'a aperçu, elle a eu un sourire triste et m'a fait signe de la rejoindre.

— Bonsoir Khoupi. Je te présente le professeur George, un neurochirurgien, ami de Paco, et François Nessim, journaliste au…

— On se connaît déjà…

— George pense qu'il est sorti d'affaire mais ne s'explique pas pourquoi il est toujours dans le coma.

— C'est inquiétant ?

— Oui et non, a précisé George. Le coma reste encore un mystère. D'après les tracés, il est sorti du stade 2 et devrait être en coma vigile, c'est-à-dire répondre aux stimulations. Pourtant, il reste entre deux eaux comme s'il n'avait pas encore décidé de revenir à la vie…

— Vous pensez que c'est lui qui décide ?!

— Bien que ce ne soit pas très scientifique, je crois que chaque patient gère son coma à sa manière. Certains individus peuvent rester des années dans l'inconscience sans qu'aucun dérèglement physiologique le justifie et se réveiller du jour au lendemain. Le cerveau est loin d'avoir révélé tous ses secrets…

— Y a-t-il eu des dégâts ?

— *A priori*, non. Il ne semble pas y avoir eu d'anoxie cérébrale. Néanmoins, nous ne le saurons que lorsqu'il aura repris conscience. Probablement des amnésies partielles et, au début, une certaine désorientation, voire des troubles du cours de la pensée…

— Qui sont tous ces gens ? Ils sont de la famille ?

— En quelque sorte, a répondu Irène. Celle qui pleure, Mme Choukroun, est la veuve de son coéquipier mort en Algérie. Elle aime beaucoup Paco. La jeune femme, une amie, Ernestine, et son compagnon José. Nous formons le dernier carré pied-noir pour encourager Paco à rester avec nous. Qui est la jeune fille qui t'accompagne ?

— Eva. Une… une copine.

— Elle est jolie comme une poupée. Elle te va bien…

— Juste une copine…

— Bon, je dois vous laisser, a annoncé George.

— Voulez-vous que nous allions manger quelque part ? Je vous invite, a lancé Nessim.

Nous avons tous décliné l'invitation, sauf Irène !

En aparté, je lui ai demandé :

— Tu… Tu fais confiance à ce type ?

— Oui, pourquoi ?

— Je ne l'aime pas.

— Paco non plus, mais lui était jaloux.

— A tort ?

— Pour ma part, totalement.

— Désolé de me mêler de ce qui ne me concerne pas.

— C'est le propre des amis de veiller à la bonne conduite des compagnes esseulées ! Tous les mêmes ! Incapables d'imaginer qu'une femme adulte et responsable puisse voter, conduire, travailler et résister à la tentation ou au désir d'un homme. Comme si nous étions passives et faibles. Va rejoindre ton amie et protège-la. Elle semble en avoir plus besoin que moi...

J'ai fui, rejoint Eva qui m'a achevé en m'assénant :

— Merci d'avoir agi comme si je n'existais pas. Tu avais honte de moi ?

— Pas du tout. Je ne tenais pas à mélanger vie publique et privée.

— Suspecte et maîtresse, tu veux dire !

Je suis sorti sans répondre, les mots me manquaient. Saletés de mots ! Ils disparaissaient dès qu'il s'agissait de les aligner en réparties cinglantes.

Je ne pouvais pas la quitter ainsi, la laisser rentrer chez elle, seule, avec le risque d'une agression par quelque motard tapi dans l'ombre...

Quand elle est apparue sur le parking, j'ai ouvert la portière côté passager. Elle est montée sans poser de questions.

La soirée était douce. Le printemps d'un soir. Une nuit à dîner en amoureux. En malheureux.

En quittant l'autoroute nord, nous nous sommes retrouvés inévitablement dans le quartier d'Arenc, non loin du domicile d'Agopian, puis à proximité de l'Evêché, face à la cathédrale de la Majorque, que j'observais toujours avec tendresse au passage malgré son style mauresque et lourd. Elle avait été construite après la peste, m'avait expliqué mon oncle. Puis nous avons longé le Vieux-Port jusqu'au Pharo. Un jour nous passerions sous ses eaux, si le projet de tunnel se confirmait. Après la disparition du pont transbordeur, le petit ferry-boat faisant la navette entre les rives ne serait plus qu'une attraction pour touristes…

La nuit était claire, la Corniche déserte. Parvenu à Endoume, je ne me suis pas résigné à la déposer.

— Où va-t-on ?

— Je ne sais pas…

Au niveau de l'anse de la Fausse-Monnaie, elle a baissé la fenêtre et laissé entrer l'air marin. La Corniche, complice, tel un tapis roulant, nous entraînait, à mon insu, jusqu'à une destination connue d'elle seule.

Au passage devant la copie du *David* de Michel-Ange, au rond-point du Prado, Eva a demandé :

— Tu sais qui l'a mise là, cette statue ?

— Elle a été offerte à la ville, en 1903, par le sculpteur-marbrier Jules Cantini.

J'ai imaginé Pierre, mon frère, sirotant un whisky pur malt, vingt ans d'âge, sur sa terrasse du dixième étage en front de mer et ricanant de m'entendre étaler une culture de pacotille…

— Où va-t-on ? a répété Eva.

— Je ne sais pas.

— Qui le sait ?

— La route…

L'asphalte nous a conduits jusqu'à la Pointe Rouge, a poursuivi jusqu'à la Madrague de Montredon, dans le dédale des rues qui affleuraient le petit port. Puis les Goudes jusqu'à l'Escalette où un restaurant éponyme avec ponton et petite plage incrustée dans la calanque nous attendait. Quasiment vide. J'ai garé la voiture à proximité dans un virage. Nous avons marché jusqu'au restau, sans un mot. J'ai observé l'encre noire de l'eau qui avait écrit quelques pages de mon enfance avec l'espoir absurde qu'elle me reconnaisse. Aucune vague ne m'a éclaboussé pour fêter mon retour.

Elle m'a demandé :

— Pourquoi sommes-nous là ?

— Quand j'étais minot, l'été avec les copains, on prenait le bus jusqu'au David et après un autre jusqu'ici.

En silence, un flot de diapos mentales :

La petite plage de galets…

Dans mon sac, des palmes, un masque et son tuba, un sandwich au jambon, un fruit et une gourde de l'armée en métal…

La journée dans l'eau, ou plutôt sous l'eau…

Parfois un regard d'envie vers les bourgeois qui déjeunaient dans ce restaurant…

— Quelle expédition ! Pourquoi venir jusqu'ici ? Moi, petite, j'allais aux Catalans avec mes parents ou à la Couronne pendant les congés.

— La Couronne ? Quelle horreur !

— Je ne m'en souviens plus, j'avais cinq ans quand j'ai quitté Marseille…

D'autres diapos, des images chaotiques : la foule sur le quai attendant le train à vapeur, les wagons remplis à ras bord de familles nombreuses et d'adolescents…

En chemin, des cacous bouffonnaient en se penchant par la portière et, régulièrement, se prenaient dans la gueule un train à contresens ou, encore plus stupides, tombaient sur la voie à la suite d'une bousculade…

Et ce trajet qui n'en finissait plus, Le Rove, Carry, Sausset, la Redonne, la Couronne, Carro enfin…

Puis la descente interminable jusqu'à la plage…

La journée passée à ruminer mon ennui aux côtés de ma mère qui, dès notre arrivée, organisait le pique-nique, et de mon père en tricot de corps pour ne pas exposer sa blessure de guerre…

Pierre, lui, disparaissait aussitôt, en quête de camarades de volley, de baby-foot, déjà ailleurs…

Toujours préféré la mer en solitaire. Adolescents, mon frère et moi allions parfois nous baigner au château d'If. Commercial en herbe, il avait passé un marché avec un employé : on payait cinquante anciens francs au lieu de deux cents l'aller-retour, sans ticket et sans révéler aux touristes la somme déboursée. Le seul inconvénient : devoir se fader les commentaires sur le comte de Monte-Cristo et l'abbé Faria à chaque traversée. Une fois sur place, on s'installait à l'écart sur les rochers ; je plongeais dans l'eau limpide et mon frère bronzait ou draguait les touristes…

Eva a interrompu ma rêverie mélancolique d'un “Tu as le silence triste !”

— … On y va.

— Ce restaurant doit être cher, non ?

— Aucune importance, je t'invite.

Le patron, un maigre à moustaches fines, nous a installés à une de ces tables que je voyais, que j'enviais depuis la petite plage. De ma place, je pouvais m'imaginer, quinze ans plus tôt, entre deux eaux, comme Paco… Au fond, je m'étais baigné dans un coma aquatique pour échapper au monde de l'été, aux bruits des plages, aux corps des filles et des femmes. Ce soir j'étais avec une femme, hors de l'eau. Un bain relationnel.

De nouveau le silence, entre nous, un silence paisible. En bruit de fond, une histoire racontée par le patron à un client, dont j'écoutais des bribes. Une histoire de fous :

La dernière guerre…

La défaite…

Prisonnier des Allemands…

Envoyé dans un camp, évasion…

Un autre camp, évasion, déporté en Pologne dans le camp de Rawa Ruska…

Puis, à la frontière ukrainienne, Lvov, une forteresse, évasion…

Planqué par une Polonaise résistante, pendant des mois, des années…

L'amour entre eux…

Fin de la guerre, les Anglais et les Français rapatrient leurs soldats avant que le rideau de fer ne tombe.

Il veut emmener sa Polonaise.

Expédition jusqu'au port d'Odessa, refus des autorités d'embarquer la belle, les Polonais sont, désormais, sous l'autorité russe…

Elle, prête à renoncer, pas lui…

Une valise abandonnée, une idée, folle, elle propose de s'y glisser, une folie, elle se déshabille et, nue, avec une plaquette de chocolat, se plie pour y entrer…

Il ficelle la valise et la porte à l'épaule jusqu'à l'*Ascanius*, le rafiot de transport, à quai.

Des Soviétiques surveillent l'embarquement des troupes, soldats dépenaillés de l'Europe de l'Ouest, égarés en terre ukrainienne…

En grimpant la passerelle, il s'effondre, harassé par son bagage amoureux, un titi parisien, malabar, s'en empare et continue l'ascension jusqu'à la coursive où il jette au sol la valise.

L'amant la récupère avec angoisse et la descend dans la soute…

L'attente, le bateau quitte le quai. Enfin.

La belle est sortie de la valise, indemne mais barbouillée de chocolat.

Les Anglais la découvrent. Fascinés par l'histoire de ce transport amoureux, ils décident de la protéger et la déguisent en tommy.

Arrivés sains et saufs à Marseille…

Sa femme depuis.

— Vé, j'y crois pas à ton histoire ! Tu me prends pour une bille ! Je la connais ta femme, elle a pas pu entrer dans la valise !!

— Je l'ai toujours, la valise, mais c'est vrai que maintenant elle pourrait plus y entrer, après les trois grossesses, et la tambouille que je lui fais déguster…

— Alors là, tu m'en bouches un coin… ! Tu devrais l'écrire, cette histoire, c'est une belle histoire d'amour…

— Un journaliste à qui je l'ai racontée veut en faire un roman. Il veut même retourner en Ukraine pour s'inspirer des lieux, le camp de Rawa Ruska, la forteresse de Lvov, Odessa. Il a aussi l'intention de faire la traversée en cargo d'Odessa à Marseille. Il dit qu'il a besoin de voir pour écrire…

— Il s'appelle comment, ton journaliste ?

— Nessim, François Nessim…

— Et il le commence quand, ce voyage ?

— Dès qu'il a fini un livre qu'il écrit sur Marseille et ses combines…

Décidément, je le retrouvais partout, celui-là.

— Tu as l'air contrarié, a demandé Eva.

— C'est rien, la fatigue.

On a passé la commande, des calamars à la romaine pour elle, une friture de rougets pour moi, et un bandol pour nous deux. Fatal.

Le repas et la bouteille terminés, nous avons quitté la place, elle sans problème, moi en titubant. Manifestement, elle tenait mieux le vin que moi. Elle a pris les clés de la voiture dans ma poche :

— Je vais conduire…

— Tu peux pas, c'est une voiture prêtée par le service…

— Quelle importance ?

J'ai laissé faire, trop bourré pour résister même si on risquait de s'estanquer. Je me suis installé côté passager, j'ai baissé la fenêtre et fermé les yeux. Malgré la fraîcheur de l'air, l'impression de tourbillonner lentement dans l'eau de la calanque. Elle a manœuvré et roulé, j'ai coulé au fond de mes lugubres abysses…

L'immobilité et une odeur âcre m'ont aspiré vers la surface des choses. Nous étions arrêtés. Elle n'avait pas fait demi-tour mais continué sur la route jusqu'à son terme, un plan de terre incliné face à la mer, toute proche, qui clapotait. Callelongue. Elle fumait un joint. J'ai balbutié, en refermant les yeux pour échapper au roulis alcoolique :

— Qu'est-ce qu'on fout là ?… Tu es trop ivre pour conduire, alors tu fumes pour en rajouter ?

— Non, je suis amoureuse et je savoure l'instant. Dors, tu en as besoin.

J'ai senti ses doigts fouiller mon entrejambe, la chaleur de son souffle parfumer au haschich mon ventre, et sa bouche me prendre. Sa langue respectait le rythme lent du clapotis. Les vagues se succédaient, tièdes et douces, prévisibles et tenaces, lancinantes comme les notes d'un saz interprétées par le fantôme d'un ménestrel arménien…

Noyé dans une ivresse perfide amplifiée par les effluves de cannabis, j'imaginais une sirène, un peu pute, suçant un policier comme prix de sa liberté, une Irène, tout en rut, geignant sous son journaliste, dans l'oubli de son bien-aimé… Et j'ai joui dans la gorge de la Fourmi, comme on vomit du gland, comme on pisse un trop-plein de tension, de fatigue et de vin.

Elle a gardé encore quelques instants mon membre au repos dans sa bouche, la tête posée sur mes genoux. J'ai entrouvert les paupières : elle semblait dormir en suçotant un pouce qui n'était pas le sien. J'ai sombré dans un sommeil comateux, peut-être pour y rejoindre Paco…

Quand je me suis réveillé, nous étions toujours dans la voiture, immobile face à la mer. Mon sexe avait dormi entre les lèvres de la Fourmi qui sommeillait toujours sur la banquette de la 203, en position fœtale, la joue gauche sous sa main posée sur ma cuisse. Elle était si minuscule qu'elle aurait pu se glisser dans une valise. Une valise que j'aurais volontiers transportée clandestinement à l'autre bout du monde, là où les méchants n'existaient pas.

L'aube pointait. Je me suis lentement dégagé et suis sorti pour soulager ma vessie dans le bleu pastel de l'eau.

Marseille semblait loin, l'amour tout proche, et je devinais la mort rôdant autour de nous…

NOTES DE NESSIM

2) 1955 à 1958

Nouvelle tactique :

Face à la crise des "événements d'Algérie", entretenir l'idée que de Gaulle serait le seul recours à la crise algérienne.

Infiltration et noyautage de l'appareil de l'Etat (Chaban-Delmas à la Défense).

Installation à Alger d'une antenne gaulliste pour séduire les officiers nationalistes.

Dumont, numéro 2 du SO, crée à la villa Bosquet mouvement Paix et Liberté (financé par la CIA ?).

Propagande anticommuniste, projet : faire interdire le PCF.

En 1958, Dumont mettra à la disposition des conspirateurs gaullistes et nationalistes la villa Bosquet.

Relais des idées gaullistes par presse :

Télégramme de Paris *(Jacques Dauer).*

Courrier de la colère *(Michel Debré).*

Carrefour *(Emilien Amaury).*

Parisien libéré *(Maxime Blocq-Mascart).*

Plan Résurrection :
Réseau du SO se reconstitue ;
Debizet fait distribuer 200 000 affiches :
"Appelons de Gaulle et la France sera la France."
13 mai 1958, à l'appel des gaullistes, la population d'Alger investit le gouvernement général.
Dumont prend le contrôle de la police d'Alger.
Le général Salan, sous influence, crie : "Vive de Gaulle."

A Marseille, Charles Pasqua et ses troupes du SO se tiennent prêts à investir la préfecture les armes à la main.
Au final, le plan Résurrection n'est pas appliqué.

IV

CLASSE OUVRIÈRE

Jeudi 11 janvier 1968

Malgré la nuit passée dans la voiture, je me sentais bien. Tigran m'avait réveillée par de petits baisers sur l'oreille puis conduite jusqu'à un bistrot des Goudes où nous avons bu un café en terrasse, seuls au monde, et pieds dans l'eau. La lumière était splendide. Nous étions heureux dans un silence partagé et paisible.

Ensuite, nous avons fait une halte chez moi pour que je puisse me changer.

En sortant de la douche, j'ai observé ma silhouette en buste dans la glace au-dessus du lavabo : mes seins avaient gonflé. Sans raison apparente. J'ai pensé à une illusion d'optique. Certains matins, je me trouvais jolie, d'autres, d'une laideur repoussante. La subjectivité du regard sur soi-même. Une fois habillée, j'ai oublié.

Tigran m'a déposée au boulot et a filé vers le sien.

Je me suis plongée dans les cartons à déballer, les rayonnages à réorganiser après les fêtes, l'inventaire. Et puis je suis tombée dans les pommes… A mon réveil, une collègue me parlait avec un regard inquiet :

— Tu m'as fait peur ! Tu es tombée comme une masse !

Je me souvenais juste d'une impression diffuse, celle de mon sang quittant mon visage, une sensation de chaud et de froid, la vue qui se troublait et le carton de livres qui fonçait vers mon visage.

Une voix d'homme a recommandé : "Donnez-lui du sucre, c'est peut-être une hypoglycémie…"

On m'a encouragée à boire un verre d'eau sucrée. J'entendais les battements sourds de mon cœur dans les oreilles et une suée glacée a inondé mes vêtements. Puis j'ai vomi l'eau que j'avais ingurgitée plus quelques litres de bile. Je ne devais pas être belle à voir.

— Il faut appeler un médecin ! Eva est malade ! a hurlé ma collègue.

Elle avait peur. Pas moi, pour une fois. Pour une raison mystérieuse, j'avais la certitude d'être en bonne santé. Quelque chose d'autre se passait. En moi. Quelque chose se répétait. En moi.

*

Malgré mon arrivée matinale dans le service, Morand m'attendait déjà.

— J'ai pas fermé l'œil de la nuit. Si, comme disait Lénine, le gauchisme est la maladie infantile du communisme, c'est aussi la vérole du flic. Ça m'a foutu les nerfs en boule, cette histoire…

— Et s'ils n'y étaient pour rien…

— Khoupi ! C'est toi qui m'as convaincu ! Néanmoins, pendant mon insomnie, j'ai repris les éléments. Deux ou trois trucs à éclaircir : Vespucci, qui le protégeait et pourquoi ? Agopian et Sénigalia ont-ils en commun une affaire pas nette autre que le document détruit par Eva Pelletier ? Laquelle ? Quel est le message de la crucifixion ? Est-ce que l'enquête sur le génocide arménien est une coïncidence ? Et puis la petite Eva, trop jolie pour être honnête…

— Ça fait cinq…

— Quoi, cinq ?

— Cinq trucs à éclaircir.

— Tu aurais dû être comptable, pas flic.

— Par quoi commence-t-on ?

— Comme on a dit, par la classe ouvrière.

Morand a conduit sa 404 jusqu'aux Chutes-Lavie pendant que, dans ma tête, tournait son commentaire : "Trop jolie pour être honnête…" Et s'il avait raison… Je me trompais peut-être sur toute la ligne avec elle. Tout en rongeant l'ongle de mon pouce gauche, je songeais à sa dernière prestation nocturne. Elle m'avait endormi à coups de langue et de haschich. Si le patron savait cela, il m'enverrait à la circulation. Ma lucidité s'effilochait au gré de cette femme dont la fragilité me touchait au-delà du raisonnable. En réalité, j'en étais dingue, de son visage, de son corps, de sa voix, de ses silences, de sa peur, même de ses mensonges. Fou d'elle. Fou.

— Toi aussi, ça te fait gamberger, cette histoire, hein ?

— Euh !... Oui, pas mal...

Il s'est garé et nous sommes restés dans la voiture jusqu'à l'ouverture des portes de l'entreprise Frichet. Peu après, les ouvriers ont commencé à arriver.

Nous avons réquisitionné le bureau de la secrétaire et interrogé tous les ouvriers, un à un. Sans rien apprendre. Agopian était apprécié et respecté de ses collègues, la mémoire de l'entreprise, un passeur de savoir-faire. C'est lui qui avait formé Sénigalia et une amitié entre eux était née. Le jeune serrurier avait agacé le chef du personnel avec ses idées politiques, mais Agopian avait agi en médiateur et su convaincre son collègue de laisser ses idées au vestiaire et le chef d'éviter de le provoquer. Ces derniers temps, il y avait eu un regain de tension à cause d'ouvriers en grève dans des entreprises environnantes. L'une d'elles, une société de travaux publics, avait même été occupée par le personnel et son directeur séquestré. Sénigalia avait distribué des tracts de soutien à la sortie de la boîte et été agressé par des jaunes qu'il avait mis KO. Du coup, des discussions s'étaient multipliées pendant les pauses entre partisans de la neutralité et fervents de la solidarité prolétarienne.

Ces six derniers mois, des conflits durs se développaient dans la région et dans toute la France, allant parfois, en l'absence de concessions du patronat, jusqu'à des grèves illimitées. La gauche avait failli gagner les élections législatives, malgré son semblant d'union, mais, à cause d'un siège, celui de Wallis-et-Futuna, les avait perdues. Le gouvernement de Pompidou était sur le fil du rasoir et le PC avait repris la main…

Nous avons terminé par le chef du personnel.

— Pour les petites et moyennes interventions, les gars travaillaient seuls. Pour les poses de coffres ou de portes blindées, ils étaient deux.

On essaie toujours de mettre ensemble des gars qui s'entendent bien. Rien de pire sur un chantier que des types qui peuvent pas se blairer. J'aimais pas trop Sénigalia, mais il faut reconnaître qu'il bossait vite et bien. Avec Agopian comme responsable, ça roulait.

— Ils travaillaient toujours ensemble ? a demandé Morand.

— Presque toujours, ça évitait les engatses. Agopian avait ses têtes aussi. Il supportait pas les gars qui forçaient sur la bouteille ou avec des mains de pàti *. Pour les coffres, il ne voulait que Sénigalia…

— Vous pouvez me lister les chantiers où ils sont intervenus ensemble ?

* "Maladroit" en provençal.

— Ben, y a le secret professionnel…

— Ben, y a eu meurtres, alors pas de chichis.

— Il va me falloir une petite heure…

— Pas de problème, on va boire un café. Y a un bistrot dans les environs ?

— Ouais. Vous sortez de la rue et à cinquante mètres à droite, vous trouverez le Balto, c'est la cantine de la boîte…

C'était le bar où la Fourmi, enfant, retrouvait son géniteur, un jeudi par mois.

A cette heure, le Balto était désert. Le patron accoudé au comptoir lisait *La Marseillaise* ou plutôt tentait de remplir la grille de mots croisés. Derrière lui étaient alignées une multitude de coupes de championnats de pétanque. Sur un panneau de bois étaient exposées des clés de tous âges, de toutes sortes.

Pendant que Morand nous commandait des cafés, je me suis approché des pièces métalliques, peut-être pour y chercher la clé de notre enquête…

— Qu'est-ce qui vous fait bisquer* ? a demandé Morand au patron.

— "Drogue plutôt populaire"… En huit lettres. Ni cigarette, ni pastis, ni tiercé, ni football ne collent…

— Essayez "religion"…

— … Fatche de con ! Ça marche !… Mais je comprends pas.

* Du provençal, "agacer".

— “La religion est l’opium du peuple”, Lénine.

— Balèze ! Vous êtes du parti ?

— Non, flics. On enquête sur les serruriers assassinés…

— La scoumoune !

— Vous les connaissiez bien ?

— Vingt ans que je sers les gars de chez eux. En ce moment, ils ont pas trop le moral…

— Que pensez-vous d’Agopian ?

— Michel ? C’était un gars formidable. Il arrêtait pas de refaire le monde, à part ça on l’adorait. Un chic type. C’est vrai ce qu’on a dit dans les journaux à propos des tortures ?

— Les journalistes en rajoutent toujours, les horreurs, ça se vend bien… Et Sénigalia ?

— Le gauchiste… ? Il venait rarement. Un café par-ci, par-là. Un sportif, alors pas d’alcool. Ce gars, c’était un prêtre-ouvrier ! Sérieux comme un pape, mais d’après Michel, il était brave…

— Pas vu récemment des types louches traîner dans le coin ?

— C’est un quartier de travailleurs, ici, pas de cacous ou de bandits. Y a rien à braquer à part la paie des ouvriers et ça doit pas faire lourd. Et encore avec les chèques, il doit pas y avoir beaucoup de liquide qui circule. Non, rien de particulier. A part la grève qui s’éternise chez Dumont…

— Dure, la grève ?

— Plutôt. Qué bordille, ce patron ! Il veut rien lâcher… Normal, il a les moyens, avec ce qu’il a palpé, il peut tenir plus longtemps qu’un travailleur sans paie.

— Vous semblez bien le connaître ?
— Cinq ans chez Dumont, ça m'a ruiné la santé. J'ai compris : si je voulais pas y laisser la peau, fallait que je passe à autre chose… Avec le bistrot, je roule pas sur l'or mais, au moins, je vis. Pas comme les copains que je vois vieillir plus vite que moi. J'en ai déjà enterré quelques-uns…
— Pas bien gai, votre tableau !
— Pompidou, avant d'être Premier ministre, il travaillait à la banque Rothschild et notre Charlot, pas le comique, celui qui nous préside, il s'intéresse plus aux Québécois qu'à ses concitoyens. Normal, pour lui on est des veaux. Il devrait se méfier parce qu'un jour ils vont se transformer en taureaux et il saura plus où il habite…
— Bien, merci pour le café. Je vous laisse ma carte au cas où quelque chose vous reviendrait concernant les deux victimes.
— Un divisionnaire pour deux prolos ?!
— Un de mes inspecteurs a été buté dans l'histoire…
— Je me disais aussi…
— Vous avez tort. Mon gars a payé cher pour avoir tenté d'interpeller les tueurs de vos amis. Chez moi, il n'y a pas de police de classe.
— Une fois n'est pas coutume…

Morand a soupiré en sortant :
— Les préjugés ont la peau dure.
Comme à mon habitude, j'ai suivi en silence.

Le chef du personnel nous a donné la liste des missions des compères serruriers. Un travail soigné, tapé à la machine, dates, durée et contenu des prestations, noms, adresses et téléphones des clients. Portails électriques, portes blindées et coffres-forts. Le relevé des différents modèles ne m'évoquait rien. Aussi incompréhensibles pour nous qu'un catalogue de flingues pour le pékin.

— Les dates des commandes démarrent en décembre 1967 et se terminent en janvier 1965, a précisé le gars.

— On rentre étudier ça à la boutique, a décidé Morand.

En chemin, il a soliloqué :

— Au fond, ils ne sont pas différents de nous, ces prolos. Esprit de corps, loyauté, fidélité, camaraderie… Enfin, en dehors des ripoux et des bœufs-carottes… Il doit bien y avoir des brebis galeuses chez eux aussi.

J'ai pensé à la milice, à la rafle du Vél d'Hiv et au reste. Collaboration, bénévolat ou passivité chez les uns, travail obligatoire en Allemagne, réseaux de résistants ou passivité chez les autres. Du moins, jusqu'à ce que les nazis soient entrés en guerre contre les Soviétiques… Des communistes étaient aussi devenus nazis…

Choisir son camp… Paco n'avait pas voulu pendant la guerre d'Algérie et l'histoire l'avait rattrapé. Est-ce que j'aurais un jour à choisir le mien, entre la police et la Fourmi, entre la loi et la révolution que ses amis prônaient ? entre l'amour et la raison ? Je n'en savais rien. J'avais le sentiment prémonitoire que la question allait se poser. Où ? Quand ? Comment ? Je n'en savais rien.

Pour mettre en veilleuse mon inquiétude, j'ai parcouru distraitement la liste des clients de Frichet : à la page 2, un nom m'a sauté à la figure. J'ai rangé les feuillets comme si je venais de me brûler les doigts.

— Un truc qui vient de te revenir ? a demandé Morand.

— Non, juste mon nom sur la liste…

— Tu as acheté un coffre-fort chez Frichet, toi !?

— Pas moi, mon frère.

*

Enceinte ! C'est ce que soupçonnait le médecin qui m'avait examinée. Je le savais. J'ai enfilé ma perruque comme d'autres une capuche et je me suis précipitée dans un laboratoire d'analyses pour faire une prise de sang. Pour moi, le résultat ne faisait pas de doute. Mon corps me le disait, par mes seins, mes nausées, mes sensations. Elsa, une copine de fac, étudiante en philo, s'était passionnée pour les sensualistes. Un prêtre philosophe du nom de Condillac avait écrit un traité des sensations : selon lui, des sensations venait la connaissance… J'avais la conviction qu'il avait raison. Nos sens nous permettaient un premier rapport au monde et même *intra utero*. Le fœtus entendait la voix de sa mère, vibrait avec elle de bonheur et de malheur. Le bébé idem puisqu'il n'avait que ses sens pour comprendre le monde. Ensuite, le langage venait tout compliquer… Je sentais que j'étais enceinte et le laboratoire avec ses mots ne viendrait que confirmer cet état. Depuis quand ? Depuis peu, c'était Tigran, avant… Malheur ! comme on dit à Marseille.

En attendant, que faire de ça ? Rien. Attendre la confirmation et agir en conséquence…

En attendant ? Essayer de rester en vie.

En attendant ? Attendre Tigran, comme un messie qu'il n'est pas, prier un dieu auquel je ne croyais plus pour que Paco survive.

En attendant ? Mener ma petite enquête auprès des camarades. Revoir Paul Choukroun et lui demander conseil…

Je suis allée prendre un car pour Aix et retrouver ainsi les marques que j'avais perdues depuis ma rencontre avec Pips.

Plus je me rapprochais de la cité où j'avais commencé la fac et appris l'autonomie, plus j'avais le sentiment de me reconstituer, la sensation d'exister à nouveau. Pourquoi m'étais-je oubliée ainsi ?

*

Morand avait rendez-vous avec le patron du SRPJ pour une réunion de synthèse. Assisté de Guidicelli, un collègue, je me suis attelé à interroger par téléphone les différents clients de l'entreprise Frichet à la recherche d'indices en rapport avec l'intervention d'Agopian et Sénigalia. Sans résultat. La plupart des interlocuteurs étaient des chefs d'entreprise qui n'entreposaient dans leurs coffres que des dossiers en cours ou des documents comptables. Personne n'avait le souvenir d'un quelconque incident au cours de la mise en place de l'engin. Quant aux ouvriers, ils n'avaient été à leurs yeux que de simples exécutants, sans nom, sans intérêt. Seuls quelques particuliers se rappelaient les explications patientes et la gentillesse du plus âgé des deux, Agopian, donc.

En fin de journée, nous abordions la deuxième page. J'ai proposé à mon acolyte de rendre visite à mon frère, seul.

— Ça fait un bail que je ne l'ai pas vu.

— Pas de problème, je continue un peu et je rentre. J'en ai ma claque des propriétaires de coffres-forts. J'ai l'impression qu'on pisse dans un violon.

J'espérais secrètement qu'il avait raison.

Avant de quitter l'Evêché, j'ai appelé chez moi pour savoir si la Fourmi était rentrée. Apparemment pas. Je lui avais conseillé de ne m'appeler qu'en cas d'urgence pour ne pas éveiller les soupçons. Elle n'était plus une gamine et je n'étais pas payé pour être son garde du corps. Lorsque j'avais abordé avec Morand l'hypothèse d'une protection rapprochée de la suspecte Eva Pelletier, il m'avait signifié clairement qu'on ne pouvait pas gaspiller notre effectif :

"Si on avait voulu la liquider, ce serait déjà fait." Morand ne savait pas que je veillais sur elle activement. Hors service.

J'ai parcouru le centre-ville, déjà désert, emprunté la rue Breteuil que, de jour comme de nuit, j'avais toujours trouvée sinistre. Je n'aimais pas non plus son terme, le Prado, concentration de la grande bourgeoisie marseillaise.

A partir de la place Castellane, Paradis, Breteuil et Prado hébergeaient tous les notables, avocats, magistrats, hommes d'affaires, universitaires, médecins spécialistes réputés et tous les commerces huppés en rapport avec cette clientèle. Un quartier où le petit peuple n'existait que pour servir ses riches employeurs, un quartier que je sillonnais essentiellement pour raisons professionnelles. Ou pour rendre visite à mon frère. Quasiment jamais.

Mon frère.

Comment pouvait-on être aussi différent ?

Mon cadet et jamais dans l'imitation ou dans la trace de son aîné. Plutôt un contre-pied systématique. A ma pudeur, son exubérance, à mon silence, son bavardage, à mon désintérêt des apparences, son dandysme, à mon absence d'assurance avec les filles, sa séduction, à mon goût pour les lettres, le sien pour les chiffres, à mon mépris des biens, son appât du gain, à ma fonction au service de la loi, son art pour l'utiliser à son avantage.

Au final, j'habitais, seul, un petit deux-pièces chichement meublé, rue Terrusse dans le quartier populaire de la Plaine, et je naviguais au volant d'une vieille 203 prêtée par le service ; Pierre occupait, en permanence, un appartement de 250 mètres carrés et 100 mètres carrés de terrasse, en front de mer sur la

Corniche, avec femme propriétaire des lieux, enfants et nurse. Mais aussi, par intermittence, une maisonnette à Cassis, acquise discrètement par lui, avec sa maîtresse du moment. Son garage abritait sa Ferrari, une Mercedes familiale et la Mini Cooper de sa compagne, oisive fille d'un promoteur immobilier cannois.

Pierre avait honte de ses origines et donc de ses parents qu'il n'exhibait jamais, et un profond mépris pour son frère qu'il trouvait faible et inconsistant. De plus, son intelligence hors du commun lui permettait de disserter sur tous les sujets, politiques, culturels ou scientifiques, avec une arrogance péremptoire. En bref, mon frère avait toujours raison. Seuls les autres se fourvoyaient. Lui, jamais.

Quand j'ai garé la bagnole aux abords de sa résidence, j'avais l'impression d'être un cambrioleur maladroit en repérage ou un plombier appelé en urgence pour une fuite.

Le gardien m'a observé, prêt à m'interdire l'accès de l'immeuble. J'ai sorti ma carte et me suis dirigé sans un mot d'explication vers l'interphone. Sa femme m'a répondu avec une pointe d'étonnement. Pierre n'était pas encore rentré et ne lui avait pas annoncé ma visite.

— Je passais par là… Je peux monter ?

— … Oui, oui, bien sûr.

J'ai senti dans l'ouverture électrique de la porte comme une réticence, voire une mauvaise grâce. Mais, à sa décharge, je n'étais pas vraiment objectif.

L'ascenseur, impeccable et silencieux comme il se doit, débouchait directement dans un *penthouse*, au dernier étage.

Francine m'a reçu avec un sourire de bienvenue factice qu'elle avait dû peaufiner pendant ses études sur l'étiquette et l'art de la réception dans son collège de Montreux.

— Je viens de parler à Pierre, il arrive dans quelques minutes. Un drink ?

— Mes neveux sont couchés ?

— La nurse s'en occupe.

— Ils ont quel âge, à présent ?

— Charles a deux ans et Dorothée, huit mois.

— Déjà !

— Un drink, alors ?

A croire qu'elle adorait ce mot !

— Je vais attendre Pierre pour trinquer.

— Bon, alors je sors une bouteille de champ pour l'occasion. Il est excellent.

Je n'en doutais pas. Tout était excellent, ici. Je suis sorti sur la terrasse. L'enfoiré avait une vue splendide. De ce podium, il devait se croire le maître du monde. Il l'était, de son monde, pour l'instant, et nul doute qu'il n'en resterait pas là.

Francine est revenue, avec un seau à glace, une bouteille frappée et trois coupes.

— La femme de ménage est déjà partie et je ne sais jamais où elle range les gâteaux apéritifs.

— Dans le coffre peut-être ?

— Dans le coffre ! Quelle idée !... Tu te moques, n'est-ce pas ?

— J'imagine qu'il n'est pas dans le garde-manger mais plutôt dans le bureau de Pierre.

— En effet. Mais… comment sais-tu cela ? Il ne l'a fait installer qu'il y a quelques semaines.

— Je suis flic et pas un coffre ne se pose, dans cette ville, sans que je le sache…

— Tiens donc !… Tu te moques encore, n'est-ce pas ?

Quelle combine avait nécessité un mariage avec une telle gourde ? Je préférais ne pas le savoir.

Pierre est arrivé enfin. En tenue d'homme d'affaires, sans ostentation, l'alliance de l'élégance et du raffinement. Pas d'ambiguïté, il savait se mettre en scène. Il s'est approché avec un grand sourire comme si ma présence en son territoire était une de ses victoires. Il m'a serré dans ses bras en m'infligeant sans attendre :

— Toujours sapé comme un clodo, frérot !

— Toujours, j'aime à passer pour ton frère-valoir…

J'avais mis longtemps à concocter ce jeu de mots et je le lui sortais à chaque tentative d'humiliation de sa part.

— Allez ! On n'a plus quinze ans ! Au fond, je préférerais m'habiller avec des vêtements quelconques et confortables comme les tiens. Mais les affaires sont les affaires.

— Et les flics sont les flics…

Son sourire s'est figé :

— … Tu es là pour… le boulot ?

— J'ai voulu joindre l'utile à l'agréable. Alors on le boit, ce drink ?

Il a servi deux coupes et a ordonné :

— Tu veux bien nous laisser, Francine ?

Elle s'est éclipsée comme si elle n'attendait que cette injonction. J'avais dérangé l'ordre habituel de ses répliques et elle devait avoir besoin de se retirer pour répéter son texte. Décidément, je ne l'aimais pas. Est-ce que j'aimais mon frère ? Le doute était permis. Je n'appréciais pas ce qu'il était devenu. Mais n'avait-il pas toujours été ainsi ? N'avions-nous pas toujours été ainsi ?

— Tu as une épouse obéissante…

— Evite-moi tes sarcasmes. On te verra à l'œuvre quand tu auras femme et enfants. Alors qu'est-ce qui t'amène ?

— La mort de deux ouvriers.

— Parmi mes employés !?

— Non, de l'entreprise Frichet.

— Je ne connais pas.

— Mais si. Tu as fait appel à leurs services.

— Rappelle-moi dans quelles circonstances.

— L'acquisition de ton coffre-fort.

— Mon coffre-fort ? Tu peux développer, s'il te plaît ?

— Deux gars de l'entreprise Frichet sont venus installer chez toi un coffre-fort, un modèle dernier cri. Ils ont été assassinés tous les deux.

— Et tu en déduis que j'ai payé des tueurs à gages pour m'en débarrasser car ils avaient mis la main sur des documents compromettants. C'est ça, ton idée brillante ?

— Je n'en déduis rien. J'enquête. Tu es sur une liste de clients et je les interroge tous. Pourquoi as-tu besoin d'un coffre-fort chez toi ? Bijoux, liquidités ?

— Non, pour ces choses-là, j'ai un coffre à la banque. Suis-moi.

J'ai suivi à la façon d'un subalterne. Il avait, comme à l'habitude, rapidement pris l'ascendant sur moi et allait mener mon enquête, anticipant mes questions, démasquant mes soupçons, et, sous peu, me suggérerait des pistes. Invariable Pierre…

Son bureau était sobre, vaste et clair, meublé de teck. Un seul tableau, de Mondrian, évoquant vaguement une toile cirée à carreaux noirs, accroché à l'un des murs, une bibliothèque coulissante chargée d'ouvrages économiques et de dossiers techniques, derrière laquelle se nichait un petit coffre. Il l'a ouvert et en a sorti le contenu, soit quelques dossiers et un coffret de bois précieux marqueté.

— Voilà. Dans la boîte, un petit pistolet et ses cartouches au cas où… Tu peux examiner les dossiers. Bien qu'ils concernent des affaires en cours et non finalisées, je te fais confiance…

J'ai jeté un œil sur l'arme, un petite calibre à crosse de nacre qui n'avait jamais servi. Quant aux dossiers, je n'y comprenais rien. Il était question d'import-export avec l'Afrique, nos anciennes colonies notamment, la Côte-d'Ivoire, le Sénégal, le Maroc. Du matériel agricole, des machines-outils, etc. Rien de bien excitant.

— Bien sûr, tu te dis : “Mon frère est bien trop intelligent pour laisser traîner des documents compromettants dans son coffre, surtout s’il a dû éliminer des indélicats qui le faisaient chanter…”

— Je n’ai jamais parlé de chantage…

— Quel autre motif pousserait des ouvriers à dérober des documents à un homme d’affaires ?

— Une raison politique par exemple…

— Pour les vendre au *Canard enchaîné* ? Allons donc. De plus je n’étais pas là quand ils ont installé le coffre ; c’est Francine qui a supervisé l’opération et elle ne m’a signalé aucun incident particulier.

— Hum… Autant que je m’en souvienne, tu as toujours eu des ambitions politiques, non ?

— C’est exact et je m’en occupe activement.

— Tu lorgnes vers les gaullistes ou vers les républicains indépendants ?

— Ton problème est que tu es souvent prévisible et, du coup, tu t’imagines que les autres le sont. Je suis toujours là où on m’attend le moins, c’est ma force dans les affaires…

— Pas l’extrême droite tout de même ?

— Au cours d’un colloque organisé par un club de réflexion, j’ai rencontré Chirac, le secrétaire d’Etat à l’Emploi. Il ira loin, ce type. Il a de l’ambition, ça se sent. Beaucoup d’admiration pour Pompidou et Giscard. Il n’aime pas Chaban, trop mou à son goût, et déteste l’extrême droite…

— Alors, j’ai raison, l’UNR ?

— Chirac m’a invité à dîner avec son ami Pasqua, un gaulliste pur et dur, un méchant. Il m’a déplu immédiatement autant que sa proposition de me mettre en liaison avec les subalternes de Foccart…

— Foccart ?

— L'éminence grise de De Gaulle pour la politique africaine. Je n'ai pas l'intention de mouiller mon entreprise dans des trafics d'armes, des blanchiments d'argent et des réseaux occultes pour soutenir les hommes de paille africains au pouvoir. Tremper dans la corruption à tous les étages finit toujours par se payer cher. J'ai décliné l'offre, Pasqua n'a pas aimé. Il a bousculé Chirac, lui reprochant de perdre son temps. Pasqua ne recrute que de vrais gaullistes, des grognards sans états d'âme. A cet instant, j'ai compris que je faisais fausse route. La droite n'a gagné les dernières législatives que d'un siège, de Gaulle est vieux et les Français ne l'ont jamais intéressé, Pompidou n'a pas une once d'imagination. Sa seule originalité est de s'intéresser à Vasarely et à la poésie…

— Surtout classique et académique.

— Tu en sais plus que moi sur la question… Donc, je suis allé renifler du côté des forces qui montent. Mitterrand est un type intelligent et malin. Il tente de s'allier aux communistes pour mieux les neutraliser. Avec un PC fort et aux ordres de Moscou, la gauche n'a aucune chance. Je me suis donc invité à la table de Defferre et de sa cour. Il m'a convaincu que sa politique locale avec le PC pouvait s'appliquer au niveau national. Lui, Defferre, n'avait pas l'envergure, Mitterrand, si.

— Tu vas devenir socialiste ?!

— C'est presque fait, je participe à un groupe de recherche sur l'économie, pour l'instant informel mais animé par des types intelligents de la FGDS*.

— A Marseille ?

— Non, à Paris.

— Pourquoi t'engages-tu dans ce combat ? Le pouvoir ?

— Oui. Dans moins de dix ans, je veux être député. Trente-sept ans, c'est bien. J'aurai assez de bouteille pour ne pas me laisser balader par les vieux briscards.

— Mais quel besoin as-tu… ?

— J'ai déjà l'argent et les femmes. A présent, j'anticipe, je prépare la suite parce que la vie n'a d'intérêt que si elle m'excite. Si je continue comme cela, je vais très vite m'ennuyer et…

— Et contrairement à moi, tu as toujours eu horreur de l'ennui.

— Revenons à notre affaire… (Il avait dit "notre affaire", quel culot !) Sais-tu quels documents ont été dérobés ?

— Non.

— Tu ne sais pas non plus à qui puisque tu es là ce soir. Tu as probablement une liste de propriétaires de coffres…

— Exact.

— Me laisserais-tu la consulter ? Je pourrais éventuellement t'éclairer sur tel ou tel personnage…

— Hors de question.

* Fédération de la gauche démocrate et socialiste.

— Tu as tort. Les flics ne connaissent souvent que l'apparence des choses et des gens. Dans mon métier, j'ai besoin de savoir à qui je peux faire confiance, et de qui je dois me méfier. Un Arménien qui se veut un modèle d'intégration est à l'affût des pièges. L'amitié en affaires comme en politique varie selon les alliances et les circonstances. J'en sais probablement plus sur les notables marseillais que tes RG.

— Peut-être. Tu ne me caches rien de grave ?

— Avec Francine, la situation est désespérée mais pas grave. Ma maîtresse est aussi stupide mais une bien meilleure amante. Les enfants vont bien. La Ferrari me coûte horriblement cher en assurances et entretien. C'est tout. Et toi, que me caches-tu ?

— Ma vie. Rassure-toi, elle ne présente aucun intérêt. Ah si ! Mon coéquipier a été criblé de balles et, depuis, il est dans le coma.

— Le jour où tu voudras renoncer à cette activité dangereuse de fonctionnaire, tu sais que tu peux compter sur moi.

— Si j'avais un poste à responsabilités dans ta boîte, tu déposerais le bilan en moins de deux…

Il a ri aux éclats :

— Ça me fait plaisir de te revoir. Les parents vont bien ?

— Tu as des parents ?

— Fais pas chier avec ça ! J'ai pas le temps de…

— Tu sais qu'un des ouvriers assassinés était arménien et qu'il se battait pour la reconnaissance du génocide. Il a laissé une somme d'archives impressionnante…

— Du passé, tout ça ! Il faut aller de l'avant.

— J'aimerais te les montrer un jour.

— A condition que tu acceptes mon aide sur ton enquête.

J'ai presque trouvé amusant qu'il veuille m'écraser sur mon terrain. Il imaginait la conduite d'une enquête comme la course au trésor d'un rallye du Lions Club. Dans mon boulot, la course au trésor pouvait devenir mortelle… Paco en savait quelque chose.

NOTES DE NESSIM

3) 1958-1962

Porté par la crise algérienne, de Gaulle est "rappelé" au pouvoir le 1er juin.
Nouvelle Constitution en septembre 1958 : Ve République.
Anciens du RPF créent Union pour la nouvelle république (UNR).
Réseaux dormants du SO dans police et armée réactivés autour de Ponchardier, Debizet, Comiti. Le SO devient le Service d'action civique, SAC, sous l'autorité de Debizet et Foccart.
Association loi 1901 enregistrée à la préfecture de police sous le numéro 34511, le 4 janvier 1960.

Siège : 5, rue de Solférino, Paris, 7e.
Deux corps de bâtiment, avec porte cochère blindée et fenêtres grillagées.
Premier corps de 3 étages sur rue, bureaux et archives.
Deuxième corps gardé par policiers, membres du SAC.

Deux premiers étages réservés au SAC provincial. Le dernier, pour le SAC parisien.

Organigramme :
1 président.
5 chargés de mission.
Responsables régionaux.
Délégués départementaux.
Chefs de groupe dirigeant des cellules de 3 à 10 militants.

Propagande :
Travail documentaire et pédagogique sur marxisme, trotskisme, anarchisme et impérialisme soviétique.

Renseignements :
Foccart, considérant que les RG étaient un repaire de socialistes, demande au SAC d'organiser son propre réseau de renseignements : opinion publique, évolution des partis et des syndicats.

Direction :
Chef officiel : Debizet puis Paul Comiti.
Patron politique : Foccart.

Objectifs :
Deux temps, lutte contre le FLN sous l'égide de Charles Pasqua.
A Marseille infiltration des milieux indépendantistes algériens, suppression de "cibles" par "une main-d'œuvre" recrutée dans la pègre marseillaise, en retour protection policière pour les malfrats, loi du secret sous peine de "graves ennuis".

Un tiers des effectifs du SAC issu du milieu.
Avril 1961 : le putsch des généraux entraîne la réapparition du plan Résurrection.
Lutte entre OAS / barbouzes et milieu.
Conflits de loyautés entre gaullistes purs et durs et partisans de l'Algérie française dans la lutte contre OAS.

A Marseille :
Tramini, trafiquant de cigarettes, patron officieux du SAC.
Marcantoni.
Alexandre Sanguinetti, sauvé de la banqueroute et de poursuites pour escroquerie, par décret et amnistie "providentielle".
Simonpierri.
Jean Bozzi, coordination des équipes envoyées en Algérie pour lutter contre l'OAS.
De 1962 à 1967, nommé pour bons et loyaux services comme conseiller technique de Roger Frey, ministre de la Défense.

V

ROSA, ROSA, ROSAM…

Lundi 15 janvier 1968

Nous avons repris notre conversation comme si un coup de fil l'avait interrompue. Un coup de fil d'un individu bavard qui avait duré plus d'un an. J'ai ainsi découvert ce que pouvait être l'amitié : une permanence de la relation entrecoupée de longs intermèdes. Paul Choukroun n'avait pas changé, pas plus que son univers encombré, du sol au plafond, de livres, de journaux, de disques et d'affiches de ciné du moment. Il ne pensait pas de même à mon sujet :

— Qu'est-ce qui t'est arrivé, Eva ? Tes cheveux, ta mine épuisée ! Ce Pips ne te réussit décidément pas !

J'ai enlevé ma perruque :

— Pips est mort…

— Ah ! Désolé. Comment ?

— Un accident de la route…

— Ça arrive…

— Agopian aussi…

— D'un accident de bagnole ?

— Non, il a été assassiné.

— Merde !… Comme mon père… Par des gars d'extrême droite ?
— Je sais pas. Ils l'ont torturé.
— Pourquoi ne m'as-tu pas appelé ?
— J'avais peur… J'ai peur…
— Mais de quoi ? Qu'est-ce qui se passe ?

Je lui ai tout déballé, en vrac. Je ne me doutais pas que, dans cette masse d'infos désordonnées, l'une le secouerait personnellement : le coma de l'inspecteur Martinez. Les larmes aux yeux, il m'a confié :
— C'était le coéquipier de mon père à Alger. Je l'ai toujours considéré comme mon oncle. Après la mort de papa, il est devenu un peu mon tuteur. Il m'a encouragé pour les exams, initié au cinéma, m'a abonné au *Monde*, offert une deuch pour mes vingt et un ans. Depuis que je milite, on s'est embrouillé comme père et fils parce qu'il a gardé de l'Algérie un mauvais souvenir des engagements politiques. Il me ressassait toujours la même mise en garde : “Méfie-toi des dogmes et des certitudes… le doute est une garantie de clairvoyance…” Quand ma mère m'a appris la nouvelle, j'en ai été malade… Moi qui ne crois plus en dieu, je prie cet enfoiré pour qu'il le sauve. J'appelle deux fois par jour l'hôpital pour savoir s'il s'en est sorti. Et je passe voir Irène à sa boutique…
— Une belle femme rousse ?
— Tu la connais ? C'est sa nana… Une sacrée bonne femme !

— Je l'ai aperçue l'autre jour à son chevet… Pourquoi a-t-elle une canne ?

— Elle a été victime d'un attentat du FLN au casino de la Corniche à Alger…

— Elle vit avec lui ?

— Non, c'est une femme indépendante. Elle habite à Aix où elle tient une boutique de modiste… Qu'est-ce que je peux faire pour toi ?

— Je n'en sais rien. Je suis paumée et… enceinte.

— Quoi ? De qui ?

— Plusieurs possibilités…

— Je vois. On te laisse cinq minutes et tu joues avec des allumettes aux alentours d'une poudrière… Si tu étais restée à Aix, les camarades du groupe t'auraient empêchée de déconner… Moi le premier…

— Mieux vaut tard que très tard…

— Bon, j'ai une réunion tout à l'heure…

— Toujours amoureux de Rosa ?

— Arrête tes conneries ! Luxemburg, ce n'est pas une dévotion mais l'adhésion à une analyse politique. Elle n'était ni une sainte ni la Vierge Marie. Nous essayons de moderniser sa dialectique. On n'est pas en Allemagne entre deux guerres mais en France avec un pouvoir qui méprise son peuple, un patronat qui maltraite la classe ouvrière, une université dirigée par des mandarins réactionnaires… Tout le monde est aux ordres, radio, télé, journaux. Y compris les syndicats ! Le PC est toujours stalinien, Thorez, Waldeck, même combat, celui de l'allégeance aux révisionnistes de Moscou. C'est à nous d'essayer de changer les choses.

— Vous préparez le Grand Soir ?

— Ne te moque pas. Si tu m'avais suivi, tu n'aurais pas été entraînée dans tes dérives de drogue et de sexe…

— Toujours aussi puritain. Comment va Margot ?

— Bien, merci. Je vais te laisser la piaule et dormir chez elle après la réunion.

— Tu as trop peur de te retrouver au lit avec moi ?

— Peur ? Pourquoi ?

— Tu risquerais de bander…

— Merci, Margot me suffit !

— Excuse-moi. La fatigue… Les flics ne m'ont pas lâchée…

Pourtant c'est moi qui venais d'en lâcher un, sans crier gare et sans le révéler à Paul. Je craignais trop qu'il me vire à coups de pompes s'il apprenait que j'étais la maîtresse de Khoupi. Bien que mon amant soit l'ami de Paco, j'ai préféré me taire.

Me taire ! A l'usage, j'avais perdu toute notion de sincérité. Ne pas parler de Khoupi à Paul, ne pas avertir Khoupi que j'étais chez Paul, ne pas vouloir d'un père pour l'enfant que j'étais sûre de porter, ne pas désirer cet enfant pour ne pas répéter l'erreur de ma mère.

— Ne bouge pas jusqu'à demain, on avisera, d'accord ?

— D'accord…

Promettre et ne pas tenir ! J'avais besoin de parler à une femme. Une seule s'est imposée. Une inconnue. Irène.

La boutique de chapeaux était située rue Nazareth, tout près du cours Mirabeau. La vitrine, splendide, mélangeait masculin et féminin, têtes de polystyrène blanches plantées sur des bouteilles peintes, multicolores : un concert de couvre-chefs pour voilettes, larges bords, feutre et dentelles. Seul un borsalino gris était posé au milieu d'un plateau de pétales de roses rouges séchées. Selon moi, les prix affichés semblaient exorbitants. Sans doute pas pour les consommatrices de ce type d'accessoires.

Irène, parfaitement maquillée, couronnée de sa toison rousse et bouclée, d'un désordre sophistiqué, vêtue d'un tailleur sombre et impeccable, appuyée sur sa canne, s'affairait autour d'une femme aux allures de grande bourgeoise. Elle la touchait comme s'il s'agissait d'une amie proche, effleurant son visage, frôlant son avant-bras, lui parlant avec une expression apparemment désinvolte. Cette femme connaissait les femmes. Elle m'a aperçue à travers la vitrine, m'a observée avec curiosité, m'a souri de ses yeux verts avant de m'inviter à entrer d'un imperceptible mouvement de l'index droit. Elle était belle. Plus que ça, elle flamboyait.

Intimidée par la prestance de la dame, j'ai poussé la porte telle une gamine tentant de placer ses billets de tombola pour la fête de l'école et j'ai attendu qu'elle en finisse avec sa cliente. Elle chuchotait à la façon d'une actrice, d'une voix ferme et audible, sensuelle et cependant fragile. Quel talent elle avait de pouvoir ainsi continuer à jouer la commerçante d'objets futiles alors que son amant se mourait peut-être à cet instant ! *"Showtime, folks"*, comme disaient les Américains.

— Vous êtes bien l'amie de Tigran ? m'a-t-elle demandé, une fois la vente expédiée et la cliente raccompagnée.

— Exact, je m'appelle Eva.

— Un chapeau sur une perruque ne serait pas de très bon goût, je crois.

J'ai ri.

— Je passais par là et j'ai eu envie… Enfin, non. Je suis venue vous voir parce que… C'est idiot, je pensais…

— J'allais fermer. Allons chez moi prendre un verre, vous voulez bien ?

Je l'ai suivie dans un appartement, mitoyen de sa boutique, en rez-de-chaussée donnant sur une cour pavée, meublée de deux chaises et d'une table de bistrot au pied d'un lilas nu.

Elle m'y a installée et est revenue avec une bouteille de chablis et deux verres à pied.

— Comme janvier est doux, j'en profite. Vous aimez le vin blanc ?

— Oui, mais inutile de…

— Ça ne me dérange pas, rassurez-vous. Habituellement, j'en bois un verre, seule, en pensant à Paco… C'est ma pause avant d'aller le voir à l'hôpital…

— Vous y allez tous les soirs ?

— Oui. Les hommes ne sont pas de tout repos, surtout quand ils s'accrochent à leur coma comme des enfants à leur doudou… Comment va Tigran ?

— … Bien… Je crois…

— Un problème ?

— Lui, je ne sais pas, moi, oui.

— Envie d'en parler ?

— Oui, mais je… Je suis ridicule. Je ne vous connais pas et je débarque dans votre vie comme si…

— J'aime bien Tigran, mais j'avoue qu'il reste mystérieux. C'est un être plutôt secret, parfois imprévisible…

— Je… l'aime.

— Si Paco était là, il nous ferait un commentaire sur *like* et *love*. Le pragmatisme de la langue anglaise. En un mot, on peut poser les choses.

Un voile de mélancolie a troublé les couleurs de ses yeux, leur donnant une dominante violette.

— *You love Paco*.

— Oui. Vraiment. Et Tigran à votre égard ?

— Je suppose.

— Où est le problème ?

— Le problème, c'est moi. Je suis enceinte.

— De lui ?

— Je ne sais pas. Pas encore.

— Aïe !

Elle a posé sa main sur la mienne et a murmuré ;

— Dites-moi tout…

J'ai songé à *"Trust me…"*, plus direct que "Faites-moi confiance", et j'ai parlé de mon ventre, cette machine qui s'était emballée, de celui de ma mère qui s'était laissé prendre à la loterie du sperme. De ma trouille.

— En ce domaine, je suis incompétente. Je n'ai jamais été enceinte et ne souhaite pas l'être. Je suis probablement monstrueuse. Toutes les femmes doivent rêver de grossesse et de maternité. En tout cas, c'est ce qu'on dit. Pas moi. J'ai la chance d'avoir un cycle d'une régularité exceptionnelle et un amant terrifié à l'idée de devenir père. Néanmoins, je crois qu'en la matière, seule la femme doit être juge. N'écoutez pas les sornettes des médecins et des commères. Vous êtes la seule à décider pour votre corps. Ces choses-là ne se partagent pas. Ni moi ni quiconque n'avons à vous dicter votre conduite…

— Est-ce que je dois le dire à Tigran ?

— Le dire, oui, le laisser vous imposer sa décision quelle qu'elle soit, non !

— Même s'il est le père ?

— L'est-il ?

— Je crains que non.

— Vous souvenez-vous de la date de vos dernières règles ?

— Pas vraiment. J'y ai réfléchi. En octobre ou novembre…

— Rien depuis ?

— Non.

— Vous seriez enceinte de deux mois au minimum ?

— J'aurai les résultats des analyses bientôt.

— Si vous décidez de le garder, je connais un bon gynéco, sinon je vous mettrai en relation avec quelqu'un de formidable au Planning familial…

— C'est gentil, merci.

— Il faut que j'aille à l'hôpital, je vous raccompagne à Marseille ?

— Non, merci. Je vais rester quelques jours à Aix, histoire de prendre un peu de recul. Si vous croisez Tigran…

— Bien sûr, je ne vous ai pas vue et je ne sais rien. Tenez-moi au courant, ça me ferait plaisir de vous revoir.

Mon intuition avait été bonne. Elle avait été à la hauteur de mes attentes. Fiable, pragmatique et solide. Une femme rare dont j'aurais voulu être l'amie.

Il fallait probablement avoir vécu des événements terribles pour dégager une telle force. De sa beauté émanait une séduction hors du commun. J'avais été à la fois conquise et apaisée.

Je suis retournée, d'un pas serein, jusqu'au studio de Paul. J'ai eu soudain très faim. Est-ce que l'embryon réclamait déjà sa pitance ?

*

J'étais toujours sans nouvelles de la Fourmi. Inquiet, tel un père pour sa petite qui n'en serait pas à sa première fugue. Bordel !

J'étais de garde dans mon bureau avec Husson, un con. On le surnommait le Son du Canon parce qu'il avait eu dans le passé la détente facile et une ou deux bavures à son actif. On ne s'aimait pas. Il avait été un des premiers à utiliser "le Tigre" en parlant de moi. De plus, il était raciste et ne cachait pas son goût pour l'extrême droite. Sa blague favorite : "Un bon Arabe (juif, Noir, toxico, proxo, pédé, etc.) est un Arabe (idem) mort."

Pendant que je compulsais le rapport d'autopsie d'Agopian, il feuilletait un vieux numéro de *Paris-Hollywood* dont la couverture exposait les mamelles lourdes d'une blonde en nuisette.

— Je lui boufferais bien les nichons à celle-là ! Pas toi ? m'a demandé Husson.

— C'est ton côté bébé, ta mère a dû rater le sevrage.

— En apéro ! Après, je la troncherais bien…

— Tu veux dire volontiers…

Il a souri bêtement, sans comprendre la nuance ironique.

Curieux, face à la connerie, j'avais de la répartie.

Nous étions tous deux plongés dans des histoires de corps sur papier, glacé morgue pour l'un, à bander morne pour l'autre quand, à une heure du mat', le téléphone a sonné. Il a pris l'appel.

— Faut y aller.

— C'est quoi ?

— Mort d'un môme à la Rose.

— Comment ?

— Aucune idée. Un cadavre au pied d'un HLM.

— Quel âge ?

— Pas d'info… Sans doute un jeune qui a été saigné par un type d'une bande rivale.

On a pris la bagnole. Husson a conduit comme un cacou au guidon de sa Paloma. Non parce qu'il y avait urgence, mais parce que c'était un bouffon. Une bagnole de flics devait foncer dans la nuit. De préférence en empruntant un itinéraire complexe pour justifier dérapages contrôlés et assurer une insécurité maximum aux passagers et aux piétons : cent mètres dans la rue Becker, trois cents dans l'avenue Robert-Schuman où un chien l'a échappé belle, deux cents dans le boulevard des Dames, cent dans l'avenue de la République, quatre cents dans la rue Fauchier à cent à l'heure, cinquante dans la rue Camille-Pelletan, sept cents à fond la caisse dans le boulevard de Strasbourg où on a failli se tanquer sur un camion de la Poste, deux cents dans le boulevard National où un cyclo sans lumière a vu la mort le frôler, et ainsi jusqu'à l'avenue Fleming où j'ai retenu mon souffle pendant deux kilomètres interminables, convaincu que nous allions finir par décoller pour atterrir sur le toit. Mais non. Après un virage à gauche sur deux roues, la cascade s'est terminée avenue de la Rose. Malgré ce malsain, nous étions saufs.

La cité était composée d'une multitude de bâtiments identiques de dix étages.

Après un passage en trombe entre les bâtiments, il a été facile de repérer le fourgon de nos collègues et l'attroupement de quelques adultes à la partie arrière d'un immeuble.

Au début, je n'ai rien vu qui ressemblait à un cadavre. Seul un petit sac en plastique traînait aux pieds des flics.

— Où est le corps ? a demandé Husson, agacé à l'idée d'avoir été interrompu dans ses lectures érotiques pour rien.

— … Là, a répondu un des deux flics en uniforme en désignant le sac.

Après avoir enfilé un gant, je me suis accroupi et j'en ai écarté les bords, imaginant mettre au jour une tête ou un membre, mais c'était bien un corps, dans sa totalité, celui d'un minuscule nouveau-né, bleu, mort, maculé d'un sang noir, un morceau de cordon accroché au ventre, une marionnette désarticulée et morbide. Je me suis écarté et j'ai gerbé.

— Putain ! c'est dégueulasse ! a juré Husson sans que je sache s'il parlait de mon vomissement ou du cadavre du bébé. Qui a trouvé… ça ?

— C'est moi, a dit un vieux civil en bleu de chauffe. Je suis le gardien. J'allais sortir les poubelles du local quand j'ai vu le sac. J'ai pensé que c'était un crado qui avait jeté ses ordures par la fenêtre. C'est pas la première fois que ça arrive. J'étais prêt à le rapporter à ceux qui font ça d'habitude… Quand j'ai ramassé le sac, ça sentait… la viande. J'ai trouvé bizarre qu'on balance de la nourriture fraîche, c'est pas le genre du coin. J'ai ouvert et… j'ai fait comme votre collègue, j'ai dégueulé.

— Qui était enceinte dans l'immeuble ?

— Personne à ma connaissance… Mais au sixième, un jeune a une copine qui est enceinte, je crois.

— Quel appartement ?

— Gallardini.

— On y va. Appelez le légiste et le proc, a ordonné Husson, redevenu un flic de terrain.

Sur une des portes du sixième, un bout de carton scotché portait Gallardini écrit au stylo bille. On a frappé. Un jeune de vingt balais en tricot de corps nous a ouvert, l'air d'être passé sous une moissonneuse-batteuse.

— Oui ?

— Police. Ta copine est là ?

— … Elle dort.

— Va la réveiller, on a quelques questions à lui poser.

Il est entré dans la chambre, a chuchoté un instant, est réapparu accompagné d'une gamine de quinze ans, aux yeux bouffis par un gros chagrin et au ventre plat. Elle semblait avoir du mal à tenir debout.

— Tu es plus enceinte, la nine ? a demandé Husson.

— De… De quoi vous parlez ?

— Où il est passé, le minot que tu avais dans le bide ? Par la fenêtre ? Ni vu, ni connu ? C'est ça ?

— De quoi vous parlez ?

— De quoi on parle ? D'un bébé écrabouillé, six étages plus bas. Pourquoi vous avez fait ça, putain ? Fallait le déposer devant une église, à la porte d'un hôpital ! Je sais pas, moi !

— IL ÉTAIT MORT ! a hurlé la gamine dans une crise de nerfs. PERSONNE A VOULU M'AIDER.

— T'AIDER A QUOI ? A ACCOUCHER OU A LE FAIRE PASSER !?

— J'en voulais pas, de ce petit. J'ai quinze ans ! Mon père et mes frères m'ont traitée de pute et ma mère a pas bronché. Alors je suis partie…

— C'est lui le père, cagole* ?

— Non, c'est mon salaud de patron. Jacky, il travaille sur les marchés comme moi. C'est le seul qui m'a tendu la main…

— Pourquoi vous l'avez tué, ce petit, il avait rien demandé à personne ?

— On l'a pas tué, est intervenu Jacky. Elle aurait dû accoucher dans deux mois. Elle a débarqué chez moi parce qu'elle perdait du sang. On s'est affolé. Elle a eu des contractions. Elle a pas voulu que j'aille chercher un médecin, elle avait peur de mourir si je la laissais seule…

— Et c'est le petit qui y a laissé la peau…

— Arrête tes conneries, Husson !

— C'est à moi que tu parles, le Tigre ?

— Elle a quinze ans, merde !

— Et alors, quand on a la pachole en chaleur, on assume. La vie, c'est un don de Dieu…

— Et surtout un coup de queue !

— Habillez-vous tous les deux, on vous embarque…

— Moi, j'emmène la petite à l'hôpital pour qu'on l'examine ! Regarde-la ! Elle tient plus sur ses quilles !

* Du provençal, désigne une fille facile et minable.

— Putain ! Mais pour qui tu te prends, le Tigre ? Le bon Samaritain ?

— Non, pour un flic responsable. Si elle fait une infection, elle va crever en cellule ! C'est ça que tu veux ?

— Bon ! J'embarque le mec pour complicité d'infanticide, démerde-toi avec la fille !

— OK. Laisse-moi la bagnole.

— Et vier * ! Arrange-toi avec le fourgon !

Je l'ai laissé filer avec la bagnole et "son prisonnier", et j'ai embarqué la petite dans le fourgon jusqu'à l'hôpital Sainte-Marguerite.

J'avais été bien inspiré sur ce coup-là. La moitié du placenta était restée dans le ventre et elle aurait pu y passer par septicémie. Ils l'ont gardée en observation et j'ai dû laisser un gars devant la porte de sa chambre à la demande du substitut. Il y avait présomption d'infanticide. La petite avait pris un mauvais départ dans sa courte vie. Husson aussi. En retournant à l'Evêché, j'ai appris qu'il s'était viandé en route : côtes cassées et fracture du bassin. Jacky s'en était tiré avec des contusions. Un avertissement de son dieu pour lui apprendre à mieux se conduire…

Après avoir rédigé le rapport, je suis allé me coucher, vanné par cette nuit de merde.

La Fourmi n'était toujours pas là. Trop bouleversé pour y songer. Dormir. Une drôle de pensée avant de sombrer : quand j'étais gosse, ma mère me disait que les enfants naissaient dans des roses.

* "Pénis" en provençal.

Adulte, je découvrais qu'ils crevaient dans des sacs à ordures.

Quelques heures plus tard, la Fourmi m'appelait au téléphone pour m'annoncer qu'elle était enceinte…

*

— Bien dormi, Eva ? m'a demandé Paul en débarquant dans son studio avec des croissants et du lait.

— Comme un bébé…

Aussitôt dit, le blues m'est tombé dessus.

— Qu'est-ce qu'il y a ? Tu n'aimes pas les croissants ?

— Si, si… Alors, cette réunion ?

— On a bien rigolé. On prépare la manif sur le Viêtnam. Trouver des slogans nouveaux, organiser le SO. Tiens, on a composé une nouvelle chanson. On s'est bien marré.

— Ça dit quoi ?

Il a entonné sur l'air du *Petit Navire* :

Il était un révisionniste
Il était un révisionniste
Qui n'avait ja-jamais osé lutter
Qui n'avait ja-jamais osé lutter
Ohé, ohé, réviso
Réviso tu trahis les prolos
Ohé, ohé, réviso
Réviso, tu trahis les prolos
Réviso, réviso, réviso
"Ferme ta gueule !" répondit l'écho.

— Des vrais mômes ! (Décidément j'étais obsédée !)

— Pas tant que ça ! Le PC, son mot d'ordre c'est "Paix au Viêtnam", nous, nous sommes pour la victoire du peuple vietnamien. Une sacrée différence ! La paix, ça se négocie dans des conférences, la victoire se gagne les armes à la main. Il faut que les Américains soient vaincus sur le terrain. Ça les calmera pour un moment…

— Comme les Français en Indochine… Ils ont remis ça aussi sec en Algérie.

— Tu confonds tout. Les guerres coloniales, c'est autre chose.

— Au fond, tu es un violent.

— Faux ! La violence révolutionnaire est différente de la barbarie impérialiste. Souviens-toi de ce qu'écrivait Luxemburg : "La révolution prolétarienne n'a nul besoin de la terreur pour réaliser ses objectifs. Elle hait et abhorre l'assassinat. Elle n'a pas besoin de recourir à ces moyens de lutte parce qu'elle ne combat pas des individus, mais des institutions, parce qu'elle n'entre pas dans l'arène avec des illusions naïves qui, déçues, entraîneraient une vengeance sanglante."

— C'est pour quand cette manif ?

— La date n'est pas encore fixée. Il faut se coordonner avec les trotskistes et les maos…

— Et les anars ?

— Les anars ! On se coordonne pas avec des gars irresponsables. Ils voudront faire de la provoc, comme d'hab, aidés par quelques flics infiltrés.

— *Parano, parano, parano,*
“Ferme ta gueule !” répondit l’écho.

— Tu peux parler, toi qui as les flics aux fesses !

— Tu as raison. Tu as vu Irène, ce matin ?

— Ouais, avant de venir. Rien de neuf. Paco est toujours dans le coma. Je bois un jus et je file à la fac. Et toi, ton programme ?

— Je bois un jus, je mange un croissant, je passe un coup de fil et je vais peut-être me faire une toile.

— La belle vie, quoi ! Va voir *Playtime* de Tati, c’est super.

On a encore papoté de tout et de rien, comme avant. Un avant qui me semblait à des années-lumière. Il a sorti de sa discothèque des trente-trois tours, *Toulouse* de Nougaro que lui avait prêté Irène, *Sorcerer*, le dernier Miles Davis, Bob Dylan et un quarante-cinq tours, *I Never Loved a Man* d’Aretha Franklin, qu’il m’a sommée d’écouter. Puis il m’a proposé sa piaule jusqu’à la fin de la semaine et m’a invitée chez sa mère à Marseille, dimanche. Il ne l’avait pas vue depuis trois semaines et, surtout, il n’avait plus un slip ou une chaussette propres dans ses tiroirs.

— A tous les coups, on va avoir droit au barbouche…

— C’est quoi ? Un baiser maternel pied-noir ?

— Non, une recette de couscous… Mon père adorait ça.

— Pas toi ?

— Si. Quand ils étaient à Alger, chaque fois que je leur écrivais, elle lui préparait ce plat…

— C'est mignon.

— Sauf qu'à présent, en manger me file le cafard.

— Ça fait combien de temps qu'il est mort ?

— Six ans, le 5 février.

— Et le tien ?

— Cinq ans, le 22 mars.

On s'est embrassés. La longue étreinte, chaleureuse, de deux orphelins de père, désemparés. Puis il s'est mis en route vers l'agitation universitaire.

En finissant mon petit-déj', j'ai pris un *Monde* sur la pile de journaux, celui de la veille : à la une, en plus des habituelles nouvelles sur la guerre du Viêtnam, deux colonnes consacrées à la loi Neuwirth sur la régulation des naissances. L'article traitait des vives réactions de la Société française de gynécologie à la loi ne prévoyant pas le remboursement de la pilule. Le journaliste citait le professeur Huguier :

> D'une part, ce décret est en contradiction flagrante avec la liberté de prescription, liberté qui n'est pas destinée à satisfaire le corps médical mais à sauvegarder le droit des malades à être traités par les médicaments jugés les plus efficaces.
>
> D'autre part, cette atteinte aux droits imprescriptibles des malades, qui se traduit par un défaut de remboursement, ne lésera en fait que les classes les plus pauvres.

> Il est donc évident que nous avons l'impérieux devoir de faire annuler ce décret. Je considère que nous devons envisager, à cette fin et si cela s'avère nécessaire, d'engager un recours devant le conseil d'Etat en excès de pouvoir et pour non-assistance à personne en danger…

Dans les pages intérieures, un certain docteur Netter ne mâchait pas ses mots :

> Combien de fois avons-nous entendu des parents exprimer leur crainte que les moyens anticonceptionnels ne livrent leurs jeunes filles à la débauche ? Cette réaction me paraît un terrible aveu de leur part. Voilà une belle éducation de morale sexuelle qui repose sur la crainte de la grossesse ! A ce compte, il eût été bien pour la vertu de nos filles de conserver le rempart des maladies vénériennes que l'on s'acharne à abattre.
>
> Je fais allusion en ce moment de façon toute spéciale au paragraphe sur le consentement écrit des parents exigible pour les mineures de moins de vingt et un ans : voilà qui supprime déjà pratiquement pour ces mineures la possibilité de recourir aux moyens anticonceptionnels. Notre expérience nous apprend que beaucoup de jeunes filles ont gâché leur vie, soit en ayant un enfant avant le mariage, soit en avortant dans ces conditions et en devenant stériles ensuite. Nous ne voyons dans cette interdiction faite aux mineures ni un progrès moral, ni un bienfait pour l'avenir de la natalité, bien au contraire…

Après la lecture des différents articles, je me suis décidée à ne plus louvoyer. Je devais appeler. J'ai enfilé ma perruque comme si elle faisait, désormais, partie de mon schéma corporel.

D'une cabine, j'ai composé en tremblant le numéro du labo d'analyses.

Boum ! Enceinte de dix semaines ! Plus de doute en ce qui concernait Tigran. Restaient Vespucci, Chambon et Bidet. Trop de pères possibles pour un seul enfant. Pas question de jouer à la roulette avec ça. Le seul géniteur qui m'aurait fait hésiter n'était pas sur la liste. Avorter, telle était la décision que je venais de prendre, dans cette cabine, dans cette ville où j'avais bénéficié de la douce insouciance de la vie estudiantine. J'ai inspiré un grand coup et j'ai téléphoné à l'Evêché. On m'a répondu que Tigran n'était plus dans les locaux car il avait été de garde la nuit précédente.

D'un doigt plus ferme, j'ai appelé chez lui. Il m'a répondu d'une voix pâteuse un "Tu es où ?".

Au lieu de lui répondre, j'ai annoncé : "Je suis enceinte…" comme si cet état me situait dans l'espace et j'ai rajouté :

— … et je vais avorter.

— Pourquoi ?

— Parce qu'il n'est pas de toi.

— Tu es sûre de vouloir ça ? C'est illégal et dangereux.

— Moins que de le garder. Je ne suis pas encore mûre pour la maternité…

— Ouais… Il est de Pips ou de Vespucci ?

— Je… Je ne veux pas le savoir.

J'ai préféré ne pas lui donner les détails statistiques de peur qu'il ne me fuie.

— Tu as peut-être raison. Tu sais, cette nuit, je suis intervenu… non, rien, c'est sans intérêt. Tu… tu as des adresses pour… ?

— J'ai des pistes…

— C'est hors la loi. Méfie-toi des escrocs…

— Je sais. Je vais faire gaffe.

— Tu veux que je sois là pour… l'opération ?

— J'ai assez mis la zizanie dans ta vie. Pour l'instant, je suis à Aix, j'avais besoin de faire le point, je rentre à la fin de la semaine. Je te tiens au courant… Tu m'en veux ?

— De quoi ? C'est ta vie, ton corps, et c'est pas mon enfant… Alors, j'ai rien à dire…

— Si ça avait été le tien, quelle aurait été ta réaction ?

— J'en sais rien… Moi aussi, j'ai besoin de réfléchir…

— Je t'aime…

Et j'ai raccroché pour éviter d'entendre, en retour, un silence. Ou, pire, “Moi aussi”…

J'ai pleuré quelques minutes dans la cabine. Je ne lui avais même pas demandé où en était l'enquête, trop préoccupée par la mienne sur la paternité.

NOTES DE NESSIM

4) 1962-1967

A Paris, SAC *géré par officier de police Charles Mattéi et ses adjoints, sous les ordres directs de Foccart.*
SAC *de province deviennent de petites baronnies locales. Cloisonnement et trafics...*

Campagne présidentielle de 1965 :
SAC *assure service d'ordre du tour de France de De Gaulle. Première fois que le* SAC *se montre au grand jour. Affichage massif "Vive de Gaulle champion de la paix et de la liberté" ainsi que peinture sur l'asphalte de croix de Lorraine blanches.*
A Marseille, meeting à l'Alcazar : Joseph Comiti a un service d'ordre de Sénégalais, armés de bâtons recouverts du journal gaulliste La Nation *pour la castagne avec les pieds-noirs, supporters de Tixier-Vignancourt.*
De Gaulle, craignant la défaite, demande à Foccart de déménager les archives rue de Solférino.
Ballottage à 44,6 % contre Mitterrand. Humiliation du général de devoir affronter un second tour.

Affaire Ben Barka :
Traiter séparément : chapitre important.
Inspecteurs Souchon et Voitot enlèvent Ben Barka et le conduisent à Fontenay-aux-Roses dans la villa du truand Boucheseiche, ancien homme de main de Jo Attia et Pierrot le Fou. Ben Barka succombe en présence du ministre de l'Intérieur du Maroc, le général Oufkir.
Impliqués : SAC, SDECE, anciens barbouzes, police et pègre.
Figon suicidé. Foccart mis en cause par Defferre.

Période 1966-1967 :
Reprise de contrôle du SAC en 1966 par Foccart et épuration en douceur.
Arrivée de Charles Pasqua au Bureau national et chargé de mission régional pour Bouches-du-Rhône, Var et Alpes-Maritimes.

Législatives de 1967 :
Omniprésence du SAC sur réunions, meetings. Collage d'affiches.
Effectif : 2 000 gros bras, manœuvrés comme troupe de choc.
Protection des personnalités de l'UNR.
Nombreuses bavures et dérapages : enlèvement de l'épouse du candidat centriste Bosio et saccage de sa permanence à Nice.
Part active à la victoire étriquée aux législatives…
SAC récompensé par Pompidou, via *Foccart qui place ses gens dans différents ministères.*

VI

LES VIVANTS ET LES MORTS

Samedi 20 janvier1968

Samedi, en fin de matinée, on avait achevé la tournée des propriétaires de coffres-forts chez lesquels Agopian et Sénigalia étaient intervenus : aucun ne nous avait apporté d'informations significatives. On avait aussi relu tous les interrogatoires, sans y voir plus clair.

De plus, nous n'avions aucune trace de Sénigalia dans la région, avant son embauche comme serrurier. Grâce à la Sécu, on a su qu'il était immatriculé en région parisienne comme salarié OS chez Renault. Pourquoi avait-il quitté son boulot et la capitale pour venir à Marseille ?

Pendant la réunion d'équipe, le patron, fatigué et furieux, nous a résumé la situation à sa façon :

— Aurais-je à faire à une bande d'incapables ? Rien du côté des étudiants, rien du côté des ouvriers, rien sur les coffres, le médecin du travail trotskiste – comment s'appelle-t-il ? ah oui, Minier –, toujours en villégiature à Paris incognito, nos tueurs en promenade de santé et la petite Pelletier partie sans laisser d'adresse ! Les braqueurs de la SNCF courent toujours ! Sans compter votre collègue Husson-le-roi-des-cons qui gaule le complice d'un infanticide et explose une caisse du service en jouant les Fangio ! Tout ça pue l'amateurisme ! A croire que seul Martinez bossait dans cette boutique !

C'était injuste. Nous n'avions pas glandé une minute, mais cette histoire nous échappait, ou plutôt, quel qu'en soit l'abord, elle nous glissait entre les doigts.

— Khoupi ! Qu'est-ce que tu suggères ?

— Reprendre tout à zéro…

— Pas difficile, on y est. Alors précise !

— La mort de Vespucci. On se plante peut-être en gobant la version que Sénigalia et les étudiants nous ont servie…

— Continue.

— Paco et moi, on avait trouvé bizarre que ce petit dealer, lors de sa dernière interpellation, ait subitement bénéficié des services d'un avocat qui ne s'occupe que de grosses pointures…

— Qui ça ?

— Le cabinet Bolard.

— Je veux toutes ses plaidoiries en rapport avec des gars du milieu depuis un an. Je veux que tous nos indics, je dis bien tous, soient mis sur la brèche concernant Vespucci.

J'ai feuilleté mes notes.

— Le frère de Vespucci nous a dit qu'il l'avait vu en compagnie d'un type bien sapé, la soixantaine, cheveux en brosse, l'allure militaire en civil…

— Ça vous dit quelque chose ?

Les collègues donnaient l'impression d'une classe qui n'avait pas révisé le sujet de l'interro-surprise.

— C'est pas le genre du coin, l'allure militaire…, a osé un collègue.

— Raison de plus pour qu'il ne soit pas passé inaperçu. Allez au turf et je veux des résultats avant lundi.

Deux heures plus tard, François Nessim est passé. Il voulait avoir des infos sur un type qui avait tenté de crucifier un rabbin de la synagogue Paradis dans la nuit du vendredi au samedi !

— Vous êtes plutôt lents à la détente par ici ! a commenté Nessim en ricanant devant mon incrédulité.

La honte ! Heureusement que le chef n'était pas dans les parages ! Les services de police avaient toujours le même problème : pas de centralisation de l'information. Si personne ne faisait le lien entre deux affaires, elles pouvaient être traitées isolément pendant des semaines, voire des années. Quoi que j'en pense, Nessim nous permettait de gagner du temps.

Je lui ai demandé d'attendre dans le couloir pour passer quelques coups de fil. J'ai finalement obtenu le rapport de Police secours, assez laconique, qui se résumait ainsi : un malade mental, nommé Jacques Pozzi, avait assommé à coups de marteau et tenté de crucifier M. Cohen-Solal à son domicile. Après avoir été neutralisé, l'individu, agité et incohérent, avait été conduit à l'IPP* pour examen et dirigé en PO** à l'hôpital de Montfavet. La victime, elle, n'avait pas souhaité être transférée aux urgences. Bizarre…

Nessim m'avait attendu patiemment.

— Un point pour vous et merci du tuyau…

— Quoi, merci ! Vous allez me renvoyer l'ascenseur et me permettre d'interroger le rabbin.

— C'est pas déjà fait ? Vous traînez !

— Il n'a pas voulu me recevoir.

— OK. Je vous filerai quelques infos.

— Trop aimable… Je viens avec vous…

— Non !

— … Sinon j'écris un article sur le SRPJ de Marseille et son efficacité redoutable…

— C'est bon, vous avez gagné.

Quand il a vu ma 203, il a mieux compris la lenteur de nos services et proposé le transport dans sa MG. J'ai refusé de subir cette nouvelle humiliation.

— La Peugeot, sinon rien.

Il a suivi avec son sourire ironique de play-boy qui me tapait sur les nerfs.

* Infirmerie psychiatrique de police.

** Placement d'office, soit obligation de soins psychiatriques pour un malade relevant du médicolégal.

Le rabbin habitait au premier étage d'un immeuble de la rue Paradis, à proximité de la synagogue. Devant sa porte, dont la serrure avait sauté, était accroché un petit objet longiligne avec une inscription en hébreu.

Un type de cinquante ans, barbe noire, verres de lunettes à double foyer, hématome de la taille d'un œuf sur le front et main gauche bandée, a ouvert avec réticence. Il semblait épuisé. Il nous a reçus sur le lieu de l'agression, la salle à manger dont un des murs portait encore la trace du clou. Sur un buffet reposait un candélabre à sept branches aux côtés d'une photo couleur de ce qui devait être Jérusalem. D'une voix monocorde, déjà usée par la répétition du récit, il nous a raconté sa version des faits :

Il allait se coucher quand on a frappé à sa porte. Sans se méfier, il avait ouvert et aussitôt été assommé d'un coup de marteau.

— C'est la violente douleur à la main qui m'a réanimé… J'ai voulu hurler, mais il m'avait bourré la bouche avec un mouchoir. Le type, que j'ai pu distinguer parce qu'il avait allumé la salle à manger, venait de me clouer la main au mur. Mais sans mes lunettes, je voyais trouble. J'étais en caleçon et il m'avait adossé au mur… Il semblait excité et parlait avec… Dieu.

— Que lui disait-il ?

— "Seigneur, je vais venger ton fils et punir ceux qui l'ont tué"… et il répétait : "Œil pour œil, clou pour clou"…

— Ensuite ?

— Il a voulu me clouer l'autre main quand les policiers ont cogné à la porte… Il s'est arrêté, a semblé ennuyé, et a aboyé : "Laissez-moi tranquille, j'ai un travail à terminer, je suis en mission spéciale…" Les policiers l'ont sommé d'ouvrir. Il s'est énervé en hurlant : "Foutez-moi la paix, je suis l'ange exterminateur… " La porte a volé en éclats et deux policiers l'ont maîtrisé…

— Qui les avait avertis ?

— Un voisin israélite étonné de voir de la lumière chez moi…

— Pourquoi étonné ?

— C'est shabbat… Nous n'avons pas le droit de toucher au feu du vendredi soir jusqu'au samedi soir.

— Vous le connaissiez ?

— Jamais vu.

— Etes-vous spécialisé dans les recherches sur le génocide des juifs ?

— Pas particulièrement. Pourquoi ?

— A-t-il parlé d'autres crucifixions ?

— Non. Il avait l'air d'un… illuminé. Excusez-moi mais j'ai déjà raconté tout ça à vos collègues et je suis fatigué…

— Je sais, mais nous recherchons un individu qui a déjà commis le même genre d'agression…

— Ah bon ! j'espère qu'il ne va pas faire école… L'antisémitisme est une vraie maladie. Quand on croit avoir trouvé un traitement efficace, le virus s'est transformé et ça recommence… Israël a gagné la guerre des Six Jours, mais rien n'a été réglé…

— L'autre victime n'était pas juive mais arménienne…

— Les Arméniens sont chrétiens. Pourquoi les crucifier ?

— Peut-être parce qu'ils sont orthodoxes…

— Vous pensez à un catholique fanatique ?

— Peut-être une secte…

J'étais perplexe. S'il y avait eu tentative de crucifixion, la manière avait été différente en de nombreux points : pas de complice, au marteau et non à la cloueuse, pas de torture et un flagrant délit grossier.

— Dernière question : pourquoi avez-vous refusé d'aller aux urgences ?

— Toujours à cause du shabbat. Pas de lumière, pas d'ascenseur, pas de déplacement en véhicule, pas de cigarettes, pas de travail…

— Si vous aviez été gravement blessé ?

— Nous ne sommes pas témoins de Jéhovah. J'aurais transgressé la loi et Adonaï m'aurait sans doute pardonné. Moi-même, la semaine dernière, j'ai encouragé un étudiant à passer un concours un samedi. Réussir un examen, c'est une manière de suivre un des commandements : "Tu honoreras ton père et ta mère." Certaines lois s'imposent à d'autres. Le shabbat n'est rien d'autre qu'une obligation pour l'homme de se reposer et de prendre le temps de prier.

Je me suis débarrassé de Nessim qui avait son compte d'infos pour un article. Il a tenté de me soutirer l'autorisation d'assister à l'interrogatoire de Jacquot-le-cinglé, sans y parvenir.

D'un bistrot, j'ai appelé l'hôpital de Montfavet. Après le standard, la surveillante et un interne, j'ai pu avoir le chef de service : le malade, psychotique et délirant, avait eu un traitement lourd et était dans l'impossibilité physique et psychique de répondre à mes questions. Je suis retourné à l'Evêché pour enrichir le rapport sans être convaincu par le lien entre cette histoire de fou et notre affaire.

Las, je suis rentré chez moi avec l'espoir secret que la Fourmi m'y attendait. Douce illusion. J'ai mis le disque de Ferré offert par Irène et écouté *Mes petites amoureuses* de Rimbaud. Décidément, je préférais les paroles sans la musique.

Le téléphone a sonné. J'ai cru que mon vœu avait été exaucé. J'ai décroché, convaincu d'entendre la voix de la Fourmi, et j'ai entendu celle de mon frère, excitée et triomphante :

— C'est moi. On peut se voir ?

— En quel honneur ?

— J'ai des infos pour toi.

— Sur ?

— Ton histoire de coffre.

— Vas-y, je t'écoute.

— Pas au téléphone. Tu peux passer chez moi ?

— Si tu y tiens. Quand ?

— Disons 22 heures. Les gosses seront couchés et ma femme devant la télé. J'ai un excellent cognac.

Je me suis effondré sur mon lit. Le salaud ! Il allait, une fois de plus, m'en mettre plein la vue. Qu'avait-il découvert que j'avais été incapable de dégoter ? Une arnaque d'un gros bonnet de la région ? Une malversation ? J'allais devoir ruminer jusqu'à 22 heures en attendant ses révélations. Je me suis redressé et j'ai rassemblé toute l'iconographie sur le génocide arménien. Merde ! Moi aussi, j'avais des trucs à lui apprendre.

De rage, je suis sorti et j'ai déambulé dans les rues de la Plaine. Sur la place Jean-Jaurès, les maraîchers remballaient leur matériel, laissant assez de bouffe défraîchie pour les clodos, les rats et les éboueurs. Un des bistrots de la place affichait un après-midi loto pour les vieux du quartier. Je me suis installé à une table et j'ai pris deux cartons. C'était mon jour de chance. Au troisième tirage, j'ai eu quine et gagné une parure hideuse, brosse à cheveux, peigne et miroir décoré de marquises bouclées et vulgaires. J'ai négocié avec le patron un échange contre un panier garni, saucisson, pâté et bouteille d'un mauvais vin du Sud-Ouest. Je l'offrirais à mon frère en échange de son excellent cognac…

J'ai acheté une part de pizza molle à souhait à un camion qui stationnait encore sur la place et l'ai mangée en marchant. Loto, pizza et solitude. La Fourmi me manquait.

De retour dans mon antre, j'ai écouté un disque de Leonard Cohen. La voix de ce type me fascinait. Ses textes, que je ne comprenais pas, étaient pourtant de la pure poésie. Je n'ai jamais cherché à les comprendre. La musique de ses mots me suffisait. Si j'en parlais à mon frère, probable qu'il me les traduirait dans la minute. Puisque j'avais toujours été nul en anglais, il le parlait couramment. Il pouvait crever, jamais je ne lui ferais ce cadeau !

Le téléphone a sonné. Mon frère qui annulait ? La Fourmi qui arrivait ?

Irène. Mon cœur a fait une embardée. Je redoutais le pire.

— Paco vient de se réveiller…

— Comment va-t-il ? Il est…

— Bien. Son regard a l'étonnement du nouveau-né, mais bien.

— Enfin une bonne nouvelle… On peut le voir ?

— Pas trop de visites, a recommandé le médecin. Néanmoins, je crois qu'il sera content de renouer avec son partenaire…

— J'arrive.

Putain ! Quel soulagement ! Comme le bonheur de retrouver un frère ! Un vrai !

Avant de filer, j'ai pris le disque de Leonard sur la platine et je l'ai enfilé dans sa pochette pour l'offrir à Irène. Le dossier génocide et le panier garni pour faire chier mon frère.

*

— Quelle nuit ! a répondu Paco, j'ai cru que j'habitais en Norvège !

J'ai ri, les larmes aux yeux. S'il n'avait pas tout à fait retrouvé ses esprits, son sens de l'humour était de retour.

Il s'est passé la main sur la joue :

— Qui m'a rasé ?

— Irène, je crois.

— Quels sacrifices pour obtenir ça d'une femme… Comment vas-tu ?

— Bien, merci… Mieux depuis que tu es de nouveau parmi nous… Tu me manquais…

— Merci. Si je suis toujours là, c'est grâce à toi…

— Je n'ai fait que te conduire à l'hosto.

— Peut-être mais tu étais là…

— Irène aussi. Dès son retour d'Orléans, elle est venue tous les jours.

— Je sais… Elle m'a appris que Sénigalia avait été tué…

— Ouais, mais ils n'ont pas touché à la famille Minier.

— Une chance pour eux que tu sois arrivé… Des nouvelles des tueurs ?

— Non. Ils se sont volatilisés. (J'ai regardé ma montre : 21 h 50. Je ne serais jamais à 22 heures chez mon frère, tant pis !)

— Des pistes ?

— … Non.

— Qu'en pense le patron ?

— Que l'équipe est nulle sans Paco.

— Un seul Paco vous manque et tout… (Rattrapé par la douleur de ses blessures, il a grimacé puis a fermé les yeux comme s'il avait la nostalgie de son coma.)

— Ça ne va pas ?

— Je me fais vieux. A vingt ans, même avec quatre balles dans la peau, j'aurais continué à bosser…

— “Je ne laisserai jamais dire que vingt ans est le plus bel âge de la vie*…”

— “… Et en cherchant son cœur d'enfant, on se dit qu'on a toujours vingt ans**.”

— L'hosto, c'est le dernier salon où l'on cause ? nous a interrompus une infirmière. Allez ouste, jeune homme, j'ai du boulot. Quatre pansements, c'est une entreprise…

J'ai embrassé Paco, de la buée dans les yeux.

— A la prochaine…

— … Et la petite Pelletier ?

— Planquée à Aix.

— Pourquoi à Aix ?

— Je… j'en sais rien.

Irène, dans le couloir, m'attendait, le disque de Leonard Cohen à la main.

— Tu as le temps de prendre un verre ?

22 h 10, disait ma montre.

— Pas vraiment, une affaire de famille… Une autre fois. Et j'ai filé.

* *Aden Arabie*, Paul Nizan.

** Vers de Léo Ferré.

Une ambulance a débarqué une victime d'un accident de la circulation. Un drame venait de faire irruption dans une famille inconnue.

La loterie de la vie et de la mort. Je ne me sentais pas concerné.

Je me trompais.

*

— Alors que nous sortions de l'autoroute pour nous engager sur la rampe d'accès à l'hôpital Nord, j'ai aperçu, à contresens, Tigran au volant de la 203. Il ne m'a pas vue car il n'avait aucune raison de s'intéresser à une deux-chevaux conduite par un barbu gauchiste. Paul avait appris, en appelant sa mère, que Paco était sorti du coma. Fou de joie, il a décidé d'anticiper notre venue à Marseille et de faire une halte à l'hosto.

Dans le hall, une silhouette splendide de femme se déplaçait en claudiquant vers la sortie. Irène aurait pu passer pour une convalescente sortant d'une consultation orthopédique. Le réveil de Paco illuminait son visage.

Après une longue étreinte, Paul nous a présentées :

— Irène, Eva, une vieille amie…

— On s'est déjà croisé, ici…, a répondu Irène, confirmant ainsi qu'elle avait été d'une discrétion absolue sur nos échanges.

— On peut le voir ?

— Pas dans l'immédiat. Il est encore fatigué et aux mains d'une jolie infirmière. C'est ta mère qui t'a averti ?

— Oui. Coup de bol, je l'ai appelée il y a une heure.

— Khoupi vient de passer aussi, a dit Irène, en me jetant un regard en coin, vous ne l'avez pas croisé ?

— Non. Il doit être soulagé. Il se sentait un peu coupable d'être arrivé trop tard à Ensuès.

— Et moi d'être à Orléans pendant qu'il était entre vie et mort. L'histoire du rendez-vous à Samarcande… Pour Paco, la Mort n'était pas à l'heure.

— Pour certains elle y était, avait soupiré Paul en évoquant sans doute son père.

Irène lui a caressé la barbe avec tendresse :

— Allez, cours chez ta mère, elle va te gaver. Je crois même qu'elle t'a fait des knédettes et des macroudes…

— La totale ! a ricané Paul en s'adressant à moi. Tu vas prendre deux kilos en deux jours.

— Il vaudrait peut-être mieux que vous restiez en tête-à-tête…

— Pas question ! On va s'en foutre plein la panse, ça nous changera du restau U. Ma mère est chiante, bavarde mais très sympa.

— C'est vrai, a confirmé Irène, et excellente cuisinière. Bon, je vais dormir quelques heures avant de revenir. Bonne soirée.

Elle nous a embrassés et s'est dirigée vers sa Studebaker. Elle s'y est glissée comme une main dans un gant. La nuit a avalé la voiture dans un fondu au noir. J'étais jalouse. Elle avait retrouvé son amant, pas moi…

*

En roulant vers la Corniche, je craignais que mon frère gâche ma bonne humeur retrouvée. Il ne fallait pas me laisser envahir par notre rivalité. Un entraîneur anglais avait dit : "Le foot est un sport qui se joue à vingt-deux joueurs, et, à la fin, les Allemands gagnent." En le paraphrasant, dans notre cas, la fratrie était un sport qui se jouait à deux et, à la fin, il gagnait toujours : l'admiration de nos parents et des femmes, l'argent, la réussite sociale et, peut-être, bientôt, au jeu du gendarme et du voleur. Je n'avais jamais compris comment nous en étions arrivés là. J'y étais, bien sûr, pour quelque chose. En occupant fermement la place du perdant, je lui offrais celle du gagnant. En tout. Me prénommant Tigran, nos parents m'avaient enfermé dans une culture du passé. Pierre s'était emparé du présent, avec bonheur. Enfin, bonheur ! J'en doutais. Il devait avoir des emmerdes comme tout le monde et ne semblait pas heureux avec sa Cannoise de luxe. Dans quelque temps, on me demanderait : "Vous avez un lien de parenté avec le député ?" et je répondrais, pour me venger : "Non, c'est juste un homonyme."

Les rues de son quartier portaient des noms ridicules et estivaux : avenues des Iles-d'Or, d'Antibes,

de Bandol, de Monaco. La sienne, rue de la Côte-d'Azur, était occupée en totalité par sa résidence. Beau-papa avait dû se faire des couilles en or avec ce projet immobilier.
J'ai renoncé à offrir le panier garni gagné au loto, par contre j'ai pris le dossier génocide. J'espérais que lui savait où se trouvaient les amuse-gueules car Paco avait réveillé mon appétit. J'ai sorti ma carte à l'attention du gardien.
Surpris et presque irrité de n'avoir pas été interpellé par l'eunuque, j'ai jeté, au passage, un œil sur son aquarium. Il semblait s'être assoupi sur son bureau. Assoupi sur une flaque rouge ! Mon estomac s'est contracté dans un spasme. J'ai bondi dans la loge. Mort, une balle dans la tempe. Aucune arme à la main ou au sol. Pas un suicide. Saisi par une intuition morbide, j'ai couru jusqu'à l'interphone et appuyé sur Khoupiguian, longtemps. Nouveau spasme gastrique en réaction au grésillement aphone du haut-parleur. Je suis retourné auprès du cadavre du concierge. J'ai composé le numéro de mon frère… occupé. Je me suis emparé du trousseau de clés dans la loge et, après trois tentatives, j'ai pu ouvrir la porte en verre de la résidence. J'ai pensé à la mésaventure de Paco à Ensuès. On n'avait pas toujours la possibilité d'attendre l'arrivée de renforts. J'ai sorti mon flingue. Une idée absurde m'a traversé : allais-je crever le jour où Paco revenait à la vie ? Puis une seconde interrogation : reverrais-je Eva ? J'ai appelé l'ascenseur dont le cadran affichait 10, l'étage de mon frère, puis je me suis planqué derrière une colonne de faux marbre qui décorait le hall. Bien que silencieux,

l'ascenseur n'a pas semblé se mettre en mouvement. Le 10 s'accrochait à son cadran. Nouveau spasme.
L'escalier.
Pousser la porte de service. Bruits de pas dévalant les marches, se rapprochant. Instant de vérité, jeu du gendarme et du tueur…
Une femme blonde, élégante, essoufflée, effrayée par la rencontre avec un homme armé.
Ouf ! Un policier.
La calmer. Qui est-elle ?
L'occupante du sixième, furieuse de la panne, de la nonchalance du gardien.
Lui ordonner de retourner dans ses appartements, de n'ouvrir à personne et d'appeler les flics.
Et son rendez-vous ?
Tant pis.
Lui saisir le bras et l'engager fermement à monter, en silence…
L'abandonner au sixième sans avoir croisé personne.
Au neuvième, ralentir.
Monter à pas de loup sur le qui-vive.
Porte fermée au dixième et pas de poignée. Merde ! Evidemment.
Chercher dans le trousseau un passe.
Entendre exploser chaque cliquetis de clé.
Pas d'erreur. Ne pas être cueilli par une balle tirée à travers la porte.
Enfin, parvenir à ouvrir sur la pénombre de… l'office.
Des rangées de réserves de bouffe, assez pour nourrir un bloc HLM. Puis la porte de…

La cuisine, impeccable, en ordre, déserte.

Mélange de sensations, le sang-froid du flic, le bord de la crise de nerfs, de larmes, d'angoisse du frère.

Inspirer, continuer.

S'attendre au pire tout en espérant naïvement la bonne surprise, l'illumination soudaine des lieux et l'exclamation "Joyeux anniversaire !" d'une dizaine de convives. Absurde. La réalité, avancer, arme au poing.

Coller l'oreille à la porte du salon : murmures féminins, chuchotements masculins. Eclats de rire… Soulagement, pousser la porte…

Spasme.

Télé allumée, Francine éteinte, au sol, le visage explosé, méconnaissable. Arrêter de trembler.

Le pire.

Se précipiter jusqu'au bureau de Pierre, la porte, retenir son souffle, désert. Ouf ! Pas encore rentré ?

Les enfants !

Les chambres dans le couloir.

Quatre portes.

La première, rien, chambre d'ami.

La deuxième, rien, chambre des parents.

La troisième, un berceau, sous une couverture, trouée, ensanglantée, un corps minuscule, sans vie. Dorothée ! Mon dieu ! Pourquoi ? Une suée glacée, un spasme gastrique, un flot de bile dans la bouche. Ne pas vomir ! Inspirer, expirer. Incapable de soulever la couverture, ne pas voir ça ! Pas ça !

Sursaut au bruit mat de chute à mes pieds. Le dossier du génocide que ma main gauche vient de lâcher pour mieux trembler.

Trouver la force de continuer.

La quatrième, chambre de Charles, mon dieu ! balle dans la nuque, corps en pyjama au sol, sur le ventre, main serrant encore une petite Ferrari rouge. Spasme et suée. Jambes flageolantes. Pas humain ! Pas humain. Poursuivre le calvaire jusqu'à son terme.

Rebrousser chemin jusqu'au vestibule… Ouvrir les portes en verre opaque du salon pour y accéder et…

Découvrir son frère, au sol, mort, tué d'une balle dans la bouche, bloquant de son corps les portes de l'ascenseur. Tête et buste dans la cabine, bassin et jambes dans le vestibule.

S'adosser au mur, se laisser glisser jusqu'au sol, replier ses genoux, y poser le front et sangloter. Longtemps.

Sirènes de Police secours qui se rapprochent.

Regarder la silhouette inanimée de son frère, réciter dans sa tête, en épitaphe, *Le Dormeur du val* :

Les parfums ne font pas frissonner sa narine ;
Il dort dans le soleil, la main sur sa poitrine
Tranquille. Il a deux trous rouges au côté droit.

Se redresser, s'approcher, s'agenouiller près du corps, lui caresser les cheveux, déposer un baiser sur son front et dire : "Pardon, petit frère ! Pardon de n'avoir pas su t'aimer et vous protéger…"

Attendre un secours inutile.

Attendre à ses côtés, sans la force de penser.

Juste souffrir d'une douleur inconnue et dévastatrice.

Souffrir dans le silence de la vie.

Troisième partie

PACO ET IRÈNE

Mourir, cela n'est rien, mourir, la belle affaire, mais vieillir, oh ! vieillir…

JACQUES BREL, *Vieillir.*

I

RETROUVAILLES

Lundi 5 février 1968

Alors que je tentais de m'habiller sans trop souffrir, les yeux d'Irène avaient pris cette couleur violette qui, habituellement, présageait le pire. Selon les situations, elle me tournait le dos, m'injuriait, me repoussait, me virait. Cette fois-ci, je savais qu'elle se contenterait de me fusiller du regard puisqu'un autre avait déjà fait le travail.

Si je n'avais pas pu aller aux obsèques du frère de Khoupi par la faute d'un corps en service minimum, il était impensable que je ne rendisse pas visite à mon ancien partenaire, Maurice Choukroun, le jour anniversaire de sa mort. J'avais toujours des comptes à lui rendre et des conseils à recevoir.

Irène, assise, bras croisés, me signifiait clairement qu'elle ne m'aiderait en aucune façon dans cette entreprise.

— Arrête de faire la tronche ! Que je quitte l'hosto aujourd'hui ou dans une semaine, je suis sorti d'affaire, non ?

— Tu es surtout têtu comme une mule !

— Comme un bourricot, la mule c'est toi…
— Si jamais il faut te réhospitaliser, ne compte plus sur moi.
— Tu m'abandonnerais à de lubriques infirmières ?
— Non, je ferais en sorte que tu aies un lutteur turc comme garde-malade…

Agopian, Khoupiguian, le génocide arménien, les Turcs : tout ceci était-il lié ou était-ce une coïncidence ?

Jadis, pour oublier la dégradation psychique de ma grand-mère et la guerre civile en Algérie, je m'étais jeté à corps et tête perdus dans une enquête. A ce jour, pour oublier l'état de mon organisme et sortir Khoupi de sa tragédie, il me fallait mener à bien celle-ci avant qu'il ne soit trop tard. Mais, comme aurait dit Choukroun : "Il est peut-être déjà trop tard…"

Dans les jours suivant le massacre de sa famille, je n'avais pas revu Khoupi. Irène m'avait appris la nouvelle, apporté les journaux relatant la barbarie. J'ai aussitôt pensé à mes tueurs qui, eux, n'avaient pas exécuté la famille Minier. J'ai appelé Morand, notre divisionnaire, pour savoir si la balistique avait opéré des liens entre les projectiles. Aucun, armes différentes. Tout semblait indiquer une exécution systématique. Pourquoi ? Pourquoi la femme et les enfants ?

Plus troublant, il n'y avait pas eu d'effraction et le ou les tueurs avaient éliminé le gardien après le massacre. Ils avaient pénétré dans l'immeuble avec l'accord des propriétaires et, donc, étaient connus de Pierre Khoupiguian ou de sa femme. La discussion avait-elle mal tourné ? Pierre avait-il été exécuté en les recevant ou en les raccompagnant ? Le premier ou le dernier ? Compte tenu de la position de son corps dans l'ascenseur, il n'y avait pas d'hypothèse intermédiaire… Et le ou les assassins avaient sans doute un silencieux. Selon moi, ils étaient au moins deux, bien que la balistique ait conclu à l'utilisation d'une seule et même arme pour toutes les victimes. L'un qui tue et l'autre qui supervise…

J'enrageais de devoir rester alité, alors que mon partenaire était en pleine descente aux enfers.

En quinze jours de coma, tous mes muscles avaient fondu. Une chiffe molle. La position assise me provoquait des vertiges, marcher m'était impossible et il me fallait penser à mastiquer pour manger ! Le moindre effort physique me donnait un avant-goût de la vieillesse. Je m'essoufflais pour un rien, me lever pour pisser devenait une aventure en sables mouvants. Comme si le fantôme de ma grand-mère s'était emparé de mon corps. Heureusement pas de ma tête qui semblait fonctionner à peu près correctement. J'ai beaucoup dormi depuis ma sortie du coma.

Il y a quelques jours, curieusement, le cul d'une jolie infirmière m'a donné envie de fumer une maïs. Puis les seins d'Irène, que j'ai effleurés d'un doigt exténué pour vérifier que je ne rêvais pas, ont provoqué, à mon grand soulagement, l'ébauche d'une érection. En bon macho, je craignais que l'excès de coma nuise à l'efficacité de mon instrument.

— Regarde ! Il est aussi sorti de sa léthargie ! m'étais-je exclamé en désignant la modeste bosse qui soulevait le drap.

Après avoir jeté un œil dans le couloir, Irène s'était assise au bord du lit et avait flatté le monticule à travers l'étoffe. Sans devenir un chapiteau, la toile du drap s'était soulevée, puis, comme épuisée par l'exploit, s'était affaissée.

— Hum ! Je crois que tu manques de vitamines…, avait-elle conclu en se dépoitraillant et en m'offrant un de ses seins dont l'opulence m'avait toujours comblé auparavant.

Tel un nourrisson rachitique, les yeux collés à l'écran blanc de sa poitrine, je me suis abreuvé au lait imaginaire de mon désir pendant que sa main, posée à plat sur le drap, évaluait la qualité de la réponse. Puis je l'ai mordillée. Irène a gémi. Les poils de mes jambes ont commencé à se hérisser, une chaleur oubliée m'a envahi par petits bouts, mon bassin s'est raidi et le reste a suivi.

— On… continuera… une autre fois… ça va être l'heure des soins et je n'ai pas envie… qu'une infirmière termine ce que j'ai commencé…, a-t-elle décidé en réajustant son corsage.

— Tu vas me laisser dans cet état ?

— Ne sois pas prétentieux, a-t-elle répondu, une hirondelle ne fait pas l'étalon ! Il faudrait t'étrangler pour que ça tienne la route…

Mon pénis lui a donné raison en reprenant, en quelques secondes, sa position initiale. J'ai soupiré.

Ce 5 février, c'était un mort que j'allais honorer. Un mort que j'aimais. Aucune femme, pas même Irène, n'aurait pu rivaliser avec ça. Et Irène le savait. D'ailleurs, malgré sa boutique, sa fatigue, elle était là pour m'accompagner comme elle le faisait toujours depuis six ans. Si j'étais mort, y serait-elle allée à ma place ? Je ne le lui ai pas demandé, mais il me plaisait de croire que oui.

J'ai signé une décharge médicale et, flottant dans les vêtements qu'elle m'avait apportés, y compris dans le borsalino – j'ignorais qu'on pût maigrir aussi du crâne –, je me suis dirigé, à pas de vieillards, vers la Studebaker. Un beau couple ! La rousse à la canne et papy Martinez trottinant. Je me suis effondré sur la banquette à la façon d'un marathonien en bout de course.

— C'est quoi, ces taches sur le cuir ?

— Ton sang. Tant que j'aurai cette voiture et que tu y monteras, tu ne pourras pas oublier ce qui t'est arrivé.

Même si je n'avais jamais apprécié cette ville, j'ai eu plaisir à la revoir. Le temps était maussade, un ciel de réglisse grisait le tout, mais j'étais heureux d'être sorti.

L'illusion qu'être à l'extérieur nous permet d'échapper à l'intuition de notre propre mort.

Malgré la fraîcheur de la température, j'ai baissé la vitre pour sentir le vent me fouetter le visage, mais aussi l'oxyde de carbone et l'iode marin grâce à l'odorat retrouvé par l'arrêt obligé de la nicotine.

— Envie de respirer un autre air, hein ?

— D'où viennent ces odeurs à l'hosto ? Des corps malades, des humeurs, des médicaments ?

— Sans doute un mélange de tout ça, plus celle de la trouille.

— Comment était Orléans ?

— Changé. L'ancienne gare a disparu, les baraques du Mail aussi.

— Qu'est-ce que le Mail ?

— Une avenue où avaient été construites des habitations provisoires après les bombardements allemands. Un provisoire qui a duré des années. Ils ont fini par les raser.

— Et ta mère ?

— Pénible mais, tu avais raison, moins insupportable que je ne l'imaginais.

Où était la mienne ? Madrid ? Barcelone ? Ailleurs ? Avait-elle fait un cauchemar prémonitoire le jour où j'ai été flingué ? J'ai soupiré, de dépit.

— Ça va ?

— J'irais bien me coucher, mais ça va.

— Où veux-tu aller ensuite ?

— Chez moi. Ma pin-up d'Aslan me manque.

— Tu as envie que je reste ?

— Envie, oui, mais non. Trop orgueilleux, Paco. Il a choisi de sortir, qu'il se démerde. Quand je serai de nouveau un étalon espagnol, je te séquestrerai.

Elle a souri, me connaissant trop bien pour insister. Rien de tel que de frôler la mort pour vous réconcilier avec la vie, pour rêver de retrouver tout ce qu'on a failli perdre : Irène, Khoupi, le cinéma, cette saleté de boulot. Si le frère de Khoupi et sa famille n'avaient pas été assassinés, j'aurais profité de mon arrêt de travail pour employer mes journées à la tournée des cinoches, à flâner en bord de mer, à découvrir livres et nouvelles d'un monde que j'avais mis entre parenthèses. Mes nuits à explorer la géographie d'Irène comme si elle était Bab-el-Oued, à la façon d'un touriste en terres érogènes, curieux de ses moindres recoins, à l'affût de petits bouleversements, de l'emplacement oublié d'un grain de beauté, d'une ridule, à l'écoute de ses mots futiles ou graves, à humer les parfums de sa peau et de ses replis.

Dans les moments forts partagés avec elle, je pensais : "Quand on a eu la chance d'être aimé par une telle femme, on peut crever en paix." Désormais, je conclurais : "Plus question de crever !"

Hélas, je n'avais pas passé mon tour, juste différé le terme. C'était toujours bon à prendre.

Arrivée au carré juif du cimetière Saint-Pierre, contrairement à l'habitude, elle m'a accompagné jusqu'à la tombe de Maurice Choukroun sur laquelle je me suis assis, épuisé. Puis elle s'est éloignée à une distance telle qu'elle ne pût écouter notre dialogue.

Pour la première fois, je me suis adressé à Choukroun en lui tournant le dos, pour jouir de la silhouette d'Irène, découpée au beau milieu de cet univers tumulaire, telle la splendide représentation de la Faucheuse. La Mort sous l'apparence d'une superbe rousse, appuyant, sur une canne, ses formes généreuses dont la sensualité réveillerait les cadavres pour leur confirmer qu'ils avaient eu raison de se jeter dans ses bras…

— Elle est canon, hein, Choukroun ! Et dire que j'ai failli préférer ta compagnie à la sienne… J'arrête mon char ! D'accord ! (J'ai abandonné la statue de chair pour m'adresser au marbre.) Six ans, déjà ! Et comme tu dis, je suis dans la *chlah** ! Celui qui t'a remplacé à mes côtés, aussi. Je ne sais pas comment faire avancer les choses ! Tu as vu dans quel état je suis ! Maigre comme un estocafitche**… J'ai besoin de tes conseils… Ça tue dans tous les coins, hommes, femmes, enfants, gros, demi-gros, détail. Des prolos, des gauchos, des voyous, des bourgeois et un peu moi. Ça fait beaucoup ! Et on n'y comprend nibette. Je suis inquiet pour mon coéquipier et en dette. Même s'il s'en défend, il m'a sauvé la vie. J'ai l'intuition aiguë qu'il court à sa perte dans cette enquête. Trop d'enjeux affectifs, trop de pression.

* En arabe, “merde”.

** En pataouète, morue salée et tassée.

Entre sa copine et lui, ils ont déjà neuf morts à leur actif. Le mythe fondateur de leur couple, c'est un cimetière ! Tu m'as toujours répété : "Tu es un intello, Paco !" Ce coup-ci, je n'ai pas le choix, seule ma tête fonctionne encore.

Je te résume, dans la chronologie, ce qui est toujours obscur :

Première piste, les truands. Vespucci, à mon sens, travaillait pour des employeurs puissants. A-t-on puni Sénigalia de l'avoir tué ? Ou bien Sénigalia, à ce que m'a dit Morand, avait un document précieux appartenant à cette bande. Vespucci a voulu le récupérer et est passé par-dessus bord. Sénigalia en fuite puis incarcéré, la bande a torturé Agopian pour récupérer le document, pensant qu'il détenait l'information. Il serait mort sans avoir parlé. Bredouilles, ils ont attendu la sortie de Sénigalia, l'ont localisé chez Minier et avaient l'intention de le torturer comme Agopian pour l'obliger à parler. J'ai bouleversé leur plan en débarquant chez Minier. Il n'a pas été nécessaire de tuer Minier et sa famille puisque les deux motards portaient des casques, lunettes, gants, et que leurs bécanes étaient volées. Puis ça se complique. Khoupi a rendez-vous avec son frère deux heures après mon réveil. Il trouve toute la famille et le gardien assassinés. Pourquoi ? Un avertissement au flic ou un règlement de comptes en rapport avec les affaires du frère ? A visages découverts, ils ont éliminé femme, enfants et gardien par crainte d'être identifiés. A mon sens, des professionnels. Mais au moins l'un d'eux était connu de la famille puisqu'on leur a ouvert la porte… D'accord, il faut que j'aie une conversation avec Khoupi en espérant qu'il ne me raconte pas de craques comme au sujet d'Eva Pelletier.

Ensuite, l'hypothèse politique, les trotskistes. Là, je suis largué. Sont-ils capables de s'entretuer pour des documents et lesquels ? Un complot révolutionnaire ? Des traîtres à la cause ? Une taupe a informé les tueurs de la planque de Sénigalia. Dans ce cas de figure, il est peu probable que les morts de la famille Khoupiguian aient un lien avec celles d'Agopian, de Sénigalia et de Vespucci. Alors ? Une loi des séries, sans lien entre les termes. Dans ce cas, les choses finiront forcément par se décanter. On aurait une addition de crimes politique, crapuleux, passionnel et… mystique. L'histoire de la crucifixion, ça fait plutôt taré que pro… Finalement, le coma ne m'a pas rendu complètement babao*, hein ? Mon cerveau a de beaux restes, non ? Putain, tu me manques toujours, tu sais ? Si tu avais pu te tirer d'Alger sain et sauf et larguer la police pour profiter de ta retraite, je serais venu te demander conseil autour d'une anisette et d'une kémia… Bon, Irène te fait une bise. Elle a assuré un max pendant que je traînais dans ma nuit… Pour ton fils, ne t'inquiète pas, je garde un œil sur lui. Il s'est mis dans la tête de vouloir changer le monde, comme mon père ! Les jeunes ont besoin de nouveaux combats : pour les hippies, l'utopie pacifiste, pour les autres, révolutionnaires,

* En pataouète, "débile".

trouver une troisième voie, entre Est et Ouest, communisme soviétique et capitalisme américain. A la guerre froide, ils préfèrent les guérillas tropicales d'Amérique latine ou les charmes de la Chine à la mode Mao. Ciao et à l'année prochaine. Peut-être…

Je suis resté encore quelques instants, assis sur la tombe, histoire de prendre mon élan avant de me lancer dans la périlleuse aventure de la station debout. Putain ! J'avais la trouille de me lever ! J'attendais un encouragement de Choukroun, genre : "Si t'i as peur, n'a pas peur !" ou de ma grand-mère : *"Venga, hijo !"* quand j'ai senti l'odeur d'une maïs, aperçu les doigts de ma belle qui me tendaient le cylindre de tabac haché. Je m'en suis emparé comme d'un masque à oxygène sur la lune. J'ai inhalé cette salope de fumée que mes poumons adoraient. Jadis, j'avais droit à une cigarette allumée pour me réveiller de la petite mort, à présent, pour me sortir d'un cimetière… Notre sexualité prenait un tour nécrophile…

Regonflé, je me suis levé, prêt à affronter, à armes inégales, mes mystérieux ennemis…

*

Je le connaissais sur le bout de ses doigts parfumés à la nicotine. La femme a l'intuition de la fragilité masculine. Et mon Paco avait l'air d'une petite chose à la merci du moindre coup de mistral. Habituée à son orgueil, j'avais anticipé sa sortie prématurée pour la date anniversaire.

Après la visite au cimetière, je l'ai donc accompagné jusqu'à son sinistre appartement que j'avais rangé auparavant et dont j'avais rempli le frigo et le garde-manger. Une vraie mère. Pas aussi bonne que sa grand-mère mais elle n'était plus là pour rivaliser.

— Tu veux me convaincre de cohabiter, c'est ça ? avait-il ricané.

— Certainement pas. Je suis simplement une maîtresse pleine de sollicitude.

Il a murmuré un "Merci..." ému en m'embrassant. Même sa langue avait du mal à s'enrouler sur la mienne. Il était vraiment dans un piètre état. Nerveusement, je ne valais guère mieux. Ces trois dernières semaines avaient été plutôt rudes. Je n'avais même pas eu le temps de digérer les retrouvailles avec ma mère et ma ville d'origine. Le coma de Paco avait pompé mon énergie et mon temps.

La représentation de la modiste souriante et disponible que je donnais chaque jour à ma boutique me coûtait de plus en plus. Jouer la partenaire confiante dans l'avenir de son amant, chaque soir, m'épuisait.

Pendant tout ce temps, un personnage, le plus inattendu, a su, avec tact et intelligence, me soutenir : François Nessim.

Paco avait pour habitude d'affirmer que la tonalité dans laquelle une relation se constituait la marquait durablement. Au réveillon, François avait été le premier à oser m'inviter à danser depuis mon amputation. Malgré la peur qui m'avait envahie, je lui avais fait confiance et j'avais eu raison.

Dès qu'il a su ce qui était arrivé à Paco, au lieu de me proposer son aide, son écoute ou son corps, il a eu le talent de m'offrir quelques instants de légèreté, d'évasion. Sans être envahissant, trois invitations à dîner en deux semaines, dans la campagne aixoise, au Mas-d'Entremont, un restaurant délicieux, au charme raffiné, à la Maison-du-Beaujolais, place Sébastopol à Marseille, moquette rouge, cabinet privé, cuisine et vins excellents, et à l'Escalette, un petit restaurant de poissons et fruits de mer, installé dans une calanque près des Goudes. Les seules fois, je crois, où j'ai bu et mangé avec appétit.

Pendant ces moments volés, je parvenais à oublier mon angoisse. Nous avons bavardé, en camarades, de futilités : la mode et ses chapeaux, la musique et ses chansons, Cuba et ses amours, de nous aussi. Un gentleman ne parlait jamais à une femme d'autres femmes, excepté pour signifier qu'il n'était pas dans la séduction. Et ça m'a séduite.

— Vous allez me trouver indélicat, mais vous évoquez une femme que j'ai beaucoup aimée..., m'avait-il confié, et que j'aime sans doute encore. Une Cubaine, belle comme Fred Vargas...

— Qui est-ce ?

— Le personnage joué par Ava Gardner dans *La Comtesse aux pieds nus*.

— Paco adore cette actrice, mais en images. Que s'est-il passé ?

— Elle était prête à me suivre en France. Les autorités ont accepté de la laisser partir avec moi mais sans sa petite fille. Une perversion de bureaucrates. La *burro-cratia** importée par les Russes.

— Comment l'avez-vous rencontrée ?

— Dans un dancing de La Havane. J'étais allé à Cuba pour mon journal. J'avais été très tôt fasciné par cette île, sa culture et sa manière de faire la révolution. Par-dessus tout, je suis tombé amoureux de la musique, de la danse et des femmes qui me l'ont apprise. Un vrai coup de foudre. J'avais eu une nounou espagnole d'origine cubaine à Oran, ça crée des liens…

— Vous êtes Oranais ?!

— Eh oui. Mais ma famille a quitté Oran au début de la guerre pour Besançon où j'ai entamé des études dentaires.

— Dentaires ?! Je ne vous imagine pas en dentiste.

— Moi non plus. D'ailleurs, j'ai arrêté en deuxième année. Au désespoir de mes parents. Service militaire en Allemagne, comme dentiste. Je ne vous raconte pas le massacre ! Puis, passionné par le journalisme, j'ai entamé une brillante carrière de pigiste au *Provençal*. Après deux années de vaches maigres, j'ai couvert des événements sportifs, surtout le ski et le sport automobile. Finalement, l'ambiance mafieuse de Marseille

* Jeu de mots cubain sur "bureaucratie", littéralement "ânecratie".

m'a aspiré vers le journalisme d'investigation. Voilà, vous savez tout. Et vous ?

— Moi ? Née à Orléans dans une famille bourgeoise. Destinée à être femme de notable et mère au foyer, j'ai fui la province pour l'aventure des colonies. L'apprentissage sur le tas de mon métier dans une boutique du centre d'Alger puis la mienne à Bab-el-Oued. Le plaisir de la danse, des amourettes, quelques amants, et puis l'Amant…

— Paco, donc.

— Exact, ensuite la guerre, l'attentat qui m'a coûté la moitié d'une jambe et enfin l'exil à Aix.

— Parlez-moi de Paco.

— Un petit Espagnol de la Bassetta qui rêvait de devenir un flic exemplaire et qui est devenu un flic cinéphile, encombré de culpabilité et d'une loyauté sans faille, un vieil amant qui sait encore me désirer, un salaud qui préfère l'étreinte du coma à la mienne…

— Vous n'avez jamais vécu ensemble ?

— Jamais !

— Je vous comprends. Je suis aussi un célibataire endurci.

— Et si Ava Gardner avait pu partir avec sa fille ?

— Je n'aime pas le conditionnel passé.

— Vous avez raison, moi non plus.

Paco de nouveau parmi les vivants, quelle allait être son attitude à l'égard de François ? Il serait jaloux de découvrir ce lien, mais ce n'était pas dans ma nature de dissimuler. Je refusais de me priver de cette camaraderie, qui n'était pas encore une amitié, pour ménager la susceptibilité de Paco. Par ailleurs, je n'étais pas dupe sur le contenu d'une amitié entre homme et femme. S'il ne se passait rien, c'est qu'ils se l'interdisaient pour diverses raisons. J'aurais été tentée par une aventure, mais dans ce contexte, je me serais jugée méprisable de jouir pendant que Paco risquait de mourir. Et puis mon orgueil m'interdisait d'exposer mon handicap au regard d'autrui. Paco avait été le seul homme autorisé à voir mon corps nu. Un été, par grosse chaleur, il avait déniché près du Conservatoire du littoral, à Endoume, un grillage en mauvais état. Il y avait cisaillé des mailles pour nous permettre d'accéder à des blocs de ciment en bord de mer. Certains soirs, nous nous y rendions comme des cambrioleurs pour que je puisse m'y baigner sans craindre une curiosité malsaine. Quand je m'allongeais nue, sur un bloc, pour sécher dans la moiteur de la nuit, il disait de façon récurrente en m'observant : "Tu aurais dû être sirène..."

Depuis "l'accident", François avait été le seul autre homme à étreindre, le temps d'une danse, ce corps dont Paco avait l'exclusivité.

Danser à nouveau m'avait d'autant plus troublée que mon séduisant cavalier affichait une solidité à laquelle je me suis abandonnée avec appréhension et délices. Au fond, Paco avait eu raison de se montrer jaloux.

Désormais, je craignais que Paco ne soit happé par la tragédie de Khoupi et qu'il y laisse vraiment la peau. Quant à Khoupi, je ne pouvais pas compter sur lui pour le dissuader.

J'ai donc décidé de faire appel à François pour attiser sa jalousie et l'obliger ainsi à reconquérir sa maîtresse plutôt que de s'enfoncer, sans moi, dans les miasmes d'un film d'horreur où des monstres semaient des cadavres pour l'attirer dans un piège mortel… La femme et ses stratégies.

Aussitôt arrivée chez moi, j'ai appelé Nessim. Il était plongé dans l'écriture de son dernier livre.

*

Seul dans ma piaule, j'ai écouté Ferré se demander s'il était utile et si ça valait le coup de vivre sa vie afin d'amplifier ma mélancolie. Le disque a continué sa route sans moi car, inéluctablement, je me suis endormi.

La sonnerie du téléphone m'a tiré du sommeil. J'étais un espadon qui refusait la traction de la ligne et qui se débattait furieusement pour échapper au monde des hommes, pour rester dans celui du silence. Mais l'hameçon, accroché à mon oreille, a tenu bon et m'a traîné jusqu'au combiné.

— Bonjour Paco, François Nessim, je peux passer ?

— Au milieu de la nuit ?

— 10 heures du mat', c'est le milieu de votre nuit ?

— 10 heures ! Euh, bien… Je ne suis pas en état de donner une interview…

— Ça tombe bien, je ne viens pas vous la demander. Dans une heure, d'accord ?

— Hum !

J'ai raccroché. J'avais dormi quinze heures ! Je me suis préparé un café serré. Dans le frigo, les effluves d'un camembert, fait à point, ont imprégné mes narines. Un vrai fromage, pas une de ces portions crayeuses servies à l'hôpital ! J'en ai mangé la moitié avec des biscottes. Puis j'ai avalé une banane, bu un autre café et allumé une cigarette. Dès la première bouffée, la chambre a entamé une valse à mille temps pas vraiment sympathique. Mon estomac, d'une violente nausée, m'a signalé qu'il était aussi un muscle en manque d'entraînement. J'ai ouvert fenêtre et volets, puis me suis assis en attendant que ça passe. Sur le point de rouler des pouces comme ma grand-mère ! La pièce a lentement cessé son roulis. En conclusion, j'ai roté comme si j'avais avalé un couscous de Mme Choukroun.

Je ne valais plus grand-chose sur le marché de la virilité et mon âge, supposé être dans la force, évoquait plutôt la faiblesse. Quelques pièces métalliques s'enfonçaient dans la profondeur de votre corps et vous preniez trente ans sur le toboggan de la vie. Mieux que la mort, certes !

J'ai pris une douche brûlante, bras à l'horizontale, devant moi, mains à plat sur le carrelage pour supporter ma carcasse ; sans bouger, nuque ployée, jambes écartées, j'ai regardé l'eau dégouliner sur mes pieds et pensé à Gene Kelly dansant et chantant sous une pluie battante alors que moi, j'avais du mal à tenir debout sous le jet du pommeau.

J'ai redressé la tête. Sur le blanc du carrelage ont défilé les images d'un film des Marx Brothers dans lequel Groucho, appuyé au mur d'une maison, interpellé par un flic qui lui demandait : "Que faites-vous ?" répondait : "Je tiens la maison…"

"Circulez, sinon je vous embarque", ordonnait le flic ; Groucho s'écartait et la maison s'écroulait… J'étais Groucho, et la maison, c'était moi…

Dans la glace embuée de la salle d'eau, ma gueule m'a effrayé. La gueule d'un taulard tuberculeux ou de Robert Ryan soutenu par sa belle à la fin de *Nous avons gagné, ce soir…* J'étais loin d'avoir gagné et plutôt KO…

Rasé et habillé, j'ai avalé un troisième café en me demandant ce que me voulait Nessim.

Irène avait regroupé sur un coin de table tout le courrier en attente, des factures pour l'essentiel, et, au sol, dans un coin de la pièce, une pile de *Monde* encore pliés dans leur bandeau, résumant le temps passé. J'ai saisi le dernier pour en lire les titres :

"Offensive du FNL au Viêtnam", "Giscard d'Estaing réaffirme que les républicains indépendants ne voteront pas de motion de censure", "Israël : tableaux d'une occupation".

Rien de nouveau, depuis mon absence au monde.

J’ai lu la rubrique “Au jour le jour” de Robert Escarpit qui commentait, avec humour, l’usage par des étudiants madrilènes d’un crucifix comme projectile contre la police. Il rappelait ainsi :

> Rabelais avait déjà décrit l’efficacité de cette arme quand elle est brandie d’un bras vigoureux. Il y a donc des précédents. Ce n’est pas d’hier qu’on se sert d’armes bénies. A force d’associer le sabre et le goupillon, il est fréquent qu’on les confonde. Les autorités espagnoles ont quelque raison de le savoir…

Quelle élégance ! Mon père aurait été heureux de lire ce billet…

Nessim est arrivé, bronzé, l’allure féline et décontractée d’un Burt Lancaster. Le coulo* !

— J’ai appris que vous aviez quitté l’hôpital…

— Je ne savais pas que *Le Provençal* suivait à la trace un inspecteur sans importance.

— Je suis convaincu que vous êtes sorti pour aider votre pote, Khoupiguian.

— En quoi cela vous concerne-t-il ?

— Je lui ai proposé mon aide pour votre enquête, il l’a refusée.

— Et vous pensez que moi, je vais accepter ?

— Compte tenu de votre état, ce n’est pas la priorité. Accepteriez-vous de prendre un verre chez moi ? J’ai une autre proposition à vous faire.

* En pataouète, “enculé”.

— De quelle nature ?
— Physique.
— Vous êtes homo ?
— Non, sportif.
— La frontière est mince…
Il a éclaté d'un rire tonitruant :
— Décidément, vous me plaisez. Vous jugerez sur pièces…

Malgré ma fatigue, j'étais curieux et, surtout, je voulais en savoir plus sur les infos qu'il était supposé détenir.

J'ai eu un mal fou à me glisser dans sa MG que je n'imaginais pas si près du sol. En chemin, j'avais l'impression de retomber en enfance et de rouler sur une carriole à roulements à billes dans les rues de Bab-el-Oued, dévalant la pente du Plazza, faisant la course avec mes copains de la Bassetta…

La place Castellane, le boulevard Michelet me semblaient faire partie d'un décor que je découvrais. La contre-plongée modifiait la perception du monde. Trois semaines d'hosto dont deux comateuses, aussi.

La voiture s'est engagée dans le chemin de Morgiou. Les Baumettes, avant d'être une prison, étaient un village, niché à proximité des calanques. Nous avons laissé la prison sur notre gauche pour grimper l'avenue Estoupan, une pente raide qui montait dans la pinède. Quelques villas éparpillées, en bordure d'arbres, se dressaient au bout du chemin. L'une d'elles était celle de Nessim.

Il m'a proposé son aide que j'ai acceptée pour ne pas rester enclavé dans l'habitacle.

J'ai soufflé :

— Les journalistes ont de gros revenus…

— Je loue le premier étage à une vieille dame.

Nous avons emprunté un escalier extérieur qui menait à une terrasse aussi grande que ses appartements. Une terrasse occupée par un vélo sur tapis roulant, un kayak de mer et divers appareils de musculation, protégés des intempéries par un store bleu délavé. Dans un coin, un barbecue, une table et quatre tabourets.

Sur la rambarde était assis un enfant noir, grandeur nature, en smoking et en plâtre.

A l'intérieur, il fallait slalomer au milieu d'un capharnaüm d'objets cubains, photos, journaux et revues, dossiers et livres. Un couloir distribuait une cuisine, un bureau et deux chambres.

— Alors ? Qu'avez-vous à me montrer ?

— Vous avez tout vu…

— Je ne comprends pas.

— Je vous propose une remise en forme…

— C'est une plaisanterie ?

— Pas du tout. Je vous concocte un programme d'exercices physiques et, en huit jours, vous serez d'attaque pour la suite de votre enquête…

— Et en échange ?

— En échange ? Rien. Ou plutôt si, votre confiance.

— Pourquoi faites-vous ça ?

— Dans un second temps, j'espère que vous accepterez de travailler avec moi.

— Sur quoi ?

— D'abord, il vous faut retrouver la santé.

— Je n'ai pas besoin d'un chaperon… !

Je me suis dirigé d'un pas ferme, enfin, apparemment, vers l'escalier et, au bout de quelques mètres en forme d'Himalaya, j'ai dû arrêter, à bout de souffle.

— Non, d'un jus d'orange…

Les oreilles bourdonnantes, je me suis assis sur un des tabourets de la terrasse. Pendant qu'il pressait des oranges, une hallucination auditive est montée comme une rumeur. Une rumeur de manif. J'ai eu peur. Est-ce que le coma avait ramené à la surface les bruits d'Alger la Noire ? Des cris. De femmes. Non, je ne devenais pas fou : des femmes criaient ou plutôt hurlaient des phrases. A l'accent marseillais.

— C'est quoi, ce bruit ?

— La bande-son des Baumettes. Des femmes, plantées au pied des murs, dialoguent avec les hommes qui n'ont pas eu droit au parloir ou qui n'ont pas eu assez de ces maigres échanges. Tous les jours, toute l'année, des dizaines de femmes hurlent des questions et des réponses à leurs hommes. L'intensité des voix varie selon le vent. L'amour qui se braille, les consignes qui se donnent, les nouvelles des enfants, des marques de cigarettes, des larmes, des paroles tendres, habituellement murmurées, qui se vocifèrent. Des mères, des épouses, des maîtresses, des filles, des sœurs, des putes, mélangées, yeux tendus vers les barreaux des cellules… Au début, ça fait bizarre, ensuite ça devient un des charmes des lieux. Alors vous restez ?

II

LES COPAINS D'ABORD

Mercredi 14 février 1968

Exercices de respiration et de relaxation, vélo de terrasse, haltères, punching-ball, marche dans la pinède, côté physique, pâtes, viandes et poissons grillés, soupes de légumes, fruits et leurs jus en boissons, côté alimentaire.

Malgré ses exhortations, impossible d'arrêter la cigarette, mais réduction significative de ma consommation.

En fin d'après-midi, si la mer était plate, nous allions ramer dans les calanques, sur son kayak à deux places. Inoubliable.

La première fois de ma vie que je mettais une jupe et une brassière ! La jupe, de caoutchouc, pour empêcher l'eau d'entrer dans l'habitacle, la brassière, de sauvetage. Pagaie double en mains, thermos de rhum dans la petite trappe, nous partions de la calanque de Morgiou vers celle de Sugiton. En douceur sur une eau lisse et soyeuse.

Auparavant, je n'avais jamais admiré ce site côté mer. Déchiquetées par le courant, les parois calcaires, dont la peau blanche était constellée de pins maritimes telles les aiguilles d'un acupuncteur, plongeaient dans une Méditerranée à la limpidité rare.

De retour à Morgiou, François m'avait raconté l'histoire des cabanons de cette calanque et de son village "nègre" : comment de pauvres habitats, fabriqués à la va-vite par des Africains débarqués à Marseille, étaient devenus un lotissement pittoresque qui, un jour, s'arracherait à prix d'or...

Chaque soir, après dîner, je m'effondrais sur ma couche, sans m'interroger.

François m'a hébergé ainsi, huit jours durant. Il rédigeait mon programme de la journée et quittait les lieux, m'abandonnant, sans gêne, son univers.

En son absence, j'appelais régulièrement l'Evêché pour me tenir au courant de l'enquête ou, plutôt, de son piétinement.

Morand avait mis en congé obligatoire Khoupi qui ne répondait pas à mes coups de fil. Nul doute que ce dernier continuât ses investigations hors cadre. A moins qu'il ne fût réellement *"out of world"*, comme disait le titre d'un album bouleversant d'Eric Dolphy que François m'avait suggéré d'écouter.

Quant à Irène, elle avait semblé plus soulagée que décontenancée par ma nouvelle adresse. Elle était passée me voir, à deux reprises.

A sa première visite, Nessim avait prétexté un rendez-vous en ville pour nous offrir une intimité.

Hélas, l'étalon espagnol n'était pas de retour car, à peine allongé, je me suis endormi dans ses bras.

A la seconde, alors qu'il s'apprêtait, à nouveau, à s'éclipser, nous avons insisté pour qu'il restât.

Une drôle de soirée…

*

Bien que je n'aie pas de "bagues à chaque doigt", ni "des tas de bracelets à chaque poignet*", j'avais passé la soirée avec Jules et Jim.

Poursuivant ma stratégie de la jalousie, j'avais offert à François un panama blanc écru, d'excellente facture.

— Merveilleuse Irène ! Lors de mon prochain voyage à Cuba, je vais faire un malheur !

Paco n'avait pas bronché, indifférent au sens possible de mon présent. J'ai très vite compris pourquoi : j'avais l'impression d'être l'invitée d'un couple de vieux amis à l'homosexualité toute virile. Mon Paco avait changé. Meilleure mine, grossi, reposé. Et complice de l'autre.

Spectatrice de leurs échanges sur des situations partagées, émissions de radio ou de télé, articles de journaux, musique, sensations en kayak, je me sentais presque inopportune. A chaque fois que j'envisageais de les abandonner à leur tête-à-tête, François

* Paroles d'une chanson chantée par Jeanne Moreau dans *Jules et Jim*, de François Truffaut.

recomposait le trio en me demandant mon avis sur telle ou telle question :

— Et toi, que penses-tu de notre Premier ministre ?

Après un instant d'hésitation, j'ai décidé de jouer les gourdes :

— Pompidou ? Il a un physique de vieux satyre avec ses sourcils broussailleux et sa bedaine.

— Tu préférais Debré ?

— Ah non ! Le seul que je trouve séduisant, c'est Chaban-Delmas, mais je n'aime pas sa voix, trop nasillarde…

— La politique ne t'intéresse donc pas ?

— Quand on a vécu la guerre d'Algérie, on ne fait plus trop confiance aux promesses électorales et à la parole des hommes politiques.

Paco s'est mis à bâiller.

— Je t'ennuie ?

— Non, non. Un coup de barre, c'est tout. As-tu vu Khoupi, cette semaine ?

— Non, mais Eva Pelletier, oui…

— Quoi ? Comment l'as-tu rencontrée ?

— Elle est venue me voir.

— Pourquoi ?

— Pour me demander conseil.

— Tu ne m'en as rien dit ! Cette fille est d'une fréquentation dangereuse.

— Pas plus que la tienne !

— De quelle nature, ce conseil ?

— Privée…

— Mais encore ?

— Intime.

— Tu vas me réciter le dictionnaire des synonymes ?

— Rien à voir avec tes meurtres.

— Permets-moi d'en douter…

— Si je peux intervenir, a dit François, il est peut-être temps que nous parlions enquête…

— Sans moi. Manifestement, vous avez encore beaucoup de choses à vous raconter…

Je me suis levée, agacée par la situation. J'ai répondu plutôt froidement au baiser de Paco qui m'a dit :

— On doit parler, tous les deux…

— Quand tu seras disponible. Ce qui est peu probable, dans les jours prochains.

François m'a raccompagnée jusqu'à la voiture.

— Il faut comprendre Paco, m'a-t-il dit. Il ne s'est remis en forme que pour reprendre cette enquête. Il trépigne d'impatience…

— Oh, je sais ! C'est bien le problème, et tu parais tout disposé à l'aider dans cette entreprise.

— Je suis journaliste d'investigation…

— Je suis au courant et à vous deux, vous faites la paire.

J'ai démarré, furieuse de constater que mes manœuvres avaient été vaines. Journaliste et flic, même combat. Une erreur d'évaluation stupide !

J'avais visé la jalousie et, au contraire, constitué un couple de polar américain. Aucun des deux n'avait de temps à perdre avec moi puisqu'ils avaient à résoudre une affaire. Quelle conne !

Et j'allais accompagner Eva dans son avortement parce qu'elle ne voulait pas infliger cette épreuve à Khoupi.

Les femmes protégeaient de leur fragilité leurs hommes et ces derniers n'avaient qu'une idée en tête : mener à bien leur enquête sans se préoccuper d'elles. L'égocentrisme masculin, quelle plaie !

*

Selon François, le milieu marseillais, depuis la mise hors jeu des Guérini, prêtait main-forte au SAC, l'officine gaulliste qui se chargeait du service d'ordre lors des meetings du parti UNR, de l'affichage pour les campagnes électorales et, si besoin, de faire le coup de poing avec les gros bras de la CGT et du PC.

Il affirmait même que, grâce au SAC, la droite avait pu gagner, *in extremis*, les dernières élections. Devant ma réticence à le suivre sur ce terrain, il avait divulgué toutes les notes de son prochain bouquin.

A la lecture des feuillets, j'ai admis mon trouble face à la démonstration. Néanmoins, il était journaliste, donc tenté par le sensationnel, et rien dans ses notes ne me convainquait d'un rapport direct avec mon enquête. Il a donc sorti son joker :

— Tu es bien assis, Paco ?... Vespucci a été recruté par eux.

— Des preuves ?

— Non, des confidences.

— De qui ?

— La police a ses indics, les journalistes aussi. Disons que mes sources sont fiables puisqu'elles émanent de la magistrature.

— Hum !

Sénigalia aurait-il piqué des documents au SAC ?

— Je pense que ton serrurier a subtilisé ou vu quelque chose qui lui a coûté la vie...

— Brillante déduction. Et pourquoi avoir tué l'autre ?

— L'Arménien crucifié ? Moins évident. Après avoir réfléchi, j'ai pensé au Turc...

— Moins brillante. Pourquoi des Turcs s'en prendraient-ils à un vieil Arménien qui révélerait ce que tout le monde sait déjà ? Le génocide ne fait de doute pour personne. Les Turcs réfutent le terme "génocide" parce que ce serait faire aveu de barbarie, être assimilés aux nazis. Une querelle sémantique, plus importante pour les victimes que pour les coupables. On a connu ça avec la guerre d'Algérie, longtemps nommée "événements"...

— Je ne parlais pas des Turcs mais du Turc.

— Ah ! Inconnu au bataillon de mon fichier.

— Un ancien catcheur. Et pas plus turc que toi et moi. Un nom de scène du temps de sa splendeur sur le ring, comme l'Ange Blanc ou le Bourreau de Béthune. Il était toujours le méchant, tu sais, celui que le public déteste parce qu'il cogne en traître. Depuis qu'il ne combat plus, il travaille comme videur dans la région.

— Pourquoi le soupçonnes-tu ?

— Parce que c'est un sadique. Son truc, c'est d'attacher les filles, bras en croix, et de leur faire subir les pires outrages.

— Quels genres ?

— A la dernière, un… *fist fucking*.

— Un quoi ?

— Le poing dans le rectum. Tu imagines un poing de catcheur ? Tant qu'il utilisait des prostituées pour défouler ses pulsions sadiques, elles la bouclaient, mais plus une ne voulait monter avec lui. Auparavant, il avait éclaté les dents d'une petite qui l'aurait mordu au cours d'une fellation, planté une lame dans la main d'une autre qui l'aurait griffé en le masturbant. La dernière n'était pas une pute, mais une fille ramassée à la sortie d'une boîte où il était videur. Convaincue par le médecin qui a recousu ses sphincters, elle a porté plainte. Tu ne croiras jamais ce que le Turc a dit aux flics pour se disculper…

— Vas-y.

— Qu'elle lui avait pété au nez, pendant qu'il pratiquait un cunnilingus !

— Elégant !

— N'est-ce pas ? Le problème, c'est qu'il était en taule chez nos voisins des Baumettes, le 31 décembre.

— Il ne l'est plus ?
— Non. Remise de peine pour bonne conduite…
— Formidable. Est-il membre du SAC ?
— Je n'en sais rien. Je ne connais pas les petites mains, seulement quelques-unes des têtes pensantes.
— As-tu une liste de noms à me suggérer ?
— Bien sûr. Mais avant, il faut se mettre d'accord sur les clauses du contrat…
— Quel contrat ?
— Je veux l'exclusivité.
— Sur quoi ?
— Sur toute l'histoire, Paco.
— Apparemment, tu en sais plus que moi.
— Pour l'instant, mais je ne suis que journaliste. A un certain niveau, il est nécessaire d'avoir du pouvoir pour interroger les individus. Surtout s'ils ont la protection du Pouvoir avec un grand P.
— Pourquoi moi ? Je ne suis qu'un petit inspecteur…
— Je me fie à mon intuition et, ton aplomb retrouvé, tu vas te déchaîner.
— Au point où j'en suis… Ça marche.
— Bravo ! On va fêter ça ! Des *mojitos*, à ma façon, ça te dit ?
Pour calmer mon excitation, j'ai allumé une maïs. Le *mojito* était excellent et mon organisme ne m'a pas lâché. J'allais donc mieux. Pas Irène, mais je l'avais oubliée…
Parmi les noms consignés par François figuraient un type des RG, un vieux juge, ancien résistant, quelques petites frappes locales et maître Bolard, le

patron de l'avocat de Vespucci, confirmant ainsi la possible piste SAC de mon enquête.

Le frère de Tigran n'y était pas, mais François ne détenait pas toutes les infos. Pierre Khoupiguian était-il, par exemple, un chef d'entreprise bailleur de fonds de ce réseau ?

Il était temps pour moi de rencontrer Khoupi qui me fuyait depuis huit jours.

*

— Irène ?

— Oui, Eva, qu'y a-t-il ?

— Ça n'a pas l'air d'aller. Si ça te coûte de m'accompagner, j'irai seule. Sache que je t'en voudrais pas…

Voilà, on y était. Je n'avais plus la force de masquer. Non, ça ne me coûtait pas. J'avais envie de lui répondre : "Avorte, petite ! Et disparais loin de cette ville et de ses flics que le goût du risque et de la mort rend infréquentables. De vrais toxicos, plus accros que des héroïnomanes suicidaires. Punir les méchants est un mobile apparent. En réalité, sans le danger, ils s'ennuient."

Lors des quelques visites du professeur George au chevet de Paco, je l'avais interrogé sur les conduites à risque :

— Ils se shootent à l'adrénaline, sans seringue. Au Viêtnam, les appelés se droguent pour supporter les horreurs et la peur de mourir, et les soldats de carrière, pour lutter contre l'ennui en attendant la prochaine bataille.

Je le savais depuis longtemps. Quand Paco s'ennuyait au boulot, il se réfugiait dans la drogue cinématographique. Une toxicomanie non prohibée.

— Tu te drogues, Eva ?

— Quelques joints, sans plus. J'ai essayé la coke, ça me file des tachycardies et je flippe. Quant au LSD, en voyant mon copain Pips défoncé se promener sur la corniche d'un toit en rigolant comme un débile, j'ai refusé d'y goûter. Trop risqué… Et toi ?

— Parfois. Au champagne.

J'ai garé la voiture dans le parking de la clinique des Célestins. Un joli édifice à la sortie d'Avignon, sur la route de Tarascon. J'en avais eu les coordonnées par ma copine du Planning familial.

Elle avait d'autres adresses, en Suisse, à Londres, Amsterdam. Pour les épouses de notables. Tant que l'avortement serait hors la loi, les bourgeoises adultères ou trop occupées par le bridge et les emplettes iraient, en toute sécurité, vider leur ventre dans des cliniques étrangères, loin des regards curieux. Les autres devaient s'échiner à trouver des gynécologues militants ou des faiseuses d'anges aux techniques approximatives et dangereuses.

Le médecin qui avait accepté le risque d'avorter Eva était à l'orée de la retraite et, en vieil humaniste, se fichait d'ennuis éventuels :

— Si on découvrait cette pratique, l'ordre m'interdirait d'exercer. C'est ma femme qui serait contente de ma retraite anticipée… Et puis l'ordre a été créé sous Pétain : Honneur, famille, patrie. Ce salaud a laissé guillotiner une avorteuse. Jamais aucun chef d'Etat français n'avait refusé la grâce présidentielle à une femme… Laisser des femmes dans le pétrin avec une grossesse non désirée lui posait plus problème qu'envoyer des enfants juifs dans les camps. Je t'en foutrai du respect de la vie humaine… Allez mon petit, on va essayer de faire ça en douceur…

Ragaillardie par ses propos, Eva est sortie de son bureau, un sourire triste aux lèvres.

— C'est bizarre ! j'ai la sensation de flotter à côté de mon corps, m'a-t-elle confié, dans le couloir.

Ernestine, du temps où elle se prostituait au Sphinx à Alger, m'avait tenu des propos analogues :

— Dans mon métier, c'est vital de se dédoubler, sinon on deviendrait folle à se sentir fourraillée par des inconnus. Les plus douées parviennent à simuler le plaisir avec une telle conviction que certains pigeons y croient vraiment et leur laissent un pourboire royal.

Eva n'allait pas simuler le plaisir ; mais tenter de se protéger par l'indifférence. L'absence pour ne pas souffrir. Seule. Parce que ma présence dans la salle d'attente ne changeait rien à sa solitude de femme.

Pas plus que l'homme qui piétinait à mes côtés, en attendant la naissance de son rejeton, n'était utile à sa compagne. Lui et moi étions les témoins aveugles et passifs de la souffrance à donner la vie ou à l'extraire.

— C'est votre sœur qui accouche ? m'a demandé l'imbécile.

— Elle n'accouche pas, on lui retire une verrue.

— Fan des pieds ! On peut attraper des verrues à la pa… à cet endroit ?

— En général, ce sont les hommes qui contaminent…

— Nous, on peut avoir une verrue sur le vi…, le sexe ! Je savais pas ça…

— Eh oui, il vous suffit de coucher nu dans des draps douteux.

— Ça alors !

L'imbécile a allumé une nouvelle cigarette en se promettant de mettre un préservatif à sa prochaine virée dans un bordel et de la récurer à la Javel, après son passage.

En fait, c'est ce qui figurerait sur le dossier d'Eva : intervention pour tumeur bénigne. Ainsi, l'acte médical pourrait être remboursé par la Sécu, ce qui n'était pas un luxe pour une libraire salariée, en regard du coût de l'intervention.

Pourquoi n'avait-on pas inventé une pilule pour les hommes ? Même si c'était le cas, les femmes, une fois de plus, en cas d'oubli, paieraient les pots cassés, et auraient un "accident", comme on disait dans la région…

Pourquoi encourageait-on les mères de famille nombreuse à la ligature des trompes et pas les pères à ligaturer leurs gonades ? Probablement parce que les hommes faisaient les lois, fabriquaient les molécules et décidaient pour nous. Quand on sait qu'il nous a fallu attendre 1948 pour avoir le droit de vote…

Le vieux gynéco est réapparu dans la salle d'attente et m'a invitée à le suivre dans son bureau :

— Elle a été courageuse. Tout est en ordre…

— Pas de risque pour… la suite ?

— *A priori* aucun. Elle est jeune et en bonne santé. – Il a chuchoté en me tendant un paquet : Prenez ces boîtes, vous les lui donnerez à son réveil. Ce sont des pilules anticonceptionnelles. Elles ne sont pas encore dans les pharmacies et ne seront, sans doute, pas remboursées par la Sécu. Ça sera le prochain combat pour moi et certains de mes confrères…

Je l'ai remercié en écrasant une larme.

Tous les hommes n'étaient pas des salauds égocentriques…

*

Décidé à retrouver Khoupi, j'ai abandonné ma retraite dorée des Baumettes. Dessaisi de l'enquête sur la mort de son frère et de sa famille, il n'avait plus, en théorie, accès au dossier. Néanmoins, il était probable que les collègues lui avaient fourni quelques infos par compassion.

Avant de retourner dans le service, je tenais à m'expliquer avec lui au sujet de son frère, d'Eva Pelletier et du reste.

Malgré un soleil radieux et un ciel bleu coupant, dégagé par un mistral à décorner les cocus, les volets de son appartement étaient clos. Parvenu à son palier, j'ai perçu à travers la porte les sinistres mesures orientales d'un instrument à cordes.

J'ai frappé. Evidemment, il n'a pas répondu.

— C'est Paco ! Tu sais, le mec qui est resté en vie grâce à toi…

— …

— Khoupi ! Pour te plagier, si tu n'ouvres pas la porte, je te casse la gueule !

La porte s'est ouverte sur un fantôme, un Khoupi amaigri, le visage mangé par une barbe de quinze jours noire et touffue, des cernes gris sous les yeux, le regard éteint, en marcel crasseux et pantalon de pyjama. Pour transformer un individu en son ombre, l'esprit pouvait être aussi efficace que quatre balles dans la peau.

— J'ai besoin d'être seul.

— Ça fait quinze jours. La solitude est en train de te bouffer la santé.

— Rien à battre.

— Comment vont tes parents ?

Il a ricané :

— Entre. Ça ne se dit pas sur un palier…

La pièce, à l'abandon, plongée dans une obscurité relative, était imprégnée d'une odeur de graisse et de tabac froids. Or, Khoupi ne fumait pas. Nous sommes restés debout, immobiles, moi parce que j'avais du mal à discerner les volumes, lui parce qu'il était devenu un zombie. Je me suis approché de l'électrophone dont j'ai levé le bras :

— Raconte…

— … A la fin des obsèques, ma mère m'a entraîné à l'écart et m'a dit de sa voix douce : "Venge ton frère et sa famille ! Il faut suivre l'exemple des juifs ! Ne plus se laisser massacrer sans bouger. Plus jamais !"… Putain, elle ne pleurait même pas ; elle était furieuse, dure comme le silex… Venge ton frère ! J'aurais préféré le sauver… !

— Tu m'as sauvé, moi, et je suis prêt à tout mettre en œuvre pour retrouver ces salauds. Mais pas pour le venger, plutôt pour t'apaiser…

— Côté apaisement, c'est foutu pour moi. Ça va me hanter jusqu'à la fin de mes jours. Surtout les corps des enfants…

Je comprenais ce qu'il voulait dire. Lors de l'attentat à la grenade du Milk-Bar à Alger, j'avais vu une gamine de quatre ou cinq ans, un bras arraché… Certaines nuits, elle venait me saluer de sa main valide, un petit coucou pour ne pas oublier l'horreur…

J'ai allumé. L'univers s'était dégradé en miroir de son état : des dizaines de photos du génocide traînaient sur la table et au sol. Ça puait la sueur et les larmes. Dans l'évier, sa pauvre vaisselle trempait dans une eau fétide où flottaient quelques aliments non identifiés. Et, signe suprême de son effondrement mental, ses disques si précieux étaient dispersés un peu partout dans la pièce. Il s'était mortifié.

Pour éviter de piétiner une pochette de trente-trois tours, je l'ai ramassée. Celle d'un disque de François Rabbath jouant du saz. Après l'avoir posée sur la table, j'ai ouvert les volets : Khoupi a cligné des yeux devant la violence de la lumière. J'avais soulevé la stèle d'une tombe. Le mistral a balayé les miasmes de la pièce en trois coups de vent et entraîné dans les airs quelques photos. J'en ai rattrapé une au vol. Je n'aurais pas dû car elle m'a, aussitôt, brûlé les doigts, les yeux, noué la gorge comme un garrot franquiste :

Une femme debout, un foulard sur la tête, tel un squelette flottant dans son drap, un homme et trois enfants torse nu, accroupis, d'une maigreur terrifiante, un dernier, allongé dans un renoncement, tendaient leurs bras vers un homme, moustachu, souriant, costume et cravate sombres, chemise blanche, qui, main levée, leur offrait un aliment inaccessible, un lambeau de quelque chose, pendouillant au bout de ses doigts. Une portion de sadisme dont l'ingestion aurait différé, de quelques heures, l'issue fatale pour ces affamés.

Des morts-vivants dont se jouait ce Turc comme certains maîtres s'amusent à le faire avec leurs chiens, en feignant de lancer au loin l'objet convoité et en criant : “Allez, va chercher !”

Mierda ! J'allais chercher celui ou ceux qui avaient jugé sans valeur la vie d'une famille au point de l'éliminer sans remords. Oui, j'allais chercher, non pas en mémoire du génocide, mais pour lutter contre la barbarie d'où qu'elle vienne. Si la guerre offrait aux hommes un permis de tuer, la paix n'interdisait pas à certains de mener des guerres personnelles et impitoyables.

— On va les trouver, Tigran, on va les trouver… les juger et les condamner…

— La police française n'est pas le Mossad…

— Tu m'offres un café ?

— J'en ai plus.

— Je vais en acheter. Pendant ce temps, prends une douche et rase-toi, tu ressembles à Pierre Brasseur dans *Raspoutine**… Eva ne va pas aimer…

— Oh, celle-là ! Si tu savais comme je m'en tape… En plus elle est enceinte…

— De toi ?

— Non. Elle devait avorter ces jours-ci.

… Avec l'aide d'Irène, j'en étais sûr, à présent. J'ai fui l'atmosphère malsaine des lieux pour me mettre en quête d'une épicerie. J'y ai acheté non seulement du café mais aussi du corned-beef, des biscottes et du lait car je savais qu'il préférait le café crème. Je lui aurais bien offert un rouleau de panisses si j'avais su où le trouver dans les environs.

* Film de Georges Combret (1954).

A mon retour, les choses n'avaient pas beaucoup avancé : hormis la douche, il s'échinait à couper, avec de mauvais ciseaux, sa barbe épaisse. J'ai récuré la vaisselle, envahi par le souvenir de ma grand-mère perdant les pédales. Lorsque le café a fini de passer dans sa cafetière italienne, il avait terminé son combat contre l'envahissement pileux. Barbu, il avait un faciès inquiétant, glabre, il semblait désespéré. Il l'était à n'en pas douter.

Il a bu son café crème, sans conviction, le regard vide. Il n'avait même pas retrouvé l'appétit de ses ongles qui exhibaient une longueur inhabituelle pour un rongeur tel que lui. Il n'a touché ni aux biscottes ni au corned-beef.

Il n'avait eu faim de rien et sa mère avait soif de vengeance.

— Tu as des cigarettes ?

— Tu fumes, à présent ?

— Oui. Tu as vu ? Depuis, je ne me ronge plus les ongles.

Je lui ai tendu paquet et briquet. Il a tiré sur sa clope avec la maladresse d'un adolescent qui veut s'affranchir. Puis il a toussé à la première bouffée.

— Elles sont fortes, hein ? Tu fumes quelle marque ?

J'avais acheté une cartouche de Disque Bleu filtres.

— Allons faire un tour. J'ai entendu dire que des gardes rouges allaient défiler sur la place Jean-Jaurès.

— Hein ! Pourquoi ?

— Parce que *la Cina è vicina*, la Chine est proche si tu préfères.

— …
— C'est un film italien de Marco Bellochio.
— Tu fais chier avec ton cinéma !
— Ça me maintient en vie, pas comme les poètes qui te sapent le moral en moins de deux…
— Il fait froid ?
— Un peu. Dans ton cas, il vaut mieux te couvrir, ça va te lester.
— Ça t'a réussi, le coma !
— Il y a des expériences plus excitantes. Dans un premier temps, on se sent plutôt de dernière vieillesse, puis on découvre que c'est un échantillon de ce qui nous attend, si on vit assez longtemps. Une machine à voyager dans le futur, en quelque sorte.

Nous avons remonté la rue Terrusse jusqu'à la place Jean-Jaurès, désertée par les étals du marché l'occupant les mardis, jeudis et samedis. Soudain, Tigran a été saisi par un étrange malaise. Le visage trempé de sueur, suffoquant, il a fui la place, m'entraînant, d'une main tremblante, vers un petit bistrot de la rue Saint-Savournin. Les jambes flageolantes, il s'est réfugié au fond de la salle pendant que je commandais un cognac et un café.

— A trop rester cloîtré, tu ne tiens plus la route, mon gars…

Il a avalé d'un coup l'alcool, a frissonné et m'a jeté un regard de chien battu :

— C'est le contraire…

— Explique.
— C'est parce que je ne supporte pas l'extérieur que je ne sors plus…
— Depuis quand ?
— Depuis les obsèques. J'ai eu un malaise en sortant du cimetière. Je ne trouvais plus mon chemin au milieu des tombes. J'arrivais plus à respirer, à parler. Comme si je m'asphyxiais de l'intérieur… Tout le monde a mis ça sur le compte de l'émotion… Ça a recommencé le lendemain. Et le surlendemain…
— Tu as consulté un médecin ?
— Non. Je veux pas prendre des saloperies de pilules.
— S'enfermer dans le noir, c'est mieux ?
— Ça va passer. Une fois le deuil digéré…
— Apparemment, il te bouffe plus que tu ne le digères.

Je comprenais mieux, tout à coup, pourquoi, malgré sa mise à l'écart par Morand, il ne s'était pas acharné, à titre individuel, à démasquer les assassins de son frère. Il avait peur. Mais de quoi ? Pas d'un espace vaste et désert. De quelque chose qui relevait de l'intime, de l'ineffable.

J'avais, auparavant, croisé des individus phobiques, des claustros dans les ascenseurs ou dans les cellules de nos commissariats, des vertigineux sur les chemins des calanques, des fuyards à l'approche de pigeons, des laveurs de mains à répétition par trouille des microbes, des évanouis à la seule vue du sang, mais jamais des flippés du vide environnant.

Pourtant, la peur, je connaissais : comme un million de rapatriés et dix millions d'Algériens. Elle avait un nom, était identifiable. Elle s'appelait balle perdue, grenade quadrillée, bombe, mitraillette ou bazooka. Elle s'appelait attentat. Huit ans de guerre civile et de terrorisme, ça blindait contre la peur jusqu'à donner aux survivants un sentiment de toute-puissance. Ça n'arrivait qu'aux autres. Ça ne pouvait arriver qu'aux autres.

La nuit, c'était autre chose. La nuit, ça vous prenait par surprise et ça envahissait vos rêves pour les transformer en cauchemars sanglants, peuplés de cadavres, amis ou ennemis, parfois du sien, et ça réveillait en sursaut pour vérifier que tous les membres étaient intacts, tous les sens opérationnels, tout le sang dans les veines et les artères, le cœur toujours bruyant…

Je l'ai interrogé sur cette fameuse soirée où il devait rencontrer son frère. A la manière dont il débitait les informations, dont il revisitait pour la nième fois son cauchemar, sa tragédie, j'ai su qu'il ne me cachait rien.

— On n'a rien retrouvé dans l'appartement de ton frère qui aurait pu orienter les recherches ?

— Rien de remarquable.

— Et son agenda ?

— Je n'y ai pas eu accès. Selon sa secrétaire que j'ai appelée à titre personnel, il avait eu des entretiens sur place, puis il s'était rendu à un rendez-vous perso.

— Une idée ?

— Comme il avait une maîtresse, il lui arrivait de disparaître sans explication. Les trous dans son emploi du temps n'ont jamais surpris ses proches collaborateurs. S'il avait des renseignements à me fournir, il n'en a, sans doute, informé personne. L'enquête, qu'il a cru devoir mener pour moi, lui a été fatale…

— Pas de soupçon, côté épouse, pas d'embrouille ?

— C'était une conne totale… (Il a étouffé un sanglot.) Je suis dégueulasse de dire ça…

— Sa maîtresse ?

— Je ne la connais pas. Une ancienne secrétaire, je crois. Il en parlait comme d'un bon coup…

— Le père de sa femme ?

— Un promoteur cannois. Sans doute des magouilles mais rien ne justifierait les meurtres de sa fille et de ses petits-enfants.

— Ton frère connaissait le ou les assassins. Tu es d'accord ?

— Oui.

— Donc il faut chercher un moyen d'identifier les personnes qu'il a rencontrées, les jours ou les heures précédant sa disparition.

— Le service a épluché son emploi du temps et ses coups de fil.

— Et alors ?

— Morand n'a pas voulu me transmettre les infos et les copains ont respecté la consigne.

— Tiens ! Il a dû les menacer des pires sanctions…

— Ou vouloir m'empêcher de faire des conneries…

— Bien sûr… Bon, je vais t'accompagner chez toi et réfléchir à tout ça.

— Tu me tiendras au courant ?

— Sûr. Je suis en arrêt maladie, je n'ai pas à obéir aux consignes…

Nous sommes passés par la rue de l'Epée et la rue Tivoli pour éviter la place. Je lui ai promis de revenir dans la soirée. Paco et ses promesses…

*

Après avoir installé Eva chez moi pour qu'elle se remette de son avortement, je suis retournée à ma boutique. Aussitôt, j'y ai reçu un coup de fil étrange :

— Irène ? C'est José Gomez, le compagnon d'Ernestine. Elle a besoin… j'ai besoin que vous veniez rapidement…

— En fin de semaine, ça ira ?

— Non, ça n'ira pas. Ernestine est au bord du suicide…

— Ernestine ? Ce n'est pas son genre, un coup de fatigue peut-être…

— Non, beaucoup plus que ça... Vous comprendrez en la voyant. Elle n'est pas une petite nature, mais là, elle va très mal... Je fais appel à vous parce que je sais que vous avez souffert dans votre corps et que...

— Que lui est-il arrivé à la fin ?

— Elle... elle a été vitriolée...

— Mon Dieu, quelle horreur ! Par qui, pourquoi ?

— Venez ! Venez vite, s'il vous plaît.

J'ai griffonné un mot pour justifier la fermeture du magasin puis je l'ai déchiré. J'avais sous la main Eva qui pourrait livrer les commandes à mes clientes et jouer à la modiste en mon absence. Ça la distrairait tout en lui permettant de me rendre service. Ravie de changer de registre, elle a accepté avec joie. Je lui ai donné le numéro de téléphone d'Ernestine, au cas où elle aurait besoin de me joindre, et ai abandonné mes chapeaux.

En chemin, je me suis interrogée sur mon parcours professionnel. Peut-être avais-je une vocation d'assistante sociale ? Moi qui avais le goût de la légèreté, des situations futiles et du marivaudage, je courais d'hôpitaux en cimetières, de clinique en bar de nuit au secours de l'homme blessé, de la jeune fille séduite et abandonnée, et de l'ancienne prostituée, défigurée et suicidaire.

Par la faute de Paco et de son univers noir.

J'étais fatiguée de tout ça, de toutes ces horreurs et, simultanément, fière de ces appels à l'aide car ils me confortaient dans cette image de solidité que je revendiquais.

Pouvais-je encore entretenir cette illusion, alors qu'en moi je sentais l'épuisement monter ?

J'approchais de mes limites et je devais rester vigilante pour m'éviter un effondrement. Ne pas se laisser engloutir par les drames dont, contrairement à Paco, je n'avais pas la tentation.

L'appartement d'Ernestine était situé rue Francis-Davso, dans le quartier de l'Opéra, au-dessus de son bar-restaurant. José m'a ouvert, le visage, dur et fermé, orné d'un pansement sur la pommette droite tuméfiée.

— Entrez. Elle se repose dans la chambre. Elle ne veut voir personne…

— Ça n'est peut-être pas une bonne idée que je débarque…

— Je lui ai dit que vous arriviez.

— Que s'est-il passé ?

En fin de nuit, alors qu'elle congédiait gentiment le dernier client, deux types ont débarqué. Elle leur a signifié que le service était terminé, ils n'ont rien voulu entendre car ils n'étaient pas là pour consommer… Comme José était monté pour lire un peu avant qu'elle ne le rejoigne, elle a appuyé sur la sonnette connectée à l'appartement.

Frédo, le barman, habituellement présent jusqu'à la fermeture, s'était éclipsé quelques minutes plus tôt, prétextant un rendez-vous avec une copine.

Ernestine était donc seule.

Conscient qu'elle n'avait pas sonné l'alarme pour un ivrogne refusant de déguerpir, José avait enfilé un pantalon, en vitesse, pris son revolver et dévalé l'escalier…

Et puis il avait entendu un cri, son hurlement. Il avait foncé dans la salle, les oreilles vrillées par les sanglots de douleur et de désespoir d'Ernestine. Elle était agenouillée, masquée par la silhouette d'un type debout, de dos, prêt à lui balancer dans le ventre un coup de la pointe de sa chaussure vernie. Le pied n'avait jamais atteint sa cible. Trois balles dans le dos du bonhomme avaient arrêté le mouvement. Au moment où il s'était précipité pour aller au secours d'Ernestine, une enclume en forme de poing avait interrompu sa course. Partiellement assommé, mais ancien commando, il avait roulé sur lui-même et tiré, en aveugle. L'autre avait pris la fuite sans riposter.

Au début, il avait cru à une correction infligée par un malfrat : pas de sang, le visage semblait intact. A moitié. Lorsque le type lui avait jeté l'acide à la figure, elle avait tourné la tête par réflexe. Toute la moitié gauche du visage avait été dévorée par le vitriol, plus la paume et les doigts de la main gauche qu'elle avait naturellement portée à sa joue pour tenter d'ôter le liquide…

José lui avait prodigué les premiers soins. Une fois pansée, elle n'avait pas voulu se rendre à l'hôpital.

Il l'avait couchée. Depuis, elle ne faisait que pleurer et hurler qu'elle voulait mourir. Pour ne pas la quitter, il avait planqué le cadavre du vitrioleur dans la réserve et n'avait pas appelé les flics. Surréaliste !

— Sais-tu où est Paco ? J'ai besoin de ses conseils pour… la suite.

— Il devrait appeler chez moi, problème, je n'y suis pas.

C'est alors que Zorro est arrivé, a ôté son masque, retiré son chapeau : c'était mon Paco…

III

RÈGLEMENT DE COMPTES

Dimanche 18 février 1968

Après avoir quitté Khoupi, j'avais décidé de reprendre l'enquête par là où tout avait commencé : Saint-Jean-du-Désert. J'ai pris le tramway sur le boulevard Chave en direction de la Blancarde et je suis descendu à la hauteur de la rue Jean-Martin que j'ai empruntée, à pied, jusqu'à Saint-Jean.

Là, j'ai été pris d'une inspiration : je suis allé frapper à la porte de Chambon, le psychologue, afin qu'il m'éclairât sur les difficultés de Khoupi.

Il était là, toujours un livre à la main, cette fois-ci *Madame Edwarda*, de Georges Bataille.

— Tiens, un revenant ! De nouveau parmi les vivants ?

— Vous êtes au courant ?

— Comment ne pas l'être ! Vos copains nous ont embarqués aussi sec.

— Je ne savais pas.

— Normal, vous étiez dans les vapes. Entrez, je ne suis pas rancunier.

L'appartement n'était plus tout à fait le même. Lui non plus.

— Qu'est-ce qui a changé ici ?

— Des espaces se sont vidés : la bibliothèque, pas mal, la discothèque, un peu, la cuisine et le placard à vêtements, beaucoup, la chambre, à moitié.

— Votre femme est partie ?

— Ouais. Un enfant mort dans un ventre, ça fout en l'air un couple… Vous n'êtes pas venu pour tenter de nous réconcilier, je suppose. Quelle est la raison de votre visite, cette fois-ci ?… Vous pensez que c'est moi qui vous ai tiré dessus ?

— J'en doute, bien que mon tueur fût masqué. Plus grand, plus pro…

— Plus pro ? Parce que vous croyez que je suis un tueur amateur ?

— Non, un problème de syntaxe, désolé. Le coma, je suppose… Je suis venu officieusement pour… disons… une consultation.

— Je ne suis pas compétent en ce qui concerne les séquelles du coma.

— Non, moi, ça va. Que pouvez-vous me dire sur les phobies ?

— Oh là ! Vaste sujet. (Il s'est levé, a cherché dans les rayonnages de la bibliothèque, en a sorti plusieurs ouvrages.) Dans les *Cinq psychanalyses*, Freud décrit le cas du petit Hans, la phobie du cheval chez un enfant…

— Pour être plus précis, celle qui m'intéresse a des airs de famille avec *Vertigo* de…

— *Sueurs froides*, le Hitchcock où James Stewart se sent coupable de la mort d'un collègue et croit devenir fou en reconnaissant en Kim Novak le sosie d'une femme morte aussi par sa faute…

— Enfin, un interlocuteur qui me comprend quand je cite un film.

— Pourtant, le gros Alfred ne fait pas dans l'art et essai… Ainsi, vous avez des vertiges depuis que Sénigalia a été descendu…

— Pas du tout ! Je vous l'ai dit, il ne s'agit pas de moi mais de quelqu'un qui a peur d'être à l'extérieur…

— L'agoraphobie, donc. La plus répandue : peur des espaces publics, et, par extension, de parler en public, etc. En simplifiant, Freud a, tout d'abord, décrit la névrose d'angoisse. L'angoisse, peur sans objet apparent, est, selon lui, mise en œuvre par une culpabilité inavouable donc inconsciente pour le sujet. L'angoisse apparaît à l'improviste, à chaque fois que quelque chose, une pensée, une image, une association d'idées, vient réveiller cette culpabilité. Dans sa hiérarchie personnelle vient ensuite la névrose phobique : le sujet projette et fixe son angoisse sur un objet identifiable, animaux – araignée, serpent, loup, chien, etc. –, situations – pièce fermée, place publique, altitude, avion, etc. –, ce qui lui permet de continuer à vivre, en évitant l'objet phobogène. Enfin, il a souvent à sa portée un objet contraphobique, grigri, jouet, doudou pour les enfants, ou simplement la main d'un être fiable et rassurant…

Tigran, choqué par les meurtres, coupable, à ses yeux, de ne pas avoir su protéger son frère, serait donc terrifié à l'idée d'être incapable de répondre à l'injonction maternelle : "Venge-le !"

— Si le sujet, comme vous dites, a conscience de sa culpabilité, il ne devrait pas développer de phobie. Dans mon métier ou dans la vie, lorsque je me suis senti coupable de défaillance, j'ai eu quelques mauvaises nuits, des coups de blues, mais pas de phobie.

— A condition de ne pas se raconter d'histoires ! Une culpabilité consciente peut en masquer une autre, plus opaque. Faire écran, comme on dit.

— Hum ! Celle qui est planquée est-elle forcément plus forte ?

— Non ! C'est peut-être une faute réelle ou imaginaire commise pendant la petite enfance, qui vient résonner avec une situation actuelle. Un conflit intra-psychique non résolu est comme une braise, un souffle de mistral et ça devient l'incendie de sa forêt intime… On va s'en griller une sur le balcon ?

Décidément, il était persuadé que je parlais de moi. Je l'ai suivi pour qu'il renonçât définitivement à son hypothèse.

Accoudé à la balustrade, nous avons fumé, en silence, nos cigarettes.

— Alors, convaincu ?

— Ouais. Un collègue à vous ?

— Ouais… Qu'est-ce que je peux faire ?

— Vous, rien. Si, lui tenir la main pour sortir…

— Déjà fait. Sinon…

— Les anxiolytiques, type Valium, ou une thérapie pour mettre au jour la culpabilité enfouie…

— Il n'acceptera ni l'un, ni l'autre… Qu'est-ce qui peut arriver ?

— Dans le pire des cas, une pantophobie.

— C'est-à-dire ?

— Peur de tout. Une compilation de toutes les phobies.

— C'est gai ! Et en étant optimiste ?

— Qu'une situation plus forte, extrême, l'oblige à se confronter à l'objet phobogène.

— Comme dans *Vertigo* à la fin ? Malgré son angoisse, il grimpe dans le clocher et confond la coupable…

— Exact, un objet de substitution peut suffire à neutraliser l'angoisse.

— Pas simple et aléatoire…

— En effet. L'homme est un être complexe et ça peut durer des années avant de passer. Où se planque votre collègue, actuellement ?

— Rue Terrusse…

Il a éclaté de rire :

— R'utérus ? C'est une blague ! Il se cache dans le ventre de sa mère. Dans ce cas, elle seule pourra l'en sortir… ou la psychanalyse…

"Venge-le !" disait-elle. J'ai eu une pensée compassionnelle pour Khoupi, en laissant errer mon regard sur l'asphalte inégal en contrebas. La tache du sang de Vespucci était toujours visible sur le sol de la cour déserte.

— A présent, seriez-vous d'accord pour m'aider, moi ?

— Deux consultations pour le prix d'aucune, ça fait beaucoup !

— M'aider pour mon enquête. Comment expliquez-vous tous ces crimes ? Quel est leur point commun ? Y a-t-il un mobile inconscient à tout ça ?

— Vous me surestimez !

— Non. Je crois que vous en savez plus que vous ne le dites et Bidet vous trouve très intelligent.

— Oh, Bidet, c'est une queue au service d'une belle gueule ! Un compulsif, les femmes, le jeu, l'argent…

Il a réfléchi quelques instants.

Je voyais les rouages de sa machine à penser se mettre en branle : “Faire confiance à ce flic ? Au nom de quoi ? Je ne suis pas un indic. Les copains vont m'en vouloir, voire plus si inimitié… Ce mec est un malin qui me la joue «Aidez-moi, cher psychologue, s'il vous plaît…» pour mieux m'embobiner…”

— Alors ?

— Test psycho. Suivez-moi.

Nous sommes retournés à l'intérieur. Il a mis sur la platine de sa chaîne un disque. Du jazz. Un saxophoniste ténor. Une musique de *loco**.

— C'est quoi ?

— Du free-jazz… Albert Ayler, un musicien qui, à la manière de Coltrane, Pharoah Sanders ou Miles Davis, tente de libérer le jazz des contraintes du bebop et de ses grilles. Une musique révolutionnaire, la révolte des Blacks contre l'oppression musicale et

* En espagnol, “fou”.

sociale, une révolte violente. Ecoutez et dites-moi ce que ça vous évoque.

J'ai écouté. De ce qui semblait être une longue suite de notes hurlées par l'instrument à vent, s'est dégagée une mélodie, une mélodie connue…

— *La Marseillaise* ?

— Gagné ! Une *Marseillaise* subversive. Ça s'intitule *Spirit Rejoice*. C'est beau, non ?

— Hum… C'est un peu nouveau pour moi… Qu'est-ce que vous essayez de me dire avec ce morceau ? Qu'il est question de subversion ? Que les gauchistes sont responsables de ces tueries ?

— Pas du tout. Changez de point de vue, comme la souris dans l'histoire.

— Quelle histoire ?

— Une souris de labo discute avec une copine : "Tu sais quoi ? J'ai réussi à dresser un homme. – Comment ? demande l'autre. – Quand j'ai appuyé sur le bouton rouge, il m'a donné un morceau de fromage…"

J'ai souri, réfléchi rapidement et changé, comme il le demandait, de point de vue :

— Le pouvoir politique : une tentative de noyautage des mouvements gauchistes.

— C'est vous qui le dites !

— En quoi le pouvoir se sentirait-il menacé par un groupuscule d'étudiants en médecine qui baigne dans des projets fumeux ?

— Vous ne lisez pas les journaux ?

— Pas récemment, non. Je vous rappelle que j'étais hors la vie, il n'y a pas si longtemps…

— Eh bien, ça va péter, un de ces jours. Et l'Etat ou ses sbires envoient des pompiers qui arrosent le moindre feu de paille dans le cas où s'y cacherait la mèche des bâtons de dynamite.

— Vespucci et Sénigalia n'étaient pas étudiants.

— Justement ! Ils venaient d'ailleurs. Pourquoi ? Qui nous les a envoyés ?

— Vespucci, d'accord, mais Sénigalia ?

— Ah ! Sénigalia ! Le gentil, le serviable, le militant exemplaire ! Je l'aimais bien. Tout le monde l'aimait bien. En m'interrogeant, j'ai trouvé ça louche, ce garçon bien sous tous rapports. Sportif, travailleur, ni femme, ni tabac, ni alcool…

— Bon. OK. Et Eva Pelletier ?

— Un bon coup, jolie comme un cœur, fragile comme une porcelaine ébréchée, et suggestible… “Qui a deux pères perd ses repères…” A chaque fois qu'elle embarque pour Cythère, elle se retrouve dans une galère…

Il résumait assez bien ce que je pensais de la donzelle.

— Mais pas dangereuse, selon vous ?

— Si elle le devient, c'est à son insu… Ma femme a découvert que j'avais eu une aventure avec elle. Ça a été le prétexte pour me quitter…

— Comment l'a-t-elle apprise ?

— Par une camarade serviable qui m'a vu sortir de chez la Fourmi… En vérité, notre couple était déjà mort avec l'enfant. Eva n'a servi qu'à mettre au jour l'état des lieux…

— Hum ! J'avais raison. Vous êtes loin d'être stupide. Merci pour vos hypothèses. Je ne sais pas si elles sont bonnes, mais elles méritent qu'on s'y penche.

— Vous êtes un drôle de type. Il faut que je fasse gaffe, vous pourriez me rendre les flics sympathiques…

— Restez sur vos gardes, je suis une des exceptions qui confirment la règle…

Nous nous sommes séparés avec un sentiment de respect réciproque.

Ensuite je suis allé chez la furieuse Antillaise. Napo m'a ouvert !

— Que faites-vous là ? a été ma première question.

— C'est à moi de vous demander ça !

— Pourquoi ?

— Parce que je suis chez moi.

— Et la jeune Antillaise ?

— Ma compagne.

— Puis-je entrer ?

— Pourquoi ?

— C'est marrant, votre mimétisme, elle pose les mêmes questions.

— C'est bon, entrez.

Leur piaule était pour le moins exotique : des plantes vertes tropicales, un hamac tendu entre les murs du salon, un rocking-chair en rotin ; aux murs, toujours un Che affiché, mais aussi des photos grand format du port de Bastia, d'un volcan, de montagnes corses et un collage de Karl Marx au milieu des Marx Brothers !

Et, plus classiquement, des livres et des disques. Il travaillait ses cours, étalés sur une planche posée sur des tréteaux.

— Pourquoi a-t-on tué Sénigalia ?

— Je n'en sais rien.

— D'où venait-il ?

— De la région parisienne, je crois.

— Pourquoi est-il venu dans le coin ?

— Le soleil, la mer bleue, je suppose…

— Je ne suis pas votre ennemi. Je cherche ses assassins… Il était déjà trotskiste à Paris et, comme par hasard, il se retrouve dans une cité étudiante où les trotskistes ne manquent pas.

— Je ne fais pas partie de ce groupe. J'ai déjà expliqué tout ça à vos collègues. Ils m'ont cuisiné pendant des heures à cause du flingue…

— Pourquoi l'aviez-vous ?

— Au cas où un faf* aurait envie de me faire la peau…

— Pensez-vous que l'extrême droite est impliquée dans ces meurtres ?

— Peut-être. Mais pas l'extrême droite étudiante. Je connais tous les gars de Jeune Nation. Ils sont incapables de planifier des meurtres de sang-froid. Des fachos de bonne famille. De plus, pour exercer la médecine, il faut un casier vierge. Aucun ne prendrait le risque de planter ses études…

— Pourtant vous disiez… ?

* Militant d'extrême droite.

— Je pensais à un allumé en particulier, rien à voir avec votre affaire. Je lui ai cassé la mâchoire au cours d'un baston pendant les élections de la Corpo. Il avait bourré les urnes, je lui ai bourré la gueule… Depuis, il a quelques dents en moins contre moi…

— Alors qui ?

— La clique à Pasqua ou les gars d'Occident. Possible…

— Y a-t-il une taupe parmi vous ?

— Si je le savais, ce ne serait plus une taupe, mais un patient en chirurgie traumatique.

— Vous êtes plutôt violent comme garçon, non ?

— A mes moments.

J'ai quitté, perplexe, la cité et ai cherché une cabine téléphonique pour appeler Irène à sa boutique. Je suis tombé sur le cul ! Sur Eva qui m'a appris qu'Irène était partie précipitamment chez Ernestine. Quelque chose de grave s'était produit…

J'ai foncé à la Timone où j'ai chopé un taxi.

A l'expression des visages de José et d'Irène, j'ai cru qu'Ernestine était morte. Après avoir écouté le récit des événements, une fois de plus, la folie cinématographique s'est emparée de moi. José m'avait raconté l'épisode d'un Fritz Lang, *Règlement de comptes*, dans lequel Lee Marvin, à l'époque spécialisé dans les rôles de méchant, punissait, avec du vitriol, sa maîtresse, Linda Grahame, pour avoir aidé un flic, Glenn Ford, à démasquer les assassins de sa femme. Questions :

Est-ce que les truands s'inspiraient du cinoche ou l'inverse ?

Qui avait été balancé par Ernestine ?

Qu'allait-on faire du cadavre du truand ?

— Je vais essayer de convaincre Ernestine de me laisser entrer…, a dit Irène, d'une voix lasse.

Elle a chuchoté derrière le bois de la porte qui s'est ouverte sur un espace plongé dans l'obscurité d'où se détachait la silhouette voilée d'Ernestine.

Une moukère pathétique, contrainte de porter le voile, non par la volonté d'un mari et d'un islam tyranniques ou par conviction religieuse, mais pour échapper à l'horreur dans le regard de l'autre.

J'ai demandé à José :

— Je peux voir le corps du salopard ?

*

— Ernestine, ouvre-moi. Je suis la seule à pouvoir te comprendre et tu sais pourquoi…, lui avais-je murmuré, non sans douleur.

Elle s'est présentée à moi, telle une lépreuse réfugiée sous la blancheur immaculée d'un drap, refusant que je l'approche ou la serre dans mes bras. Elle s'est repliée dans le coin le plus sombre de la pièce, à l'opposé de la fenêtre, volets clos.

Je n'avais pas de mots. Seulement mal à mon membre fantôme. Comme au premier jour de mon amputation. Un terrible sentiment d'injustice. C'est moi que je voyais dans son regard, envahie par la détresse. Cette solitude dans le désespoir. Et je me suis mise à sangloter, d'un chagrin incoercible, celui de la petite fille blessée, alitée, qu'aucune mère n'avait consolée.

Alors qu'Ernestine souffrait dans son corps, j'ai pleuré sur le mien comme si l'on venait de m'apprendre que j'avais perdu ma jambe, à jamais.

Se sont succédé des larmes de rage, d'incrédulité, puis de résignation, me renvoyant aux pleurs qui avaient égrainé le catalogue de mes émotions dans les semaines suivant l'attentat. Et, paradoxe de la relation, Ernestine s'est approchée pour me serrer contre elle.

Elle a caressé mon dos et je me suis accrochée au sien, prête à m'effondrer.

A cet instant, nous étions sœurs. Des sœurs blessées aux endroits les plus précieux de notre beauté, les plus visibles : le visage et les jambes.

Moi aussi, j'aurais eu envie de mourir, si un salaud avait détruit mon visage…

Moi aussi, j'avais eu envie de disparaître…

Carbonisées par la fusion de nos douleurs, nous nous sommes affaissées sur le lit. Naturellement, sa joue droite s'est reposée sur mon épaule, ses doigts ont étreint les miens. Je me suis souvenue de la nuit où, à Bab-el-Oued, elle m'avait rejointe dans mon lit parce qu'elle avait eu peur du noir et de la mort. Une autre vie…

Sans mots, sans savoir comment, nous nous sommes endormies, fuyant, dans un sommeil poisseux, ce cauchemar partagé, habité d'un ogre avide du corps des femmes, digne de figurer dans un tableau de Jérôme Bosch…

*

Dans la cave du restaurant gisait le corps du salopard.

Au point où nous en étions, je n'ai pas pris les précautions d'usage, gants, médecin légiste, substitut du procureur et photographe. J'avais le meurtrier sous la main : José Gomez. Debout, derrière moi, glacé, glaçant. Les trois orifices dessinaient, sur le dos, un triangle impressionnant par leur proximité. Contre José, je n'aurais eu aucune chance de m'en tirer ailleurs que six pieds sous terre…

J'ai observé le cadavre : physique longiligne, costume sombre, visage massif, cheveux blancs en brosse, la soixantaine encore musclée… Son visage ne me disait rien… Mais ça me disait quelque chose… Quoi ?

Je l'ai fouillé : un trousseau de clés, un portefeuille, un soufflant, une arme américaine… Dans le portefeuille, permis de conduire et carte d'identité au nom de Michel Roberti, mille francs en billets de cent et… une carte du SAC !

— *Mierda !*

— C'est quoi ? a demandé José.

— Une mauvaise nouvelle, pour moi… Une piste, tout de même…

— De quelle nature ?

— Politique.

— Politique ? Ernestine n'en fait pas et elle s'en fiche comme de sa première passe…

— Je sais. Soit c'est un truand que je ne connais pas et qui trempe dans des histoires politiques en extra, soit… Ça y est ! Je me souviens !

— Tu le connais ?

— Non, mais un gosse que j'ai interrogé le connaît peut-être…

— Qu'est-ce qu'on fait pour… lui et pour moi ?

— Problème de déontologie, impossible de faire disparaître le corps, trop risqué…

— Alors tu vas me livrer aux flics et je vais me retrouver en taule, parce que la légitime défense, avec trois balles dans le dos, aucun juge ne la gobera. Dans ce cas, je suis désolé, mais je vais te fausser compagnie. Il faut que je retrouve le commanditaire de cette saloperie.

Je me suis retourné : il me braquait avec son flingue.

— Vous m'emmerdez avec votre goût pour la vengeance ! Si tu choisis cette option, tu ne me seras d'aucun secours et tu seras obligé de te terrer comme un rat… Il y a peut-être une autre solution…

— Laquelle ?

— Je témoigne que j'ai assisté à la scène, par hasard, et que c'était lui ou toi. Ça semble un peu gros, néanmoins Ernestine a été sauvagement agressée et il avait un flingue. On va le remonter, le disposer pour le mieux et laisser son arme bien en évidence, histoire de prouver qu'il était sur le point de s'en servir…

— Faux témoignage d'un flic, tu risques ta place…

— J'ai toujours rêvé de finir comme Marlowe.

— Qui est Marlowe ?

— Un détective privé.

— Merci pour ton aide…

— En toute sincérité, je fais ça plus pour Ernestine que pour toi… Bon, il faudra la convaincre de nous écouter et de répéter, mot pour mot, notre version des faits. Ensuite, elle doit bien avoir une petite idée des raisons qui ont poussé ce type à l'agresser : racket, règlement de comptes ou… autre chose…

Mon plan ne tiendrait pas la route aux yeux d'un Morand qui était loin d'être idiot. En particulier concernant le temps écoulé entre la mort du salopard et l'appel aux services de police. Je ne me donnais pas le choix. Ernestine méritait bien un parjure. Pauvre Ernestine ! Je ne savais pas, à cet instant, qu'elle avait été vitriolée en tentant de faire avancer mon enquête…

*

Lorsque j'ai ouvert les yeux, j'ai cru être dans un rêve.

Que faisais-je, allongée dans ce lit, dans cette chambre inconnue ? Privé de circulation sanguine par le poids de la tête d'Ernestine toujours endormie, mon bras gauche fourmillait. Je me suis dégagée, en douceur, de son étreinte pour rechercher, à tâtons, ma canne abandonnée au pied du lit. Une overdose de larmes m'avait donné la gueule de bois. Les sinus douloureux, je me suis mise en quête de la salle de bains dont j'ai découvert la porte au milieu du couloir.

J'ai allumé, avec fébrilité, les ampoules encadrant le miroir, impatiente de voir mon visage se refléter. Intact. Enfin, presque. Les yeux bouffis, les conjonctives rougies, des cernes, le teint livide, les lèvres sèches et gonflées, une tignasse en broussaille d'hystérique après une crise. Mais intact. Si Paco voyait son Irène dans cet état, fuirait-il ? Sans doute pas. Peut-être même trouverait-il émouvant mon visage défait ? Pas moi. Sans vraiment le décider, j'ai commencé à chantonner du Brassens :

Il est morne, il est taciturne,
Il préside aux choses du temps,
Il porte un joli nom Saturne,
Mais c'est un dieu fort inquiétant.

Puis, sans vergogne, j'ai fouillé dans les produits de beauté d'Ernestine pour réparer les dégâts de mes traits : ceux d'une rousse blafarde, trente-trois ans d'âge, à la fraîcheur approximative et au moral incertain. J'ai restauré ma façade avec acharnement. J'étais prête à tout pardonner à ce visage, la bouche trop gourmande, le teint trop pâle, les taches de rousseur, les rides, pourvu qu'on ne lui fît pas violence…

J'ai descendu, avec peine, l'escalier raide du restaurant et je me suis arrêtée à mi-chemin. L'envie de me pincer au spectacle que j'apercevais : Paco et José s'affairaient autour d'un cadavre dans une mise en scène macabre.

— Vous jouez à quoi ?

Ils ont levé les yeux vers moi, comme deux gosses pris en flagrant délit de profanation de sépulture :

— Au "crime était presque parfait"..., a répondu Paco avec agacement. Que devient Ernestine ?

— Elle dort, pour l'instant.

— Il va falloir la réveiller, on a besoin de lui parler...

— Fichez-lui la paix !

— Impossible, sinon on passe tous la nuit en cellule... Et peut-être plus.

— Pourquoi ?

— Parce qu'on maquille une scène de crime et qu'elle doit apprendre son rôle dans ce nouveau scénario.

— Je ne comprends rien !

— Je t'expliquerai plus tard.

— Dès que tu as un moment avant la fin de l'année... D'accord ?

— En contre-plongée, tu as la beauté de Gene Tierney dans *Shanghai Gesture*...

— Je m'en fiche !

Quel goujat ! J'étais furieuse de son indélicatesse à l'égard de José et d'Ernestine. Il n'y avait qu'un petit Espagnol de la Bassetta pour être aussi maladroit alors qu'une jolie femme avait été défigurée !

J'ai poursuivi ma descente en mettant en valeur ma claudication, histoire de lui rappeler qu'il aimait une handicapée et non une star de cinéma.

José a annoncé :

— Je monte pour expliquer à Ernestine...

— Essaie de savoir si elle a des infos sur son agresseur... C'est important, vital même..., a répondu Paco.

José m'a croisée d'un pas rapide et souple. Je l'imaginais assez bien en treillis, le visage barbouillé de suie, un couteau de commando entre les dents, en route pour égorger un ennemi... J'ai frissonné. Cet homme m'effrayait secrètement...

— Alors qu'en penses-tu ? C'est crédible ? a demandé mon flic chéri.

— Quoi ? Paco en homme attentif et amoureux ? Non.

— Arrête avec ça ! J'essaie de sauver la mise à José !

— Comment ?

Il m'a expliqué l'imposture. J'étais loin d'être convaincue par son stratagème. Après tout, c'était lui, le spécialiste.

— Et moi, dans tout ça ?

— Toi ? Tu es arrivée après la bataille. Tu ne sais rien. Une amie venue à la rescousse.

— C'est la vérité !

— Tout à fait. Oublie simplement tout le reste.

José est réapparu :

— C'est arrangé, elle est d'accord. Elle va mieux. Grâce à Irène...

— A-t-elle bien voulu te parler de son agresseur ?

— Oui… Pendant que tu étais dans le coma, elle a essayé de s'informer sur les motards qui t'ont flingué. Elle a laissé entendre à ses clients qu'elle était prête à y mettre le prix. Andolfi, un type qui tient une boîte de nuit près d'Aubagne, l'a rencardée sur deux anciens paras dont l'un semblait avoir été blessé récemment… Le salaud que j'ai flingué lui a dit juste avant de la vitrioler : "Voilà ce qui arrive aux femmes trop curieuses !" Par ailleurs, elle connaît de vue et de réputation son acolyte, celui qui m'a éclaté la tronche : y paraît que c'est un taré. Elle ne connaît que son surnom, on l'appelle le Turc…

— Le Turc ! *La puta su madre !* s'est exclamé Paco, effondré, une fois encore, par sa culpabilité… Bon. On avance, mais cette histoire risque de nous entraîner en *terra incognita*…

*

Après avoir passé le reste de la journée à convaincre mes collègues et surtout Morand, mon patron, de notre bonne foi, ce dernier avait intercédé auprès du juge pour laisser en liberté José Gomez. Sans vraiment croire à ma version.

Coup de chance, Gomez avait des états de service de soldat exemplaire et, surtout, n'avait pas de casier, le vitrioleur si. Roberti avait été mercenaire, mêlé à plusieurs tentatives de coups d'Etat en Afrique et à des trafics d'armes. Il avait, mystérieusement, bénéficié de non-lieux. Ça puait. Et Morand, touché comme moi par les ravages de l'acide sur Ernestine, savait que Gomez n'était pas le problème :

— On progresse dans un champ de mines, Paco ! Va te reposer et reviens demain, à la première heure !

— Plus de congé de maladie, alors ?

— Tu sembles plus en forme que moi. C'est quoi ton truc ?

— Je fume des maïs et… je rame.

— Et c'est ta belle maîtresse qui te tient le gouvernail ?

— Patron ! Vous devenez grivois avec vos subalternes !

— Comme disent les juges, retire mon commentaire du procès-verbal. Tu l'as dégotée où ?

— A Bab-el-Oued.

— Je comprends mieux pourquoi les pieds-noirs n'arrivent pas à tourner la page… Ce n'est pas le soleil qu'ils ont perdu, c'est Vénus.

Pendant que je reconduisais Irène à Aix dans sa Studebaker, j'ai posé ma main sur sa cuisse et senti la jarretelle. Mes doigts ont commencé à chercher sous la jupe la tiédeur de sa chair. Elle a retenu le mouvement de mon poignet :

— Je suis vraiment crevée, tu sais…

Décidément, j'étais le seul en forme de toute la bande !

Gomez m'avait promis de ne rien entreprendre sans mon accord et semblait plus préoccupé de border Ernestine que de courir l'ennemi ; Morand était épuisé ; Khoupi tournait maboul. Et Irène ne montrait aucun enthousiasme à chevaucher son étalon espagnol…

Découvrir Eva Pelletier chez Irène ne m'a pas plu.

Porte-jarretelles ou porte-malheur ? Telle était la question. Bien que mécréant, j'étais superstitieux.

Les Arabes brandissaient une main de Fatma pour lutter contre le mauvais œil.

Les juifs séfarades, aussi.

Les catholiques opposaient un crucifix à Lucifer, à l'appétit du vampire, aux sorcières.

Moi, en bon cinéphile, je l'ai imaginée en Barbara Steele, actrice de *Danse macabre**…

Elle, par contre, affichait une mine réjouie, alors qu'elle venait de subir un avortement ! Cette nana était increvable. Menue mais increvable !

En aparté, j'ai insisté, auprès d'Irène, pour la dégager de son territoire. Elle a accepté, à condition que je raccompagne sa petite protégée chez elle.

J'ai donc embarqué Eva et sa perruque à mes côtés, puis entrepris le retour dans un silence tendu. A 2 heures du matin, l'autoroute nord était déserte.

Je sentais son regard aimanté sur mon profil.

— Paul vous aime beaucoup…

J'ai failli nous envoyer dans le décor.

* Film d'horreur italien de A. Dawson (1963).

— Vous connaissez Paul Choukroun !?

— Oui, c'est un ami de fac, un vrai. J'ai fait la connaissance de sa mère aussi… Une gentille femme et excellente cuisinière. J'ai goûté à son babouche…

— Barbouche !

— Oui, enfin, j'ai du mal avec les noms des plats arabes…

— Des plats pieds-noirs, plus précisément juifs séfarades… Les juifs et les Kabyles étaient présents en Algérie bien avant les Arabes…

— Je sais, j'ai fait des études d'histoire, vous vous souvenez ? Pourquoi êtes-vous si agressif ?

Oui, pourquoi ?

Parce que j'aurais préféré être au pieu avec Irène plutôt qu'en bagnole avec elle ? Parce que je me sentais coupable de l'agression d'Ernestine et d'avoir abandonné Khoupi à ses peurs ?

Parce qu'Eva était sa maîtresse et qu'elle m'évoquait *All About Eve*, cette assistante de star qui s'empare peu à peu de sa place ?

Parce qu'elle avait le parcours d'une mante religieuse ?

— La fatigue, sans doute, excusez-moi…

— On le serait à moins ! Selon Paul et sa mère, vous êtes un type formidable.

— Et selon Irène ?

— Aussi, je suppose. Nous ne sommes pas assez proches pour qu'elle me fasse des confidences. Plus tard, peut-être…

Je me suis rembruni. Je n'aimais pas la tournure de ces échanges. Elle cherchait la complicité. En approchant d'Endoume, je me demandais si j'allais avoir l'énergie pour passer chez Khoupi, quand elle a proposé :

— Un dernier verre chez moi, avant de repartir pour de nouvelles aventures ?

Paco aurait dû refuser, sans hésiter, l'inspecteur principal Martinez était curieux de découvrir l'univers de cette petite, en rapport direct avec son enquête. Enfin, c'est le prétexte que j'ai accepté.

— Pourquoi pas ?

Elle habitait près du fort Saint-Nicolas, rue Candolle. Dans un petit immeuble ancien.

Je l'ai suivie dans l'escalier de bois étroit aux murs décrépis jusqu'au deuxième étage où elle a déverrouillé une porte, sans nom, d'un marron sale. Elle l'a poussée avec précaution, a allumé avant d'entrer, redoutant une présence hostile. Personne n'avait visité son appartement, en son absence.

— C'est parce que vous aviez la trouille que vous m'avez invité ?

— Oui, mais pas seulement…

A la façon d'un cow-boy, elle a jeté sa perruque sur une patère. Son studio, éclairé par une lampe sur pied dont l'abat-jour, fait main, tamisait l'ambiance, était joliment décoré : un kilim aux tons ocre et des coussins jaune pâle au sol, un vieux narguilé sur un guéridon de bois sculpté incrusté de nacre, un tissu bleu en batik, aux motifs abstraits, tendu sur le mur jouxtant son lit, un bureau constitué de tréteaux d'architecte et d'un tabouret, une bibliothèque croulant sous des ouvrages d'histoire, un électrophone

Radiola sur une table de nuit du début du siècle, sans porte, occupée non d'un pot de chambre en porcelaine blanche mais par des disques empilés.

Le studio raffiné d'une étudiante en histoire.

— Asseyez-vous sur un coussin ; chez moi, ni table ni chaises. Trop encombrants…

Je me suis posé en tailleur sur un des coussins pendant qu'elle cherchait, dans un placard de sa cuisinette, verres et bouteille :

— Je n'ai que du raki, j'espère que vous aimez ça. C'est mon…, c'est Agopian qui m'en offrait de temps à autre.

— Ça ira…

Elle a porté le tout sur un plateau de cuivre qu'elle a posé devant moi à la manière d'une servante orientale, puis s'est dirigée vers la table de nuit, a saisi un album, déposé le vinyle sur le tourne-disque, le diamant sur le sillon du trente-trois tours. Une mélodie inconnue, moderne, en anglais, a résonné.

— C'est quoi ?

— Ah ! Normal que vous ne connaissiez pas : *The Piper at the Gates of Dawn*, le premier disque d'un groupe qui s'appelle Pink Floyd. C'est encore un peu brouillon, mais je crois qu'il ira loin.

Elle m'a tendu la pochette représentant les membres du groupe, des jeunes gens chevelus aux vêtements colorés, aux silhouettes démultipliées par un effet kaléidoscope. Ensuite, elle a ouvert le tiroir de la table de nuit, dont elle a extrait une tabatière, et s'est assise, face à moi.

Elle m'a servi un triple raki et a sorti de la boîte une minuscule pipe en argent ciselé qu'elle a bourrée d'un peu de tabac et de miettes de haschich :

— Je ne tiens pas l'alcool et, pour être sincère, je n'aime pas le raki.

J'ai siroté le liquide incolore d'au moins quarante-cinq degrés tout en la regardant tirer sur sa pipe. Et c'était comme si j'assistais à une métamorphose : une étudiante un peu garçonne se muait en femme alanguie et lascive.

— Ça fait du bien après… après tout ça. L'odeur ne vous incommode pas ?

— Je suis votre invité et je fume des maïs. Je peux ?

— Faites comme chez vous… On pourrait se tutoyer, non ?

Je préférais le voussoiement, une manière de maintenir une distance, le *"Vade retro, Satanas !"* d'un mécréant. Elle a repris en soliloquant :

— Finalement non. Continuons ainsi, façon XVIIe siècle, carte du Tendre…

Elle a ricané en tirant une dernière fois sur sa pipe.

J'ai allumé une cigarette et l'ai observée avec plus d'attention.

L'œil vague, embué par le cannabis, elle souriait tout en expirant lentement. Elle a rejeté ses bras en arrière, posé ses paumes sur le kilim, redressé son buste à la façon d'une gymnaste s'apprêtant à effectuer une figure complexe et dangereuse.

Malgré l'inhalation de la drogue, elle s'est relevée sans maladresse et s'est mise à danser, yeux mi-clos, le sourire toujours aux lèvres, dodelinant de la tête. Une danse inconnue, composée de mouvements ondulants des bras tendus à l'horizontale, de rotation du bassin, inspirée d'une chorégraphie orientale ou asiatique, fascinante.

Mes yeux ont accompagné l'ondoiement de ses fesses rondes et fermes sous sa jupe courte, deviné les petits seins nus sous la fine tunique… Par instants, rythmées par les accélérations de la mélodie, ses mains couraient sur ses cuisses, son ventre, sa poitrine à la manière obscène d'une effeuilleuse de cabaret puis retournaient aussitôt à des mouvements lascifs plus subtils, aux caresses d'un partenaire imaginaire…

Nessim, lors de nos bavardages sur les femmes, m'avait expliqué pourquoi les Cubaines étaient d'une sensualité sans pareille : "Elles se déplacent avec les quatre signes cardinaux, mieux que le Christ qui n'en avait que trois…"

Choukroun tenait les mêmes propos en d'autres termes : "Toujours regarder une femme en mouvement. Si elle est coincée du *terma**, oublie, si elle se déhanche comme Samia Gamal**, aïe, aïe, aïe…"

Avant l'attentat, Irène se déplaçait tel un mannequin à l'allure sophistiquée, Eva, telle une femelle en rut…

Je n'étais pas insensible à ce spectacle, comme dirait la litote de service. Ma verge, non plus. J'étais

* En arabe, "cul".

** Chanteuse et danseuse de comédies musicales égyptiennes.

dans la peau de Dustin Hoffman face à Mrs Robinson, un lauréat.

Le temps de quitter des yeux la silhouette érogène à la recherche du cendrier pour écraser ma cigarette, Eva s'était débarrassée de ses vêtements. Nue et bottée, elle continuait sa danse nuptiale. Son pubis, habillé d'une pilosité naissante d'adolescente, s'offrait en toute impudeur au rythme de cette parade amoureuse. Elle s'est penchée, m'offrant ses seins, ses mains pour que je la rejoigne.

Paco a grondé : “Fais pas le con, Martinez !”

Elle a susurré : “Venez…”

Martinez a répondu : “C'est pour le boulot, Paco ! Montre-moi comment tu danses, je te dirai qui tu es…”

J'ai saisi mon verre de raki d'une main, de l'autre une des siennes et je me suis relevé. J'étais un piètre danseur et d'une génération où cet exercice se pratiquait en couples enlacés.

Elle ne s'est pas blottie contre ma poitrine, mais a poursuivi ses figures à quelques centimètres de moi, me frôlant, m'effleurant, du bout des doigts, glissant, genoux fléchis, à hauteur de mon érection toujours empêtrée sous mon pantalon, y frottant sa joue, remontant en pivotant pour m'offrir dos et croupe, s'arc-boutant pour caresser, de ses mains, mes lèvres, mes cheveux…

Choukroun s'est moqué : “Scapa*, fiston ! Celle-là, elle veut te niquer et pas qu'avec sa figue !”

Paco a renchérit : “Pense à Khoupi, à Irène…”

* En pataouète : “Fuis !”

Avant de se justifier, Martinez s'est adossé au mur, a bu une gorgée de raki, fermé les yeux pour réfléchir aux arguments de Paco, quand, par magie, son érection s'est retrouvée à l'air libre. L'instant suivant, enserré entre les cuisses d'Eva qui, sur la pointe des pieds, imprimait un va-et-vient à son bassin, son pénis glissait sur les lèvres humides de sa fente. Seuls les sexes se caressaient, seuls les pubis se côtoyaient, par intermittence, les restes de corps tenus à une distance infime, celle d'une langue qu'elle a finalement tirée pour lui lécher la bouche…

Le goût du cannabis m'a réveillé de ma torpeur. Le choc des cultures. Si son haleine avait été parfumée au sidi-brahim ou au champagne…

Je l'ai soulevée dans mes bras où elle s'est lovée, yeux fermés, bouche entrouverte, l'ébauche d'une satisfaction aux commissures des lèvres. Elle était légère comme quarante-cinq kilos de plumes. Je me suis dirigé vers le lit… que j'ai dépassé pour atteindre la petite porte de bois nègre qui abritait la salle d'eau.

Sans allumer, j'ai écarté, à tâtons, le rideau de douche, puis je me suis glissé, en douceur, dans le bac et j'ai tourné, à fond, le robinet d'eau froide.

Sur nous est tombé un jet glacé qui a ouvert, par surprise, les yeux d'une Eva suffocante, décrassant, du même coup, mes neurones des images hypnotiques :

— Qu'y avait-il dans l'enveloppe que vous dites avoir détruite sans l'ouvrir ?

— Salaud ! c'est pour ça que vous êtes monté !

— Parlez !

— Des noms, des noms et des adresses !

Elle s'est dégagée, furieuse, tremblante, des couteaux plein les yeux. *Psychose*, version scène de ménage !

— Quels noms ?

— Je n'en sais rien ! Je n'ai pas menti ! Pas voulu savoir… Trop peur de savoir… J'ai préféré la brûler… partez ! PARTEZ !

Je suis sorti de la douche, trempé, et j'ai rangé mon instrument dans son pantalon gorgé d'eau.

La musique s'est arrêtée, le charme rompu.

Pendant que je quittais le studio à pas trempés, le bruit de la douche résonnait toujours, mêlé à des sanglots de dépit et de rage.

Chez moi, après m'être déshabillé et séché, je me suis allongé sur le lit : face à moi, la pin-up d'Aslan semblait me bouder, de son dos et de sa croupe hostiles, à la façon d'Irène…

— Je ne t'ai pas trompée ! Disons que mon gland a flirté avec son ventre…

Trop tendu pour cohabiter avec ma solitude et ma culpabilité, j'ai décidé de nettoyer mes lèvres de la langue d'Eva, ma gorge du raki, mon esprit des pensées morbides que Paco assénait à Martinez.

Je me suis habillé de vêtements secs et la Studebaker m'a conduit jusqu'à l'Unic, rue Breteuil, seul bistrot de Marseille ouvert toute la nuit, cantine des journalistes, typographes et correcteurs du *Provençal*, de *La Marseillaise* et du *Méridional*, les trois journaux régionaux regroupés cours d'Estienne-d'Orves.

Nessim y "dînait", accompagné d'une jeune et jolie blonde. Lorsqu'il m'a vu au zinc, il a abandonné sa proie pour m'interpeller :

— Du nouveau ?

— Oui. Mais tu as mieux à faire. On parlera de ça demain.

— Demain, c'est aujourd'hui, il est 4 heures. Le mistral est tombé. Allons faire un peu de kayak ; à l'aube, c'est un vrai bonheur…

— Et la fille ?

— Quelle fille ? Gisèle ? Elle ne va pas disparaître ; elle est stagiaire au journal…

— Au diable les femmes ! Allons donc ramer…

*

Jalouse à en mourir. Dans les bras de François, je dansais avec une facilité déconcertante, malgré ma prothèse, quand j'ai vu mon Paco embrasser Ernestine avec une fougue que je ne lui connaissais plus. Une fougue amoureuse. J'ai cessé de danser alors qu'il enlaçait sa taille en lui murmurant des mots tendres. Puis il a écarté le drap blanc qui enveloppait le corps nu d'Ernestine, l'a soulevée par la croupe et l'a prise debout. Elle a joui longtemps, longtemps, pleurnichant presque de plaisir pendant que mon Paco finissait d'ahaner en se vidant dans son ventre.

Je ne me voyais pas, mais j'étais là, quelque part dans la salle du restaurant, assise. Je me raisonnais : "Il se sent tellement coupable qu'il fait mine de la trouver toujours désirable malgré son visage vitriolé... Peut-être même pense-t-il que je ne peux pas lui en vouloir ?..."

François me disait, d'un ton fataliste : "Ça fait partie du métier... Certains font le don de leur corps à la science, nous pour progresser dans une enquête."

Les corps se sont écartés, celui d'Ernestine s'est effondré au sol. Allongée sur le dos, elle a soulevé les jambes, les a écartées, de façon obscène ; Paco s'est agenouillé pour plonger sa main dans son vagin d'où il a extrait, en riant, un fœtus sanguinolent : "C'est une fille ! elle sera aussi belle que toi !"

J'ai crié : "Assez !"

Il s'est interrompu, s'est retourné, l'air haineux, et m'a jeté au visage le fœtus devenu un liquide acide. J'ai hurlé en me protégeant la face...

Allongée dans mon lit...

Et j'ai pleuré de soulagement. Que m'arrivait-il ? Jamais auparavant je n'avais eu de cauchemar de cette nature. Devenais-je jalouse et possessive, en vieillissant ? Etais-je épuisée au point de me sentir incapable d'entretenir une séduction à l'égard de mon vieil amant ?

Les paroles de Brel ont flirté avec mes lèvres, mais j'ai refusé de les articuler. J'ai eu envie d'appeler Paco pour lui demander pardon de ma froideur dans la voiture. J'y ai renoncé car l'aube pointait ; il devait dormir à poings fermés.

Peut-être rêvait-il qu'il me serrait dans ses bras sous le regard jaloux de la pin-up d'Aslan ?

Ce dimanche commençait mal.

Enfant, je me traînais, incapable de tirer profit de cette journée. En pension toute la semaine, je rentrais à Orléans et, le temps de m'installer dans ma chambre, j'avais à subir l'agressivité de ma mère, la soumission de mon père, la complicité de mes frère et sœur, le dîner hypocrite d'une famille unie et bien-pensante, la messe du dimanche matin à la cathédrale et le gigot haricots verts.

L'après-midi se passait à vouloir échapper à cette ambiance amidonnée et à redouter le retour à l'internat du lycée pour la semaine suivante.

L'habitude m'a fait haïr les dimanches. Celui-ci, j'allais essayer de l'aimer comme une journée passée à me dorer la peau sur le sable fin de Zéralda*.

* Belle plage dans la banlieue d'Alger.

IV

EN QUATRIÈME VITESSE

Jeudi 29 février 1968

Non sans mal, j'ai convaincu François de ne rien publier sur l'enquête dans les jours suivant notre balade en kayak.

Je lui avais, néanmoins, tout balancé, hormis mon absence dans le restaurant d'Ernestine au cours du règlement de comptes et ma partie de touche-pipi avec Eva Pelletier.

En contrepartie, il avait exigé de m'accompagner dans mes investigations. Condition impossible à respecter en service. La seule alternative : continuer officiellement à jouir de mon arrêt maladie.

— Je ne me sens pas capable de reprendre le boulot, avais-je annoncé à Morand d'une voix lasse de mauvais comédien.

— Tu te fous de moi ! On a besoin de toi, ici et tout de suite !

— Désolé, patron, encore besoin de huit jours pour me retaper…

— Des blagues ! Qu'est-ce que tu me caches ? Tu as dans l'idée de jouer au justicier pour venger ta copine Ernestine ?

— Patron ! Vous me connaissez mal ! Je n'aime pas les plats froids, alors la vengeance… Pftt ! Non, envie de m'occuper de ma belle ; elle a beaucoup donné pour moi ces derniers temps et il faut savoir rembourser ses dettes…

— Je ne crois pas un instant à ton baratin ! Si j'apprends que tu as fait le couillon, je te sacque !

— Entendu. Où en êtes-vous ?

— C'est pas ton problème, tu es en congé. Allez, tire-toi ! a-t-il conclu avec agressivité.

Je n'ai pas insisté, doutant que se priver des informations du service fût l'option la plus efficace. Empêtré dans mes conflits intérieurs, j'avais la conviction de déconner. Il eût été préférable de reprendre mon job aux côtés du patron et de bénéficier de la logistique de l'Evêché plutôt que de m'associer à un journaliste.

De plus, je me sentais responsable de ce qui était arrivé à Ernestine et voulais éviter que son jules, aspiré par la vengeance, ne partît en vrille comme Glenn Ford.

J'avais mis Irène en avant, sachant pertinemment que j'allais être peu disponible… Quant à Khoupi, je le laissais croupir dans sa tanière envahie de fantômes… Telles étaient mes réflexions en sortant du bureau du patron.

A cet instant, je ne savais pas que je ne reverrais plus Morand.

François m'attendait au bar des Treize-Coins, un bistrot à l'écart de l'Evêché où se côtoyaient flicaille et truands du Panier.

J'ai commandé un café et l'ai rejoint à une table isolée.

— Sais-tu pourquoi les Treize-Coins ?

— Aucune idée, mais…

— C'était un restaurant suisse qui se nommait, jadis, le bar des Treize-Cantons. Sade et Casanova y sont passés.

— Tu es gentil de te préoccuper de ma culture générale, mais j'ai d'autres urgences…

— Ta conversation avec Morand s'est mal passée ?

— Prévisible et pénible.

— Ta mauvaise humeur te rend redoutable.

— On verra si, à l'usage, elle se révèle productive.

— J'en suis certain.

Nous avons retrouvé sa MG, garée derrière la mairie près de l'Hôtel-Dieu. Arrivés sur le quai du Port, nous avons vu Gaston Defferre, notre député-maire et propriétaire du *Provençal*, embarquer dans sa voiture.

— Attention ! M. X arrive, bloquez l'ascenseur, a ricané François.

— Pourquoi dis-tu ça ?

— Parce que, du bâtiment du *Provençal*, on le voit venir et, comme son bureau est au deuxième étage, le temps qu'il contourne le Vieux-Port, le concierge bloque l'ascenseur pour que M. X n'attende pas l'engin…

— Pourquoi appelles-tu Defferre M. X ?

— Tu as oublié ? En 1965, Defferre a voulu se présenter comme candidat socialiste aux présidentielles, contre de Gaulle. Pour entrer dans la course, il a utilisé un coup de pub. Tu sais, l'invité mystère. Donc, M. X était prêt à être candidat pour sauver la France. Il a fait appel au patron de *L'Express*, JJSS*, pour sa promo. Ce dernier a débarqué un beau jour, en tenue d'amiral, pantalon blanc, blazer bleu marine et deux crayons : un rouge et un bleu.

— Deux crayons ?

— Figure-toi que Defferre voulait rendre le journal plus attractif puisqu'il le mettait au service de sa candidature. Servan-Schreiber arrivait tous les matins à la rédaction et corrigeait la copie des journalistes : coup de crayon rouge sur tel article, mauvais élève, bleu sur tel autre, bon point. Avec lui, on retournait en primaire…

— Et ça a marché ?

— Tu parles ! Il a encouragé Defferre à lancer, par le biais du journal, une campagne de dératisation. On est passé de trois cent quatre-vingt mille exemplaires à trois cent cinquante mille. Puis la propreté de la voirie, trois cent vingt mille.

— Les gens n'aiment pas les mauvaises nouvelles… Comment s'est terminée l'histoire ?

* Initiales de Jean-Jacques Servan-Schreiber.

— Quand Defferre a constaté qu'il ne réunissait pas grand monde sur sa candidature, il a renoncé et c'est Mitterrand qui s'y est collé. Entre-temps, j'ai failli être viré…

— Pourquoi ?

— Defferre avait décidé d'annoncer son retrait de candidature à son retour de Paris. Il voulait que j'enregistre sa déclaration en direct à la descente de l'avion à Marignane. Ce qui signifiait tirer des câbles jusqu'à la piste, une vraie galère. On a fait ça en vitesse et, une fois tout installé, le patron a changé d'avis : tout réfléchi, il n'annoncerait sa décision que le lendemain. J'étais furax…

— La fureur n'a jamais été une cause de licenciement…

— L'histoire n'est pas terminée. Le lendemain, je suis convoqué pour l'enregistrer. Je refuse d'y aller. Le rédac-chef me supplie de le faire. Finalement, j'y vais avec mon Nagra. En manipulant les boutons d'enregistrement, ça résiste, je force – tous ceux qui ont un Nagra connaissent ce problème – et ça démarre. Quand il écoute sa déclaration, elle commence normalement – si on peut dire ça de Defferre qui mange les mots, une horreur ! – mais, soudain, sa voix devient celle d'un baryton déprimé ! Le bouton avait sauté, en cours d'enregistrement, sur vitesse lente… Il m'a jeté de son bureau, m'accusant de sabotage…

Il a terminé son récit en éclatant de rire. Pas moi. Ma grand-mère avait eu aussi un problème de bouton, celui de la gazinière, et elle y avait laissé la peau.

Je ne me suis pas mis à parler comme un baryton déprimé, mais à cogiter en petit-fils, camarade, amant écrasés par l'ampleur de la tâche qui m'attendait. A peine avais-je repris l'enquête qu'Ernestine avait dégusté et Eva, voulu me sauter…

En silence, j'ai répertorié les éléments à explorer sur mon carnet dans lequel j'avais inséré la photo de Michel Roberti, le salopard du SAC.

Le frère de Vespucci / Roberti
Le Turc / les Baumettes
Le tenancier de la discothèque / Ernestine / les deux paras
Sénigalia / trotskistes
Le fou crucifiant / rabbin / Agopian
L'emploi du temps de Pierre Khoupiguian ?
La fuite de Minier ?
Maître Bolard ?
Eva Pelletier ?
Cette dernière allait-elle rapporter nos prouesses à Irène et à Khoupi ?

— Tu prends des notes pour un roman ?

— Ouais, un roman policier d'une complexité à donner la migraine.

— Je dois avoir des aspirines dans la boîte à gants…

— Inutile. On va au Canet, mais je te conseille de rester dans la bagnole si tu ne tiens pas à retrouver un kart en place de ta MG.

Ainsi fut fait. Le père Vespucci était absent car, guéri de sa fracture, il avait repris le boulot.

Le petit frère, lui, continuait de hanter la cave avec son coéquipier en fumant des P4 et en écoutant du rock sur un transistor dernier cri, probablement tombé du camion.

Il a reconnu sans hésiter Roberti comme étant l'homme qui accompagnait son frère.

— Ouais, c'est lui, con ! Il a fait quoi ?

— Il est mort aussi…

Il n'a pu me donner aucun élément nouveau.

Un groupe d'enfants, revenant de l'école, cernait la MG avec des regards d'admiration pendant que François faisait vrombir le moteur.

Dès que je suis entré dans la bagnole, il a démarré en trombe pour épater les minots. Je me suis exclamé :

— Va va voum ! Tu as vu *En quatrième vitesse* ?

— C'est un film ?

— Ouais, de Robert Aldrich.

— Un polar ?

— Ouais, où il est question de bolides et de femme disparue.

— Ça finit bien, je suppose ?

— Par une bombe atomique…

— Tu es optimiste, comme gars.

— Tu connais la différence entre l'optimiste et le pessimiste selon Einstein ?

— Non, dis-moi.

— Le pessimiste annonce : “Ça ne peut pas être pire !”, l’optimiste : “Si, si !”
Il a appuyé sur le champignon en hurlant :
— Gare à vous, braves gens, ça va péter !

Après lui avoir rapporté les échanges avec le gamin, j’ai proposé une virée aux Baumettes pour nous informer sur le Turc.

*

Lorsque j’ai appelé Paco à son travail, on m’a passé son patron.

— Je croyais qu’il était en votre compagnie… Il m’a donc raconté des salades !

— De quelle nature ?

— Repos du guerrier, auprès de sa bien-aimée…

— Je vois.

— Si vous voyez, éclairez-moi parce que moi, je ne comprends rien à sa volte-face. Un jour, il est en pleine forme et super-motivé, un autre au bout du rouleau et, excusez-moi, plus préoccupé par la bagatelle que par le travail…

— Si ça peut vous rassurer, il n’est pas avec moi…

— Au contraire, ça m’inquiète. S’il déconne, ce coup-ci, je ne le couvrirai pas…

— Ce coup-ci ?

— Je ne suis pas un imbécile, madame ! J'ai compris sans peine que sa déposition concernant l'agression au restaurant était truquée. J'espérais qu'il me renverrait l'ascenseur ; au lieu de ça, il se taille par l'escalier de service. Ça n'est pas très loyal…

— Paco est tout sauf déloyal.

— Quand vous le croiserez, essayez de lui faire entendre raison. Dans la police, on n'aime pas les gars qui travaillent en solo. C'est souvent inefficace et dangereux. A croire qu'il n'a pas assez payé…

— D'accord avec vous. Son obstination n'a pas de limite. Depuis qu'il a survécu à ses blessures, il se croit invulnérable.

— Il ne l'est pas et l'affaire qui nous occupe semble pourrie…

En raccrochant le combiné, j'ai eu envie de pleurer.

Heureusement pour moi, une cliente est entrée, m'obligeant à un sourire de façade. Une dame qui allait marier sa chère enfant à un brillant ingénieur. En l'écoutant d'une oreille distraite me raconter la formidable histoire d'amour entre son futur gendre et sa fille, je me suis imaginée épousant un notable orléanais en la magnifique mairie de briques rouges aux abords de la cathédrale.

Un notaire, un avocat ou un industriel du cru, un négociant en vinaigres, par exemple. Au menu du banquet : dragées au poivre, en boissons, vinaigre blanc servi avec le foie gras, vinaigre rouge accompagnant la viande, vinaigre aux noix pour assaisonner la salade, et aux fruits en coulis sur le dessert. J'ai été prise d'un fou rire.

— Excusez mon hilarité, madame. On vient de me raconter une histoire et en y repensant…

— J'adore les histoires ! Racontez-moi vite !

— Heu… Le meilleur ami de l'homme est le chien, et de la femme, l'homosexuel.

— Très juste, ils sont charmants et beaucoup plus proches de notre sensibilité que ces hommes qui nous sont, comme dirait Camus, si étrangers, hi, hi…

Mme Cilloni, comme toutes les bourgeoises aixoises, avait, sans doute, été élevée dans le même poulailler que les Orléanaises. Elle a caqueté pendant tous les essayages, commérages en tout genre, anecdotes insipides et chéquiers à disposition pour occuper ses loisirs en emplettes diverses. Province, quand tu nous tiens !

Néanmoins, elle m'avait permis d'oublier Paco et ses embrouilles. Quel salaud ! Laisser croire à son patron qu'il allait s'envoyer en l'air avec moi, alors qu'il avait été incapable de dépasser le flirt depuis sa sortie de l'hôpital !

Pas étonnant que je rêve de trahison. Sa compagne favorite s'appelait culpabilité et la cocotte qu'il entretenait avec soin et à laquelle il avait offert son corps, nuit et jour, la Mort. “Nécrophile coupable” devrait figurer sur ses cartes de visite.

Mme Choukroun a interrompu le cours de mes pensées agressives :

— Allô, Irène ? C'est Marthe. Tu vas bien, ma fille ?

— Couci-couça…

— Et Paco ? Impossible de le joindre. Il est tout le temps fourré chez toi, ma parole !

Et de deux. Je devenais sa standardiste, à présent !

— Eh non ! Il doit courir la gueuse…

— Paco, ça m'étonnerait ! Il a jamais été un coureur de jupon. Maurice, le pauvre, il me disait toujours : “Avec une *shaba** comme Irène, il regarde plus personne. Le borsalino sur la tête, c'est mieux que la bague au doigt…”

— Ces derniers temps, j'ai l'impression qu'il a envie d'être nu-tête…

— T'i es jalouse ? Qui c'est la *carba*** qui lui tourne autour ?

— Le boulot.

— Maurice, c'était pareil ! Je l'attendais tous les soirs au balcon de peur qu'il lui arrive quelque chose… J'avais raison… Le seul soir où… (Elle s'est mise à sangloter.)

— Calmez-vous… Vous remuez tout ça parce que c'est la période de l'anniversaire… Au moins, Paul ne sera pas flic…

— Justement. C'est pour ça que j'appelle, il m'inquiète. Vous voulez pas venir dîner à la maison ? Ça me ferait vraiment plaisir, mais j'arrive pas à joindre Paco.

— Moi, c'est possible. Quant à Paco, envoyez-lui un courrier, il ouvrira peut-être sa boîte aux lettres…

— Irène, *aziza*, tu files un mauvais coton.

— Faute de filer le parfait amour… Et vous chez Baze, ça se passe bien ?

* Une “jolie fille” en judéo-arabe.

** “Prostituée”.

— Tu sais, caissière dans un grand magasin, même s'il est sur la Canebière, on est considéré comme des esclaves. Ah, ils pouvaient me traiter d'exploiteur d'Arabes, moi qui a jamais eu une fatma* ! Tu te rends compte ! C'est l'hôpital qui se moque de la charité…

Heureusement qu'elle était là avec la musique de ses mots pour me replonger dans Bab-el-Oued et sa tchatche… Encore du Camus, mais, cette fois-ci, sa part populaire, la famille Hernandez. Bien plus chaleureuse et attachante que la famille Cilloni.

*

Le directeur des Baumettes n'a fait aucune difficulté pour nous recevoir. Jusqu'à ce que j'aborde le sujet qui fâche : le Turc. De son vrai nom André Dussour, né à Roubaix, catcheur à la retraite.

— Il n'est plus dans nos murs, remise de peine, a-t-il lâché sans me regarder.

— Qui l'a décidé ?

— Le… le juge.

— Avec un casier pareil ?

— Il n'a posé aucun problème pendant son incarcération…

— Puis-je interroger son compagnon de cellule ?

— Impossible ! a répondu le directeur, comme si je lui avais demandé de coucher avec sa femme.

* "Femme de ménage".

— Tiens, remise de peine aussi ?
— Non, non, Dussour était seul dans sa cellule.
— Le luxe ! Dans ce cas, puis-je voir votre registre des entrées, sorties et permissions exceptionnelles ?
— Impossible !
— C'est votre joker ? Plutôt pauvre ! Bien. Je vais déposer une requête auprès du procureur pour interroger les détenus, les gardiens et consulter les registres administratifs…

Le directeur est devenu aussi pâle qu'un taulard après quinze jours de cachot. Des gouttes de sueur se sont formées au-dessus de la lèvre supérieure et ses aisselles ont dessiné des auréoles sur le blanc de sa chemise.

— Je ne tiens pas à avoir des ennuis avec le parquet… Je n'ai fait qu'obéir aux ordres…
— Quels ordres et venant de qui ?
— Donner une permission de sortie pour un décès familial à Dussour et après vérification auprès de son avocat, maître Bolard.
— Quand a eu lieu cette permission ?
— Le 31 décembre et le 1er janvier jusqu'à 17 heures…
— Et la remise de peine ?
— Le juge Bréguet m'a recommandé de constituer un dossier favorable, m'expliquant que Dussour, sous des airs de brute épaisse, travaillait pour la France.
— Eh bien, vous voyez ! A l'impossible, nul n'est tenu. Nous ne vous ferons pas d'ennuis, si vous

avez la bienveillance de nous communiquer sa dernière adresse.

— Bien sûr, bien sûr. Merci de votre compréhension. Je ne suis qu'un exécutant, vous comprenez…

Les nazis disaient aussi cela. L'obéissance aveugle et sourde du fonctionnaire modèle.

A l'extérieur de l'enceinte, François a triomphé :

— Les enfoirés ! L'alibi parfait ! Ils font sortir le Turc, s'en servent pour les basses besognes et le remettent au trou le lendemain. Ni vu, ni connu. Quelques semaines plus tard, il est libéré pour bons et loyaux services.

— Tu avais raison. Le SAC est dans le coup… Ça sent mauvais. Je dois avertir l'Evêché. L'adresse est sans doute fictive mais on ne sait jamais. Problème : je ne peux pas appeler Morand sans dévoiler que j'enquête, à son insu.

— Je peux passer un coup de fil anonyme, si tu veux.

J'ai accepté.

Il a appelé le service d'une cabine, en s'amusant à imiter la voix et le débit verbal de Defferre, poussant le vice jusqu'à se présenter sous le nom de M. X…

J'ai conseillé à François de retrouver sa terrasse toute proche car ma visite suivante était d'ordre privé.

— Tu veux me tenir à distance ? Une femme ?

— Non, un médecin.

— OK, je te fais confiance.

Tu peux. Jusqu'à présent, j'ai tenu parole ; toi, continue à tenir ta langue…

— Juré.

Toujours se méfier des serments de journaliste…

A son arrivée d'Algérie en 1962, mon copain, le professeur George, médecin militaire, s'était vu confier un service de médecine tropicale à l'hôpital Michel-Lévy, tout près de chez moi. L'année suivante, son service avait déménagé à l'autre bout de Marseille, dans un nouvel hôpital militaire, boulevard Laveran, où il exerçait désormais ses talents.

Il m'avait donné rendez-vous en fin d'après-midi, après sa contre-visite.

— Salut, Lazare, s'est moqué George, bien dormi ?

— Pas mal. Un peu mou au réveil, mais bon. Ressusciter n'est pas une mince affaire.

— Avec tout ce plomb dans la peau, tu es passé près du saturnisme ! Qu'est-ce qui t'amène ?

— Un paquet de questions.

— Allons bon ! Quelle nouvelle pathologie as-tu encore dégotée ?

— L'agoraphobie.

— Fastoche ! Tu me déçois. Qui en souffre ?

— Un collègue. Il ne sort plus et, quand il essaie, il a des crises d'angoisse massives.

— Anxiolytique à fortes doses et thérapie.

— Rien d'autre ?

— Pour l'instant, on n'a que ça en magasin.

— Tant pis. Autre chose. Les effets du cannabis peuvent-ils rendre nymphomane ?

— Irène a besoin de stimulant ?

— Mais non ! Il ne s'agit pas d'Irène mais d'une suspecte !

— Jolie ?

— Plutôt, mais là n'est pas la question.

— La question serait : la nymphomane est-elle bavarde en cas d'infidélité ?

— Je ne mélange pas le travail et le plaisir, ai-je menti, sans vergogne. Je reformule la question : une jeune femme plutôt introvertie peut-elle, sous l'effet du cannabis, devenir une bête sexuelle ?

— C'est un bon coup, alors ?

— Arrête, merde ! Il s'agit de meurtres !

— Bon, bon, d'accord ! La réponse est oui et non…

— Super !!

— Attends ! Pour un ex-comateux, tu es une vraie boule de nerfs ! Oui, parce que le cannabitol peut avoir un effet désinhibiteur, non, parce qu'il a été utilisé au début du siècle par les neuropsychiatres pour son effet sédatif. D'autre part, la nymphomanie est une pathologie indépendante de la toxicologie. Elle est folle de son corps ?

— Pas vraiment. Elle se métamorphose quand elle fume.

— Systématiquement ?

— D'après ses différents partenaires, oui.

— Ça ressemble à un processus d'autosuggestion. J'ai connu la fille d'un prix Nobel de chimie, cocaïnomane. Après plusieurs mois de sevrage dans une clinique suisse, elle a débarqué dans une soirée mondaine où j'avais été invité. Un pervers de service a proposé de la coke. Elle n'a pas résisté à la tentation et s'est jetée sur le sachet de poudre. Deux minutes plus tard, elle était complètement défoncée. L'assistance s'en est prise au provocateur qui a juré avoir voulu faire une mauvaise farce : il avait pilé, disait-il, des comprimés d'aspirine. J'ai vérifié, il n'avait pas menti. Elle, par contre, était une vraie hystéro.

— Tu es sérieux ?

— Absolument, un autre cas, publié dans une revue très sérieuse, relate le décès d'un clochard, enfermé, par erreur, dans un wagon frigorifique. Il est mort de froid.

— Logique, non ?

— Hormis le fait que la réfrigération ne marchait pas… Gastaut, le doyen de la fac de médecine de Marseille, éminent neurologue, a testé des jeunes gens sous haschich et d'autres dans une discothèque sous kaléidoscope et sans boisson alcoolisée. Les tracés EEG* des seconds étaient plus perturbés que ceux des premiers.

— Donc ma suspecte fait du cinoche ?

— Pas forcément conscient. Tu as vu, comme moi, des individus sous l'emprise de l'alcool changer du tout au tout. Souviens-toi de notre copain de fac qui, après le verre de trop, nous déclarait, en larmes, que sa mère était morte alors qu'en réalité

* Electro-encéphalogramme.

elle était en parfaite santé. C'était récurrent à chaque biture… Quoi d'autre ?

— Un mec qui crucifie son monde.

— Ah, c'est mieux. Un Romain ou un juif ?

— Ni l'un, ni l'autre. Il a voulu crucifier un rabbin et a, peut-être, crucifié un serrurier arménien.

— Un catholique apostolique qui veut punir les représentants de religions déviantes… Il court toujours ?

— Non, il est interné chez les médicolégaux à l'hôpital de Montfavet.

— Donc, il est hors jeu. Où est le problème ?

— Je voudrais savoir s'il est vraiment coupable pour le serrurier. Peux-tu appeler le chef du service où il est interné pour avoir son avis ?

— Je peux le faire.

Il a décroché le téléphone et a demandé au standard de lui passer la communication.

Pendant qu'il poireautait, j'ai jeté un œil sur les quelques photos encadrées de bois exotique et accrochées sur les murs de son bureau : une femme africaine aux jambes de pachyderme ; un lépreux dont le visage partait en lambeaux ; un autre avec des plaques noires sur le buste. Et un dernier qui m'a arraché un cri de stupeur : un type nu, souriant à l'objectif, transportait, dans une brouette, ses énormes testicules !

— La vache ! Une sacrée paire de *cojones !* Il en fait quoi ?

— Pas grand-chose. Il les déplace comme il peut. Eléphantiasis : augmentation considérable du volume d'un membre ou d'une partie du corps, due à l'obstruction des vaisseaux lymphatiques par la filariose, maladie transmise par les moustiques.

— Et la femme ?

— Aussi. Pas le pied, hein ?

— Très drôle !

— Les plaques noires sur le corps ?

— Sarcome de Kaposi*. Un mystère, ce truc. Un cancer de la peau ne se développant que chez les habitants d'une vallée paumée au cœur de l'Afrique. D'où l'hypothèse virale de certains cancérologues… J'espère qu'ils se plantent parce que le jour où ils vont avoir les moyens de faire du tourisme, bonjour les dégâts…

— Un virus à l'origine du cancer !

— Du calme ! De ce cancer-là. Tu sais, le mot “cancer” fait peur, alors que c'est un terme générique englobant aussi bien les petites tumeurs malignes guérissables que les formes cataclysmiques mortelles à 100 %… Oui, je patiente, mademoiselle…

— Ça se soigne bien, la peau ?

— Tu t'interroges sur le sort des lépreux ?

— Non, sur un visage brûlé à l'acide.

— Ça relève des grands brûlés. Ils font des greffes qui prennent ou pas. C'est long et pénible… Il faut compter en années… Oui, allô ?

* A l'époque, les scientifiques ignoraient qu'il s'agissait de l'évolution cancéreuse du virus HIV.

Il a entamé une longue conversation technique dont émergeaient des termes tels que schizophrénie paranoïde, délire interprétatif mal organisé, hallucinations auditives, diffluence…

— Un vrai catalogue, ton bonhomme ! Sache tout de même que j'étais en doublon. Un certain commissaire Morand l'a déjà questionné sur le bonhomme.

— Et ?

— La réponse est non. Il était au trou dans la nuit du 31 décembre pour tapage nocturne sur la voie publique. Il délirait. Les flics ont cru à un état d'ivresse. Il a commencé son délire au moment de la guerre des Six Jours sur le thème "Les juifs ont échappé à l'Holocauste pour crucifier le prochain messie : lui, en l'occurrence". Et puis ça s'est développé : il voyait des juifs partout. Il se baladait avec une bombe de peinture jaune dans les rues de Marseille pour marquer les vêtements des passants de type sémite.

— Comme dans *M le Maudit*…

— Possible, c'est toi le cinéphile. Ensuite, il a tenté de rejoindre un groupe de néonazis. Ils l'ont molesté quand il a accusé leur chef de faire partie du complot juif mondial. Ça n'a pas arrangé sa psychose. Et puis l'agression du rabbin…

— L'origine du délire ?

— Il se dit fils de Dieu et nouveau messie.

— Comment a-t-il eu cette "révélation" ?

— Son père était le curé de sa paroisse et sa mère se prénommait Marie…

— *Léon Morin, prêtre**…
— Pardon ?
— Rien. Quoi d'autre ?
— C'est un soupeur.
— Un quoi ?
— Une perversion qui consiste à tremper du pain dans la pisse des vespasiennes et à le manger…
— Dégueulasse !
— Une forme alimentaire de l'ondinisme.
— Mais encore ?
— Aimer boire la pisse.
— Joli terme pour une dégustation peu ragoûtante.
— Dans son cas, il pensait tremper l'hostie dans le vin de messe. Un chabrot urinaire… Je règle quelques questions administratives et on dîne ensemble ?
— Non, merci. Tu m'as coupé l'appétit et j'ai encore beaucoup de boulot.
— La fumeuse de cannabis t'attend chez elle, en petite tenue ?
— Tu es lourd, parfois ! Je vais m'occuper de mon copain phobique.

J'avais présumé de mes forces car je me suis endormi dans le taxi, malgré la conduite sportive du chauffeur qui n'a cessé de se plaindre du bordel de la circulation dans cette ville en ponctuant chaque embardée de "Et mon vier !"

* *Léon Morin, prêtre* : film de Jean-Pierre Melville (1961) d'après le roman de Béatrix Beck.

Quand il m'a réveillé d'un "Gàrri, on y est, à la rue Terrusse", j'ai jugé plus sage de renoncer à ma visite chez mon coéquipier.

Mécaniquement, j'ai récupéré le courrier dans la boîte et je me suis écroulé sans le consulter.

Au matin, j'y ai découvert une invitation à dîner de Mme Choukroun.

*

Quelques jours plus tard, Paco m'a appelée pour savoir si je me rendais à l'invitation de Mme Choukroun.

— Oui.

— Tu passes me prendre ?

— Non.

— Ah ! Madame me tirerait-elle la gueule ?

— Oui.

— Si on essayait de jouer à "Ni oui, ni non" ?

— Non.

— Il vaut peut-être mieux annuler ?

— Non.

— Bon. A bientôt ?

— Oui.

J'étais furieuse parce que j'avais dû me caresser en attendant vainement le bon vouloir de monsieur. Comme une adolescente frustrée. S'il continuait de la sorte je prendrais un amant, à la manière d'une épouse insatisfaite. Il était humiliant d'en arriver là, par dépit. Naïve, j'avais cru qu'il aurait hâte de rattraper le temps perdu. Apparemment, son désir était resté dans le coma.

José aussi trépignait d'impatience. Il attendait que Paco le contacte pour partir en chasse à l'homme. Là aussi, Paco s'était défilé. Que faisait-il de son temps ?

V

ACCESSOIRES

Mercredi 6 mars 1968

Pendant huit jours, je n'avais pas cessé de courir en tous sens. En binôme avec trois coéquipiers : François Nessim, José Gomez et Tigran Khoupiguian.

M'étant décidé enfin à passer chez ce dernier, j'avais hésité à frapper à sa porte. Derrière le bois, Dylan chantait, s'arrêtait, reprenait son morceau au début, chantait, s'arrêtait à nouveau. Khoupi devenait dingue !

Effrayé, j'ai failli rebrousser chemin. Je n'étais pas psy et lui, pas ma grand-mère. J'avais assez donné côté garde-malade pour un résultat très discutable. Appeler un médecin, l'hôpital, les services sociaux ? Martinez a injurié Paco :

— On ne laisse pas tomber un pote dans les ennuis !

Paco a opiné, j'ai frappé.

Les volets toujours fermés, la pièce semblait beaucoup moins désordonnée. L'évier vide, les disques rangés. Seule la table était encombrée de feuilles manuscrites et de dictionnaires.

J'ai cru qu'il s'était mis à l'écriture de poèmes.

— On veut devenir le Lucrèce de la Plaine ?

— Non, c'est pour passer le temps… Ça m'occupe l'esprit… Tu as du nouveau ?

Apparemment, il ne m'en voulait pas. Etait-ce raisonnable de l'informer ? Ne risquait-il pas de s'en mêler ?

— Tu arrives à sortir ?

— Toujours pas.

— Désolé. Pour l'instant, juste une piste sur les assassins de Sénigalia, d'Agopian et sur les miens.

— Laquelle ?

— Deux équipes : un repris de justice pour Agopian, des anciens paras pour Sénigalia et moi.

— Qui est le commanditaire ?

— Peut-être le SAC.

— Le service d'ordre gaulliste ? Pourquoi ?

— Selon moi, Sénigalia a découvert quelque chose de compromettant sur le SAC, ensuite la théorie des dominos. Selon toi, ton frère était-il en cheville avec ces types ?

— Certainement pas ! Il envisageait d'entreprendre une carrière politique, chez les socialos… A moins qu'il n'ait identifié le propriétaire du coffre, ignorant qu'il était membre du SAC… Un type assez proche… Assez proche pour se pointer à son domicile et y être reçu sans invitation… Il faut reprendre la liste et recouper avec ses relations perso ou pro. Je m'habille et on y va.

— Dans ton état ? Comment pourras-tu ?

— Tu vas chercher ma 203 ; tu la conduis devant la porte de l'immeuble ; je m'y engouffre et je n'en sors plus.

— Quel intérêt ?

— Je suis angoissé mais pas idiot. A nous deux, on avancera plus vite.

— Deux flics hors cadre bossant au noir, les conditions idéales pour être virés de la sécu et du service.

— Je veux trouver les assassins de mon frère…

— Je comprends. A une condition : tu me promets de ne pas déconner…

— Tu me connais bien, je ne suis pas un tueur.

Je l'ai cru. A tort.

Pendant qu'il prenait une douche, j'ai jeté un œil sur l'une des feuilles couvertes de strophes :

Je ne peux obtenir aucune satisfaction
Je ne peux obtenir aucune satisfaction
'Cause que j'essaye et j'essaye et j'essaye et j'essaye
Je ne peux pas obtenir le non, je ne peux pas obtenir le non

Quand je conduis dans ma voiture
Et un homme vient sur la radio
Il me dit de plus en plus
Au sujet d'information inutile
Censé mettre le feu à mon imagination
Je ne peux pas obtenir le non, Oh aucun non de non
Hé hé hé, est-ce ce que je dis

Quand je regarde ma TV
Et un homme avance pour me dire
Comment le blanc de mes chemises peut être
Mais il ne peut pas être à cause d'un homme qui ne fume pas
Les mêmes cigarettes que moi
Je ne peux pas obtenir le non, Oh ! aucun non de non
Hé hé hé, est-ce ce que je dis

Quand je suis (en train ?) d'arrondir le monde
Et je suis (en train ?) de faire ceci et je signe cela
Et je suis (en train ?) pour (me ?) faire une certaine fille
Qui m'indique le bébé, (il vaudrait ?) mieux tu reviens la semaine prochaine
'Cause que vous voyez que je suis sur la (strie ? liste ?) perdante
Je ne peux pas obtenir le non, un non aucun non
Hé hé hé, est-ce ce que je dis

Je ne peux pas obtenir le non, je ne peux pas obtenir le non
Je ne peux obtenir aucune satisfaction
Aucune satisfaction, aucune satisfaction, aucune satisfaction…

Oh là là ! Mon camarade était mal barré.

Ça n'était ni du Lucrèce, ni du Rimbaud. Une bouillie, plutôt pauvre, farcie de néologismes et de fautes de syntaxe. Dans le genre écriture automatique, les surréalistes avaient produit bien mieux !

En me surprenant les feuillets à la main, Khoupi a ricané :

— Je sais. Ce n'est pas une très bonne traduction, mais je n'ai jamais été balèze en anglais…

— Une traduction de quoi ?

Il a jeté un œil sur le texte que j'avais en main :

— *I Can't Get No Satisfaction* des Stones. Quand tu as frappé à la porte, j'essayais de traduire *Mister Tambourine Man* de Dylan.

Soulagé, j'ai soupiré :

— J'ai cru que tu avais écrit ce poème…

— Et tu as pensé : "Khoupi devient cinglé !"

J'ai récupéré la bagnole et, comme il me l'avait demandé, klaxonné pour lui signaler ma présence.

Il est sorti de l'immeuble en coup de vent et s'est jeté dans la voiture comme s'il était poursuivi par toutes les angoisses du monde.

J'espérais qu'elles ne le rattraperaient pas, sinon notre virée allait devenir un enfer.

— Où va-t-on ?

— D'abord, rendre visite à ma mère…

J'ai débrayé, en songeant au jeu de mots de Chambon sur la rue Terrusse-r'utérus. Et si revoir sa mère était le choc suffisant pour évacuer sa phobie ? "Réduction simpliste d'un mécanisme psychologique bien plus complexe !" aurait ricané le psychologue.

J'étais contrarié d'avoir cédé à la demande de Khoupi. Je m'éparpillais en ne respectant pas l'ordre de mes recherches, organisé suivant la chronologie des meurtres. Les Khoupiguian étaient les dernières victimes en date. La théorie des dominos imposait une réaction en chaîne dont chaque maillon était lié au précédent et au suivant. Peut-être me trompais-je ? S'agissait-il d'une autre affaire ? Privée, publique ? Ou politique mais indépendante du SAC ?

Pour l'instant, la descente de mes collègues au domicile de l'ancien pensionnaire des Baumettes n'avait rien donné. Inconnu à cette adresse, le Turc s'était planqué, ailleurs. Surtout après la foirade de l'expédition au restaurant d'Ernestine. De plus, ses empreintes ne correspondaient pas à celles qui avaient été relevées chez Agopian…

Khoupi semblait calme à l'intérieur du véhicule. Calme et tendu.

Comme à l'habitude, la rue d'Aix qui grimpait au cœur du quartier arabe était embouteillée.

A l'indépendance de l'Algérie, il ne s'était pas vidé de ses habitants. Au contraire. Les Français d'Algérie avaient été rapatriés, pas les Arabes.

Sous le pouvoir de Boumédiène, officiellement non-aligné, le socialisme ne séduisait pas grand monde, hormis les cadres du régime qui savaient profiter des magouilles et autres corruptions. Je redoutais le pire pour ce pays, qui avait été le mien et que j'aimais toujours. Une décolonisation terminée dans un bain de sang, tous camps confondus, n'augurait pas une paix civile durable.

La règle des pays colonisateurs avait tracé, comme souvent, des frontières ignorant les ethnies. Kabyles, Mozabites, Touaregs, Arabes cohabitaient pour l'instant, comme les Serbes, Croates, Bosniaques, Monténégrins s'étaient pliés à l'autorité de Tito, leader des non-alignés.

Au Sud de l'Europe et au Nord de l'Afrique les dictatures avaient fleuri : Grèce, Yougoslavie, Albanie, Espagne, Portugal, Algérie, Maroc, Tunisie. A l'Est, rideau de fer et joug stalinien. Au Sud-Est asiatique, la guerre du Viêtnam. Au Moyen-Orient, un armistice entre Israël et les pays arabes, jusqu'au prochain conflit. Sans compter la bombe que les Chinois, après les Américains, les Russes et les Français, voulaient aussi fabriquer...

Le monde, en ces temps incertains, n'était pas beau à voir, pas bon à vivre... Mais l'avait-il jamais été ?...

La porte d'Aix franchie, Marseille devenait une gigantesque banlieue. Curieuse ville, au centre minuscule, dont la périphérie s'était développée de façon anarchique.

Saint-Mauront était un quartier populaire truffé de tours HLM, au milieu de pauvres maisonnettes. Beaucoup de rapatriés s'étaient retrouvés dans ces immeubles au loyer modeste.

L'épicerie des sœurs Khoupiguian était proprette et accueillante. La tante servait les quelques clientes ; la mère, elle, s'était réfugiée dans l'arrière-boutique.

Tout de noir vêtue, elle a échangé un baiser formel avec son fils, m'a serré mollement la main et, sans un mot, nous a préparé un café turc à l'aide d'une petite casserole oblongue. Comme si notre présence était évidente.

Le rituel s'est déroulé dans un silence épais entre mère et fils : eau avec sucre, ébullition, café moulu finement dans le récipient, liquide noirâtre saturé en marc versé dans de minuscules tasses à moka, dégustation. Ce mutisme me mettait mal à l'aise, le café aussi, trop fort pour moi.

Elle s'est assise face à nous, le visage dévoré par une douleur muette, a posé ses mains à plat sur la toile cirée qu'elle a caressée de gestes automatiques. Sur le buffet, une veilleuse brûlait, éclairant d'une lueur pâle une photo représentant Pierre, sa femme et ses deux enfants, tout sourire.

— Tu as trouvé ? a finalement articulé la mère.

— Pas encore.

— Il le faut. En mémoire de ton frère.

— Je vais mal, maman.

— C'est normal.

— Non. Je n'ai jamais été comme ça.

— Quand tu auras trouvé les assassins, tu iras mieux.

— Non ! Toi et papa, vous irez mieux ! Pas moi !

— Je n'irai jamais mieux.

— Tu es trop forte pour moi, maman. Ni le génocide, ni la mort de ton fils ne t'ont détruite.

— Je prie, j'ai toujours prié.

— C'est bien le problème ! Tu t'es toujours adressée à Dieu, rarement à moi.

— Tu es injuste.

— Pas toi qui as toujours préféré Pierre ?

— Le chagrin t'égare. Je vous aimais tous les deux.

— Pierre était ton préféré.

— Il était fort.

— Comme toi.

— Tu es cruel.

— Non, lucide.

Elle s'est levée pour débarrasser les tasses, une façon de nous signifier que l'entrevue était terminée. Dans ses habits noirs, elle m'évoquait la silhouette de ma grand-mère, mais pas sa tendresse.

Valait-il mieux avoir été trop aimé que pas assez ? Une mère dévorante ou sans appétit ?

Cette femme me glaçait et avait pétrifié le petit Tigran dans une rivalité avec son frère, officiellement éteinte par la disparition de ce dernier. Mais toujours active et destructrice…

Khoupi s'est levé à son tour et nous avons battu en retraite dans la 203.

— Comment était ta mère ? a demandé Khoupi, en allumant, d'un doigt tremblant, une Disque Bleu.

— Je ne m'en souviens pas. C'est ma grand-mère qui m'a élevé.

— Elle t'aimait ?

— Trop.

— Tu as eu de la chance.

— Une façon de voir. Ta mère t'aime aussi…

— Oui, mais si mal. Quoi qu'il arrive, les parents ne changent pas.

— Tu espérais les changer !? Tu parles comme un ado.

— Comment veux-tu que je grandisse avec une mère si… imposante !

— En trouvant une compagne à ta mesure.

— La Fourmi, par exemple !?

— Tu l'as revue ?

— Oui. Elle est réapparue, après son avortement. Une vraie femme au foyer. Elle a rempli mon frigo, cuisiné, m'a prêté disques et livres…

— C'est tout ?

— Oui, je n'ai plus de désir…

— Le deuil…

— Pas seulement. Elle a besoin de fumer du haschich pour baiser et je n'aime pas ça.

— Hum ! Ça la désinhibe, peut-être…

— Moi, ça me coince complètement…

J'ai démarré et demandé pour digresser :

— On va où ?

— Rendre visite à la maîtresse de mon frère à Cassis.

On n'est jamais arrivé à destination. La route de la Gineste lui a été fatale. L'étendue de la mer, les virages en bordure de précipice ? Il s'est mis à suffoquer, à trembler. Je l'ai reconduit chez lui, main droite dans la sienne, comme deux pédés amoureux. J'en avais mal aux phalanges à la fin du trajet. Il a disparu dans l'entrée de son immeuble. Ses angoisses l'avaient sauvagement rattrapé.

J'ai gardé la 203 pour empêcher Tigran de tenter une nouvelle sortie et filé chez Ernestine, histoire de vérifier que José Gomez ne pétait pas les plombs lui aussi.

Parfois j'avais des intuitions adaptées : ce qu'il restait du clan Guérini, toujours protecteur de son maigre territoire dont faisait partie le restaurant d'Ernestine, avait lancé un avis de recherche. Ils n'avaient pas localisé le Turc, mais un de leurs "correspondants" avait repéré les ex-parachutistes à Lauris dans le Sud du Lubéron. Ils s'étaient planqués dans un mas à la sortie de la ville, près de la maison de retraite. Par contre, ils ne voulaient pas se charger de régler ce compte. La dernière fois qu'ils l'avaient fait, nos services avaient décapité le clan.

José avait cherché à me joindre, en vain. Aussi avait-il décidé de se lancer seul dans l'aventure. Il était concentré comme un commando avant un coup de main ou un tueur à gages avant une exécution.

— Entendons-nous bien ! Si tu as l'intention de les descendre, c'est fini pour toi. Morand, ce coup-ci, ne te laissera pas filer.

— Je suis capable de neutraliser deux connards, sans accessoire. Juste avec ça…, a conclu José en exhibant ses mains.

— Tu vas les étrangler ou leur briser la nuque ?

— Inutile.

J'étais perplexe, mais je n'avais pas le choix. Il ne m'aurait pas laissé avertir le service et le temps que les collègues interviennent, il serait déjà loin.

Nous avons donc pris la route, chacun dans sa gamberge : lui, hanté par le visage d'Ernestine, moi, par les balles qui avaient failli me tuer.

*

— Irène ? C'est Ernestine. J'ai peur…
— Ils sont revenus ?
— Non, j'ai peur pour José et Paco.
— Qu'est-ce qui se passe ?
— Ils ont retrouvé les deux gars qui ont voulu buter Paco.
— Mon Dieu ! Qu'ont-ils l'intention de faire ?
— Ils sont partis dans le Lubéron pour les coincer.
— J'arrive.

J'ai raccroché en tremblant. L'imbécile ! Les imbéciles ! Marre des hommes et de leurs bêtises ! Marre de trembler pour un homme qui se préoccupe si peu de moi ! Marre de ce monde de machos ! Quelle vie !

Devant le restaurant, deux types aux mines patibulaires stationnaient. Ernestine m'a rassurée ; il s'agissait d'hommes du clan Guérini qui assuraient sa protection.

Nous n'étions pas belles à voir, elle, défigurée, moi, la jambe flageolante.

— Tu as du champagne ?

— Bien sûr. Pour fêter quoi ?

— La folie des hommes. Tu es partante ?

— Toi, alors ! OK.

Elle est remontée de la cave avec deux bouteilles de Dom Pérignon, millésimées.

— A nos amours ! elle a clamé en faisant sauter le bouchon.

— A nos salauds d'amants ! ai-je répondu en trinquant.

Nous avons terminé la première bouteille sans échanger un mot, assises sur le bord de son lit. Dans la pénombre de la chambre, je ne voyais que son profil intact. Elle était si jolie… comme disait la chanson d'Alain Barrière.

J'ai ouvert la seconde bouteille. En nous servant, j'ai partiellement raté les coupes. Pompette ! Nous nous sommes observées, comme dans un miroir : les yeux embués par l'ivresse, nous avons éclaté de rire. J'ai avalé le champagne d'une traite. Comme la pièce s'est mise à vaciller, je me suis laissée aller sur le dos et j'ai fermé les yeux. Mon corps s'était réchauffé, mon ventre détendu. Plus rien n'avait d'importance…

— Tu es belle…, a murmuré Ernestine.

— Tu es bien la seule à le remarquer…, ai-je répondu d'une voix pâteuse.

— Ah, les hommes ! Le mien va sans doute me quitter…

— Mais non ! – et j'ai ajouté, presque pour moi-même : Après tout, ils ne sont pas indispensables…

J'ai senti Ernestine, à son tour, s'affaisser à mes côtés, souffler près de mon cou, puis ses lèvres effleurer les miennes. J'ai gardé les yeux clos. Ses doigts ont commencé à défaire les boutons de mon corsage puis se sont glissés comme des anguilles de soie sous le soutien-gorge.

— Tu as une poitrine superbe. Mes seins sont si petits…

A petits coups de langue, elle a léché un de mes mamelons dont le bout a durci sous la caresse. J'ai gémi et senti mes joues rosir de honte mais aussi de plaisir. Le champagne, l'abstinence, l'inquiétude et la fragilité, additionnés, nous entraînaient vers l'absurde. Qu'avais-je besoin d'une étreinte homosexuelle ? J'ai tenté faiblement de résister.

— Chuuut ! Détends-toi. Nous ne faisons rien de mal, seulement un peu de bien.

J'ai gardé les yeux fermés telle une esclave sexuelle aux yeux bandés. Comme avec Paco, parfois, dans nos jeux érotiques. J'aurais souhaité qu'elle me lie les poignets aux barreaux du lit pour m'interdire de lui rendre des caresses que je me savais incapable de prodiguer.

Ses doigts ont frôlé mes genoux, l'intérieur de mes cuisses, ont relevé lentement ma jupe et ont avancé sous la dentelle de ma culotte. Ils ont joué avec ma pilosité, puis se sont immiscés dans ma fente. Ma liqueur s'est répandue sur sa main. Sa langue y a goûté, a lapé mon bouton avec une délicatesse inconnue des hommes. Puis elle s'est dégagée. Si j'avais été moins prude, je l'aurais encouragée à poursuivre l'exploration de mon ventre. Hélas, en cet instant, seul le membre de Paco aurait pu satisfaire mon attente… J'ai entendu Ernestine se lever, bouger, ouvrir un tiroir, le refermer… Peu après, j'ai cru rêver sous l'effet de l'alcool. Une verge se frayait, en douceur, un chemin entre mes cuisses et s'est enfoncée en moi. J'ai voulu me redresser pour me débarrasser de l'intrus.

— Ne crains rien ! Ce n'est qu'un gode. Un souvenir du Sphinx.

J'ai refermé les yeux, écarté les jambes pour mieux m'abandonner à l'accessoire. Un accessoire inconnu de moi, un amant imaginaire et délicat me pénétrait. Elle a continué de me couvrir de petits baisers, sur le ventre, les cuisses, les seins tout en accélérant les mouvements de son poignet. Les orgasmes se sont succédé, en vagues langoureuses. La jouissance était telle que, sans culpabilité, j'accompagnais de mouvements du bassin ceux de l'instrument, tout en appuyant sur mes paupières closes le dos de mes mains comme si je craignais d'être métamorphosée en statue de sel. Sodome et Gomorrhe, le reliquat puritain de mon éducation religieuse…

La respiration d'Ernestine s'est accélérée comme si elle jouissait aussi, me dévorant à présent la poitrine, puis elle a niché son visage meurtri entre mes seins et s'est mise à sangloter.

J'ai caressé ses cheveux avec tendresse, en chuchotant : "Merci..."

*

Dans une 404 break, "prêtée" par le clan Guérini, nous sommes arrivés à Lauris en fin d'après-midi. La ville, nichée sur un éperon rocheux dominant la Durance, semblait un havre de paix médiéval.

Nous avons stationné la voiture près de la mairie et erré dans les ruelles pavées de la petite cité déserte et paisible en attendant la nuit. Du haut des terrasses du château, le point de vue jusqu'aux Alpilles était superbe. Mais nous n'étions pas venus en touristes.

Près du centre, un ancien lavoir affichait sur son fronton une drôle d'annonce : "Il est interdit d'y faire et d'y déposer des ordures." Si José avait l'intention d'y balancer les cadavres des paras, nous aurions une amende... Son calme apparent ne m'inspirait aucune confiance. Je l'imaginais capable du pire. Au crépuscule, nous avons repris la bagnole.

A l'une des entrées de la ville, nous avons repéré la pancarte indiquant la maison de retraite. Il a effectué un premier passage pour nous permettre de repérer le mas. Une moto de grosse cylindrée stationnait devant la maison.

José a fait demi-tour et a annoncé : "Nous allons attendre l'obscurité."

Il a garé la voiture à l'abri d'un bosquet à deux cents mètres. De là, nous pouvions, incognito, surveiller le chemin au cas où la moto quitterait son repaire.

Comme j'étais nerveux, j'ai allumé une maïs et demandé :

— Comment comptes-tu procéder ?

— En douceur…

— Tu pourrais préciser ?

— J'ai appris à me déplacer sans bruit, et à neutraliser l'ennemi sans cri.

— Ils sont deux.

— Je sais. Il m'est arrivé de devoir me battre contre quatre hommes à la fois.

— Sans jamais être blessé ?

— Si, bien sûr. Les risques du métier. Mais, comme tu vois, je suis toujours en vie…

— Pourquoi as-tu quitté l'armée ?

— Une fracture du bassin à l'entraînement. On m'a collé à la formation des nouvelles recrues. Je suis un homme d'action, pas de transmission. Alors je me suis reconverti dans la cuisine. J'ai toujours adoré cuisiner…

Drôle de bonhomme ! J'avais l'estomac noué et les mains moites alors qu'il me décrivait, dans le détail, ses spécialités culinaires.

La nuit est tombée sans que la moto bougeât.

— Puis-je te demander un service ? a dit José.

— Je t'écoute.

— Acceptes-tu de me laisser agir seul ?

— Pas question !

— Ça sera plus efficace. La dernière fois que tu as croisé ces hommes, ça s'est mal terminé pour toi. Je ne voudrais pas annoncer ta mort à Irène. Contente-toi de me couvrir…

Mon visage s'est progressivement inondé de sueur, mon cœur s'est mis à battre plus vite. Comme si l'évocation de ma mort lui avait donné une réalité imminente. J'étais envahi par la peur, celle de venir tenter la Faucheuse sur son territoire. J'ai lâché un OK tremblé.

Nous sommes sortis de la voiture. Il a barbouillé mon visage de cirage noir, puis le sien. Ensuite, il a accroché à sa taille, avec un mousqueton, un rouleau de corde, glissé dans sa ceinture un flingue, enfilé un bonnet et chuchoté : "Je suis paré, on y va." On s'est mis en route.

Il se déplaçait comme un chat à travers les broussailles en contrebas du chemin. J'étais aussi bruyant qu'un éléphant. La trouille me serrait les tripes.

Parvenu à proximité du mas, sans un mot, il s'est jeté à terre et m'a fait signe de l'imiter.

Le rez-de-chaussée de la maison était éclairé par la lueur variable d'un téléviseur. Il m'a ordonné, par signe, de rester immobile puis a continué sa progression en rampant avec la rapidité d'un cobra royal. Il est passé à quelques mètres de la moto puis a disparu à l'arrière de la bâtisse.

J'ai sorti mon flingue dont j'ai serré la crosse à deux mains, balayant de façon compulsive l'entrée et la fenêtre du salon.

J'attendais un fracas, des bruits de lutte, un échange de coups de feu. Rien de tout cela ne s'est produit.

Rien sinon le bruit du vent dans les arbres, celui d'un klaxon au loin, du moteur pétaradant d'un camion sur la nationale. Rien.

Et si José avait été neutralisé sans bruit… Si les deux ex-parachutistes étaient aussi rompus au corps à corps, José ne reviendrait pas et j'allais devoir les affronter seul, à nouveau.

Dix minutes s'étaient écoulées depuis qu'il avait disparu. Quand la porte d'entrée s'est ouverte, j'ai braqué mon arme, le doigt crispé sur la détente. Un corps, inanimé, a été jeté sur le perron, mains et pieds liés. Un corps inconnu. Puis un second. José est apparu, un sac de sport en bandoulière, et m'a fait signe de le rejoindre.

— Te sens-tu assez costaud pour transporter un des deux jusqu'à la voiture ? a-t-il murmuré. Sinon, tu les surveilles et je ferai deux voyages.

— Je crois pouvoir…

Les hommes avaient été assommés, hypnotisés ou victimes de je ne sais quel tour de magie, mais ils étaient vivants. C'étaient donc eux, mes tueurs. Difficile pour moi de croire que ces types inoffensifs, assoupis dans l'herbe, aient tué froidement.

Malgré son petit gabarit, il a jeté le plus corpulent sur son épaule, comme s'il s'agissait d'un boa de plumes. Celui qu'il m'a laissé, sans doute surpris dans les toilettes, avait le sexe à l'air. Bien qu'il fût plus léger, il m'est tombé sur le dos comme une armoire bourrée d'enclumes. J'ai vacillé, souffle coupé, mais tenu bon par orgueil. José a trottiné entre les pins pendant que je me traînais lamentablement, loin derrière. J'ai dû renoncer assez rapidement et m'agenouiller pour me décharger des soixante kilos de bagages. Je me suis résigné à le traîner par le col de sa chemise. Avant que j'arrive à destination, José est revenu, a fléchi les genoux et l'a chargé, sans un mot, sur son épaule. Je me suis accroupi pour souffler quelques instants. Je me trouvais lamentable. J'ai enfin atteint le bosquet où était planquée la bagnole. Les corps des paras s'étaient volatilisés.

— Où sont-ils ?

— Dans le coffre, c'est plus discret. En route pour l'Evêché.

— Comment as-tu procédé ? Je n'ai rien entendu…

— Relativement facile, ils n'étaient pas ensemble. L'un buvait de la bière devant la télé et l'autre se branlait en regardant une revue de cul dans une chambre côté jardin…

— Bravo. Je préfère t'avoir avec moi que contre…

— C'est comme tout, un métier. Il serait plus sage que ce soit toi qui les livres…

— Je suis d'accord, même si personne ne croira que j'ai accompli, en solitaire, cette prouesse. De plus, je serais incapable de lier des mains et des pieds à ta façon. Qu'y a-t-il dans le sac que tu portais en sortant de la baraque ?

— J'ai aussi rapidement visité les lieux et récupéré leurs flingues…

— Parfait. Peut-être que la balistique…

— Identifier les armes, c'est bien, mais moi, ce qui m'intéresse…

— C'est le Turc, je sais. Et surtout le commanditaire.

— Affirmatif. Si tu me laissais m'en occuper dans ma cave…

— Je mènerai l'interrogatoire personnellement.

— J'espère ne pas le regretter…

— Nous n'avons pas les méthodes de l'armée, mais je saurai leur faire cracher le morceau…

Paco et ses promesses.

*

Ernestine et moi cuvions notre champagne et nous remettions de nos émotions érotiques, lorsque José est arrivé dans la chambre.

La gorge nouée, j'ai demandé :

— Où est Paco ?

— Ne t'inquiète pas, Irène ! Il est juste allé livrer un colis à l'Evêché. Bon, j'ai une petite faim. Je nous prépare un frichti ?

— Qu'avez-vous fait ?

— Des courses.

— On ne dit rien aux femmes, elles pourraient avoir des cauchemars !

— Calme-toi ! On n'a tué personne !

— Oh ! quelle bonne nouvelle ! Tu entends ça, Ernestine ? Ils sont partis en balade sans semer de cadavres en chemin et, de plus, ils reviennent indemnes ! Merveilleux, non ? Enfin, José revient… ! Paco a d'autres chattes à fouetter…

Je devenais vulgaire. "… A cause de tes mauvaises fréquentations", aurait dit ma mère.

José est descendu aux cuisines, sans autre commentaire.

L'instant d'après, je l'ai suivi, mais j'ai bifurqué vers la sortie du restaurant et quitté les lieux sans dire adieu.

Paco ne me retrouverait pas à son retour. S'il revenait. Peut-être était-il en train de me perdre, à moins que ce ne fût le contraire ?

Je suis arrivée chez moi, effondrée par les péripéties de la soirée. Je ne servais plus à rien.

Irène l'inutile. Irène la frustrée.

Abandonnée à ses fantasmes.

Abandonnée.

L'alcool, l'homosexualité, la solitude. Que lui restait-il à explorer ?

Le suicide ?

Non, la fuite n'était pas dans ma nature.

J'avais attendu d'être majeure pour quitter ma famille. Avoir le droit, sans autorisation parentale, sans fuguer.

Disparaître de la ville ou de la vie culpabiliserait Paco.

Il aimait trop ça pour que je lui en offre l'opportunité.

Il ne m'aimait pas assez pour songer un instant à me ménager.

Je l'avais trop habitué à ma solidité. Selon lui, il ne pouvait rien m'arriver. Il avait développé une sorte d'aveuglement à mon handicap depuis l'attentat, comme on effaçait un détail sur le dessin d'une silhouette.

Un détail ! Ma jambe perdue était devenue un détail !

La disparition de Paco depuis sa sortie de l'hôpital, un détail !

Les horreurs qui se multipliaient autour de lui, de nous, un détail !

J'ai débranché le téléphone, un détail !

Aux abonnées absentes, Irène ! Plus là, pour personne !

Se déshabiller, prendre une longue douche brûlante et se coucher sans plus penser à Paco.

Paco, un détail qui a occupé dix ans de ma vie et de mon corps !

S'il s'était présenté à mes yeux en cet instant, j'aurais volontiers brisé ma canne sur son dos… C'eût été lui donner trop d'importance alors que ma canne, elle, était un accessoire indispensable…

J'ai allumé la radio posée sur ma table de chevet et tourné le bouton, cherchant quelque chose ou quelqu'un sur la même longueur d'onde que moi.

La voix envoûtante de Jean Négroni racontait, sur France-Culture, une histoire, celle d'un livre, tel un père berçant son enfant en jouant de ses cordes vocales.

Installée en position fœtale, j'ai écouté la musique de ses mots me rassurer dans le noir du sommeil.

*

Dès l'instant où j'ai quitté José, tout est allé de travers.

Morand n'était pas dans les locaux. Rien d'anormal, il était 22 heures.

Plus grave, il ne serait pas là le lendemain, ni les jours suivants. A cause d'un article de François Nessim, paru dans *Le Soir*, qui balançait toute l'affaire !

> Un petit voyou défenestré, deux braves serruriers assassinés, une famille de notables massacrée, des truands qui entrent et sortent des Baumettes comme à l'hôtel.
>
> Pourquoi ? Parce que le pouvoir gaulliste, *via* son officine, le SAC – un service d'action qui n'a plus rien de civique –, ne recule devant rien. Nous savions déjà que les gros bras du SAC pouvaient semer la terreur dans les réunions politiques à coups de manche de pioche ou de pistolet, mais il semblerait qu'ils aient franchi une étape supplémentaire, sûrs de leur impunité… Soit Foccart ne tient plus ses hommes qui, lui échappant, agissent en fonction d'intérêts locaux, soit ils obéissent aux ordres et nous sommes alors en présence d'un Etat voyou, utilisant les mêmes méthodes que la pègre. D'ailleurs, ces derniers temps, plusieurs chefs de clan du milieu marseillais et niçois lui ont offert leurs gracieux services. Nul doute qu'on saura leur renvoyer l'ascenseur… Que fait la police ? me direz-vous. Ce qu'elle peut mais pas toujours ce qu'elle veut…

Après avoir lu sa prose, j'étais fou de rage contre François.

Et si je n'étais pas planté avec mes deux lascars ligotés, je serais bien allé lui casser la gueule. Il fallait qu'on parle. J'ai appelé chez lui, pas de réponse. A son journal, le rédacteur en chef m'a informé qu'il était parti en reportage à l'étranger. Le salaud avait choisi la fuite pour éviter de se justifier de sa déloyauté. Il s'était bien foutu de ma gueule !

L'UNR, parti au pouvoir, mis en cause par le biais de son officine, le SAC, le ministre de l'Intérieur avait convoqué Morand à Paris, dans l'heure suivant la parution de l'article.

Avant de quitter Marseille pour la capitale, il avait annoncé à l'équipe qu'il allait sauter.

Les fusibles, en forme de divisionnaires, sautent pendant que les truands courent. A chacun sa discipline. La piste politique se confirmait.

Comme Morand, j'allais être viré puisque j'avais interpellé deux suspects sans respecter, en aucune façon, les règles de la profession. J'avais employé des méthodes éprouvées par les barbouzes ou leurs complices, dans les enlèvements de Ben Bella, du colonel Argoud et de Ben Barka. N'étant membre ni du SDECE, ni de la DST, ni du SAC, ni de l'UNR, personne ne me sauverait la mise.

Heureusement pour moi, mes collègues, aussi perturbés que des footballeurs dont on venait de licencier l'entraîneur, se sont montrés solidaires.

A trois équipes de deux, nous nous sommes relayés pour l'interrogatoire qui a vite tourné au monde aquatique : les deux ex-paras n'ont pas desserré les dents. Pas un mot, pas une syllabe. Même pas daigné donner leur identité.

La balistique, elle, a parlé, confirmant que les armes et le silencieux du sac de sport, embarqués par José, avaient servi à abattre Sénigalia et moi-même. Les deux paras n'ont pas nié en être les propriétaires puisqu'ils ont continué à se taire. Ils se comportaient comme des prisonniers viêt-công. Je les ai obligés à se mettre torse nu. L'un d'eux avait une cicatrice de balle à l'épaule, confirmant leur implication dans la tuerie.

Ils ont été déférés au parquet après quarante-huit heures de garde à vue plus harassantes pour nous que pour eux. Sans l'ombre d'une confession.

José aurait obtenu des aveux, sans difficulté, en utilisant la torture ou autre tour de magie. Peut-être même les noms des commanditaires.

A l'Evêché nous ne pratiquions ni la gégène, ni la baignoire, mais le harcèlement, les questions en boucle, la psychologie de bazar et, parfois, quelques baffes. L'arsenal du parfait comique pour un public militaire…

Epuisé par tout ce cirque, j'ai eu besoin de solitude, d'air, des bruits de la vie, du bleu du ciel, et, au final, de l'obscurité d'une salle. Je me suis donc offert, en milieu d'après-midi, une séance au Festival

Vieux-Port, un cinéma d'art et essai dont le patron était d'un enthousiasme communicatif. Il y passait *Le Bal des vampires* de Roman Polanski. J'avais aimé ses premiers films, *Le Couteau dans l'eau*, *Répulsion* et *Cul-de-sac*, empreints d'une grande noirceur. Malgré mon peu d'intérêt pour une comédie fantastique assez inégale, j'ai pris plaisir à suivre une histoire légère et si loin de mes préoccupations. De plus, Sharon Tate était craquante…

Une fois de plus, le cinéma avait rempli une de ses fonctions, me nettoyer la tête.

Je n'avais envie ni d'une discussion avec Irène, ni de donner un compte rendu minable à José, ni de tenir la main de Khoupi.

Une seule obsession : comprendre le mécanisme de cette histoire pour confondre les assassins.

Certains plantaient des pieux de bois dans le cœur des nuisibles pour les neutraliser à jamais, moi, j'avais encore la faiblesse de croire que la justice ferait son travail, si je faisais bien le mien.

Chimère, quand tu nous tiens…

VI
CUISINE ET DÉPENDANCE

Samedi 16 mars 1968

J'ai choisi un bibi noir, agrémenté d'une voilette piquetée. Je l'ai posé délicatement sur le chignon strict confectionné, non sans mal, contre l'avis de ma crinière rousse qui a finalement cédé sous l'assaut répété d'une multitude d'épingles.

J'avais opté pour un maquillage sobre : un peu de fard à paupières, un rouge à lèvres discret, une absence de fond de teint afin de mettre en valeur la pâleur de mon visage, paré d'une perle à chaque lobe d'oreille.

J'avais enfilé des sous-vêtements de dentelle noire, des bas noirs et un tailleur Chanel sombre, composé d'une veste cintrée à deux boutons, ornée d'une broche à trois perles, et d'une jupe courte.

Chaussée de bottes noires à talons qui masquaient ma prothèse, je me suis levée en m'aidant de ma canne en ébène à pommeau d'argent.

Dans la psyché, une jeune et jolie veuve m'examinait d'un œil satisfait. Le chignon et la voilette donnaient à ma silhouette une solennité inhabituelle, le tailleur, plutôt moulant, à mes formes généreuses, une sévérité ambiguë.

Quand il arriverait chez Mme Choukroun, s'il arrivait, Paco n'en croirait pas ses yeux. Son Irène, dont il vantait la sensualité, se montrerait d'une froideur inconnue de lui. J'avais l'habit, nul doute que je saurais me comporter sinon en moine, du moins en nonne.

J'ai sorti du réfrigérateur une bouteille de champagne et je suis sortie de chez moi.

En passant devant la vitrine de ma boutique, j'ai jeté un dernier regard sur mon image d'une élégance glacée. Parfaite.

Alors que je me dirigeais vers ma Studebaker, un klaxon sourd a résonné deux fois. Sans doute un homme en mal de compagnie. J'ai continué mon chemin, sans me retourner. Une porte de voiture a claqué, des bruits de pas masculins et rapides m'ont suivie. Je préparais déjà la réplique cinglante que j'allais asséner à l'importun, quand une voix rauque a chuchoté dans mon dos : "Vous avez l'allure d'une nonne lubrique, madame..."

J'ai fait volte-face :

— Vous, celle d'un... Paco ?

— Non, hélas ! Seulement son jumeau. Il m'a envoyé pour que j'intercède en sa faveur... Tout bien réfléchi, tant pis pour lui. Si vous le voulez bien, je m'offre en chevalier servant de remplacement...

— Je ne suis pas sûre de gagner au change...

— Détrompez-vous ! Contrairement à lui, je n'ai pas été dans le coma, et, sans me flatter, je suis un amant de bien meilleure composition, attentif, infatigable et disponible...

— Prétentieux et menteur ! Que fais-tu là ?

— Je suis venu te conduire dans mon carrosse…

— Tu as acheté une voiture ?

— Ne rêvons pas ! C'est celle de Khoupi, une vieille 203.

— Prenons la mienne.

— Non. Je veux pouvoir te raccompagner, quoi qu'il arrive.

— Bien. Mais ne compte pas sur moi pour te ménager.

Il a souri, sans répliquer, m'a offert son bras et nous avons rebroussé chemin. Il avait mis le costume acquis pour le réveillon à Cassis et le chapeau que je lui avais offert. Le bougre était séduisant et notre couple produisait un effet certain chez les passants que nous croisions.

— A cause de ton chignon, j'ai failli ne pas te reconnaître…

— La canne me perdra toujours. Même si je me voilais en *fatma*…

— Non, pas ta canne, ta beauté. Je ne verrais que tes yeux, verts ou violets selon ton humeur, que je reconnaîtrais entre mille.

J'ai mordu ma lèvre inférieure pour ne pas sourire. Paco-le-salaud mettait le paquet…

Il a ouvert la portière avec une galanterie de Roméo, je me suis installée dans la voiture avec la condescendance d'une mégère pas encore apprivoisée.

Il a eu du mal à nous extraire des ruelles du centre-ville d'Aix, encombrées par les hordes d'étudiants à pied qui convergeaient vers des rendez-vous en bistrot ou en brasserie et par les voitures des bourgeois en route pour dîners, soirées mondaines, cinéma ou salles de concert.

Quelques minutes plus tard, nous accédions enfin à l'autoroute nord, en route pour Marseille.

— J'ai l'impression qu'on ne s'est pas vu depuis un siècle.

— Tes tueurs sous les verrous, tu t'es souvenu de ta vieille maîtresse.

— Irène, s'il te plaît ! Essayons de passer une soirée paisible. Ça attristerait Marthe de nous voir nous quereller…

— Je n'ai pas pour projet de te chercher querelle.

— Quelles sont tes intentions ?

— Depuis que tu es sorti du coma, je ne te reconnais plus.

— Pour ma part, c'est le monde qui me paraît étrange. Khoupi devient dingue, toi, si forte, tu sembles plus fragile, Ernestine a basculé dans l'horreur, François m'a trahi, José m'a surpris.

— Et la petite Pelletier ?

— Quoi ? Qu'est-ce qu'elle a fichu encore ?

— Elle m'a écrit…

Je crois bien qu'il a pâli…

— Que dit sa lettre ?

— Elle doit être dans mon sac…

Sans crier gare, il s'est garé sur le bas-côté de l'autoroute.

— Montre !

Je lui ai tendu l'enveloppe. Il l'a ouverte d'un doigt nerveux, en a sorti la missive qu'il a lue à haute voix :

Chère Irène,

Un petit coucou pour te dire que j'ai adoré vendre des chapeaux. Si tu as besoin, à l'avenir, d'une remplaçante ponctuelle, n'hésite pas à me le demander.

Paco m'a ramenée à bon port. Il a été assez gentil pour m'accompagner jusqu'à ma porte, au cas où un bandit de grand chemin soit embusqué sur le palier.

Tu dois te sentir en sécurité avec un tel homme. Tu as beaucoup de chance. Bises.

EVA

— C'est bien ce qui s'est passé ?

— Globalement…

— Tu n'as rien remarqué ?

— L'histoire du remplacement me rappelle *All About Eve*. Un Mankiewicz qu'on a vu ensemble, je crois…

— Le film avec Bette Davis ? Sympa ! J'espère qu'elle ne va pas me piquer ma boutique… ou mon homme.

— Peu probable.

Il allait redémarrer, quand j'ai insisté :

— Relis le début, syllabe par syllabe, s'il te plaît.

En soupirant, il l'a dépliée, à nouveau :

— “Chè-re I-rè-ne,

Un pe-tit cou-co-cu pour…”

— Juste un petit coup cocu…
— Un *c* de trop… C'est… C'est un *lapsus linguae*… Ça arrive à tout le monde…
— Innocent, ce lapsus, non ?
— Tu es jalouse ?… Je l'ai raccompagnée comme tu me l'as demandé, un point c'est tout…
— Et ensuite ?
— Ensuite, je suis allé ramer avec François.
— Moi, j'ai couché avec Ernestine.
— Ne raconte pas de sottises.
— Tu as raison, j'ai couché avec un accessoire d'Ernestine.
— De quoi parles-tu ?
— D'un sentiment d'abandon…
— Pour être abandonnée, il faut être dépendante, or tu as toujours été une femme libre. Et cette liberté, tu la défends bec et ongles…
— Peut-être que, depuis ton coma, j'ai pris la mesure de ma dépendance à ton égard.
— Je te trouve bien sombre, ce soir.
— Ma tenue, sans doute…

Le silence s'est installé, chargé de mélancolie.
Il a engagé la voiture dans le boulevard de Plombières qui, de jour comme de nuit, dégageait une impression lugubre. Des entrepôts de camions, une caserne de pompiers, des stations d'essence, de petits immeubles noircis par l'oxyde de carbone, une usine de Zan qui empestait la réglisse et pas un seul piéton. Pauvre Mme Choukroun ! Difficile

d'oublier Bab-el-Oued dans un environnement pareil…

La 203 a peiné à grimper le boulevard Pons jusqu'au boulevard des Pins déjà désert en cette fin de journée. A Saint-Gabriel, le samedi soir avait un air de couvre-feu. Les deux bistrots, sur le point de tirer le rideau, abandonnaient à la dérive les derniers consommateurs éméchés.

Un jeune type, aux cheveux longs et en redingote de velours marron, a sauté sur une mobylette qu'il a fait pétarader, sans rouler, à coups d'accélérateur, les yeux rivés sur la porte d'une maisonnette, pendant tout le temps que j'ai mis à m'extraire du véhicule. Une gamine trop fardée, les cheveux décolorés et crêpés, en jupe trop courte pour ses cuisses épaisses et blouson de skaï noir trop serré pour ses seins déjà lourds, l'a rejoint. Elle l'a enlacé et lui a roulé un long patin en dodelinant pendant qu'il s'emparait de ses fesses à pleines mains.

Alors que nous les dépassions, elle s'est installée en amazone sur le porte-bagages de l'engin qu'il a lancé à l'assaut de la côte du boulevard, plein pot. Ou plutôt sans pot, dans un vrombissement semblable à celui d'un avion s'éloignant dans le ciel. Un septième ciel chargé de pastis, de bières, de rock et, une fois ivres, peut-être, de sexe…

Leur indécence et leur jeunesse m'ont vieillie.

— Comment disent-ils flirter, à Marseille, déjà ?

— Furer. Le cacou la chaspait* et après, il l'a chalée sur sa mob, a répondu Paco.

* Chasper : du provençal, “envoyer les mains”.

— Je ne m'habitue pas plus à ce jargon que, jadis, au pataouète.

— Tu resteras toujours une Frangao*.

— Une provinciale un peu huppée, accouplée à un petit voyou espagnol.

— Non, à un petit flic pied-noir débarqué à Marseille par l'histoire.

Il a sonné. A la fenêtre du troisième, Marthe s'est écriée :

— C'est vous ? J'ouvre…

Une impulsion électrique a déverrouillé la porte de l'immeuble et l'ascension a commencé.

A chaque fois que je venais chez les Choukroun, je retrouvais les sensations pénibles de mon immeuble de la rue Montaigne. Là-bas. Ces cinq étages que j'avais toujours escaladés avec rage et détermination.

Ici, il n'y en avait que trois, mais j'avais six ans de plus et beaucoup moins d'entraînement.

Paco a progressé lentement pour ne pas m'humilier, ce qui, évidemment, m'a humiliée.

Elle nous attendait sur son palier. Malgré les cheveux blanchis et les traits fatigués, son visage demeurait toujours aussi doux. Elle m'a embrassée avec une tendresse plus sincère que celle de ma mère, lors de nos retrouvailles…

Paco lui a tendu le champagne et la boîte d'escargots de Bourgogne en chocolat dont elle raffolait

* En pataouète, “Français métropolitain”.

mais qu'elle ne pouvait s'offrir avec son maigre salaire.

— Il fallait pas, y a tout ce qu'il faut ! Tu as un deuil dans ta famille, ma fille ?

— Non, non.

— Ah, tu m'as fait peur avec tout ce noir et ce chignon ! Tu as pas les cheveux malades au moins ? Ils sont si beaux d'habitude.

— Non plus. Envie de changer de tête.

— Tu as tort. Beaucoup de femmes elles doivent crever de jalousie quand elles te regardent.

— J'ai voulu faire une surprise à Paco : certaines portent des perruques, d'autres des chignons.

Paco m'a jeté, en coin, un regard réprobateur :

— Paul n'est pas là ?

— Je lui ai pas dit que vous veniez et je voulais pas parler devant lui…

— C'est grave ?

— D'abord la kémia, on a la soirée devant nous.

La kémia, pas grand-chose, comme disait Marthe : des olives pimentées, noires et vertes, de minuscules fèves au cumin, des rondelles de carottes bouillies à l'ail et au carvi, des poivrons rouges séchés à l'huile d'olive, des tramousses pour Paco, des amandes et des cacahuètes grillées maison, des variantes au vinaigre blanc, de la soubressade et des tranches de saucisson de bœuf. Et l'anisette.

Impensable de boire mon champagne en apéritif. Dans sa culture, mousseux ou champagne accompagnaient forcément le dessert.

— Marthe ! On n'aura plus de place pour le barbouche ! s'est exclamé en souriant Paco.

— Vous deux, vous avez toujours eu des appétits d'oiseau. De toute manière, j'ai fait de la téfina pour changer. Tu connais ce plat, Irène ?

— Non. Je crois même n'en avoir jamais mangé.

— On en fait pas dans les restaurants parce que c'est pas beau à voir. Les épinards, ça fait toujours un peu sale dans une assiette.

Zut ! j'avais horreur des épinards ! Ce soir j'allais avoir l'appétit d'un oisillon.

Ils ont ri ensemble en évoquant les déboires de feu son mari : son goût pour la loubia et les flatulences qui empestaient la chambre conjugale, ses nuits blanches, pendant les deux dernières années de la guerre d'Algérie, provoquées par des brûlures d'estomac, l'obligeant à ingurgiter jusqu'à un paquet de bicarbonate de soude par mois !

— *Zerma**, c'était à cause de l'huile pimentée qu'il adorait ! Tous ces soucis, pour quoi ? Pour être tué comme un chien ! Profitez de la vie, les enfants, on sait pas de quoi demain il sera fait !

La téfina est arrivée, peu ragoûtante. Un marécage verdâtre d'où émergeaient pois chiches et morceaux de viande. Elle nous a servi des portions rabelaisiennes. J'ai porté la première cuillerée à ma bouche, prête au calvaire alimentaire pour ne pas infliger un affront à notre hôtesse. C'était… délicieux !

L'alliance de semoule, d'épinards mijotés pendant des heures, d'ail, de coriandre, de poivre rouge,

* En judéo-arabe : "Tu parles, que…"

de veau fondant et de pois chiches donnait au plat un arôme surprenant.

— Alors ? Elle est bonne ?

— Je croyais ne pas aimer les épinards…

— Personne il les aime à part Popeye, ce maboul ! La première fois que ma mère, elle a voulu que je mange ça, je lui ai dit que ça ressemblait à de la diarrhée de chat. Elle m'a dit : "Ferme les yeux et avale, après tu pourras parler…"

— J'adore… et toi, Paco ?

— Je me force, pour faire plaisir à Marthe… Non, je rigole. Elle est parfaite, Marthe. Alors, si vous nous parliez de Paul ?

La mère s'est mise en route. Un vrai moteur diesel. Ça a ronronné un moment, au ralenti, Paul, le garçon sérieux, travailleur comme son père, bon fils, visitant, sans rechigner, sa vieille maman. Paul, le bon camarade, lui amenant les copains et les copines englués dans leur cafard :

— La dernière, une petite brune toute mignonne, je croyais que c'était sa nouvelle fiancée, *shaba* comme tout. Il m'a juré que non. La pauvre, elle a perdu son père et son amoureux dans des accidents. Y en a, ils sont maudits…

Eva. Partout. Ici et là, avant ou après, à proximité des vivants et des morts, à la place des modistes ou des maîtresses… J'ai chassé son image pour écouter la suite des aventures du fils chéri.

La mère a appuyé sur l'accélérateur, emballé le moteur de ses émotions. Paul, le militant politique, luttant pour la révolution, pour la classe ouvrière, expliquant à sa mère qu'il fallait aller dans le sens de l'histoire :

— Alors je lui ai répondu : Moi, ce que je sais, c'est que l'histoire elle fait toujours des histoires à ceux qui veulent la faire… Excuse-moi, Paco, mais je me suis servie de ton père, *rayeb**, qu'il est mort tué par son propre camp…

J'ai jeté un regard à Paco qui n'a pas bronché. Les légendes avaient la peau dure.

Son père, anarchiste pendant la guerre d'Espagne, officiellement liquidé par les communistes, mais, en réalité, victime de l'amour…

Paul avait balayé les arguments de sa mère, lui opposant la neutralité de son père et de son ami Paco qui les avait rendus vulnérables. Seuls, on ne pouvait rien, unis, on pouvait tout. L'extrême droite qui avait tué son père était toujours présente et active. Elle changeait de nom, de chefs, de combat, mais elle demeurait antisémite et réactionnaire. Et la droite de De Gaulle ne valait pas mieux.

— Une droite bonapartiste et populiste ! il a hurlé. Il devient fou, Paco ! Qu'est-ce qu'il a à voir avec tout ça, Napoléon !

— Calmez-vous, Marthe ! Tout ça n'est pas bien grave. Ça va lui passer. Il aurait pu, comme certains de ses copains, aller vivre dans un kibboutz et se

* En judéo-arabe, "le pauvre".

retrouver en uniforme de soldat israélien à combattre les Egyptiens, les Syriens ou les Jordaniens…

— C'est vrai que le fils Benchemoul il est parti et sa mère elle était morte d'inquiétude pendant la guerre des Six Jours… Quelle affure j'en ai* des ouvriers de Renault, de Rodiaceta ou de La Ciotat. Ils ont pas levé le petit doigt pour nous, quand on est arrivé ici. Au contraire. On est venu leur enlever le pain de la bouche, il paraît. Si je pouvais faire autrement, je leur laisserais bien mon travail de caissière chez Baze.

Et Paco a su trouver les mots pour rassurer la mère comme il avait su apaiser sa grand-mère sur cette salope d'Irène qui lui arrachait son petit-fils de ses bras…

Marthe s'est calmée, puis levée pour rapporter les pâtisseries maison, knédettes, macroudes et cigares aux amandes.

Pendant que Paco dévorait les gâteaux, elle a demandé une dernière fois :

— Tu crois qu'ils vont la faire, cette révolution ?

— Mais non. Nous ne sommes ni en Chine, ni en Russie. Et plus en guerre. En France, quand les ouvriers veulent obtenir gain de cause, ils se contentent de lancer une grève. Le Parti communiste français ne veut pas d'une révolution et exclut tous ceux qui sont tentés par l'aventure révolutionnaire. Paul n'est pas un aventurier. Et, au fond de lui, il déteste la violence. Je l'imagine plus enseigner du haut de

* En pataouète, "qu'est-ce que j'en ai à faire".

la chaire d'une université que tirer à la kalachnikov sur flics ou militaires.

— Que Dieu il t'entende…

Puis il a ouvert le champagne, une façon de fêter les diplômes à venir du fils prodigue. Après deux verres, Marthe a somnolé, yeux mi-clos. Puis elle s'est endormie, sourire aux lèvres, sur sa chaise. En mère tranquille.

J'ai chuchoté à Paco de ranger les plats dans la cuisine pendant que j'allais dans la chambre de Marthe préparer son lit pour la nuit. Puis je suis retournée auprès d'elle et l'ai embrassée doucement sur la joue. Elle m'a regardée, l'air ahurie :

— *Man, ya kachfa* !* Je me suis endormie… Et vous avez tout débarrassé.

— C'est rien. Venez, vous êtes fatiguée…

Elle m'a suivie jusqu'à sa chambre et s'est allongée…

— Il était bon ton champagne mais depuis que Maurice il est mort, j'ai plus rien à fêter, tu sais…

— Je sais…

Je l'ai couverte et j'ai fermé la porte de la chambre.

Nous sommes sortis de l'immeuble et, bras dessus, bras dessous, nous sommes dirigés vers la 203. Paco, silencieux jusqu'alors, m'a dit :

— J'ai un truc à te montrer.

* En judéo-arabe : "Maman, quelle honte !"

Il m'a entraînée sous un porche qui donnait accès à une grande cour gravillonnée, utilisée comme parc à voitures par les riverains.

Angoissée par l'obscurité des lieux, je n'ai pas vu arriver son étreinte, son baiser, aussi fougueux que celui d'un adolescent. Après m'avoir plaquée contre le mur, il m'a "furée" longuement, s'est mis à me "chasper", plus qu'en adolescent, relevant ma jupe, arrachant ma culotte, me soulevant par la croupe, et m'a pénétrée sans ménagement, pendant que, de mes bras, je m'accrochais à son cou et tentais d'enrouler mes jambes autour de sa taille.

Ce fut violent, bon et bref.

J'avais retrouvé mon amant qui, dans le noir, ne pouvait discerner mes larmes, mais qui, en macho confirmé, a commenté :

— Excuse-moi d'avoir été si court… Ça faisait longtemps que…

— Chut, idiot ! Embrasse-moi encore…

*

Pour la première fois depuis que je la connaissais, Irène m'a demandé de passer la nuit, toute la nuit, avec elle !

Plutôt penaud après ma piètre performance amoureuse, je pensais avoir aggravé mon cas. Sa suspicion quant à Eva, cette lettre et ce lapsus imbécile m'avaient mis dans le pétrin. Néanmoins, je m'en étais tiré à bon compte. L'avoir prise comme un gosse en rut, avoir joui tel un puceau l'avait rassurée sur mon désir.

Elle avait dormi, blottie dans mes bras comme si elle avait craint de me perdre. Il est vrai qu'elle avait failli mais plus à cause des balles que des manœuvres d'Eva Pelletier.

Je n'avais pas pris la mesure des chamboulements intervenus dans sa vie : la réapparition de sa mère, de sa ville d'origine, ma possible disparition, sa présence quotidienne à mes côtés, et, sitôt revenu à la vie, mon acharnement à enquêter et mon manque d'attention à son égard. Sans compter l'assistance à Eva au cours de l'avortement et le soutien à Ernestine à la suite de son agression. Tout cela avait démultiplié sa fragilité, amorcée par sa filiation retrouvée.

En fin de matinée, reposée et rassurée, elle m'avait gentiment chassé.

J'étais rentré chez moi, me questionnant en boucle sur l'attitude d'Eva envers nous et sur son retour en force auprès de Khoupi.

Je ne comprenais pas vraiment sa stratégie, si tant est qu'elle en suivît une.

Alors que je développais analyse et synthèse sur les rebondissements des affaires en cours, le téléphone a sonné : Irène ? Eva ? Ernestine ? José ?

François ? Khoupi ?

J'aurais voulu qu'une machine, venue du futur, répondît à ma place ou qu'elle m'annonçât le nom du correspondant…

J'ai soulevé le combiné, en soupirant :

— Paco ? a demandé, à voix basse, un homme.

— Qui est à l'appareil ?

— Morand.

— Patron ? Qu'est-ce qui me vaut l'hon… ?

— Tais-toi et écoute-moi bien. On m'a mis au placard à Rennes, officiellement à cause de l'article du *Soir*. En réalité, c'est une décision politique parce que j'ai fourré mon nez là où ça pue. C'est moi qui ai encouragé Nessim à tout balancer dans la presse et à changer d'air aussitôt…

— Vous ? Pourquoi ?

— Histoire de donner un coup de pied dans la fourmilière et de faire avancer les choses… Le SAC est mêlé à nos histoires de meurtres (le bruit d'un moteur de camion a résonné dans l'écouteur)… Je téléphone d'une cabine parce qu'on a mis ma ligne sur écoute. Je t'ai envoyé un courrier anonyme. Tu y trouveras toutes les infos que j'ai pu glaner pendant que tu t'occupais de ta pin-up.

— Je vous ai menti, en réalité je recherchais mes tueurs, des anciens paras. Je les ai amenés pieds et poings liés à l'Evêché. Ils n'ont pas desserré les dents…

— Ça ne m'étonnerait pas qu'ils sortent de prison aussi vite qu'ils y sont entrés. Rappelle-moi au numéro que je vais te donner, dans trois jours à 20 heures, c'est celui d'une autre cabine… (J'ai noté.) Ils m'ont rendu parano, ces connards ! Confirme-moi que tu as bien reçu l'enveloppe… Il faut que je te laisse. Ne parle à personne de ce coup de fil.

A personne ! Hein, Paco ? Nos vies ne pèsent pas lourd dans cette histoire…

— Promis.

Il a raccroché. J'ai allumé une maïs, d'un doigt fébrile. J'avais la sale impression que je n'étais pas au bout de mes peines.

Sale peut-être, mais juste, sans aucun doute.

Quatrième partie

QUARTETTE

Nous étions jeunes et larges d'épaules…

BERNARD LAVILLIERS

I

FAITES VOS JEUX…

Lundi 25 mars 1968

Le 23, je recevais une enveloppe sous pli recommandé.

Avant de l'ouvrir, j'ai allumé une cigarette et l'ai dégustée comme si c'était la dernière, la dernière avant l'assaut final, avant la guerre. L'estomac serré, la gorge nouée, les mains moites. J'ai découpé à l'aide d'un couteau un côté de l'enveloppe, sorti des feuillets tapés à la machine et lu :

Sénigalia : membre du SAC parisien.

Chargé d'infiltrer les mouvements trotskistes marseillais ? Pourquoi marseillais ? Mystère.

A-t-il été démasqué par les militants trotskistes ?

Dans ce cas, peu probable qu'ils l'aient exécuté chez un des leurs, devant femme et enfants.

A-t-il été retourné et a-t-il pris fait et cause pour les trotskistes ?

A-t-il trahi le SAC et donc été éliminé par ce dernier ?

Minier est parti pour Paris parce qu'il a compris que l'exécution de Sénigalia était louche. Rencontre des chefs ?

Maître Bolard est aussi proche du SAC et un de ses associés a défendu Vespucci, petite main à leur service. A-t-on pensé que Sénigalia, tuant Vespucci, avait changé de bord sans imaginer d'autres hypothèses ?

Au cours de négociations secrètes, des anciens de l'OAS ont obtenu l'amnistie de leurs chefs en échange d'un soutien au SAC et au mouvement gaulliste. Une manière de tourner la page sur la guerre d'Algérie.

Certains d'entre eux en auraient profité pour opérer différents braquages dont celui de la SNCF, persuadés qu'ils bénéficieraient d'une protection du pouvoir.

Roberti, celui qui a vitriolé Ernestine et été abattu par José Gomez, était le chef des braqueurs.

Ont été retrouvées à son domicile une partie du butin et des armes de guerre utilisées par les braqueurs – des armes d'origine américaine, livrées pendant la dernière guerre mondiale au réseau de résistance locale – ainsi que du matériel de transmission US datant du plan Marshall.

Les deux ex-paras, récemment incarcérés, faisaient partie de l'équipe des braqueurs.

La mort d'Agopian reste incompréhensible. Une bévue ? Comme il a hébergé Sénigalia, a-t-on cru qu'il en savait trop ?

La veille de sa mort, Pierre Khoupiguian a rencontré Jacques Frichet, le patron de l'entreprise de serrurerie. Tous deux sont francs-maçons dans la même loge.

En documents joints, deux copies de fiches émanant de la DST.

Une, sur Sénigalia, où était stipulée son activité au service de maintenance de la rue de Solférino, le siège du SAC.

Une seconde, traitant des rapports étroits de Bolard avec des dirigeants locaux du SAC et avec des anciens dirigeants de l'OAS à Nice. Il aurait donc été un des intermédiaires entre les deux parties.

Rien d'autre. Pas un mot de plus. Pas de signature évidemment.

Pourquoi Morand me faisait-il ce cadeau empoisonné ? Me manipulait-il ?

Ce n'était pas le genre du bonhomme. Le modèle du serviteur de l'Etat, intègre avant tout. Trop pour cet Etat. Morand, victime de la raison d'un Etat déraisonnable. Un Etat godillot, comme le nommait *Le Canard enchaîné*.

Les barbouzes, incapables de se fondre dans le paysage algérien, avaient été décimés pendant la guerre, le SAC, lui, pesait davantage en France.

D'après les notes de François, il était présent partout : dans les ministères les plus importants – armée, anciens combattants, intérieur, justice –, dans les médias – journaux et télévision –, dans les services de renseignements – SDECE, DST, RG –, dans tous les départements et toutes les régions. Protégeant ses chefs, agressant ses ennemis, s'alliant à la pègre pour ses coups de main inavouables.

Branche politique et branche armée, à la façon des mouvements insurrectionnels. A la différence que le parti en question était au pouvoir.

En rêver, l'obtenir, et être prêt à tout pour garder ce satané pouvoir. Pourtant rien ne semblait le menacer. De Gaulle rayonnait sur la scène internationale, au Québec, au Mexique, dans les pays arabes depuis la guerre des Six Jours, et Pompidou, son Premier ministre, donnait l'impression de tenir le pays, malgré les grèves longues et dures de l'année 1967. Certes, sa majorité parlementaire, plutôt faible, le fragilisait, mais rien ne présageait un renversement de son gouvernement.

Comment pouvais-je utiliser ces infos ? J'avais des assassins à démasquer, non le pouvoir en place. Et si les deux étaient de connivence, j'étais dans la *mierda*. Seul.

Destiné à la parano car nul doute qu'un homme de confiance serait nommé en place de Morand et ne m'aiderait en rien dans ma tâche.

Je ne pouvais compter ni sur un François parti officiellement à l'étranger pour son journal, ni sur un Khoupi agoraphobe, ni sur un José vengeur.

Seul.

Il me fallait travailler en détective privé, sans filet, sans logistique, sans partenaire et sans liberté d'action.

A moins de prolonger mon arrêt maladie.

J'allais demander à George de rédiger un faux arrêt de travail. Pour une durée indéterminée. Le temps d'y voir clair ou de renoncer.

A condition que Morand ne me lâche pas en cours de route.

*

Dimanche après-midi, la Fourmi t'a appelé :

— Tigran, je peux passer… un moment… la soirée… la nuit… avec toi… ? Je me sens seule et… *regardée*…

Tu n'as pas cru à sa parano, néanmoins tu as accepté. Tu lui as demandé de t'acheter une cartouche de Disque Bleu.

Elle est arrivée, les bras chargés de victuailles, de vin et de cigarettes. Elle semblait aussi angoissée que toi. Elle s'est assise au sol, dans un coin, telle une enfant punie, les jambes repliées, le front posé sur ses genoux serrés.

Tu as allumé une cigarette, elle, sa pipe à cannabis. Tu l'as vue se détendre sous tes yeux. Son corps s'est déplié, son visage, ouvert comme une chanson des Stones. Elle t'a souri en te tendant la pipe.

Au point où tu en étais, tu as écrasé ta clope et tiré une bouffée. Tu as inhalé, trop vite, la fumée, toussé puis inspiré à nouveau, plus lentement, retenant, comme elle, ton souffle. Un brouillard mental a embrumé tes sens, suivi par une impression de relâchement. Ton corps, devenu mou, s'est allongé sur le sol et tes yeux se sont fermés.

Comme elle, tu as souri. Sans vraiment en avoir conscience, tu as tendu une main jusqu'à la toucher. Des vers de Lucrèce ont commencé à se dire à tes oreilles comme si tu les articulais :

Lorsqu'il reposera, enlacé à ton corps sacré,
Fonds-toi à son étreinte et tendrement exhale…

puis se sont perdus entre tête et bouche. Elle s'est réfugiée dans tes bras et vous avez fait l'amour doucement, sans penser, sans question. La sensation d'un temps effiloché, distendu.

Tu as bandé pendant des heures, ou de longues minutes, tu ne savais plus. Avait-elle pris du plaisir ? Avais-tu joui ? Juste le souvenir de t'être endormi en elle et dans ses bras, de sombrer dans une inconscience paisible.

Lundi matin, vous étiez encore enlacés, accrochés, encastrés l'un dans l'autre comme deux pièces d'une figure de pierre du *Kama Sutra*.

Au réveil, tu as décidé de reprendre le boulot. A tes risques et périls. Et tu as appelé Paco pour récupérer ta 203. Il t'a paru contrarié. Quand il l'a garée devant ta porte, la Fourmi était déjà partie.

Ton partenaire était tendu et distant. Pas un mot sur l'enquête. Il ne te faisait plus confiance. Il n'avait pas tort. Toi non plus. Tu n'étais plus qu'un bon à rien. Tu as refusé qu'il t'accompagne.

Après son départ, tu t'es jeté sur la portière, comme si la voiture risquait de démarrer sans toi. Une fois à l'intérieur, tu t'es senti à l'abri. Seul dans ta coque de métal, tu ne craignais plus le monde extérieur.

Ton angoisse t'avait appris qu'il valait mieux éviter les espaces trop vastes. Eviter la Canebière, les rives du Vieux-Port, la place Castellane, les Prado, la route de la Corniche. Surtout fuir les autoroutes.

Tu passerais par les petites rues pour te rendre à l'Evêché. A Marseille, elles ne manquaient pas.

Tu t'es garé devant le bâtiment, dans un espace réservé à ta profession. Après un long moment, tu as décidé de sortir. Puis tu as foncé vers la guérite de l'édifice, continué, sans un bonjour pour le planton qui a failli t'intercepter. Il t'a reconnu, laissé filer, l'air gêné.

Tu es parvenu jusqu'à ton bureau, sans encombre. Les collègues que tu croisais avaient des regards fuyants. Difficile de saluer banalement un type dont la famille avait été massacrée et qu'on n'avait pas revu depuis les obsèques.

Tu te sentais bizarre sans Paco à tes côtés. Il te manquait. Tu es allé jusqu'au bureau du divisionnaire pour l'informer de ton retour.

Morand n'était plus là.

Est-ce que Paco te l'avait dit ? Non, tu avais appris la nouvelle par *Le Provençal* apporté par Eva. Un long article de Nessim, publié dans *Le Soir*, avait provoqué le rappel de Morand à Paris. Ce salaud de Nessim avait foutu la merde avec ses pseudo-révélations. Un autre, venu de la capitale, devait remplacer le patron. Il t'a reçu avec une chaleur feinte. Un vieux, l'air las, la chevelure blanche et abondante. Philippe Leconte. Arrivé quelques jours plus tôt. La chaleur d'un renard.

— Toutes mes condoléances, mon garçon. Je suis désolé.

— Merci.

— Il va sans dire que je vous interdis de participer à l'enquête sur les meurtres de votre frère et de sa famille. Faites-moi confiance pour trouver les coupables.

— Quelle affaire me confiez-vous ?

— Avec quel collègue aimeriez-vous travailler ?

— Pas de préférence.

— Bon, je vous mets en équipe avec Laumier. Il est seul depuis que Husson, son partenaire, s'est planté en bagnole. Ça vous va ?

Tu t'en foutais. Laumier ou un autre.

— Il travaille sur quoi ?

— Une disparition, je crois.

Tu as retrouvé Laumier au mess où il buvait, seul, un café, arrosé. Il avait le cheveu gras et pelliculaire, un visage joufflu et couperosé, la cinquantaine bedonnante et la réputation d'un brave type.

— Adieu, Khoupi ! Je sais pas quoi te dire…

— Ne dis rien. C'est mieux. Leconte veut qu'on travaille ensemble.

— Pas de problème. Husson en a pour six mois d'hosto, fractures du bassin et des côtes. Et Paco, il va comment ?

— Mieux, mais pas assez pour reprendre. Tu travailles sur une disparition, il paraît ?

— Ouais. Le tenancier d'une discothèque à Aubagne. Sans doute une histoire de racket qui a mal tourné. Un plongeur retrouvera peut-être son corps au large de Marseille, l'été prochain, ou un éboueur dans une décharge, ou personne, nulle part.

Tu l'as suivi dans son bureau, impeccable, celui d'un type soigneux, qui a ses habitudes. Tu as poussé ton plan de travail métallique contre le mur afin de te retrouver dos à la porte, face à un horizon bouché par une peinture verdâtre écaillée. Ainsi, ton univers était réduit à deux mètres carrés.

Tu as consulté le dossier : la disparition, signalée par le barman de la discothèque, datait d'une dizaine de jours. Laumier avait interrogé le personnel, les voisins. Marcel Andolfi était célibataire, sans enfants et sous la protection du clan Guérini. Selon Laumier, de jeunes truands tentaient de s'approprier une partie du territoire laissé en friche par la bande, depuis ses ennuis récents avec la justice. Le type aurait refusé la "protection" des nouveaux venus, sans évaluer qu'ils étaient méchants. Ton nouveau partenaire n'avait pas poussé plus loin les investigations. Il attendait qu'on retrouve le cadavre, un de ces jours ou jamais. Allais-tu te retrouver vivant, un jour ou jamais plus ?

Ce dossier resterait, indéfiniment, dans le tiroir des disparitions non résolues. Tu étais inutile. Inutile à ta fonction, à ta famille. Tu as demandé :

— Qui s'occupe du dossier de mon frère ?

— Fred et Lucien.

— Ils avancent ?

— J'en sais rien.

— Tu peux te renseigner ?

— Laisse tomber…

— Tu laisserais tomber, toi ?

— Non, bien sûr. Bon, je vais aux nouvelles. Bouge pas, hein ?

Pas de risque que tu bouges. Où irais-tu ? Suffoquer ailleurs comme un malade. Non. Tu devais être sage, patient. Aussi patient que Pierre quand il te battait aux échecs et te laissait lui piquer des pions, sans broncher, pour mieux te mettre mat, quelques coups plus tard.

“Tu crois jouer aux échecs, alors que tu joues aux dames !” se moquait-il.

Que ferait-il à ta place ?

Il remuerait ciel et terre pour trouver les coupables, persécuterait ton divisionnaire, le préfet, le ministre de l'Intérieur, embaucherait une agence entière de détectives privés.

Et il finirait par gagner la partie. Comme toujours…

Plus jamais, puisque, cette fois-ci, il avait perdu la vie.

Ne pas laisser les larmes t'envahir les sinus, l'angoisse se lover dans ta gorge, les tremblements s'emparer de tes membres.

Se reprendre ! Inspirer, expirer, inspirer !

Se calmer. Calme, calme…

Laumier est revenu :

— Sans mentir, ils sont au point mort. Ils ont interrogé sa maîtresse, ses collaborateurs, ses amis. Ils ont trouvé dégun*. Pas d'ennemi connu, des discordes avec des concurrents qui ont des alibis en béton. C'est peut-être un fada, après tout…

* En provençal, “personne”.

Tu as pensé : “Bande de couillons ! Le dingue, c’est moi !” et tu as lâché un “Merci” que tu ne pensais pas.

Tu t’es levé.

— Où tu vas ?

— Aux toilettes…

Laumier a haussé les épaules. Tu as progressé dans le couloir jusqu’au bureau de Fred et Lucien, repérant, au passage, un autre bureau, vide. Tu as continué, jusqu’aux toilettes où tu es resté le temps de laisser croire que tu avais pissé. Du bureau inoccupé, tu as appelé le poste de tes collègues :

— J’ai des infos sur la tuerie de la famille Khoupiguian. Je les vends un bon prix. Retrouvez-moi au Mistral, rue Consolat. Je serai assis près du flipper, avec une casquette à carreaux. – Là où ton père allait, parfois, jouer à la contrée.

Tu as attendu deux minutes, entendu Fred et Lucien quitter les lieux. Tu es sorti et, le cœur battant, entré dans leur bureau. Tu as cherché et trouvé le dossier, l’agenda de ton frère que tu as planqué sous ta chemise.

— Ça va ? Tu es tout pâle…, s’est inquiété Laumier.

— J’ai vomi. Je crois que je vais rentrer.

— C’est dur, tout ça…

Tu as quitté les lieux comme un fugitif, t’attendant, à chaque instant, à être interpellé.

— Adieu, Khoupi ! Tu es de retour ? t'a demandé un collègue qui te croisait.
— De passage, seulement.

Tu t'es engouffré dans la voiture, redoutant un orage d'angoisses, comme les soldats de 14 s'étaient enterrés dans leurs tranchées, sous une pluie d'obus.

Tu as roulé à travers le méandre des ruelles du Panier, poursuivi jusqu'au quartier arabe où tu t'es garé pour examiner l'agenda, rue Tapis-Vert.

Tu l'as lu et relu, en tous sens, mot à mot, nom par nom, heure par heure. Du 1er janvier au 12 juin 1968 !

L'absurdité d'un agenda laissant croire à son propriétaire que la vie était un long fleuve tranquille, prévisible.

Un agenda n'anticipait ni les grèves de trains ou d'avions, ni la maladie et surtout pas la mort.

Les dates de rendez-vous ne variaient qu'en fonction du bon vouloir de son propriétaire.

Et tu as fini par trouver ce que tu cherchais depuis deux heures.

Et tu as ri, de ce rire amer dont tu usais, enfant, chaque fois que Pierre te ridiculisait au jeu des sept familles…

*

> Ce qui caractérise actuellement notre vie publique, c'est l'ennui. Les Français s'ennuient. Ils ne

participent ni de près ni de loin aux grandes convulsions qui secouent le monde. La guerre du Viêtnam les émeut, certes, mais ne les touche pas vraiment… Le conflit du Moyen-Orient a provoqué une petite fièvre au début de l'été dernier : la chevauchée héroïque remuait des réactions viscérales, des sentiments et des opinions ; en six jours, l'accès était terminé. Les guérillas d'Amérique latine et l'effervescence cubaine ont été, un temps, à la mode : elles ne sont plus qu'un sujet de travaux pratiques pour sociologues de gauche et l'objet de motions pour intellectuels. Cinq cent mille morts peut-être en Indonésie, cinquante mille tués au Biafra, un coup d'Etat en Grèce, les expulsions du Kenya, l'"apartheid" sud-africain, les tensions en Inde : ce n'est guère que la monnaie quotidienne de l'information. La crise des partis communistes et la révolution culturelle chinoise semblent équilibrer le malaise noir aux Etats-Unis et les difficultés anglaises.

De toute façon, ce sont leurs affaires, pas les nôtres. Rien de tout cela ne nous atteint directement. D'ailleurs la télévision nous répète au moins trois fois chaque soir que la France est en paix pour la première fois depuis bientôt trente ans et qu'elle n'est ni impliquée ni concernée nulle part dans le monde.

La jeunesse s'ennuie. Les étudiants manifestent, bougent, se battent en Espagne, en Italie, en Belgique, en Algérie, au Japon, en Amérique, en Egypte, en Allemagne, en Pologne même. Ils ont l'impression qu'ils ont des conquêtes à entreprendre, une protestation à faire entendre, au moins un sentiment de l'absurde à opposer à l'absurdité. Les étudiants français se préoccupent de savoir si les filles de Nanterre ou d'Antony pourront accéder aux chambres des garçons, conception malgré tout limitée des droits de l'homme.

Quant aux jeunes ouvriers, ils cherchent du travail et n'en trouvent pas. Les empoignades, les homélies et les apostrophes des hommes politiques de tout bord paraissent à tous ces jeunes, au mieux, plutôt comiques, au pire, tout à fait inutiles, presque toujours incompréhensibles.

Heureusement, la télévision est là pour détourner l'attention vers les vrais problèmes : l'état du compte en banque de Killy, l'encombrement des autoroutes, le tiercé, qui continue d'avoir le dimanche soir priorité sur toutes les antennes de France.

Le général de Gaulle s'ennuie…

J'ai interrompu ma lecture de l'article de Viansson-Ponté dans *Le Monde*, intitulé "Quand la France s'ennuie", plié le journal et composé le numéro de la cabine dans laquelle Morand était supposé attendre mon coup de fil.

A la deuxième sonnerie, on a décroché :

— Patron ?

— Oui. Tu as reçu la lettre ?

— Oui.

— Qu'en as-tu pensé ?

— Qu'attendez-vous de moi ?

— Trouver les coupables, quels qu'ils soient, et les remettre à la justice.

— Seul ?

— Je t'aiderai, autant que faire se peut…

— De Rennes ?

— J'ai encore quelques amis fiables…

— A la DST ?

— Entre autres. Mais, bon, si tu trouves que c'est au-dessus de tes forces, avec ce qui t'est arrivé, je comprendrai…

— Par où dois-je commencer, selon vous ?

— Ne touche pas à Bolard. Je m'en occupe. Par le haut.

— Vous pensez que maître Bolard est à l'origine de toutes ces tueries ?

— Non, je crois que c'est un passeur, un intermédiaire. Un de ces types à qui l'on désigne les gens gênants et qui chargent d'autres de les éliminer. Essaie de remonter plutôt la piste Sénigalia…

— Par quel bout ?

— D'abord les étudiants de Saint-Jean. Découvrir s'ils savaient pour Sénigalia…

— Comment je la joue ?

— Hors cadre. Alliance objective avec les gauchistes, même s'il n'y a pas concordance d'intérêts.

— Quoi d'autre ?

— Sur l'agenda de Pierre Khoupiguian, un nom figurait, inconnu à Marseille, un étranger, ou un pseudonyme, je ne sais pas…

— Qucl cst-il ?

— Cimuse.

— Jamais entendu ce nom… Pourquoi prenez-vous des risques pareils ?

— Je déteste qu'on m'empêche d'exercer mon travail et les pratiques mafieuses de l'Etat me dégoûtent.

— Vous êtes un idéaliste…

— Détrompe-toi ! Je veux simplement pouvoir continuer à me regarder dans une glace, sans avoir honte. Une histoire de morale personnelle…

Je l'admirais pour ces dernières paroles.

Nous avons pris un nouveau rendez-vous téléphonique, dans une nouvelle cabine. Je commençais à croire que la parano était de rigueur.

*

"11 heures : CIMUSE."

Ton frère avait écrit tous les autres noms sur son agenda avec une majuscule suivie de minuscules. Sauf CIMUSE le matin de sa mort. Qui était-il ?…

Et puis est revenu, du fin fond de l'enfance, ce jeu imbécile que Pierre avait instauré en primaire : écrire des blagues en code secret.

Un code simple qui consistait à choisir pour chaque consonne la lettre suivante, et pour chaque voyelle la voyelle précédente. Pour le A, la précédente était la dernière de la séquence *aeiou*. Ainsi :

CIMUSE se traduisait BOLARD.

Tu as pris la direction de la poste Colbert, oubliant, dans ton excitation, qu'elle était vaste.

Tu es sorti de la voiture sans te préoccuper de l'espace et ta tête en a décidé autrement. Alors que tu gravissais les marches pour chercher l'adresse de Bolard dans le bottin, l'univers a basculé.

Tes jambes se sont dérobées, le sang a quitté ton visage, tes forces t'ont abandonné en chemin et tu t'es retrouvé au sol, envahi de picotements, vibrant de tous tes nerfs à la façon d'un épileptique, effrayant les badauds, glaçant ton public par le spectacle pitoyable que tu donnais.

Le ciel, les visages penchés sur toi te semblaient d'une blancheur irréelle accentuant cette sensation de mort imminente, d'un monde qui s'éteint sous l'effet d'une éclipse.

Tu as senti tes jambes se relever, sans le moindre effort, haut, très haut, tenues par un autre, un inconnu, comme si tu étais un bébé qu'on langeait.

Et le sang, ton sang, a réchauffé, à nouveau, ta tête. Une suée t'a inondé. Une suée de vie retrouvée.

Une voix a demandé :

— C'était une crise d'épilepsie ?

— Non, de tétanie…

On t'a aidé à te remettre sur pattes.

Tu as remercié, sans regarder tes interlocuteurs. Une honte totale, de celle qui donne envie de fuir en courant. Mais courir était impossible, à peine tenir debout.

Marcher à petits pas jusqu'à la 203.

Y entrer.

Et pleurer, de rage, de dépit.

Et de découragement.

Retourner chez toi, ta prison, sans passer par la banque ni par la case départ.

Le Monopoly de ta vie te renvoyait toujours à ta piaule, loin des tiens.

Tu as garé la 203 sur le trottoir, collée à la porte de ton immeuble où tu t'es engouffré, en apnée, comme si tu craignais d'inhaler un produit toxique.

Une fois chez toi, effondré sur ta couche, tu as sangloté. Longtemps.

Plus tard, une main a caressé ta nuque pendant qu'une voix, celle de la Fourmi, t'a demandé :

— Pourquoi as-tu laissé la porte ouverte ? Tu as eu un malaise ?

Tu l'as regardée avec des yeux chargés de détresse en murmurant :

— J'en peux plus, j'en peux plus…

Sans un mot, elle a préparé une pipe de cannabis, l'a allumée, ne l'a pas fumée et te l'a tendue.

Tu l'as tétée comme un nouveau-né avide de quiétude.

Peu à peu, un calme vertigineux s'est installé dans ta tête et ton corps. Comme pour te vider l'esprit, tu as fermé les yeux et raconté ta journée, le vol de l'agenda, Cimuse, Bolard, la crise dans la rue.

Elle a écouté, la main posée sur ton front, la force d'une mère veilleuse.

Ta fragilité l'emplissait de courage, ta confusion la rendait lucide.

Lucide comme jamais.

II

RIEN NE VA PLUS…

Lundi 1er avril 1968

Morand avait semé la zizanie dans ma tête.

Paco consultait fébrilement Martinez, Choukroun et même sa grand-mère. Rien n'y a fait. J'étais seul et perdu.

J'avais promis à Irène de ne plus l'embarquer dans mes enquêtes et sa clairvoyance me manquait.

Qui pouvait m'aider dans cette histoire ? Personne.

Je devais me débrouiller seul. Seul face à un ramassis de notables, d'anciens de l'OAS et de truands, tous confondus dans le même SAC.

Seul face à un Etat et ses magouilles.

“Commencer par Sénigalia”, disait Morand.

Je n'ai pas suivi son conseil.

Je suis allé à la mairie de Marseille où j'ai cherché Mme Vespucci.

Au dire de son mari, elle y travaillait comme femme de ménage.

Je l'ai trouvée au deuxième étage, occupée à nettoyer les toilettes des femmes.

— Vous êtes chez les dames, monsieur. Pour les hommes, c'est…

— Je sais. Inspecteur principal Martinez, j'enquête sur la mort de votre fils.

— Je croyais que c'était fini, cette histoire…

— Pas tout à fait. Savez-vous où il habitait ?

— …

— Madame Vespucci, votre réponse est très importante. D'autres vies sont en danger.

— Ah bon… Eh ben, le petit, je le voyais quelquefois en cachette pour prendre des nouvelles. A la dernière fête des Mères, il m'a invitée dans une pizzeria sur le Prado. Il m'a offert un sac en crocodile. J'en ai pas voulu. J'avais pas envie d'un cadeau tombé du camion. Il m'a juré qu'il l'avait acheté. Pour me le prouver, il m'a emmenée chez lui où il y avait la facture. Je lui ai demandé où il avait pu trouver l'argent. Alors, il a sorti d'un tiroir une carte tricolore en me disant qu'il travaillait pour des gens importants. Il a promis qu'il serait plus empégué* dans des histoires et qu'il ne me donnerait plus de soucis… (Elle s'est mise à pleurer.) C'est sûr, il m'en donnera plus…

— Où est son appartement ?

— C'est une petite maison, dans une impasse de la Pointe Rouge. L'impasse des Harkis.

A croire que l'Algérie et son histoire n'en avaient pas fini avec moi. Ces pauvres harkis, abandonnés

* S'empéguer : du provençal, "s'embarquer dans des affaires louches".

par l'Etat français pour bons et loyaux services, avaient été massacrés par leurs congénères dès l'indépendance promulguée. Pourtant, certains officiers français, conscients de les vouer à une mort certaine, avaient forcé la main du pouvoir, en en embarquant quelques dizaines clandestinement pour Marseille. Les douaniers marseillais les avaient refoulés, sur ordre, et renvoyés à Alger. Dans une logique implacable et cynique, ils avaient bien mérité le nom d'une impasse…

Dans le taxi, j'ai réfléchi : depuis fin décembre, les lieux avaient dû être vidés par le propriétaire et les nouveaux locataires n'apprécieraient pas mon intrusion.

J'ai demandé au chauffeur de me déposer au début de l'avenue des Goumiers.

Depuis ma mésaventure à Ensuès, je me méfiais de tous, y compris des morts. J'ai accédé à la minuscule impasse des Harkis par la traverse Jean-André.

Elle était occupée par deux habitations : une villa cossue et son jardin entouré d'un mur d'enceinte, haut de deux mètres, dans lequel s'inscrivait une maison de poupée à la façade aveugle – sans doute l'ancien habitat du gardien de la demeure –, jouxtant un portail de métal plein.

Je me suis dirigé vers l'entrée principale : un interphone, sans nom, était scellé au mur.

Tout à coup, le portail électrique a commencé à s'écarter, me poussant par instinct à me jeter à plat ventre.

Une BMW noire est sortie, au ralenti, et s'est éloignée sans que j'aie pu distinguer les deux occupants. Le cœur battant, je me suis relevé.

Tel un gamin, j'ai sonné à l'interphone, prêt à fuir si on répondait ; rien n'est venu, ni voix de l'interphone, ni ouverture du portail.

J'ai jeté un œil alentour et, la trouille au ventre, escaladé la grille.

Aucun chien méchant n'a voulu me dévorer quand je me suis laissé tomber sur les gravillons ; je me suis approché de la maisonnette : une porte vitrée et deux petites fenêtres ornaient la façade, côté jardin.

J'ai cassé un carreau d'une des fenêtres et glissé une main à l'intérieur pour l'ouvrir ; je me suis introduit dans la pièce meublée de deux fauteuils de jardin et d'une table en formica, d'un téléviseur et d'un buffet Henri II encombré de bibelots publicitaires, de romans policiers et de bouteilles d'alcool.

J'ai poursuivi ma visite : une petite cuisine à l'abandon, des toilettes, une salle d'eau où traînaient brosse à dents et tube de dentifrice, rasoir à lame, blaireau, savon à barbe et eau de toilette bon marché.

Dans la douche, un savon, encore humide, dans un emballage exotique d'Alep !

Depuis la mort de Vespucci, un autre occupait les lieux.

Dans la chambre, un lit défait aux draps crasseux et une armoire à glace dans laquelle étaient accrochées une veste en peau de mouton afghane, puant encore la bête, et une paire de tuniques en coton blanc brodé.

Sur une petite table de nuit, d'un cendrier empli de mégots émanait encore l'arôme âcre du haschich.

Si Vespucci avait résidé en cet endroit, la demeure principale devait être occupée par ses maîtres. Qui étaient-ils ?

Après une fouille méthodique, je n'avais rien découvert.

Soit ils avaient fait le ménage, soit Vespucci n'avait détenu aucun document significatif. Une petite main, et rien d'autre.

J'ai rôdé autour de la demeure : au-dessus du seuil, un système d'alarme antivol. Incompétent en matière de cambriolage, j'ai jugé plus sage de rebrousser chemin et de quitter les lieux.

Habituellement, il m'aurait suffi d'appeler le service, de donner l'adresse pour obtenir le nom des propriétaires.

Je devrais attendre d'avoir à nouveau Morand au bout du fil pour en savoir plus.

J'ai marché jusqu'à l'arrêt de bus en bord de mer et attendu.

L'eau était grise, mon humeur aussi.

J'ai allumé une maïs en me disant que le printemps s'annonçait pourri.

*

Tigran s'était endormi en me tenant la main.

Plongé dans ses angoisses, il n'avait pas cru aux miennes. Pourtant, j'étais sûre d'être suivie.

Au début, j'avais cru à une parano. La Fourmi avait troqué la cigale contre le grand méchant loup.

Malgré l'arrêt de la fumette, l'impression d'être épiée n'avait pas disparu. Inquiète, j'avais demandé à Paul une petite bombe lacrymogène qu'il m'avait offerte en ironisant sur ma vocation de CRS.

Je n'ai pas ri. Je n'en avais plus envie.

Voir Tigran perdre pied m'avait encouragée à enfoncer les miens dans la terre.

Jadis, j'avais été une fillette courageuse, une adolescente combative et obstinée.

Que m'était-il arrivé ?

Paul avait raison. La vie facile avec Pips m'avait éteinte, le shit aussi. Depuis sa mort, je m'étais laissé ballotter par les événements. Un peu comme Tigran, actuellement.

Tous ces meurtres autour de moi m'avaient convaincue que j'y étais pour quelque chose.

Puisque seul Paco semblait assez solide pour m'étayer, j'avais tenté de le séduire pour être, une fois de plus, prise en charge.

En réalité, j'étais petite mais grande, menue mais capable de redevenir forte.

Est-ce que l'inconnu qui me filait depuis des jours m'attendait dehors ?

Il me fallait en avoir le cœur net.

J'ai enfilé ma veste, pris mon sac, vérifié la présence de la bombe et quitté Tigran.

Arrivée à la place Jean-Jaurès, j'en ai fait le tour. En boucle.

Assez vite, j'ai repéré la silhouette d'un barbu à bonnet qui me suivait avec maladresse. Manifestement pas un pro. J'avais déjà vu cet homme quelque part… Mais où ?

J'ai fait mine de relacer une de mes Clarks, glissé la main dans mon sac pour en extraire la bombe lacrymo et opéré, brutalement, une volte-face dès que j'ai senti, à proximité, la présence de mon persécuteur.

Et je l'ai pulvérisé comme un moustique, sans attendre de l'identifier.

Le type, surpris par l'agression, s'est mis à jurer et à hurler de douleur : "Putain de merde ! Tu es dingue ! Ah la vache, ça brûle !", tout en se frottant les yeux.

J'ai cru halluciner.

Un revenant ! Un mort-vivant ! Pips !

— Pips ? Tu n'es pas mort ? Pips ?

La sidération passée, je l'ai pris par le bras et guidé jusqu'à la fontaine publique. J'ai mouillé son écharpe en coton avec laquelle il s'est humecté les paupières et les yeux tout en jurant pendant que je l'observais, ahurie : il était amaigri, barbu, le cheveu rasé sous un bonnet de laine, le vêtement froissé, presque un clodo.

L'allure d'un routard égaré en terre marseillaise, après avoir été dépouillé par de mauvais garçons.

— Quand tu auras fini de pleurnicher, tu vas, peut-être, m'expliquer ton embrouille ?

— Ouais, ouais. Offre-moi un verre. Avec tes conneries, j'ai la gorge en feu…

— Tu manques pas d'air ! Tu me laisses croire que tu es mort, tu disparais, tu refais surface en me suivant depuis des jours, et puis : "Trinquons à nos retrouvailles !" De toute façon, à cette heure, il n'y a plus un seul bistrot ouvert.

— Allons chez toi…

Après une courte réflexion, je ne voyais pas d'autre solution.

Nous n'allions pas deviser sur nos aventures plantés sur la place Jean-Jaurès ou en compagnie de Tigran !

Nous avons pris un taxi aux Réformés sans échanger un mot durant le parcours jusqu'à mon studio.

Il s'est installé sur un coussin, l'air harassé. Je lui ai servi un grand verre d'eau qu'il a englouti d'une traite et un raki. J'ai demandé :

— Alors ?

Une histoire de fous. A sa façon.

Bloqués par la guerre des Six Jours, son compagnon de voyage et lui avaient séjourné à Gaziantep, une cité turque près de la frontière syrienne, en attendant de pouvoir livrer la Mercedes à un riche bourgeois d'Alep.

Gaziantep, Alep, étranges coïncidences qui me ramenaient à mon géniteur.

A Gaziantep avait résidé une importante communauté arménienne dont témoignait la présence d'une belle cathédrale, et à Alep – lieu de naissance du peintre français d'origine arménienne Jean Carzou –, un diplomate avait décrit dans son journal le flot ininterrompu de cadavres charriés par l'Euphrate au cours du génocide…

Une fois le conflit israélo-arabe terminé, Pips avait dû attendre encore un certain temps avant d'être autorisé à passer la frontière. Craignant d'être interceptés par une patrouille militaire, ils avaient roulé de nuit, tous feux éteints. Un camion, circulant en sens inverse, les avait heurtés, de plein fouet.

Son camarade au volant avait été tué sur le coup alors que Pips avait été éjecté du véhicule. La Mercedes avait pris feu avant qu'il ait pu extraire le cadavre de son compère.

Sa sacoche, contenant les papiers de la bagnole et son passeport, avait brûlé aussi. Paniqué, il avait décidé de "disparaître" en attribuant son identité au conducteur.

— Comment est-ce possible ?

— Les papiers et l'assurance de la bagnole, probablement volée quelque part en Europe, étaient libellés à mon nom. Par sécurité, j'ai toujours eu un deuxième passeport, à une fausse identité, que j'avais planqué avec ce qui me restait de fric dans un sac en toile attaché autour de la ceinture. Je voulais pas d'emmerdes avec les autorités syriennes. J'ai dit aux flics et à l'ambassade de France que Pips était mon pote.

— Et ça a marché ?

— Ouais. Le cadavre était calciné et tout avait brûlé avec la bagnole. Les Syriens, humiliés par les Israéliens pendant la guerre, avaient d'autres soucis que l'identité d'un touriste français. Ils m'ont fourgué à un attaché d'ambassade qui, sans plus de vérifications, m'a ramené à Damas puis rapatrié sur Paris.

— Pourquoi Paris et pas Marseille ?

— Sur mon faux passeport, j'étais domicilié à Paris.

— Ensuite ?

— Le Syrien à qui je devais livrer la Merco s'est plaint à mon "employeur". Ce dernier m'a fait cueillir à la descente d'avion par un de ses sbires qui m'a aussitôt embarqué dans un train à la gare de Lyon : direction Marseille. J'en menais pas large…

— C'était un accident…

— Ouais, mais j'avais bousillé une bagnole de quatre plaques et je devais payer pour les dégâts…

— Comment ça, payer ?

— Les rembourser d'une manière ou d'une autre…

— Sinon ?

— Je préfère pas me poser la question…

— Depuis quand es-tu là ?

— Je sais plus… Début janvier.

— Pourquoi ne m'as-tu pas contactée ?

— Comment ? Tu avais aussi disparu ! Et puis j'étais supposé être mort et mon "patron" a préféré que je le reste. D'autant qu'ils avaient besoin de moi pour une autre affaire…

— Laquelle ?

— Ils m'ont appris que Vespucci avait été tué par Sénigalia dans mon appart. Pourquoi tu l'as sous-loué ?

— Plus de tune pour payer le loyer.

— Et mes affaires ?

— Foutues à la poubelle, après ta mort…

— Sympa !

— Autant que de me faire gober ta mort ! Ensuite ?

— Je devais les aider à retrouver ce que Sénigalia avait volé à un de leurs copains.

— Vespucci travaillait aussi pour eux ?

— Ouais, plus ou moins… C'est lui qui m'a branché sur le convoyage de bagnoles. Ils l'avaient chargé de récupérer ce que Sénigalia avait fauché… Ça s'est pas passé comme prévu…

— Moi qui croyais…

— Quoi ?

— Rien. Continue.

— Quand ils ont su que Sénigalia sortait des Baumettes, ils l'ont attendu en bagnole pour l'embarquer. Dès qu'il a mis un pied dehors, un motard a déboulé à fond la caisse et l'a chargé. Ils ont tenté de les suivre, mais le motard a roulé comme un barjo et les a semés.

— Qu'a décidé ton patron ?

— Il était furax. Il a promis que mon ardoise serait effacée si je trouvais sa planque…

— C'est toi qui as balancé Ensuès à ces salauds ?

— Pas tout de suite ! En gambergeant, je me suis souvenu de la fête organisée par Minier pour l'anniversaire de sa femme. J'ai pensé à la possibilité que Sénigalia y soit planqué…

— Enfoiré !

— Je savais pas qu'ils allaient le flinguer ! Ils m'ont dit qu'ils voulaient juste l'interroger…

— Comme ils ont interrogé Agopian !

— De… De quoi tu parles ?

— Ils ont torturé Agopian…

— Je… Mais ça n'a rien à voir !

— Qu'en sais-tu ?

— … Rien… J'étais pas encore en France quand Agopian a été tué… J'ai découvert sa mort dans un *Méridional* qui traînait chez mon patron…

— Pourquoi tu couvres tes copains ?

— Putain ! Je les couvre pas ! S'ils l'ont buté, ils en ont jamais parlé…

— Qui d'autre l'aurait tué alors ?

— Je… J'en sais rien…

— Ne te fous pas de ma gueule ! Qui l'a fait ? j'ai demandé en sortant ma bombe lacrymo et en la braquant sur ses yeux…

— Ah non ! Recommence pas, hein ! a crié Pips en se protégeant le visage. Pour Sénigalia, des "spécialistes" à qui ils ont filé l'info par téléphone…

— Et Agopian ?

— Je sais pas… Je te jure qu'ils l'ont jamais cité devant moi… Peut-être un junk, en manque…

J'ai baissé la bombe parce qu'il semblait sincère.

— Pourquoi t'ont-ils demandé de me suivre ?

— Ils m'ont rien demandé en ce qui te concerne. Je voulais savoir ce que tu étais devenue depuis ma "disparition".

— Il y a longtemps que tu me files ?
— Huit jours, environ.
— Comment tu m'as retrouvée ?
— J'ai appelé Aimée, la copine de Napo. Elle m'a filé l'adresse de ton job…
— Comme ça ? A un inconnu au téléphone ?
— Je me suis fait passer pour un de tes copains luxembourgistes…
— Tu ne doutes de rien ! Qu'est-ce que tu as découvert d'autre ?
— Ta nouvelle adresse, ton nouveau mec… Un flic en plus !
— Qu'est-ce que tu sais sur lui ?
— Rien, sinon que son frère et sa famille ont été massacrés…
— Par tes copains…
— Pourquoi tu dis ça ? A t'écouter, ils sont responsables de tout ce qui meurt à Marseille ! C'était un homme d'affaires, ce mec… Quelle relation avec Vespucci et Sénigalia ? Ils étaient pas du même monde !
— Qu'est-ce qu'il y avait sur la liste qu'a volée Sénigalia ?
— Comment tu sais que c'était une liste ?
— Peu importe.
— Un truc bizarre. La liste de syndicalistes, d'étudiants, d'hommes politiques de gauche ou d'extrême gauche de la région…
— A quel usage, cette liste ?
— J'en sais pas plus. C'est pourquoi j'ai pas compris l'exécution de Sénigalia. En cherchant dans

l'annuaire, on doit pouvoir la reproduire en quasi-totalité.

— Qui est ton patron ?

— En quoi ça te regarde ?

— Tu tiens à sniffer une nouvelle ligne de lacrymo ?

— C'est bon ! Di Rosa, un trafiquant de bagnoles et de dope.

— Pourquoi une liste de gens de gauche l'intéresse ?

— Aucune idée. Il rend quelques services à un politique…

— Son nom ?

— Au cours d'une conversation téléphonique, Di Rosa l'appelait "maître". Un avocat ou un notaire, sans doute…

— Rien d'autre ?

— Pas que je sache… C'est bien chez toi…

— Merci, mais ne rêve pas, tu n'y as pas ta place.

— Je t'aime toujours, tu sais…

— Baratin ! Tu es mort et enterré, pour la loi comme pour moi. Je me demande comment j'ai pu rester si longtemps avec toi…

— On s'est bien marré quand même… J'avais du fric, tu as voyagé et tu habitais chez moi, non ? Tu as oublié ?

— Non et, quand j'y repense, j'en ai honte.

— Alors nous deux, c'est fini ?

— Oh oui, et jusqu'à la fin de ta nouvelle vie.

— Dommage.

— Pour toi, peut-être, mais pas pour moi. Allez ! Fiche le camp !

— Je peux rester, cette nuit ? Y a plus de bus pour la Pointe Rouge.

— Tu dors sur la plage ?

— Non. Mon employeur m'héberge dans une bicoque en attendant que je trouve quelque chose de mieux.

— Tu travailles toujours pour eux ?

— Comme ils estiment que ma dette n'est pas totalement réglée, ils me gardent sous la main au cas où... Je peux rester ?

J'ai failli accepter tant il était devenu pitoyable, mais j'ai préféré lui donner du fric pour un taxi et je l'ai viré. Sans regret.

Ainsi je n'étais pour rien dans les morts de Vespucci et Sénigalia !

Tous s'étaient servis de moi. Sénigalia en laissant croire que seul mon cul intéressait Vespucci, et les trotskistes en témoignant dans le même sens.

Fourmi, la reine des pommes !

Quant à la liste que j'avais détruite, je n'y comprenais rien.

Par contre, le commanditaire semblait être l'avocat qui figurait sur l'agenda du frère de Tigran : Bolard.

Etait-ce lui qui avait ordonné l'exécution de la famille Khoupiguian et, si oui, pourquoi ?

Je me sentais bien mieux depuis que j'avais repris en main le cours de ma vie. Une convalescence à consolider. J'avais été le tiers passif de la relation adultère de ma mère. Ce secret avait plombé ma vie d'enfant et d'adolescente.

A présent, il me fallait faire rendre gorge à Bolard sur un autre secret responsable de la mort en série de ceux que j'avais côtoyés ou de leurs proches…

Ne pas commettre l'erreur de se précipiter. S'informer, avant tout.

*

A 16 heures, les étudiants étudiaient. Saint-Jean était partiellement vidé de ses locataires, du moins ceux qui m'intéressaient. Hormis Sébastien Bidet, le séducteur de ces dames, en pleine activité fornicatrice.

A travers le bois de la porte, des gémissements féminins couvraient, par intermittence, les paroles anglaises d'un groupe inconnu :

Wild thing,
You make my heart sing
You make everything groovy
Wild thing…

J'ai attendu poliment que l'orgasme parvînt à son terme pour frapper à la porte.

Bidet est apparu, torse nu et ventre ceint d'une serviette de bain.

— Ouais… Tiens !… Vous allez mieux, je vois…

— Oui, merci. Je dérange ?

— Non, non… On écoutait un disque des Troggs… Entrez.

J'ai aperçu une jeune femme blonde, aux formes nues et généreuses, passer de la chambre à la salle de bains.

— Apparemment, la cité est bien chauffée.

— La chanson nous a inspiré quelques mouvements de gymnastique. Que puis-je pour vous ?

— Vous savez que j'ai été flingué en même temps que Sénigalia, ça crée des liens…

— J'ai lu dans les journaux que les assassins avaient été arrêtés…

— C'est vrai, mais, pour autant, les motifs de ce meurtre ne sont toujours pas élucidés.

La jeune femme est réapparue. Habillée, elle était aussi appétissante que nue.

— Bonjour, monsieur – puis, s'adressant à lui : Il faut que j'y aille. Géraldine a promis de me filer les cours que j'ai séchés. A plus tard, Seb.

Elle a déposé un rapide baiser sur les lèvres de son amant et a quitté la place.

— Belle plante !

— Une de plus qui va se faner à mon contact.

— Toujours aussi optimiste sur l'intérêt que vous suscitez.

— Toujours. Vous disiez ?

— Pourquoi ont-ils tué Sénigalia ?

— … J'en sais rien, moi !

Il s'est emparé d'une chemise qu'il a enfilée pour fuir mon regard. Bon amant peut-être, mais piètre menteur.

— Jusqu'à présent, vous avez été plutôt coopératif. Ces types ont aussi voulu me tuer. Et je ne suis pas d'humeur patiente, ces temps-ci…

Il m'a regardé à nouveau pour évaluer le degré de ma menace. Je n'ai pas eu à forcer le trait pour le convaincre.

— Bon… D'accord… Il faut peut-être que je vous donne quelques infos…

— Je vous écoute.

Il a allumé une cigarette et soupiré en exhalant la fumée de la première bouffée :

— J'aimais bien Sénigalia… Un brave gars et un bon militant… Moi je suis juste un sympathisant. Jamais pu me farcir les manifestes et autres écrits politiques d'extrême gauche. Déjà assez de mal avec les polycops de médecine… Je peux vraiment vous faire confiance ?

— Si j'avais été un flic pourri, ils ne m'auraient pas flingué, non ?

— C'est juste… Minier m'a demandé un service : aller récupérer à moto Sénigalia, à sa sortie de prison, et foncer jusqu'à un bar de l'Estaque où il nous retrouverait une heure plus tard.

— Pourquoi a-t-il fait appel à vous et non à un militant plus fiable ?

— J'étais le seul de la bande à être capable de prendre des risques insensés au volant d'une bécane. L'ordalie, vous vous souvenez ?

— Oui. Le jugement de Dieu. Que craignait Minier ?

— Que les amis de Vespucci l'attendent aussi à la sortie.

— Y étaient-ils comme il l'imaginait ?

— Oui. J'ai été suivi par une bagnole pendant quelques centaines de mètres, mais je suis sûr de l'avoir semée. Je n'ai pas compris comment ils ont trouvé sa planque.

— Qui l'a balancé ? Minier ?

— Ça va pas, non ? Minier est irréprochable sur ce coup-là.

— Que vous a-t-il dit concernant la liste volée par Sénigalia ?

— … Rien. Mais…

— Mais quoi ?

— Sénigalia semblait se méfier de Minier quand on l'a retrouvé au bistrot… Il a tenu à ce que je reste à proximité… Au cours de leurs échanges, il a été question d'une liste sur laquelle les noms de son père et le sien avaient été rayés. Selon Sénigalia, ça pouvait signifier que Minier était une taupe…

— Minier, une taupe ?

Je n'y comprenais plus rien. Morand m'apprenait que Sénigalia était une taupe du SAC et ce dernier avait soupçonné Minier de l'être aussi ! Un SAC de nœuds !

— Ouais. Minier était effaré de découvrir l'existence de cette liste et d'y figurer avec son père.

— Sans y figurer vraiment… A qui avait-il volé cette liste ?

— Malheureusement, je n'écoutais pas vraiment… En fait, je jouais au flipper pour me détendre. J'entendais des bribes de conversation sans y prêter attention. Après tout, j'avais fait ce qu'on m'avait demandé, le reste n'était plus mon affaire. Ma partie terminée, je les ai laissés. Sénigalia semblait nettement plus détendu.

— Avez-vous revu Minier depuis ?

— Quand j'ai appris ce qui s'était passé à Ensuès, j'ai tellement eu la trouille que je me suis planqué à Montolivet sans en bouger jusqu'à l'arrestation des assassins. J'ai appris que Minier aussi avait changé d'air, après le meurtre… Va falloir que j'aille déposer dans vos bureaux ?

— Pas pour l'instant. Ne parlez à personne de ce que vous venez de me dire… Y compris à des collègues.

— Vous m'inquiétez…

— J'en suis désolé. Un conseil : restez planqué à Montolivet tant que cette histoire n'est pas éclaircie.

— Je crois que je vais travailler mes examens avec Marie.

— Qui est Marie ?

— La belle plante.

— Une gauchiste aussi ?

— Non, une royaliste.

— Qu'est-ce que vous fichez avec une royaliste ?

— Une fille sans prise de tête et à la dialectique accessible, contrairement aux nanas gauchistes. Ça me repose.

Il a suivi mon conseil illico, se contentant d'emporter un sac empli de quelques livres de médecine.

En enfourchant sa splendide moto, une Norton bleue, il m'a proposé :

— Je vous dépose quelque part ?

— Pourquoi pas ?

J'ai grimpé à l'arrière de la selle et nous avons quitté, en trombe, la cité. En roulant boulevard Baille, il m'a semblé voir Eva Pelletier entrer dans le bar *La Gaieté*, sans sa perruque. Peut-être une fausse reconnaissance.

Deux minutes plus tard, j'étais parvenu à destination, devant le cinéma *Le Breteuil*, dans la rue éponyme. Une salle d'art et essai de Marseille où j'étais sûr de ne croiser aucun de mes collègues. A l'affiche : *La Chinoise* de Jean-Luc Godard.

Malgré la photogénie du *Petit Livre rouge*, je me suis ennuyé durant toute la projection, regrettant que l'auteur ait abandonné son cinéma pour narrer les aventures d'étudiants de Nanterre, bourgeois, à l'écoute de Radio-Pékin. Les personnages ânonnaient une théorie marxiste-léniniste mal digérée jusqu'à décider le passage à la lutte armée, l'exécution d'un universitaire…

Quitte à paraître ringard, je préférais *Le Mépris*. Fritz Lang, Piccoli, Jack Palance et même BB étaient plus impressionnants qu'Anne Wiazemski, sa nouvelle égérie, Jean-Pierre Léaud et Juliette Berto.

Peut-être que Godard avait cessé d'être cinéaste en tournant *Le Mépris*, cette réflexion sur l'état du cinéma et ses compromissions.

Peut-être que Paco Martinez avait cessé d'être flic en enquêtant, au mépris des règles, sur l'Etat et ses collusions avec la pègre.

En sortant de la salle, j'ai hésité à me rendre au domicile de maître Minier pour l'informer qu'il figurait, avec son fils, sur une liste mortelle. J'ai jugé préférable d'en parler auparavant avec Morand.

J'ai continué mon chemin à pied jusqu'à ma tanière où j'ai terminé la lecture de l'article de Viansson-Ponté sur l'ennui, histoire de cultiver la tonalité dans laquelle j'avais baigné pendant deux heures :

> … Un pouvoir de gauche serait-il plus gai que l'actuel régime ?
>
> La tentation sera sans doute de plus en plus grande, au fil des années, d'essayer, simplement pour voir, comme au poker. L'agitation passée, on risque de retrouver la même atmosphère pesante, stérilisante aussi. On ne construit rien sans enthousiasme. Le vrai but de la politique n'est pas d'administrer le moins mal possible le bien commun, de réaliser quelques progrès ou au moins de ne pas les empêcher, d'exprimer en lois et décrets l'évolution inévitable. Au niveau le plus élevé, il est de conduire un

peuple, de lui ouvrir des horizons, de susciter des élans, même s'il doit y avoir un peu de bousculade, des réactions imprudentes.

Dans une petite France presque réduite à l'Hexagone, qui n'est pas vraiment malheureuse ni vraiment prospère, en paix avec tout le monde, sans grande prise sur les événements mondiaux, l'ardeur et l'imagination sont aussi nécessaires que le bien-être et l'expansion. Ce n'est certes pas facile. L'impératif vaut d'ailleurs pour l'opposition autant que pour le pouvoir. S'il n'est pas satisfait, l'anesthésie risque de provoquer la consomption.

Et à la limite, cela s'est vu, un pays peut aussi périr d'ennui.

*

J'avais pris rendez-vous avec Napo à la Gaieté.

J'avais toujours eu de bons rapports avec lui car il n'avait jamais tenté de me draguer. Aimée, sa belle compagne antillaise, devait lui donner toute satisfaction. Pourtant, lui, était libertaire, elle, fan de la Tricontinentale et séduite par la révolution cubaine. Ils étaient capables de palabrer pendant des heures, s'opposant à coups de citations, de références historiques, de bavures révolutionnaires. Tout y passait : la Révolution française, la Commune, la révolution d'Octobre, la chinoise, les guerres mondiales et coloniales, les renversements d'alliances. Tous servaient leur dialectique : Danton, Robespierre, Proudhon,

Bakounine, Lénine, Trotski, Staline, Beria, Mao, Castro, Guevara, Lumumba, Ben Barka, Ho Chi Minh. Leurs débats aboutissaient toujours à la même conclusion : il fallait réinventer la révolution et se débarrasser de la tentation totalitaire.

En cette fin d'après-midi, les consommateurs étaient rares. A une table, quatre étudiants inconnus jouaient au bridge, un cinquième recopiait un cours. Napo rédigeait le texte d'un tract en buvant un café :

— Salut Eva ! Tu attends deux minutes, le temps de relire…

J'ai commandé un café et fumé une Camel en patientant. Quand il a paru satisfait de sa rédaction, j'ai demandé :

— Ça parle de quoi ?

— De nos luttes à venir. L'université n'a pas pour fonction de répondre aux besoins économiques des entreprises publiques ou privées. Puisque les syndicats et les partis de gauche s'en foutent, c'est à nous de nous battre sur ce terrain. Les gaullistes feignent de croire que la révolte qui couve n'est basée que sur la liberté sexuelle dans les cités U. On va leur démontrer que les mandarins à leur solde se gourent. On tente de nous assimiler à des utopistes rêveurs. Ils oublient que les utopies ont souvent été porteuses de grands mouvements sociaux…

— Et les prolos dans tout ça ?

— Désormais la politique est entrée à l'université où les conflits de notre société se situent plus naturellement que dans les usines. Normal, un lieu où l'on apprend à réfléchir a forcément une vocation créative… Qu'est-ce qui t'amène ? Envie de militer à nouveau ?

— D'une certaine façon. Je ne peux pas parler ici…

Il m'a observée, hésitant entre l'évaluation de ma parano et l'énoncé d'une vanne, puis, au regard de la gravité de mon expression, m'a proposé :

— Je dois déposer le tract à un camarade à la fac, tu me racontes en marchant. Il faudra cent cinquante passants pour reconstituer tes propos. Ça te va ?

Son ton ironique m'a agacée, mais j'ai acquiescé.

En chemin, je lui ai tout raconté.

Lorsque j'ai pénétré dans la fac de médecine, j'ai pris conscience que j'y mettais les pieds pour la première fois. Elle était bien mieux entretenue que la fac de lettres. Les étudiantes, pour la plupart élégantes, exposaient la décontraction de celles qui ne manquaient de rien. Les garçons avaient déjà l'allure sérieuse de futurs médecins et l'arrogance du pouvoir. Dans le hall, un grand type longiligne, le visage en lame de couteau, de petits yeux givrés par la haine et une bouche à moitié édentée, a écarté son blazer bleu marine pour laisser entrevoir un flingue dans son holster en nous croisant :

— Tu joues au pédophile ? a ricané Napo.

— Tu sais qu'il y en a une pour toi ? a répondu l'autre.

— Le faf aboie et le bel anar passe, connard !

J'ai demandé d'une voix tremblante :

— C'est qui ce taré ?

— Ivan Bricot. Il se prend pour le Terrible. Un mec de la Corpo, tendance Occident. La dernière fois qu'on a eu un baston avec eux, il l'a jouée spécialiste du karaté. Je l'ai calmé d'un coup de manche de pioche. Il y a laissé quelques dents. Depuis il s'est promis d'avoir ma peau… Mais revenons à ton histoire. On est dans un scénar *Forces obscures qui nous gouvernent*. L'employeur de Pips, Di Rosa, Corse comme moi, a dû être recruté par des copains à Pasqua.

— Qui est Pasqua ?

— Un Corse, aussi. Le vrai patron du SAC dans la région.

— A quoi sert cette liste, selon toi ?

— J'en sais rien… A nous ficher, sans doute…

— Bon. Tu ne m'éclaires pas vraiment. Et en ce qui concerne Minier ?

— Il est à Paris en ce moment et je ne suis pas dans le secret des trotskistes. Il faudrait interroger ce Bolard.

— Comment ? En se pointant à son bureau et en lui demandant si c'est bien lui le commanditaire ?

— Non, bien sûr. Le mieux, ce serait un flingue sur la tempe, mais les flics ont gardé le mien… J'y réfléchis et on en reparle. Ça commence à chauffer à Paris. La fac de Nanterre est fermée, les étudiants ont manifesté et à Besançon, ils ont foutu le feu. Sans compter les Espagnols, les Allemands, les Italiens. Même dans les pays de l'Est, ça bouge. On va pas rester à la traîne ! Repasse dans une huitaine et, en attendant, ne fais pas de conneries. Ce genre d'action ne s'improvise pas. OK ?

— J'attendrai, comme chante Claude François.

Dépitée, j'ai quitté le hall de la fac pour retrouver le brouhaha du boulevard. Après avoir acheté quelques victuailles au Casino de Sakakini, je suis remontée vers la Plaine pour retrouver Tigran, complètement défoncé, tamponnant, de sa main gauche imprégnée d'un pigment rouge, des feuilles de papier blanc.

Des taches brunâtres maculaient le carrelage beige de sa petite cuisine.

— Tu pourrais faire gaffe à ne pas foutre de la peinture partout !

— Ce n'est pas de la peinture, c'est mon sang. C'est beau, non ? m'a-t-il répondu, l'air ravi.

Il s'était coupé la paume en voulant tartiner du beurre sur un bout de pain dur. Il me décrivait la majesté du liquide rouge coulant le long des lignes de la main, pendant que je nettoyais la plaie. Son trip débile ne m'a pas encouragée à lui parler de Pips et de ses révélations sur la liste.

Plus tard, peut-être. Plus tard, sûrement.

Je l'ai couché, me suis allongée à ses côtés et, sans savoir pourquoi, me suis mise à lui raconter l'histoire des rois arméniens, celle qui figurait dans le livre offert par Agopian lorsque j'étais gamine.

Et mes larmes ont coulé sur son épaule, en place de l'enfant que je n'avais pas voulu mener à terme…

III

SOUTIEN TOTAL JUSQU'A LA VICTOIRE

Lundi 8 avril 1968

Comme moi, Morand était largué.

Pourquoi Minier père et fils étaient-ils sur la liste et en avaient-ils été rayés ? Par qui ?

Sénigalia était-il vraiment membre du SAC ou l'information de la DST était-elle erronée ?

— Et si Sénigalia était un trotskiste parisien chargé par ses camarades d'infiltrer le SAC ? me suis-je interrogé à haute voix.

— Pourquoi, dans ce cas, est-il venu à Marseille ?

— Risquant d'être démasqué, il a été exfiltré, comme disent les gars des stups.

— Peut-être. Seul le fils Minier pourrait nous en dire plus. Je vais essayer de savoir si on l'a localisé à Paris.

— Et si j'allais interroger le père ?

— Pas avant d'en savoir plus sur le fils.

— Et pour les propriétaires de la baraque, impasse des Harkis ?

— Je m'en occupe aussi.

— En attendant, je fais quoi ?

— Tu attends.
— Je pourrais reprendre le boulot ?
— Tu bosses en ce moment. Alors ménage-toi. C'est une enquête de longue haleine que nous menons. Sache que je te soutiendrai jusqu'à ce que nous gagnions cette partie…

“Soutien total jusqu'à la victoire !” hurlaient les gauchistes lors des manifs contre la guerre du Viêt-nam.

Morand n'était pas gauchiste et moi, pas le Viêt-công luttant contre l'impérialisme américain. Quelle galère !

Après mon coup de fil à Morand, j'ai appelé Khoupi. Comme Eva travaillait, je suis passé lui tenir compagnie.

Sa piaule, volets ouverts, n'était plus un foutoir innommable puisqu'une femme était passée par là. La vaisselle était rangée, le lit fait et la table décorée d'un bouquet de fleurs des champs.

Khoupi ne fumait pas seulement des Disque Bleu. En quelques semaines, il était devenu maître dans l'art de rouler les clopes. Agrémentées de haschich.

— Combien tu en avales, par jour ?
— Autant qu'il est nécessaire… Pas tant que ça…
— Elle est vraiment top, cette nana. Non seulement tu n'es plus flic, mais tu es passé du côté des junks.

— Paco le moraliste ! Depuis que je fume ce truc, je n'ai plus d'angoisse.

— Alors pourquoi tu n'arrêtes pas ?

— Parce que si j'arrête, ça repart. Eva n'en consomme plus. Tu ne la reconnaîtrais pas.

— Les vases communicants. Elle s'est débarrassée du virus en te le refilant.

— Tu ne l'aimes pas, hein ?

— Pas vraiment. C'est une fouteuse de merde !

— Peut-être, mais, si elle n'était pas là, j'aurais fini chez les dingues…

— Ne dramatise pas !

— De plus, je l'aime.

— Ça, j'avais remarqué. Et tes parents ?

— Ma mère m'appelle régulièrement pour savoir si l'enquête progresse.

— Elle progresse.

— Tu sais qui a tué mon frère ?

— J'ai une piste.

— Maître Bolard ?

Comment, de sa grotte, était-il remonté jusqu'à lui ?

— Pourquoi crois-tu ça ?

— Son nom était dans l'agenda de mon frère. Enfin, son nom codé, Cimuse.

Il m'a raconté sa tentative de retour à l'Evêché, le vol de l'agenda, son décodage grâce à leur jeu d'enfants, sa crise de tétanie dans la rue devant la poste Colbert. Encore une info qui venait corroborer l'hypothèse de Morand.

J'ai demandé à consulter l'agenda. Le rendez-vous avec Frichet, son compagnon franc-maçon, y était noté.

— Sais-tu pourquoi il a rencontré Frichet ?

— Pour se procurer la liste des propriétaires de coffres, je suppose. Je l'ai appelé au téléphone. Frichet m'a pris pour un con, jurant que Pierre avait eu besoin de quelques renseignements techniques sur son propre coffre.

— Que comptes-tu faire ?

— Rien, pour l'instant. Dès que je suis en état, je m'occupe de Bolard.

— Laisse-moi me charger de ça, tu veux bien ? Comme toi, je n'aime pas voir mourir mes partenaires.

Il n'a pas répondu. Un malaise s'est installé, interdisant toute proximité. Inévitablement, j'ai pensé à Choukroun, à notre dernière kémia au bar des Arènes, à sa décision de quitter la partie. Je n'avais pas su empêcher sa mort.

L'histoire allait-elle se répéter ?

Incapable d'aider Khoupi, je le voyais s'enliser dans la drogue et dans l'apragmatisme. Désormais, il se fiait plus à sa Fourmi qu'à son ami.

L'étais-je encore ?

Le coma m'avait peut-être changé en un individu égoïste et indifférent à ceux que j'aimais. Irène me le reprochait et Khoupi me le signifiait par sa réticence. Je n'avais plus pris de nouvelles d'Ernestine, pas plus que de Paul Choukroun, malgré mon engagement auprès de sa mère. Ma loyauté se limitait à Morand, un divisionnaire mis au placard à Rennes !

L'arrivée d'Eva a accentué mon désarroi. La jeune fille fragile avait mûri. A mon égard une distance polie, sans agressivité ni gêne, un regard franc et une posture solide. Elle s'occupait mieux de Khoupi que moi. Mieux que moi, du temps où je veillais sur ma grand-mère. J'ai donc décidé de me retirer dans mes appartements, ajoutant avec maladresse :

— Pas de bêtises, d'accord ?

Je n'étais pourtant pas le mieux placé pour donner ce genre de conseil. Nous ne cessions de nous mettre en garde, les uns, les autres. Comme si nous traversions un champ de mines…

J'aurais aimé trouver Irène devant ma porte.

Sans véhicule, il m'était impossible de la rejoindre à moins de prendre le bus. “Ménage-toi”, m'avait recommandé Morand.

J'ai avalé sans appétit des sardines en boîte puis croqué une pomme insipide et ridée. La vie était triste comme un frigo vide.

A la radio, les infos débitaient, une fois de plus, les dernières horreurs sur la guerre du Viêtnam pendant que les grèves se multipliaient dans les universités, à Paris comme en province. Alain Peyrefitte, ministre de l'Education nationale, rappelait les étudiants à l'ordre et les exhortait à la raison. Pompidou et de Gaulle se taisaient.

Allongé sur mon lit, j'observais le dos de la pin-up d'Aslan et ses fesses nues posées sur une pile de livres. La mixité dans les cités U, certes. Encore fallait-il une femme pour s'introduire dans votre chambre…

*

Ma mère a téléphoné. Depuis ma visite à Orléans, disait-elle, je lui manquais. Un juste retour des choses. Elle m'avait manqué pendant mes vingt premières années, s'imaginant que l'attention discrète de mon père suffirait bien à mon bonheur. J'ai dû interrompre son propos parce qu'une cliente fidèle venait d'entrer dans ma boutique.

— Je te rappelle ce soir…, avais-je annoncé sans être sûre de tenir ma parole.

— Vous pouviez continuer votre appel, Irène. Je ne suis pas pressée…, avait suggéré ma cliente.

— Il n'y a rien d'urgent…

Au fil des ans, je m'étais habituée à son absence, à la présence de Paco. Ces derniers temps, il m'était plus indispensable qu'une mère. Lui ne m'appelait plus pour me murmurer : *"I miss you…"*

Je savais qu'il ne m'était pas infidèle. Pourtant, il l'était, me négligeant au bénéfice de son travail. Ou me protégeant des horreurs auxquelles il se confrontait. Il aurait aimé partager avec moi les questions posées par tous ces meurtres. Il appréciait mes commentaires candides et mes interrogations naïves. En Algérie, il m'appelait sa "muse" policière. A ce jeu, notre couple avait laissé des plumes et nous avions décidé que je ne participerais plus, ni de près ni de loin, à ses aventures. Je devais bien l'avouer : nos échanges me manquaient.

J'ai terminé ma journée, l'humeur morose. Seules dans le salon, une bouteille de chablis et moi nous sommes résignées à regarder la télé :

Une soirée consacrée au théâtre contemporain, Arrabal et Pinter, sur la deuxième chaîne : *Le Cimetière des voitures* de l'un, *L'Anniversaire* de l'autre.

J'ai préféré la seconde pièce, jouée par Michel Bouquet, Bernard Fresson, Jean-Pierre Marielle et Claude Piéplu, comédiens drôles et superbes.

Passablement ivre, j'en avais oublié de rappeler ma mère. 23 heures ! Elle devait dormir. Soulagée, j'ai regardé, d'un œil flou, le début d'un film de Mizoguchi : *Les Amants crucifiés.*

A l'opposé de Paco, je n'appréciais pas les films en version originale sous-titrée.

Pourtant, les premières images de celui-ci m'ont troublée : en des temps anciens, un homme et une femme, liés dos à dos sur un cheval, parcouraient les rues d'une ville sous les quolibets et les injures de la foule. Un couple adultère mis en croix jusqu'à ce que mort s'ensuive…

Le téléphone a sonné. Zut ! Ma mère revenait à la charge.

J'ai répondu d'une voix mal assurée :

— Allô, maman, excuse-moi si je…

— Ce n'est pas ta man, c'est ton amant…

— Paco ? Dommage que tu ne sois pas avec moi. Je regarde un film japonais en VO.

— Lequel ?

Puisqu'il ne l'avait pas vu, il m'a demandé de lui raconter l'histoire. Une première ! Surprise par sa requête, j'ai accepté comme un jeu. Au début, de façon approximative, puis, troublée par son intérêt, j'ai mis le ton dans la lecture des dialogues sous-titrés tout en décrivant, au mieux, les situations qui se succédaient à l'image :

— Epuisés par leur fuite dans la montagne, ils font une halte chez une vieille dame car la jeune femme a de plus en plus de mal à marcher. Mohei va chercher de l'eau et dit, en revenant : "Je vous lave les pieds. – Comme je voudrais pouvoir me recoiffer. – Je suis navré de vous voir subir de tels tourments. – C'est moi qui suis à ta charge, je marche si mal, mais je suis plus heureuse que jamais. Vraiment très heureuse…"

Pendant toute la diffusion, Paco a écouté en silence. Avec amour. Pour le cinéma de Mizoguchi ? Pour sa narratrice ? Allez savoir…

Entre deux phrases, j'avalais une gorgée de chablis.

Entre deux gorgées, je l'entendais boire mes paroles.

J'étais ses yeux avec mes mots, lui, mon public aveugle.

Paco en auditeur passionné d'"Un film, une voix".

Nous ne partagions pas une enquête, mais une fiction à la conclusion tragique, une émotion inconnue de nous deux. Chargée d'un érotisme plus torride que tous les échanges amoureux.

Quand le mot "Fin" s'est inscrit sur l'écran, des larmes glissaient sur mes joues. D'un bonheur ineffable.

— Merci, mon amour…, a conclu Paco.

— Merci à toi, pour ta compagnie.

Actrice invisible d'un spectateur unique, je l'ai salué avant de raccrocher.

La bouteille de chablis était vidée, moi aussi.

En titubant, je suis sortie de scène pour me replier dans ma loge où le lit me tendait ses draps ; je m'y suis jetée, enserrant un oreiller en place d'un bel Espagnol de la Bassetta…

*

La nuit porte cauchemars.

Les sardines avaient bouché mes pores d'une sueur épaisse.

En écoutant Irène me rapporter le film de Mizoguchi, j'avais fabriqué des personnages, des images qui, plongées dans le bain du sommeil, s'étaient développées en un récit morbide joué par des sujets réels.

Une bande-annonce dans laquelle Agopian et la mère fantasmatique d'Eva tenaient le rôle du couple crucifié au début de l'histoire, Eva et Khoupi, celui des héros adultères, crucifiés à la fin…

Le Turc interprétait le bourreau des uns et des autres dans la cour de Saint-Jean-du-Désert, sous le regard sardonique de maître Bolard, substitut imaginaire du mari de l'héroïne, injurié par les slogans révolutionnaires d'une foule estudiantine, poings levés…

Dans un coin, François Nessim prenait des notes…

Moi, sur le balcon de l'appartement où toute l'affaire avait commencé, impuissant à empêcher le supplice, j'essayais désespérément de joindre Morand au numéro d'une cabine rennaise dont la sonnerie résonnait encore et encore à mon oreille…

Irène, absente de mes fantasmes oniriques, ne tenait aucun rôle dans cette mise en scène…

Mes yeux se sont ouverts sur le cul de la pin-up dont la fente semblait me narguer, mes tympans, aux cris du téléphone dont la stridence me harcelait.

Ma main s'est tendue jusqu'au combiné qu'elle a soulevé, sans enthousiasme ;

— Il fait un temps superbe. Tu viens ramer avec moi, Paco ?

— François ? Quelle heure est-il ?

— 6 heures.

— J'arrive.

Je me suis habillé en vitesse et j'ai foncé dans les rues désertes jusqu'au Taxi-Bar.

Un véhicule n'attendait que moi, malgré la nonchalance de son chauffeur. Erreur d'appréciation.

Il a conduit comme si j'avais un train ou un avion à prendre dans les cinq minutes. Brûlant les feux rouges, faisant crisser les pneus dans les virages, dépassant largement la vitesse autorisée en circulation urbaine.

— Vous avez un rendez-vous après cette course ?

— Non, c'est ma dernière, après je rentre et je dois prendre le relais de ma femme pour emmener les minots à l'école.

— Quel est son métier ?

— Le taxi, comme moi. Elle, de jour, moi, de nuit.

— Pas facile, non ?

— Il faut être bien organisé. L'avantage, c'est qu'on n'a pas le temps de s'engatser…

— Vous ne vous voyez jamais ?

— Si. Au dîner. Je prends mon service quand elle les couche. Vous avez des enfants ?

— Non.

— Une femme ?

— Oui et non. On ne vit pas ensemble.

— Moi, je pourrais pas vivre seul. L'habitude. On était huit frères et sœurs à la maison. Si la vie était pas si compliquée, j'aurais bien fabriqué deux ou trois petits de plus.

Certains avaient des vies à la planification impeccable, organisée autour d'un projet central, la famille et ses contraintes. Se marier pour être parents, devenir grands-parents. Ils venaient d'une histoire et perpétuaient leur généalogie, sans autre question.

Moi, je n'avais eu qu'une grand-mère qui m'avait trimballé de Barcelone à Alger. Nous avions traversé ensemble une guerre civile espagnole, une mondiale, et, en conclusion, une coloniale qui lui avait été fatale.

Avec une histoire aussi merdique, difficile d'attendre de moi d'enrichir d'un bourgeon l'arbre Martinez. Un arbre sans racines risquait de donner des rejetons fragiles… On est arrivé aux Baumettes à la vitesse d'un fourgon de police transportant l'ennemi public numéro un.

Nessim sirotait un café sur sa terrasse. Il avait un bronzage incongru pour la saison :

— Où étais-tu ?

— A Cuba. En vacances forcées.

— A cause de l'article ?

— Tu l'as dit. Morand et mon rédac-chef m'ont mis en demeure de débarrasser le plancher. Je suis allé dans l'Oriente…

— Où ça ?

— Près de Santiago de Cuba.

— Qu'y as-tu fait ?

— J'y ai découvert des limonaires insensés. Un type est tombé amoureux de cet instrument importé par une famille haïtienne à la fin du XIXe siècle. Il a envoyé son fils aîné en France pour y apprendre la fabrication de l'engin. A son retour, avec son frère cadet, musicien, ils ont construit un instrument et composé des musiques à leur façon, inspirées d'airs populaires. Ils en jouent régulièrement dans les fêtes de village de l'Oriente. Quand j'aurai développé les photos, je te montrerai la "bête", c'est impressionnant.

— C'est tout ? Ça m'étonne de toi.

— Non, j'ai aussi enquêté sur Guantanamo.

— La base américaine ?

— Ouais. Tu sais que des Cubains y travaillent ?

— Non !

— Si. Ils sont salariés par la CIA, avec l'accord du gouvernement cubain !

— Ils doivent rouler sur l'or, ces gars…

— Tu parles ! Leurs salaires sont versés en dollars au gouvernement cubain qui les convertit, à somme égale, en… pesos avant de les reverser aux employés… Un taux de change pour le moins dévalorisant.

— Une arnaque d'Etat, en somme.

— Et toi, pendant ce temps ?

— Allons ramer, je te raconterai en chemin.

Il a été impressionné des quelques infos que je lui ai livrées. Sans citer Morand ni les fiches des RG, je suis passé pour un enquêteur hors pair.

Nous avons ramé en silence, aussi synchrones dans les mouvements de nos bras que dans le plaisir à partager la beauté des calanques. Le ciel avait une limpidité presque suffocante et l'eau une douceur qui appelait l'immersion. La fraîcheur de l'air s'était perdue au contact de nos muscles chauffés par l'effort. Hormis notre kayak, rien ne froissait le drap lisse de l'onde, sinon cette “chose”…

A une vingtaine de mètres de notre embarcation, une forme oblongue, recouverte d'algues noires, affleurait entre deux arêtes rocheuses. J'ai rompu notre communion, mû par une simple curiosité :

— C'est quoi, selon toi ?

François a interrompu son mouvement pour suivre la direction de mon index :

— Encore une saloperie balancée par des gens sans respect pour la beauté du site.

En quelques coups de rame, nous nous sommes glissés en douceur aux abords de la paroi rocheuse.

— Merde ! a juré François qui venait de tâter, du bout de la rame, la “chose” : la tête décomposée d'un cadavre entre deux eaux. Un homme avait habité ce qui restait de ce corps et de ses vêtements…

Nessim a sorti de son petit coffre le thermos de rhum et une balise orange. Il a bu une lampée pendant que j'accrochais la balise au cadavre. Puis j'ai avalé, à mon tour, une gorgée d'alcool.

— Ses fringues ne plaident pas pour une noyade au cours d'un bain. Suicide ou meurtre ?

Pendant que j'étais à Cuba, a-t-on signalé une disparition spectaculaire à Marseille ?

— Pas que je sache… Ça fait un bail que je ne suis pas allé à l'Evêché… Une bonne occasion d'y faire un tour.

En revenant à Morgiou, j'avais une sensation venue de l'enfance, à la fois désagréable et excitante : une sensation de fin de vacances…

Ce que m'ont rappelé, en écho, mes collègues du SRPJ venus à la rescousse.

— C'est un signe ! a ricané Grassi. Finie pour toi, la PJ buissonnière. De plus, tu as l'air en pleine forme.

Je l'étais et ma supposée convalescence ne paraissait plus justifiée, à moins de passer pour un fieffé tire-au-flanc.

Il a fallu un bateau de la police maritime pour repêcher le corps, déjà bien entamé par l'appétit des poissons. Après examen, le médecin légiste a déclaré :

— Une seule balle, dans la nuque. Le décès remonte à une quinzaine de jours. Le visage est parti en lambeaux. En l'état, il est difficilement identifiable…

S'il était fiché ou déclaré disparu, l'enquête progresserait. Sinon, il faudrait passer par les empreintes dentaires et les journaux.

Le mode opératoire évoquait une exécution.

De même nature que celle de mon ami Choukroun, six ans plus tôt.

Malgré le bleu du ciel et la lumière éclatante qui baignait à présent la calanque, un blues mi-poisseux, mi-joyeux a enrobé mes méninges, *Yesterday* interprété par Ray Charles, aveugle comme moi à cette journée d'une limpidité arrogante, *made in Algeria*.

La mort, aujourd'hui plus qu'hier et bien moins que demain.

La mort, la mort et rien d'autre, la tienne, la mienne, celle qu'on veut nôtre…

Je n'étais pas différent de Sébastien Bidet. Dans l'ordalie. Jouer contre la Mort, se jouer d'elle, flirter avec et la baiser constituait depuis longtemps mon quotidien. Et ce quotidien me manquait.

François et moi avons suivi le fourgon jusqu'à l'Evêché.

Pendant qu'il témoignait de notre découverte, je me suis présenté à Leconte, notre nouveau divisionnaire.

— Puisque c'est vous qui avez découvert la victime, je vous confie l'enquête.

— Avec qui dois-je travailler ?

— Khoupiguian est votre partenaire habituel, non ?

— Exact, mais il n'est pas en grande forme…

— Je sais. Il va, il vient. Je vous avoue que si son frère… Enfin, je me montrerais plus exigeant. Peut-être que vous pourrez le remettre dans le bain. Il serait temps que…

— Où en est cette enquête ?

— Nous piétinons. Il n'y a pas de mobile apparent. Nous cherchons du côté d'un déséquilibré…

— Ah oui, le fou de l'histoire… On va bien en trouver un à Edouard-Toulouse* ou ailleurs prêt à jurer être l'auteur du massacre.

— Evitez-moi vos sarcasmes. Nous faisons pour le mieux…

— Ça, je n'en doute pas ! Pour le mieux dans l'intérêt du général…

— Pardon ?

— Dans l'intérêt général…

— Ouais, vous pouvez disposer, Martinez.

Après sa déposition, j'ai retrouvé François au bistrot des Treize-Coins.

— Alors, comment est ce Leconte ?

— Un politique. Il a été parachuté pour neutraliser tout ce qui pourrait déranger le pouvoir.

— D'où tiens-tu ça ?

— J'ai mes sources.

— Morand ?

— Pourquoi Morand ? Il est dans un placard à Rennes !

— Il a joué gros en me poussant à écrire l'article qui a mis le feu aux poudres. Je doute qu'il en reste là. Tu es tout désigné pour continuer en son nom.

— Tu es loin d'être un imbécile, François…

— Merci du compliment, mais inutile d'avoir fait Polytechnique pour parvenir à cette conclusion.

* Hôpital psychiatrique marseillais.

Sache que si tu as besoin d'un coup de main ou d'infos supplémentaires sur le SAC...

— J'y pense, j'y pense.

— Ça serait sympa de me tenir au courant si vous identifiez le cadavre.

— La moindre des choses, tu étais aux premières loges.

Il a insisté pour m'inviter un de ces soirs autour de *mojitos*.

— Je t'ai rapporté une boîte de Cohiba. Une pure merveille, selon Castro, puisqu'il en a l'exclusivité !

— Comment te l'es-tu procurée ?

— J'ai interviewé Eduardo Rivera, celui qui les roule. Je comptais te l'offrir en revenant de notre virée en kayak, mais Neptune en a décidé autrement...

Je n'étais pas amateur de cigares cubains, néanmoins j'ai accepté, heureux de renouer avec lui et certain, désormais, de sa fiabilité.

*

Eva Pelletier a téléphoné à la boutique pour m'inviter à déjeuner. Elle avait besoin de mes conseils. Je redoutais le pire. Je lui ai donné rendez-vous dans un petit restau place d'Albertas, où j'avais mes habitudes.

J'y suis arrivée avant elle et me suis installée à ma table. En l'attendant, j'ai feuilleté *Le Méridional* : depuis l'assassinat de Martin Luther King trois jours plus tôt, des émeutes sanglantes éclataient dans toutes les grandes villes américaines. A Marseille, seul le résultat du match de foot France-Yougoslavie, joué au stade Vélodrome, semblait un sujet préoccupant…

Lorsque Eva est apparue, j'ai eu du mal à la reconnaître : disparue, son allure d'adolescente inachevée, envolé, le regard de biche apeurée. Une autre, souriante et détendue. Une femme qui n'avait plus besoin d'une perruque pour planquer sa fragilité.

Je connaissais cette détermination que j'affichais lors de mon arrivée en Algérie. Je m'étais débarrassée de ma famille afin d'explorer, loin d'Orléans, de nouvelles pistes et de prendre la mesure de ma valeur. De quoi s'était-elle délestée pour sembler si légère ?

— Tu as une mine superbe ! Que t'est-il arrivé ?

— J'ai décidé de… décider. J'en ai ma claque d'être ballottée par les événements.

— Comme ça ?

— Non, pas comme ça. C'est d'ailleurs l'une des raisons de ce rendez-vous. Tu en sais plus que moi sur *Grandeur et vicissitudes des femmes de flic*.

— Effectivement, j'ai une certaine expérience en ce domaine. Quel est ton problème ?

Elle ne savait plus comment épauler Tigran depuis la mort de son frère et de sa famille. Elle le décrivait comme un tonneau des Danaïdes qu'elle s'épuisait à remplir.

— Durant ces dix dernières années, as-tu été confrontée à un Paco au bout du rouleau à cause d'une enquête et comment t'y es-tu prise pour l'étayer ?

Comment lui expliquer ? Qu'une femme, de flic ou pas, avait de multiples fonctions possibles, filiale, fraternelle, maternelle, amicale, courtisane, infirmière, professionnelle, dont la hiérarchie dépendait du cours de son histoire. Ce classement personnel pouvait correspondre aux attentes d'un compagnon et le séduire mais être brutalement désorganisé par un drame. Ou plusieurs. Paco avait affronté, successivement, la mort de son ami Choukroun et la disparition de sa grand-mère, en pleine guerre civile. J'avais pu l'aider à surmonter la douleur concernant son compère, mais été incapable d'empêcher son effondrement lié à la perte de son aïeule. Il avait fallu nous séparer dans l'exil pour nous retrouver, plus tard, une fois les deuils accomplis.

Comment lui expliquer que l'amour pouvait, avec ses mots, terrasser la mort à l'affût, mais non anéantir la culpabilité ?

Contre la culpabilité, j'avais toujours été impuissante. Etre là, écouter, se taire. Etre là, juste être là, contrer la solitude inhérente à la culpabilité. Soulager la douleur par une caresse, un sourire, une étreinte. Soulager, le temps d'une étreinte. L'aspirine calmait le mal de tête, mais ne détruisait pas une tumeur cérébrale… La culpabilité avait les moyens de pourrir une vie, de tuer une relation…

— C'est sans espoir, alors ? avait-elle soupiré.

— Sais-tu sur quoi repose la culpabilité de Tigran ?

— Sur son incapacité à trouver les assassins.

— Seulement ? J'ai du mal à y croire…

— Il s'en veut de ne pas avoir su protéger son frère.

— L'aimait-il ?

— Comment aurait-il pu aimer un frère adulé par leur mère, admiré par ses pairs, qui l'écrasait par sa réussite sociale et l'humiliait à la moindre occasion… ?

— Se sent-il coupable de l'avoir détesté ?

— Je ne sais pas. J'aimerais démasquer le coupable et l'en débarrasser.

— Faire le travail à sa place, en somme… Méfie-toi de cette stratégie, il ne te le pardonnera peut-être pas car il aurait une dette trop lourde envers toi. Et puis flic, c'est un métier plutôt dangereux, pas un jeu. J'en sais quelque chose…

Je n'avais pas envie de lui raconter la dernière enquête algéroise de Paco à laquelle j'avais participé activement et qui avait failli être fatale à nos vies et à notre couple…

— Et si je parvenais à identifier le ou les assassins de son frère et me contentais de lui livrer les infos ? Il pourrait les arrêter lui-même et…

— Tu me fais peur, Eva.

— C'est marrant, moi, je n'ai plus peur. De rien, ni de personne.

— Ne confonds pas courage et imprudence.

J'ai tenté d'en savoir plus sur ses initiatives d'enquêtrice en herbe, mais elle m'a utilisée pour digresser.

— Et toi, Irène, où en es-tu ?

— J'attends que Paco en ait fini avec cette histoire. Tu lui as parlé de tout ça ?

— Non. Je l'ai croisé chez Tigran. Il semblait gêné de me voir… Non, en fait, entre Paco et Tigran circule un malaise que je ne comprends pas. Comme s'ils n'arrivaient plus à se parler. Peut-être à cause de moi…

— Laisse-les se débrouiller. Les filles n'ont pas à se mêler des affaires des garçons, sous peine de se retrouver éjectées.

Nous avons déjeuné d'une salade et parlé de Paul Choukroun qui envisageait de monter à Paris pour participer à la coordination des grèves dans les universités. Celle d'Aix avait suivi le mouvement enclenché par Nanterre. Les amphis étaient surchauffés par les AG et la fac de sciences de Marseille était sur le point de voter l'arrêt des cours et l'occupation des locaux.

Malgré l'excitation d'Eva, ses propos me renvoyaient aux souvenirs pénibles d'Alger embourbée dans le chaos. Comparaison absurde ! La France n'était plus en guerre et j'imaginais mal les étudiants plongeant le pays dans un désordre équivalent.

*

Le cadavre était celui d'Andolfi, tenancier d'une discothèque à Aubagne, disparu quinze jours plus tôt.

Mon collègue Laumier, en charge de l'enquête sur sa disparition, était convaincu qu'il s'agissait d'un racket foireux. Pas moi. Mais, par sécurité, je n'en ai rien dit. Andolfi avait voulu informer Ernestine sur mes tueurs. Cette info lui avait coûté la vie et avait provoqué l'agression de l'ancienne prostituée. Non seulement le clan Guérini était au tapis, mais de plus piétiné, sans scrupules, par son mystérieux adversaire. La police marseillaise aussi.

— Comme j'ai découvert le cadavre, le patron m'a demandé de reprendre l'enquête avec Khoupi. Tu es d'accord ?

— Oh oui ! Je te souhaite bien du plaisir avec ton collègue. Il marche à côté de ses pompes et, actuellement, ce n'est pas le meilleur partenaire qu'on puisse trouver sur le marché…

Il avait raison. Pourtant, il fallait lui tendre une perche pour lui permettre de reprendre pied dans son boulot plutôt qu'une main pour l'aider à traverser la rue.

J'ai quitté l'Evêché sous une lumière dure et coupante en direction du restaurant d'Ernestine. La température était estivale. Sur le quai des Belges, les pêcheurs remballaient leurs étals de poissons. Une carte postale chromo de la cité phocéenne dominée par sa Dame qui gardait surtout au frais des corps dans les tiroirs de sa morgue.

Le retour au boulot m'avait tendu les nerfs, la perspective de revoir Ernestine et José aussi.

Ce dernier m'a accueilli en m'annonçant que sa compagne n'était plus à Marseille :

— Elle est dans une clinique en Suisse pour y subir des opérations de chirurgie esthétique. Ils sont plutôt optimistes. Selon eux, ils pourront reconstituer en grande partie la peau de son visage. Ça va coûter bonbon, mais faut ce qu'il faut…

— Enfin une bonne nouvelle ! A l'occasion, tu l'embrasses de notre part. Quand revient-elle ?

— Tout dépend de la qualité des greffes. Elle en a pour plusieurs mois…

— Et toi ?

— Je fais tourner la boutique. Du nouveau ?

— On a retrouvé le cadavre d'Andolfi, son indic sur les tueurs qu'on a gaulés.

— Les enfoirés ! Au moins, ils ne tueront plus personne…

— Parfois je me demande si je n'aurais pas dû te laisser les “interroger”. On en saurait peut-être plus…

— Je reste à ta disposition si tu avais besoin de mener ton enquête de manière disons “moins légale”.

— J'espère que non, mais merci quand même.

Vœu pieux car je ne savais pas que je ferais appel à lui pour mener une action commando plutôt surréaliste.

IV

COUPS DE MAIN

Lundi 15 avril 1968

J'en avais assez d'attendre les consignes de Morand. J'ai donc repris la main, sans sa bénédiction, avant de l'avoir à nouveau en ligne, à 11 heures.

M. Frichet, patron des entreprises Frichet, spécialisées dans les serrures et coffres-forts, quadragénaire rond et presque chauve, les yeux bleus de Donald Pleasance*, m'a reçu sans difficulté. Il avait un sourire de façade que rien ne justifiait. Un sourire verrouillé comme son activité :

— Que puis-je pour vous, inspecteur Martinez ?

— M. Pierre Khoupiguian, franc-maçon comme vous, est venu vous voir la veille de sa mort. Pourquoi ?

— Je l'ai déjà dit au commissaire…

— Je ne vous demande pas de répéter ce que vous avez dit, je vous demande la vérité !

— Je ne comprends pas ce que…

— Il a été assassiné ainsi que sa femme et ses enfants. Son frère, mon partenaire, depuis ces meurtres,

* Acteur américain.

est devenu une loque. J'ai moi-même failli y passer. Alors arrêtez vos conneries, sinon je parle de vous à Bolard…

Son sourire s'est figé pour se transformer en une expression de panique totale. Le nom seul de ce mec évoquait manifestement à mon interlocuteur le loup-garou, Dracula et l'Antéchrist réunis.

— Pierre m'a demandé la liste des clients que nous avions communiquée à vos services…

— C'est tout.

— … Non… En fait, il voulait connaître les noms qui se cachaient derrière certaines sociétés…

— Lesquelles ?

— … L'une d'elles, en particulier : la société Africa Food inc…

— Qui en est le PDG ?

— Jean-François Dantec.

— Qui est-ce ?

— Un homme de paille de… de maître Bolard.

— Quelle est l'activité de cette entreprise ?

— L'import-export en agroalimentaire avec l'Afrique.

— Réellement ?

— Selon Pierre, il s'agit de vente d'armes à des pays sous embargo, supervisée par l'Elysée.

François Nessim signalait, dans ses notes, la politique africaine et le rôle non négligeable de Foccart, l'éminence grise de De Gaulle et, accessoirement, le vrai chef du SAC au niveau national.

— Qu'avait-il l'intention de faire ?

— Il ne me l'a pas dit, mais m'a demandé de ne rien révéler sur sa visite à qui que ce soit.

— Vous avez été un peu trop respectueux de la parole donnée. Il y a eu mort d'homme, de femme et d'enfants…

— C'est la raison pour laquelle j'ai pris peur et préféré me taire…

A 11 heures moins le quart, j'ai quitté l'entreprise Frichet et me suis lancé à la recherche d'une cabine téléphonique, dans ce coin des Chutes-Lavie, introuvable. En désespoir de cause je me suis résigné à appeler d'un bistrot, à proximité. J'ai commandé une mauresque, en mémoire de Choukroun, et attendu que le maître des lieux déclenche le compteur téléphonique avant de composer le numéro sur le combiné au bout du zinc :

— J'ai du nouveau concernant Minier, m'a annoncé Morand.

— Ils l'ont coincé à Paris ?

— Non. Je parle du père. Alice, sa défunte femme, avait pour nom de jeune fille Bolard.

— Même famille que…

— Sa sœur cadette. Minier et Bolard se sont rencontrés sur les bancs de la fac de droit, à Aix. Ils sont devenus copains. Bolard lui a présenté sa sœur dont Minier est devenu le petit ami puis le mari. Leurs convictions politiques les ont éloignés, mais les liens familiaux ont contraint les deux hommes à des rencontres formelles. Ces derniers temps, Bolard, très affecté par la mort de sa sœur, se serait rapproché de Minier, dans un chagrin partagé.

— Par loyauté familiale, Bolard aurait rayé le nom de son beau-frère et de son neveu de la liste. Mais, bon sang, pour leur épargner quels ennuis ?

— Je n'en sais rien. Et toi ?

Je lui ai résumé mon entretien avec Frichet.

— Peut-être que Pierre Khoupiguian et sa famille ont été éliminés pour raison d'Etat.

— J'en doute. A qui appartient la maison de l'impasse des Harkis ?

— A un certain Dantec.

— Le PDG d'Africa Food inc., l'homme de paille de Bolard !

— Tout converge… Que vas-tu faire ?

— Essayer de coincer Bolard.

— Tu t'attaques à un gros gibier. Sois prudent.

— Je vais essayer de rester en vie encore un peu. Même si le combat est perdu d'avance, on prend goût à échapper à la mort…

Il était temps pour moi d'informer Khoupi. Il en avait le droit et, peut-être, besoin…

*

Paco te parlait comme si tu pouvais le comprendre, malgré ton absence au monde. Il disait :

— Tu vois, Tigran, tout est limpide dans ces histoires : les Guérini en perte de vitesse et de pouvoir, des jeunes loups tentent de s'emparer de leur territoire. Ils braquent à leur façon, terrorisent le petit personnel. La nouvelle génération a des méthodes plus violentes et plus expéditives. Elle ne s'encombre plus de lester les victimes qu'elle balance à la baille, vitriole les femmes, et flingue les flics. Autres temps, autres mœurs. Rien de nouveau sous le soleil.

De même, Sénigalia trahit le SAC en piquant une liste compromettante. Menacé par un de leurs hommes, Vespucci, il l'envoie jouer les Icare. Au final, il est abattu par ses anciens camarades à sa sortie de prison. Un banal règlement de comptes entre individus baignant en eaux troubles.

Agopian meurt sous la torture des précédents qui croyaient en sa complicité.

Ton frère et sa famille sont massacrés par un malade mental qu'on ne tardera pas à dénicher.

Mes assassins bouclés et leur chef flingué par José Gomez en légitime défense, le gang des braqueurs de la SNCF est hors d'état de nuire.

Conclusion : tous les crimes sont résolus ou en passe de l'être. Inutile de chercher plus loin. Nous pouvons partir en vacances, le sentiment du devoir inaccompli…

Tu as écouté, sans l'interrompre, puis tu as réfléchi avec la lenteur de l'enfant qui calcule une addition en comptant sur ses doigts. Enfin tu as demandé :

— Tu es sérieux ?

— Non. Furieux. Leconte, notre nouveau divisionnaire, nous prend pour des cons ! Autre lecture possible, tout est lié. Tous ces crimes sont à mettre dans le même sac, sans mauvais jeu de mots. L'éminence grise du SAC marseillais, maître Bolard, a une société-écran, Africa Food inc., dans laquelle il fait installer un coffre-fort. Pour des raisons que j'ignore, traîne dans son bureau la Liste. Sénigalia, trotskiste, infiltré dans le SAC parisien, puis exfiltré à Marseille par ses camarades, découvre la liste des gens de gauche de la région. Intrigué, il la feuillette et remarque que les noms de Minier père et fils y figurent mais sont rayés. Ça le trouble au point qu'il décide de la voler. Bolard ne met pas longtemps à comprendre que les ouvriers en charge de l'installation du coffre, Sénigalia et Agopian, l'ont subtilisée. Il envoie Vespucci menacer Sénigalia de représailles s'il ne restitue pas la liste. Vespucci s'y prend comme un manche et y laisse la peau. Sénigalia, se défiant de Minier, son chef trotskiste, va se réfugier chez Agopian sans lui révéler les raisons de sa fuite. Officiellement, Vespucci voulait revoir la Fourmi dont il était tombé amoureux. Agopian, persuadé de la bonne foi de son camarade, le convainc de se rendre, ce qu'il fait en estimant qu'il serait plus en sécurité en prison qu'à l'extérieur…

— Mais Bolard n'a toujours pas récupéré sa liste…

— Exact. Donc il envoie une deuxième équipe. J'ai cru que c'était le Turc qu'il a fait sortir en permission des Baumettes. Malheureusement, les empreintes ne collent pas. Le Turc a été fiché, pas les assassins d'Agopian. Ils foirent à leur tour, ignorant qu'Agopian est fragile du cœur. Ce dernier meurt sous la torture. Bolard panique. Il est responsable indirectement de la mort de deux hommes. Fuite en avant. Jamais deux sans trois, il envoie des professionnels pour récupérer la liste et régler son compte à Sénigalia. Comment ont-ils eu l'adresse de Minier à Ensuès ? Je n'en sais rien. Puisque la Fourmi la connaissait, d'autres aussi probablement. Patatras, j'arrive comme une fleur, les tueurs éliminent Sénigalia et tentent de me tuer aussi.

— Et ils n'ont toujours pas la liste…

— Et pour cause, c'est la Fourmi qui en a été dépositaire mais qui, par peur, l'a détruite. On est dans un scénario hitchcockien, basé sur le Mac Guffin.

— Explique…

— Ça vient d'une histoire racontée par Hitchcock : deux voyageurs se trouvent dans un train en Angleterre. L'un dit à l'autre : "Excusez-moi, monsieur, mais qu'est-ce que ce paquet à l'aspect bizarre qui se trouve au-dessus de votre tête ? – Oh, c'est un Mac Guffin. – A quoi cela sert-il ? – Cela sert à piéger les lions dans les montagnes d'Ecosse. – Mais il n'y a pas de lions dans les montagnes d'Ecosse. – Alors il n'y a pas de Mac Guffin."

— Je n'ai pas compris… Pourtant, je ne suis pas défoncé…

— Selon Hitchcock, le suspense repose sur la quête d'un objet convoité par tous, indépendamment de la qualité de l'objet lui-même, ce qu'il appelle le Mac Guffin. Peu importe que ce soit de l'argent, des documents secrets, un plan, tous se battent pour parvenir à se l'approprier. La cohérence, le mobile, la recherche du coupable sont pour lui sans intérêt, seule le préoccupe la manipulation du spectateur. Dans ses films, le Mac Guffin n'est que prétexte à lancer l'histoire au point qu'on finit par l'oublier pour trembler avec ses héros.

— Et mon frère dans tout ça ?

— J'y viens. Malheureusement pour lui, pour les siens et pour toi, il veut te prouver qu'au jeu du gendarme et du voleur, il peut être meilleur que toi. Donc il enquête à ton insu et, par son réseau franc-maçon, apprend que la société Africa Food inc., présente sur notre liste de propriétaires de coffres, appartient à Bolard. Il découvre également, je ne sais comment, qu'il est une figure du SAC local.

— Un temps, par le biais d'un club de réflexion politique, il a fricoté avec Chirac et Pasqua. C'est là qu'il a dû rencontrer Bolard…

— Probablement. Ton frère était intelligent et il ne lui a pas été difficile de faire le lien avec notre enquête. Il l'invite chez lui pour t'offrir le coupable à l'heure du rendez-vous qu'il t'a fixé.

— Encore un de ces jeux à la con…

— Tu es en retard. Bolard décide de se retirer. Pierre tente de le retenir, sur le pas de l'ascenseur, et, en désespoir de cause, le menace de livrer des infos sur les meurtres des serruriers.

— La dernière fois que je l'ai vu, il m'a confié s'être rapproché des socialistes. Avec le soutien de Defferre et de son journal, ils pouvaient malmener la droite locale et nationale…

— Une imprudence de trop. Une erreur fatale. Bolard panique et ordonne au sbire qui l'accompagne de lui régler son compte…

— Et à toute sa famille.

— Ouais, désolé.

— Si j'étais arrivé à l'heure…

— Je te rappelle que ton retard a été causé par ta visite à l'hôpital. Si je m'étais réveillé un jour plus tard, tu serais mort et, sans doute, en premier…

— Mais à quoi sert cette putain de liste ?

— Peu importe. Cette liste est un Mac Guffin. Son vol a provoqué des meurtres en cascade. Nous savons qui en est l'instigateur, le prouver est une autre histoire. D'après Morand, il a un alibi en béton le soir où ton frère et ta famille sont morts. Le gardien de l'immeuble éliminé, pas de preuves, pas de témoins.

— Aucun espoir de le démasquer, selon toi ?

— A moins de coincer la deuxième équipe et de l'obliger à déposer contre son employeur. Seule la mort d'Agopian serait à sa charge. Quant aux ex-parachutistes, il faudrait les torturer pour qu'ils parlent. Et encore. Si jamais ils se mettaient à table, ils auraient, à coup sûr, un "accident" aux Baumettes.

— Alors ?

— Alors, on va aller lui rendre visite ensemble et tenter de le démasquer.

— Comment ?

— J'ai mon idée.

Paco a conduit la 203 jusqu'au 350, avenue du Prado, un hôtel particulier où était installé le cabinet d'avocats de Bolard et associés. Tu aurais bien fumé un joint pour l'affronter, mais Paco n'aurait pas été d'accord. Il s'est garé dans la contre-allée, à quelques mètres de la grille d'entrée. Vous avez marché d'un pas lent jusqu'à la bâtisse. Ton partenaire t'observait du coin de l'œil, redoutant sans doute que tu aies une crise d'angoisse. Discrètement, tu t'es mis à inspirer, expirer, régulièrement, pour calmer la tension qui t'habitait à l'idée de rencontrer l'assassin présumé de ton frère…

Dans le vaste vestibule, une salle d'attente occupée par deux clients, et un comptoir derrière lequel travaillait une jolie standardiste.

Paco a sorti discrètement sa carte tricolore et a demandé à parler à maître Bolard. La jeune femme a appelé au téléphone sa secrétaire particulière, attendu une réponse et nous a annoncé :

— Il termine son rendez-vous et vous reçoit. Vous pouvez vous installer dans…

— Inutile. On va fumer une cigarette à l'extérieur. Vous nous avertirez quand il aura terminé…, a répondu Paco.

Nous sommes sortis sur le pas de la porte et Paco a allumé une maïs.

— Ça va ?

Tu as acquiescé sans répondre. Comment cela pouvait-il aller ?…

Tu entres dans le bureau sans voir le mobilier luxueux et la décoration raffinée des lieux. Tu ne vois que Bolard qui t'accueille avec un air chargé de compassion :

— Je connaissais votre frère, a-t-il commencé en t'accueillant main tendue, un garçon brillant qui était promis à un bel av…

Les mots suivants sont restés coincés dans sa gorge quand il a vu le flingue au bout de ton bras.

Tu tires une première balle au genou. Il s'effondre au sol en hurlant de douleur :

— Ah ! Vous êtes fou de… !

— Taisez-vous ! Pourquoi avez-vous exécuté mon frère et sa famille… ?

— De quoi parlez-vous ? Je n'y suis pour rien…

Tu tires une deuxième balle à l'autre genou. Il s'écroule un peu plus en geignant comme si la douleur du premier impact l'avait préparé à la suivante.

— Pourquoi les avoir tués ? Pour la liste ?

— Je vous en prie ! Arrêtez !

— Parlez !

— Il m'a menacé, j'ai pris peur. C'est mon garde du corps qui a pris l'initiative. Une initiative intempestive et malheureuse.

— Et vous l'avez laissé tuer femme et enfants, sans intervenir…

— Il ne voulait pas de témoins…

Tu tires une nouvelle balle à l'épaule gauche.

— Vous me prenez pour un idiot ! C'est vous qui lui avez donné l'ordre, n'est-ce pas ?

— Oui… C'est moi… Arrêtez, je vous en supplie !

Tu le regardes, au sol, méprisable, tendre la main droite vers toi, implorer ta pitié comme la famille arménienne sur cette photo du génocide, et toi, comme le Turc de l'image, sourire aux lèvres, tu jouis de ce spectacle misérable, non pas un aliment à la main, mais une arme mortelle braquée sur lui.

Il t'implore, pleurniche, pisse dans son froc, se traîne à tes pieds. Sourd à ses suppliques, tu appuies sur la détente et son visage vole en éclats… Sans bruit…

… Le rêve éveillé de ta vengeance pendant que Paco terminait sa maïs.

La porte vitrée s'est ouverte sur la silhouette de la standardiste :

— Messieurs ! maître Bolard vous attend…

*

Toujours l'œil rivé sur la silhouette fragile de Khoupi, j'ai suivi la secrétaire dans l'escalier de chêne qui menait au premier étage. En grimpant les marches recouvertes d'un tapis de laine épaisse et moelleuse, je me demandais si je n'avais pas présumé de la force de mon partenaire. N'allait-il pas péter un plomb pendant l'entretien ? Quitte ou double ? Comme disait Zappy Max*, à la radio. Mettre Bolard en présence du frère de sa victime était une manœuvre

* Animateur de divertissements radiophoniques.

perverse que j'avais imaginée pour le déstabiliser. Mais lequel des deux allait perdre pied ?

La porte capitonnée de cuir nègre s'est ouverte sur un quinquagénaire trapu, chauve, rond, la bouille triste de Bernard Blier dans *Les Tontons flingueurs*, en beaucoup moins drôle. Manifestement, il n'était pas ravi de nous recevoir.

— Inspecteurs Martinez et Khoupiguian. Merci de bien vouloir nous consacrer un peu de votre temps…

Un regard de perplexité, en réponse à ma politesse et aux identités énoncées, surtout la seconde. Ma stratégie semblait marcher. Son "Asseyez-vous" a claqué plus comme un ordre que comme une invite. Cet homme avait l'habitude du pouvoir.

— Que puis-je pour vous, inspecteurs… ?

— A vrai dire, nous menons une enquête qui nous plonge dans la plus grande confusion.

— De quoi s'agit-il ?

— De plusieurs plaintes pour vol…

— Vous devez faire erreur. Je n'ai pas été victime d'un vol.

— En fait, deux serruriers, spécialistes de la pose de coffres-forts, se sont montrés, disons, indélicats envers plusieurs de leurs clients.

— Encore une fois, il y a malentendu…

— Vous avez bien commandé un coffre pour la société Africa Food inc., non ?

— Je ne connais pas cette société.

— Officiellement, le patron en est un certain Dantec. Il nous a dirigés vers vous…

— Messieurs, nous perdons notre temps et le mien est précieux. Je n'ai jamais eu de relation ni avec cette société ni avec son patron.

Bolard était un vieux renard et rien de ce que je disais ne le perturbait. Khoupi, mâchoires serrées, le flinguait du regard, sans broncher. Pour l'instant. J'ai fait tapis sur un bluff…

— Maître, j'ai du mal à vous croire. C'est comme si vous me disiez que vous ne connaissiez pas Vespucci, Sénigalia, Agopian, Minier, Roberti, Dussour dit le Turc, Andolfi et Pierre Khoupiguian.

Il s'est mis à sourire. Un sourire glacé, aussi tranchant qu'une guillotine. Il avait dans sa main un jeu imparable et il savait que je bluffais. Il a articulé d'une voix basse, au débit lent et impitoyable :

— Je connais évidemment maître Minier, c'est mon beau-frère, ainsi que feu Pierre Khoupiguian, un garçon brillant qui était promis à un bel av…

Sans que j'aie vu venir le coup, Bolard s'est retrouvé le front collé au canon de l'arme de Khoupi.

— Pourquoi l'avez-vous tué ? a murmuré Khoupi.

Sans baisser les yeux, ni trembler, Bolard a répondu :

— Je n'ai tué personne. Rangez votre arme et sortez.

Son index s'est crispé sur la détente. Bolard n'avait pas peur de la mort, Khoupi, si. Nous avions perdu.

— Fais ce qu'il te dit, Tigran… S'il te plaît.

Du bout de son canon, il a repoussé violemment le visage de son ennemi.

L'arme a rejoint son étui. Sur le front de Bolard demeurait un cercle rouge, la trace d'une balle qui n'avait pas été tirée.

— Sortez, messieurs, avant que je ne me fâche.

J'ai posé une main ferme sur l'épaule de Khoupi et l'ai entraîné vers la porte sans qu'il lâchât des yeux la face lunaire et impassible.

— La prochaine fois, je vous tuerai…

— Il n'y aura pas de prochaine fois, a été la sentence définitive prononcée par l'avocat.

J'ai eu la sale impression qu'il venait de lancer deux contrats sur nos têtes et l'intuition aiguë d'avoir commis une des plus belles conneries de ma jeune carrière.

En tirant par le bras Khoupi, j'ai dévalé les marches :

— A présent, on est dans la *mierda*…

— C'est lui. J'en suis sûr…

— Moi aussi, mais, jusqu'à preuve du contraire, nous sommes dans un Etat de droit et pas payés pour faire justice nous-mêmes.

— Il ne va pas s'en sortir comme ça.

— Nous non plus…

J'avais spéculé sur le face-à-face entre coupable et famille de victimes, espérant provoquer l'aveu de l'un et le sursaut de l'autre. Une maladresse qui nous avait mis à découvert et rendus vulnérables. J'étais plus furieux contre moi-même que contre Khoupi.

Je l'ai raccompagné chez lui et, d'autorité, j'ai gardé la 203 pour lui éviter de nouveaux dérapages.

— Tu m'en veux ? m'a-t-il demandé avec un air de chien battu.

— Non.

— Que comptes-tu faire ?

— Continuer sans toi.

Je me suis rendu aux Baumettes pour interroger les deux ex-parachutistes. Le directeur m'a informé qu'ils avaient été transférés à la Santé à Paris sur ordre du ministère de l'Intérieur ! Le ménage se poursuivait.

Comme à chaque fois que les choses m'échappaient, je me suis réfugié dans la fiction cinématographique pour oublier mon désarroi. Je me suis retrouvé en milieu d'après-midi au Cinéac, une salle de la Canebière qui rediffusait des films, à tarif très réduit, si le spectateur s'installait dans les trois premières rangées. Je me suis assis au milieu de la deuxième, dans une salle presque vide, avec l'illusion de m'offrir une projection privée.

La Poursuite impitoyable était un drame d'Arthur Penn : Robert Redford s'évadait de prison pour revoir sa femme, Jane Fonda ; Brando, dans le rôle du shérif, voulait l'intercepter avant la populace, prête à le lyncher. Brando, sous les yeux de sa compagne, Angie Dickinson, recevait une raclée mémorable infligée par des concitoyens respectables ; Redford, cerné par la foule dans un cimetière de voitures en flammes, échappait provisoirement à la mort grâce à Brando. Redford était finalement abattu devant le poste de police, comme Oswald, l'assassin de Kennedy. Brando, écœuré, quittait la ville…

Le tableau impitoyable de la société américaine et l'identification au shérif avaient accentué mon amertume. Si Brando ne sortait pas vainqueur d'un combat contre les puissants et les méchants, j'avais peu d'espoir d'y parvenir…

*

Ton corps vibrait d'un tremblement sans fin. La haine inassouvie s'était changée en une fièvre inextinguible. Tu as allumé un joint pour calmer le paludisme de ton âme.

Ils étaient à bout, tes nerfs, et le cannabis n'y pouvait plus rien.

> *Un homme sous nos yeux s'écroule foudroyé*
> *il écume et gémit, tremble de tout son corps,*
> *délire et se raidit, se tord et, souffle irrégulier,*
> *haletant, il épuise ses membres en convulsions…,*

t'a murmuré le poète.

Alors, n'y tenant plus, tu as sorti, à nouveau, ton arme de son étui, glissé le canon entre tes lèvres. Un dernier trip avant le noir. Ton pouce droit allait mettre fin à la douleur.

> *Toi, du moins, tel que tu es dans la mort endormi,*
> *tel à jamais tu seras, exempt de toute souffrance.*
> *Mais nous, près de tes cendres de ce bûcher horrible,*

inlassablement nous pleurons, et ce chagrin éternel, aucun jour à nos cœurs ne l'arrachera…,

s'est lamenté le poète. Au nom de qui ? D'Eva, de Paco, de ta mère ?

Ta mère. Perdre ainsi ses deux fils, elle n'y survivrait pas.

Te pardonnerait-elle si elle apprenait que tu aurais pu venger ton frère ?

Te pardonnerait-elle de survivre à son fils bien-aimé ?

Mourir, ne serait-ce pas pour toi, enfin, une manière d'exister à ses yeux ?

Ton pouce, malgré toi, s'est figé. Tu as toujours été incapable de tuer. Tu n'as jamais tué. Personne. Et même si, à cet instant, tu étais ton pire ennemi, te supprimer t'était impossible. Tu as serré les mâchoires sur le canon qui tremblait entre tes dents.

Tu n'as pas entendu la porte s'ouvrir, pas vu Eva s'approcher doucement de toi, mais tu as aperçu ses doigts retirer de ta bouche le cylindre d'acier, de ta main la crosse froide, senti ses lèvres fraîches se poser sur ton front brûlant, ses bras te serrer contre elle. Et tu as pleuré sur son épaule en lui confiant comme on chuchote des mots d'amour : "Je n'ai pas pu, je n'ai pas pu", sans qu'elle sût si tu parlais de ta mise à mort, de celle de Bolard. Ou des deux…

V

A BAS L'ÉTAT POLICIER…

Mardi 23 avril 1968

Morand n'était pas dans la cabine à l'heure prévue. Le pire moment pour une défaillance. J'avais, plus que jamais, besoin de ses conseils.

Depuis l'entrevue avec Bolard, je craignais pour ma vie et celle de Khoupi.

Il savait que nous savions et il ne nous laisserait pas continuer à enquêter impunément. Au point où il en était, nos vies ne comptaient plus.

J'ai donc pris le risque d'appeler le SRPJ de Rennes en me présentant sous le nom d'un de mes collègues. Un certain Legouriellec a répondu à la place de Morand : personne ne l'avait vu depuis la veille au soir. Je n'étais pas le seul à tenter de le joindre ; sa femme, en particulier, s'inquiétait de son absence et de son silence. Avait-il, une fois de plus, été convoqué au ministère ? Pas à la connaissance des membres de son service…

A l'Evêché, tout le monde se demandait si l'agitation étudiante allait prendre de l'ampleur ou s'éteindre avec le printemps. Les collègues engageaient des paris comme des turfistes. Je cherchais un moyen de renouer le contact avec Morand.

Rester chez moi comme un amoureux transi attendant près du combiné son appel me semblait impossible.

Allait-il me téléphoner à l'Evêché ? Improbable.

Devrais-je me rendre à Rennes ou continuer sans lui à ma façon ? Imprudent.

Abandonner la partie ? Inconcevable.

En milieu d'après-midi, n'y tenant plus, je suis allé faire un tour sur le quai du Port où, d'une cabine, j'ai rappelé l'inspecteur Legouriellec du SRPJ de Rennes. Il m'a fait patienter un instant, comme s'il était gêné de parler avec moi de Morand. Je l'ai entendu chuchoter avec un collègue ou un supérieur. Enfin, il m'a annoncé d'une voix grave :

— Le commissaire Morand est… mort… Un promeneur a découvert son cadavre près d'un étang isolé…

— Il… Morand a été assassiné !

— Euh ! Non… Il semblerait que ce soit un suicide…

— Un suicide ? C'est une blague ? Pourquoi se serait-il suicidé ? Comment ?

— Avec son arme de service… Ecoutez, je n'en sais pas plus. Une enquête est en cours… Rappelez plus tard… Ici, l'émotion est grande… Il venait d'arriver et on le connaissait peu mais on commençait à l'apprécier…

Je n'ai pas entendu la fin de sa phrase… Seuls les bruits de mon cœur et quelques mots en boucle résonnaient à mes oreilles : Morand mort ! Un suicide ! Absurde !

J'ai appelé, dans la foulée, François au *Provençal*.

— Il faut que je te parle.

— Tout de suite ?

— Oui.

Pendant le trajet jusqu'à l'Unic se sont succédé des sentiments d'angoisse aiguë, de lassitude extrême, de trouille pure, de rage comparable à celle ressentie après la mort de Choukroun.

J'ai retrouvé François installé à une table au fond de la salle et déballé, comme on vomit, la sinistre nouvelle :

— Merde ! On l'aurait suicidé comme Figon…

— Figon ?

— Tu sais, le type impliqué dans l'enlèvement de Ben Barka. Un copain de Lemarchand, avocat et chef barbouze à la solde de Foccart. Il se serait suicidé au moment de son interpellation.

— Rappelle-moi pourquoi.

— Lemarchand tardant à lui remettre le passeport et l'argent promis, Figon avait commencé une campagne d'intox, *via Minute*, *L'Express* et *Paris-Match*, sur le mode “Confessions d'un truand barbouze”…

— Pourquoi dis-tu qu'on l'a suicidé ?

— En janvier 1966, la police l'avait localisé dans un studio au cinquième étage d'un immeuble de la rue des Renaudes à Paris. Arrivés sur le palier, les collègues auraient entendu un coup de feu. Ils ont enfoncé la porte et l'ont trouvé mort, une balle dans la tempe. Et sans attendre le résultat de l'information judiciaire, le procureur a conclu au suicide. Pas d'empreintes sur l'arme, pas de traces de poudre sur la main droite, et accès au studio interdit aux experts qui ont dû travailler sur plan... Plutôt louche, non ?

— Plutôt.

— D'autant que l'affaire impliquait le préfet de police Papon, le SAC et donc Foccart.

— Personne n'a dénoncé la manip ?

— Si, mon patron, Defferre, a écrit dans *Le Provençal* que Foccart était au courant de l'enlèvement de Ben Barka et qu'il aurait pu, s'il avait voulu, s'y opposer.

— Foccart ne l'a pas poursuivi en diffamation ?

— Non. Par crainte sans doute d'un grand déballage...

— Mais Morand n'était pas un truand en fuite...

— Par qui avait-il ses infos ?

— Par un gars de la DST, je crois.

— Aïe, un vrai panier de crabes.

— Tu crois que la DST serait responsable de son "suicide" ?

— Un homme qui en savait trop...

— Morand n'était pas non plus un héros de Hitchcock, sinon il s'en serait sorti...

— Ouais... Tu devrais te méfier. Si Morand a parlé de vos conversations...

— Mes jours sont comptés...

— Comment est-ce que je peux t'aider ?

— J'ai besoin de relire tes notes… Quand tu me les as filées la première fois, croyant que tu brodais, je les ai parcourues en diagonale…

— Es-tu sûr de vouloir continuer ? Cette affaire prend des proportions très inquiétantes…

— Je n'ai pas le choix.

En vérité, je l'avais. Il me suffisait d'oublier et de passer à autre chose. L'amnésie n'était pas dans ma nature. Ni la résignation.

*

Napo haranguait la foule d'étudiants massée dans le grand amphithéâtre. Pas celui de la fac de médecine, encore sage comme une image, mais de la fac de sciences Saint-Charles.

— … Camarades, je propose qu'on vote à main levée pour la grève générale en soutien à nos camarades de Nanterre et de Paris. Non à l'université à la botte du patronat. Ce n'est qu'un début, continuons le combat !

Tonnerre d'applaudissements et majorité plus qu'absolue de mains levées en faveur de la grève.

Les étudiants en sciences venaient de rejoindre le mouvement de protestation qui s'amplifiait dans toute la France. Les opposants à la grève, furieux, ont quitté la place sous les huées et les quolibets des autres.

Compte tenu de l'excitation de Napo, il était impensable de lui rappeler l'aide qu'il m'avait promise.

Mes camarades partaient dans tous les sens : Paul était sur le point de monter à Paris pour "être au cœur de la bataille", Minier déjà sur place et Napo en route pour le Grand Soir. J'ai soudain pris conscience que l'idéologie qui m'avait enthousiasmée quelque temps plus tôt me semblait, à cet instant, abstraite : lutte des classes, pouvoir aux travailleurs et combat contre l'impérialisme américain étaient à des années-lumière de mes préoccupations. Je voulais sortir mon homme de sa lente descente aux enfers, devenir la pasionaria de sa lutte contre l'angoisse et la culpabilité. J'avais assez d'intelligence pour cela mais pas de savoir-faire. J'ai consulté, dans ma tête, la liste de mes relations en mesure de me suivre. Aucune ne faisait le poids. Seul Paco pouvait m'y aider. Mais le voudrait-il ?

Je suis sortie de la fac à contre-courant de la horde d'étudiants qui affluait de toutes parts. Comme si un clairon communard avait sonné le rappel.

J'ai appelé l'Evêché d'une cabine et épuisé toute ma monnaie sans que quiconque soit en mesure de me dire où et quand je pouvais joindre Paco.

Je suis descendue jusqu'à la porte d'Aix et me suis rendue chez Moulé où j'ai acheté une veste en treillis, un Levi's et une paire de tennis. Ma nouvelle tenue, désormais. Une tenue de combat.

Ensuite, j'ai dévalé la rue Sainte-Barbe jusqu'au cours Belsunce. Soit je retournais chez moi, à Endoume, par le bus, soit je remontais la Canebière pour poireauter devant chez Paco en attendant son retour. J'ai choisi la seconde option. En chemin, je me suis arrêtée chez Maupetit pour demander à Ghislaine, une collègue, de me prêter sa deuch.

— Jusqu'à quand tu la veux ?

— Demain au plus tard.

Elle a accepté en me recommandant de la ménager.

— Elle bouffe beaucoup d'huile, y a un bidon en réserve dans le coffre. Et surtout ne la décapote pas, la lanière pour la maintenir est naze.

J'ai récupéré la bagnole rue Sainte et rejoint la Plaine où je me suis garée à une trentaine de mètres de l'immeuble de Paco.

Je suis allée sonner à sa porte. Il n'était pas rentré. Installée dans la deuch, en planque comme un flic de série B, j'ai attendu en fumant des Camel. Il n'y avait pas d'autoradio pour me tenir compagnie. Sur la banquette arrière traînait un bouquin, *Le Festin nu*, de William S. Burroughs. Je n'avais rien lu de cet auteur que la quatrième de couverture présentait comme l'ami de Kerouac et Ginsberg, membres fondateurs de la beat generation.

Un fada encore, ce Burroughs. Le narrateur, après avoir tué, par "accident", sa femme infidèle, se lançait dans l'écriture hallucinée d'un livre sur une machine à écrire aux apparences de cafard ! Le voyage intérieur d'un junk mangé par la culpabilité ! Jamais rien lu de semblable. Quelque chose des surréalistes dans le mécanisme d'écriture, la parano et les orgies homosexuelles en plus. Ce qu'il me fallait lire pour douter de ma capacité à décoder le monde dans lequel j'évoluais depuis quelques mois.

Et si le frère de Khoupi et sa famille avaient été flingués au cours d'un banal cambriolage ? Et si toutes ces histoires n'étaient qu'une succession de hasards ? Depuis longtemps, je ne croyais plus à la banalité ou au hasard. Ma mère m'avait poussée à croire à la nature anodine des rencontres avec Agopian alors qu'il était mon géniteur, Sénigalia, que j'étais la mieux placée pour garder cette putain de liste, tout Saint-Jean, qu'il avait tué Vespucci pour me protéger de son harcèlement, Pips, qu'il était mort en Syrie. Marre qu'on me traite comme une conne naïve et fragile !

Même Burroughs voulait me balader dans ses trips hallucinogènes pour me faire gober son histoire… Paco est arrivé alors que je me débattais dans le marécage de mes ruminations. J'ai bondi hors du véhicule et l'ai interpellé. Il s'est arrêté et m'a dévisagée en soupirant :

— Que me veux-tu ?

— Te parler.

Je lui ai fait part de mon projet : démasquer Bolard.

— Ecoute-moi bien, Eva ! Reste à ta place ! Occupe-toi de Khoupi, c'est ce que tu as de mieux à faire. Les coupables, laisse-les aux professionnels si tu veux vivre encore un peu. J'ai commis l'erreur d'embarquer Irène dans une de mes enquêtes et nous avons payé le prix fort.

— Lequel ?

— Elle a failli y laisser la peau et notre couple a eu beaucoup de difficultés à s'en remettre. Termine ton mémoire d'histoire, manifeste avec tes petits camarades, tout ça relève de ta compétence. Mais surtout ne t'avise pas de jouer à l'enquêtrice, sinon…

Encore un qui me considérait comme une gamine inconsistante et irresponsable.

J'ai verrouillé mes glandes lacrymales, serré les dents et tourné le dos à son incrédulité. Il m'a regardée monter dans la bagnole, sans bouger, croyant sans doute que son sermon m'avait convaincue. Il avait tort.

J'avais réussi à me procurer sans peine l'adresse professionnelle de maître Bolard dans l'annuaire et, en fouinant, trouvé une photo du bonhomme dans les archives du *Provençal*.

Rentrée chez moi, j'ai pris une douche, puis revêtu ma tenue de combat complétée par ma perruque et une paire de lunettes de soleil.

Malgré mon apparence, un mélange de guérillera et d'espionne de film Z, je me sentais l'âme d'une justicière. Une justicière invincible.

*

Officiellement, le commissaire Morand, depuis sa mutation à Rennes, ne s'était jamais habitué à son nouveau cadre.

"Affecté par les réprimandes du ministère de l'Intérieur concernant sa manière de diriger les enquêtes au sein du SRPJ de Marseille, il s'était enfoncé dans un état dépressif sévère qui l'aurait amené à mettre fin à ses jours dans des circonstances encore mal élucidées."

C'est ce que stipulait le communiqué de l'AFP repris par la plupart des quotidiens. Seul *Le Provençal*, sous la plume de François, revenait sur les conditions de sa mutation et s'interrogeait sur les raisons qui pouvaient pousser un divisionnaire chevronné à se suicider au bord d'un étang isolé, sans laisser de lettre à son entourage…

François m'avait appris que le corps avait été retrouvé, immergé dans cinquante centimètres d'eau, à une centaine de mètres de sa voiture garée dans un sous-bois. Morand serait allé, par un froid de canard, tremper les pieds dans l'eau d'un étang et se serait tiré une balle dans la tempe. Voulait-on accréditer, par cette étrange mise en scène, que Morand avait perdu la boule ?

De mon côté, j'avais essayé d'en savoir plus par mes collègues bretons, sans résultat. Tous se calaient sur la version officielle. Le pouvoir gaulliste tenait tout son monde d'une main de fer : enquêteurs, procureurs et médias…

J'ai décidé d'utiliser les mêmes armes que les sbires du SAC. Puisque la légalité ne payait pas, il me faudrait opérer hors la loi.

J'ai appelé José Gomez pour l'inviter à boire l'apéro avant le service du soir, puis je suis retourné chez moi. Plongé dans mes réflexions sur une nouvelle stratégie, j'ai entendu crier mon prénom. C'était Eva Pelletier.

Je l'ai écoutée déblatérer sur un plan fumeux aboutissant à démasquer Bolard. Je l'ai grondée comme si je m'adressais à une gamine indisciplinée et l'ai renvoyée à ses chères études.

Elle en aurait pleuré de rage, mais elle s'est abstenue pour me prouver combien elle était courageuse.

La connerie des jeunes face à la sagesse relative des vieux ! Si elle avait eu connaissance de mes projets, elle m'aurait sans doute jugé bien plus téméraire et inconséquent qu'elle…

Dans la boîte aux lettres m'attendait un avis de pli recommandé. Je me suis rendu à la poste au pas de course sans avoir vérifié que la lettre ne pourrait m'être remise le jour même. Malgré mon insistance sur l'urgence et le prestige de ma fonction, l'employé des PTT a été intraitable :

— Vé, c'est pas parce que vous êtes flic qu'il faut vous croire tout permis ! m'a asséné le gars, fort de son petit pouvoir.

Pourtant, j'allais bientôt tout me permettre. A mes risques et périls…

En fin d'après-midi, je suis allé retrouver José Gomez, avant l'arrivée des clients. En chemin, j'ai eu la sensation d'être suivi. Une impression désagréable. Une BMW noire, la même que celle de la Pointe Rouge, apparaissait régulièrement dans mon rétro. J'ai laissé la 203 assez loin du restau d'Ernestine, cours d'Estienne-d'Orves, histoire de vérifier si la filature se poursuivait à pied. Mon flingue côté cœur, ma trouille côté ventre, j'ai emprunté un circuit culturel en boucle : rues Saint-Saens, Corneille, Lully, Molière. Apparemment personne ne tournait avec moi.

José m'attendait, une bouteille de champ glacée à portée de main.

— La première opération d'Ernestine s'est déroulée impec, elle a un moral d'acier…

— Pas moi…

— Raconte.

— Je vais passer la ligne rouge et j'ai besoin de ton “expérience”…

— Quoi que ce soit, je suis ton homme. J'ai une dette envers toi.

— Il faudrait monter à Paris quelques jours. Tu es partant ?

— Le temps de m'organiser, ici. C'est pour quand ?

— Disons le 2 mai, c'est un jeudi. Ça te va ?

— Parfait. Quelle sera ma mission, chef ?

— Trop tôt pour l'instant. Je t'exposerai mon plan en chemin.

— On monte en avion ?

— Non, en bagnole, plus discret.

— Je croyais que tu n'en avais pas.

— J'ai la 203 d'un collègue.

— Pas terrible…

— J'ai rien d'autre sous la main et la Stude d'Irène est un peu trop voyante.

— On peut prendre la mienne. Une Simca 1000, trafiquée à ma façon…

— C'est-à-dire ?

— Je te la présenterai au moment du départ…

— Pourrais-tu me donner une photo d'identité avant notre virée ?

— Il doit m'en rester une dans mon portefeuille… Rien d'autre ?

— Si tu as encore de l'artillerie, prends-la…

— J'ai gardé quelques “souvenirs” du temps où j'étais dans les forces spéciales.

Il m'a remis la photo sans question, une preuve de confiance que j'appréciais.

Et puis on a trinqué, à nos amours, à notre amitié, à la réussite de notre aventure.

Et, l'optimisme de José étant communicatif, à nos vies futures.

Passablement éméché, j'ai rejoint la bagnole deux heures plus tard et pris la route des Baumettes où j'ai retrouvé François. Aucune voiture ne semblait me suivre. A moins que la BMW n'ait été remplacée par un véhicule plus discret. Là encore, j'ai garé la voiture sur l'avenue Jean-Ginier et grimpé la côte raide et escarpée de l'avenue Estoupan à pied. A Marseille, la moindre voie portait le nom pompeux de boulevard ou d'avenue sans que la dimension le justifiât.

François avait préparé des *mojitos*, quelques acras de morue et posé sur la table la boîte de cigares Cohiba. Je me suis jeté sur les acras pour lester mon estomac trop imbibé d'alcool et m'éviter de rouler sous la table après le premier *mojito*.

Pendant que je dégustais le délicieux breuvage, il a mis un disque de musique cubaine très mélancolique avant de m'offrir un cigare. Le chanteur disait :

Apprendimos a quererte
Desde la histórica altura,
Donde el sol de tu bravura
Le puso cerco a la muerte…

— Alors ?

— Excellent ! Jamais fumé un truc pareil… Comment s'appelle la chanson ?

— *Hasta siempre…*

— De qui parle-t-il ?

— Ecoute…

…De tu querida presencia,
Comandante Che Guevara.

— Tu es un admirateur du Che ?

— Surtout de Carlos Puebla, l'auteur de la chanson. Il est né à Manzanillo près de Santiago. Cette ville est le berceau de la musique cubaine… On dit qu'il a écrit cette chanson en 1965, quand Castro a viré le Che du gouvernement. C'est une vraie chanson d'amour dédiée à Guevara.

— C'est beau.

— Rien n'est trop beau pour toi, l'ami…

— C'est une déclaration ? Les *mojitos*, les acras, les cigares… Qu'attends-tu de moi ?

— Rien. La vie est belle, non ? Irène aussi. Arrête les frais et profite du temps qui reste…

— Pourquoi dis-tu ça ?

La musique continuait de me parler avec des mots inconnus qui semblaient me mettre en garde, en écho aux propos de François :

Seguiremos adelante
como junto a tí seguimos
y con Fidel te decimos :
Hasta siempre Comandante !

— Parce que je sens que tu es sur le point de faire une connerie.

— Je suis un grand garçon, non ?

— Ouais, mais un peu trop jeune pour se faire trouer la peau deux fois en six mois.

— Mon premier est fils d'anarchiste espagnol donc obstiné, mon deuxième pied-noir donc têtu comme un bourricot, mon troisième rapatrié donc rancunier, mon quatrième flic et plutôt en colère, mon tout, oui, est sur le point de passer de l'autre côté de la loi.

— Ta décision est déjà prise et rien ne pourra t'en dissuader ?

— Exact. Comprends-moi. Quelque part du côté du pouvoir, des types ne doutent de rien. Or, le doute est nécessaire au bon équilibre mental. Si le pouvoir devient fou, il faut bien que quelqu'un le ramène à la réalité ? Les étudiants s'y mettent. Pourquoi pas moi ?

— Tu deviens complètement mégalo ! Irène a raison, tu te prends pour Zorro !

— Et toi pour le sergent Garcia !

Il a éclaté de rire :

— Le bide en moins, tout de même ! Un autre *mojito* ?

— Allez, un dernier pour la route.

Quand le disque s'est terminé, il m'a remis ses notes sur le SAC et serré dans ses bras comme si c'était la dernière fois, en me murmurant à l'oreille :

— *Ciuda-te, carino !*

J'avais la pénible impression d'être dans la peau du Che avant de partir pour la Bolivie, son dernier voyage. Ou dans celle du petit-fils que j'avais été, pour lequel sa grand-mère tremblait…

Borracho, j'ai dévalé la pente comme une bagnole sans freins. Malgré le rythme désordonné de mes jambes qui inventaient des pas d'une salsa inconnue des Cubains, je suis parvenu debout au carrefour. Je ne le suis pas resté. Une "chose", venue d'ailleurs, s'est emparée de moi et m'a jeté contre le mur d'enceinte d'une maison, telle une peluche aux mains d'un enfant coléreux. C'était comme si j'étais tombé à l'horizontale tant le choc a été rude. Avant de comprendre ce qui m'arrivait, une main m'a plaqué le visage contre la paroi et m'a susurré à l'oreille avec un accent chti :

— Si tu veux rester vivant, oublie l'affaire Khoupiguian…

Et, sans attendre ma réponse, un coup de poing m'a explosé le bas du dos. La douleur a été si violente que je suis tombé à quatre pattes pour vomir un mélange d'acras, de rhum, de champagne et de bile pendant qu'une voiture démarrait en trombe.

Quand j'ai pu enfin détacher mes lèvres de l'asphalte baigné d'une flaque d'aliments prédigérés et me relever, la rue était déserte.

Mon agresseur avait disparu. Ma boîte de cigares cubains aussi.

*

Au volant de la deuch, perruque, lunettes de soleil et tenue de combat, je me suis rendue au Prado et garée à proximité du cabinet d'avocats d'affaires Bolard.

J'ai repris la lecture du *Festin nu*, en attendant la sortie du patron.

A 18 heures, quelques nanas ont quitté les lieux à pied. Les secrétaires, sans doute.

Entre 20 heures et 21 heures, deux types et une femme, aux allures d'avocats chic, sont partis au volant de bagnoles diverses, Mini Cooper, Mercedes, Lancia. Point de Bolard. Au deuxième étage, les bureaux étaient toujours allumés. Cet homme travaillait tard.

A 22 heures, un type à moto est arrivé, l'allure d'un videur de boîte de nuit. Il est entré dans les locaux et n'en est pas ressorti.

Dix minutes plus tard, une grosse Mercedes s'est pointée. Le chauffeur n'en est pas sorti. Les lumières des bureaux se sont éteintes. Peu après, Bolard est enfin apparu, accompagné sur le seuil par le motard resté sur place. Un gardien de nuit ? Le chauffeur est sorti de la Merco et a ouvert la porte arrière. Bolard s'est engouffré dans la bagnole sans échanger un mot avec lui.

J'ai démarré la deuch et entamé ma filature. Ils ont pris la direction du bord de mer et ont tourné à gauche vers l'hippodrome Borély. Je les suivais à cent mètres pour ne pas me faire repérer. Ils ont continué vers la Pointe Rouge, emprunté l'avenue des Goumiers jusqu'à une ruelle dans laquelle ils ont disparu. J'ai eu le temps de voir les grilles d'une demeure se fermer. J'ai noté le nom de la ruelle : impasse des Harkis.

Etait-ce là que Pips était hébergé ? La baraque du truand corse Di Rosa ? Celle de Bolard ? Une coïncidence ? Je n'y croyais pas. Cette piaule était un repaire de voyous.

Je suis restée dans le coin encore une heure. Aux environs de minuit, la Mercedes est réapparue. Comme le quartier était vide de toute circulation, j'ai attendu un moment avant de redémarrer.

La route du bord de mer était déserte et, même à deux cents mètres, j'ai repéré facilement la voiture de maître. Elle a longé la Corniche jusqu'à la plage des Prophètes puis emprunté le chemin du Roucas-Blanc. J'ai préféré décrocher, quitte à perdre leur trace. A la hauteur du boulevard Georges-Estrangin, j'ai aperçu la Mercedes s'engouffrer dans une propriété.

Après une demi-heure, je me suis décidée à jeter un œil sur le nom de la boîte aux lettres de la villa cossue : "M. et Mme Bolard".

Crevée plus par la tension que par la filature, j'ai pris la direction de mon studio tout proche en songeant qu'il fallait m'intéresser, en priorité, à la baraque de la Pointe Rouge…

VI

DE L'AUBE CLAIRE
JUSQU'A LA FIN DU JOUR…

Mardi 30 avril 1968

La lettre recommandée était de Morand. Envoyée la veille de sa mort :

Mauvaises nouvelles :

Comme tu l'as constaté, je n'étais pas présent à notre rendez-vous téléphonique.

Mon contact à la DST m'a confirmé que j'étais sur écoute et sous filature. Même les cabines ne me semblent plus sûres. De son côté, mon informateur est grillé dans son service et a jugé plus prudent de cesser tout échange avec moi.

Désolé de te l'annoncer, mais la partie adverse est trop forte pour nous.

Voici les dernières infos que j'ai pu obtenir :

1) La liste volée par Sénigalia a été fournie au SAC par des gars de la DST. Dans chaque région de France, les dirigeants locaux du SAC en ont reçu une équivalente. Ils ont donc en main les coordonnées de tous les gens de gauche et d'extrême gauche actifs dans le pays.

Plutôt inquiétant…

2) Le fils Minier a été aperçu du côté de la Sorbonne. Comme tu as pu le remarquer, la situation dans les universités est telle qu'il serait malvenu de l'interpeller en ce moment.

Je te conseille de te faire oublier et de reprendre tes activités le temps que les choses se calment.

Pour ma part, les Bretons m'ont presque adopté et je vais me contenter de bosser avec eux. Bon courage et à bientôt peut-être.

Amitiés.

MORAND

Etrange sensation que celle de lire les mots d'un défunt.

Ce n'était pas le propos d'un homme suicidaire. Ma conviction était faite : ils l'avaient assassiné. De sang-froid.

J'avais travaillé sous ses ordres pendant des années, avec respect et juste ce qu'il fallait de familiarité pour l'esprit de groupe. Il pouvait être péremptoire, cassant, sarcastique mais toujours d'une efficacité redoutée. Un travailleur acharné. Il m'avait apprécié par moments, mais souvent avait été agacé par mon côté franc-tireur. Son dernier mot, "Amitiés", m'aurait touché de son vivant car nous n'étions pas amis. Nous n'étions ni de la même génération, ni de la même culture et nous ne partagions rien, hormis le boulot. Ces enquêtes hors cadre nous avaient rapprochés. Peut-être pensait-il que mon expérience algéroise pendant la guerre me rendait moins vulnérable dans ces eaux troubles ?

A moi de lui donner raison.

A l'Evêché, j'ai demandé à examiner les affaires de Roberti, feu le vitrioleur. Pendant que le préposé lisait *Le Méridional*, j'en ai profité pour "emprunter" la carte du SAC. Première conduite hors la loi, mais pas la dernière.

J'ai continué par l'armurerie où j'ai réclamé deux chargeurs de réserve pour mon arme de service.

— Tu es sur un gros coup ? m'a demandé le magasinier.

— Plutôt, oui, et, cette fois-ci, je ne veux pas me laisser surprendre…

— Je dis toujours : "Abondance de balles ne nuit pas…", a-t-il conclu en me remettant les chargeurs après signature.

Ensuite, j'ai filé jusqu'à la boutique d'un petit imprimeur de mes connaissances, rue Loubon, à la Belle-de-Mai. J'avais interpellé son fils, quelques mois plus tôt, pour faux et usage de faux : il avait imprimé des milliers de tickets de la RATVM et de cartes d'abonnement. Le fils avait avoué le délit pour éviter à son vieux père un séjour en prison. Nous n'avions pas été dupes et avions laissé filer car les pertes avaient été minimes pour la Régie.

Le vieux bonhomme m'a reçu avec inquiétude :

— Oh gàrri ! Qu'est-ce que vous me voulez encore ? Je suis propre comme un sou neuf… Mon fils est aux Baumettes et il en sort dans deux mois…

— Ne vous affolez pas. Je suis là, disons, à titre privé.

— Vé, c'est pas fait pour me rassurer !

J'ai sorti la carte du SAC de Roberti ainsi que les photos de José et de moi-même :

— J'en voudrais deux comme celle-là, avec ces photos.

— Ça me rapporte quoi, à moi… ?

— Je m'en souviendrai…

Il a examiné le document :

— Ça devrait pas être trop difficile. Quelles identités je mets ?

— Des noms corses, à votre convenance.

— Pour quand ?

— C'est urgent.

— Dans deux heures, ça vous va ?

Pour l'instant, tout se passait sans anicroches. Je suis allé chez Khoupiguian l'informer non de mes intentions, mais de mon absence dans les jours prochains.

Il semblait moins mal car il n'était pas défoncé. Sur la table se côtoyaient un livre ouvert et son arme prête à l'emploi au cas où un sbire de Bolard lui rendrait visite :

— Quoi de neuf ?

— Je lis un bouquin : *Le Festin nu* de Burroughs. C'est Eva qui me l'a donné.

— C'est bien ?

— Spécial… Et toi ?

— Je vais disparaître quelque temps… Deux ou trois jours.

— Pour l'enquête ?

— Oui, toujours.

— Tu vas où ?

— C'est une expédition "particulière" et je préfère te laisser en dehors de ça. On ne sait jamais.

— Tu ne me fais plus confiance, hein ?

— Si. D'ailleurs je voulais te demander quelque chose.

— Vas-y…

— Eh bien… Comment dire ?… Si… S'il m'arrivait quelque chose, je compte sur toi pour Irène… pour… Enfin, tu vois…

— Tu déconnes ?

— J'ai l'air ?

— Non. Pas vraiment. Tu veux bien m'expliquer ?

— Je ne crois pas que ce soit une bonne idée. Tu as eu assez d'emmerdes comme ça. Et pas un mot à Eva, d'accord ?

— Irène est au courant ?

— Pas encore mais je ne lui en dirai pas plus qu'à toi. Même plutôt moins. Je ne tiens pas à l'inquiéter. Elle a assez donné.

Il a roulé et allumé un joint d'un doigt tremblant :

— J'aurais voulu pouvoir t'aider…

— Mets un disque, un bon, celui que tu préfères…

Il s'est levé, a parcouru sa discothèque et sorti un Hendrix qu'il a posé sur la platine :

Somewhere a queen is weeping
Somewhere a king has no wife
And the wind cries Mary…

On a écouté le guitariste chanter sa mélancolie, moi en fumant une maïs, lui, du shit. Je crois qu'il avait les larmes aux yeux et moi la gorge nouée.

…'cause the life that lived is,
Is dead
And the wind screams Mary…

Quand le morceau s'est achevé, je me suis levé :

— Bon, ben… A bientôt…

— Prends soin de toi.

— Je n'aime pas le tragique de répétition. J'espère qu'à mon retour, on pourra travailler de nouveau ensemble…

— Quoi qu'il arrive, sache que tu es comme un frère pour moi.

— Ça tombe bien, j'ai toujours rêvé d'en avoir un, je lui ai répondu avec un sourire spécial Paco frimeur.

En réalité, je redoutais de revoir Irène avant le grand saut. Je détestais les séparations mélodramatiques et j'avais la désagréable impression de me trouver dans la peau de Choukroun, mon ancien coéquipier. En remontant le boulevard Chave, je me suis adressé à lui, dans ma tête :

— Je compte sur tes conseils, l'ami. Ce coup-ci, j'ai besoin du soutien de tout le monde. Et si, là où tu es, tu crois toujours en Dieu, alors prie pour moi…

Comme il restait une paire d'heures avant de rejoindre Irène à sa boutique, j'ai descendu la Canebière, côté cinés, et me suis arrêté devant une affiche du Capitole, celle du film *Le Point de non-retour*, avec Lee Marvin et Angie Dickinson. Un signe. Le film avait déjà commencé, mais la projection était permanente.

En sortant de la salle, j'avais trouvé quelques similitudes dans l'obstination absurde de Lee Marvin à récupérer son fric et la mienne à résoudre cette affaire. Lui désorganisait la mafia, moi je voulais démasquer les dérives du SAC. Lui était le héros d'une fiction, moi, le pâle représentant de la loi dans une réalité moins spectaculaire… Quant à Irène, elle aurait pu être Angie…

Dans le flot de bagnoles et de camions qui roulaient sur l'autoroute nord en direction d'Aix, j'ai gardé un œil sur le rétro sans être vraiment en mesure de savoir si j'étais filé. Cet exercice était d'autant plus malaisé que j'avais pour habitude d'être le chasseur et non le gibier…

J'ai garé la voiture dans la rue Clemenceau et me suis dirigé à pied vers la boutique d'Irène. Arrivé à hauteur de sa vitrine, je l'ai vue dialoguer avec une cliente. Elle m'a aperçu et m'a souri. Dans le reflet, j'ai discerné une BMW qui passait au ralenti dans mon dos, sans pouvoir discerner le chauffeur, et je suis redevenu chasseur. J'ai fait volte-face et entamé un sprint derrière la voiture qui a accéléré brutalement. Je l'ai poursuivie pendant une cinquantaine de mètres, jusqu'au cours Mirabeau, sans parvenir à la rattraper. Elle a tourné à droite dans un crissement de pneus. Essoufflé, j'ai cessé ma course et je suis allé rejoindre ma belle qui m'attendait sur le pas de la boutique, l'air ahurie.

*

— Tu as décidé d'abandonner le kayak pour la course à pied, Paco ? j'ai demandé après l'avoir embrassé.

— J'avais besoin de me dégourdir les guiboles, avant notre partie de jambes en l'air…

— Très drôle ! Que se passe-t-il ?

— Un automobiliste indélicat…

— Hum. Entre, je range un peu et je ferme.

Il s'est assis dans un coin, une cigarette à la bouche, sans l'allumer. Il savait que j'interdisais de fumer dans ma boutique. Son regard a erré sur les rayonnages, l'air absent, ailleurs. Une expression de mélancolie. Comme s'il songeait à ma boutique de

Bab-el-Oued. Au bar des Arènes où il buvait l'anisette avec Choukroun. A sa grand-mère qui l'attendait, jalouse de nos rencontres…

— A quoi penses-tu ?

— A ta boutique à Bab-el-Oued…

— Et…

— Elle était moins jolie que celle-ci. Pourtant, elle avait son charme…

— Surtout après la bombe qui l'a détruite.

— Tu as raison, la nostalgie me rend idiot. Que fait-on ?

— Tu as envie de sortir ?

— Non, de toi.

— Tu ne sembles pas.

Il s'est levé, un sourire artificiel aux lèvres, m'a serrée dans ses bras et murmuré à l'oreille :

— Tu veux que je te prenne sur le comptoir ou en vitrine…

— Qu'est-ce qui te fait courir, Paco ?

— … ou sous un porche comme lors de notre visite à Marthe ?

— Paco Martinez ou l'art de la digression.

Je l'ai repoussé, agacée par son attitude faussement légère.

— Je t'invite à dîner.

— Je n'y tiens pas. Allons boire un verre chez moi, nous aviserons ensuite.

Il m'a suivie comme s'il avait décidé de ne pas me contrarier. Nous n'étions plus sur la même planète.

Lui, plongé dans des pensées que je devinais morbides, moi, encore imprégnée d'une journée futile, faite de commandes, de bavardages et de fatigue.

Lui, courant dans la rue après je ne sais quoi, je ne sais qui, moi, rêvant d'une tendresse sans artifice, d'un repos dans les bras d'un homme disponible, d'étreintes douces, de caresses du bout des doigts, de lèvres effleurées, du creux d'une épaule où poser ma crinière rousse…

Au contraire de cela, à peine étions-nous rentrés chez moi qu'il s'est jeté sur mes seins, sur mon ventre, sans amour, habité d'une tension connue, celle d'un drame à venir. Je ne sais plus qui disait : "Les hommes ont besoin de faire l'amour pour se détendre et les femmes d'être détendues pour en avoir envie."

Je l'ai laissé me prendre telle une prostituée, les yeux perdus sur le plafond, écrasée par le poids de tout son corps. J'avais la sensation d'être un tapis de gym sur lequel il alignait des pompes. Il a accéléré la cadence, pressé d'en finir, a ahané jusqu'à parvenir à un orgasme triste comme l'amour perdu en route, dans cet espace infime, ces quelques centimètres qui séparent les peaux de vieux amants. Puis il a basculé sur le côté. J'étais glacée. Je ne lui ai pas allumé une maïs et me suis levée pour nous servir deux verres de chablis. En revenant, j'ai constaté qu'il fumait, l'air boudeur. Il a pris le verre et m'a demandé :

— Qu'est-ce qui se passe ? Tu m'en veux ?

— Comment trouves-tu ce cru ?

— Tu te moques de moi ?

— Tu es content, non ? Tu es venu pour, comment disent-ils déjà, troncher, te voilà satisfait.

— Ne sois pas vulgaire !

— Tu ne veux pas niquer une deuxième fois ? Me tirer, me baiser, te dégorger totalement le poireau, essorer ton concombre, tremper ton…

— Arrête !

— Dis-moi ce qui se passe, alors !

— Rien… Je vais m'absenter quelques jours.

— Pour aller où ?

— A… Ailleurs.

— Avec qui ?

— Seul.

— Et y faire quoi ?

— Bosser.

— Travailler ne t'a jamais mis dans cet état !

— Je suis fatigué…

— Tu n'as jamais été en aussi grande forme. Ne me raconte pas de salades !

— On a convenu de ne plus parler enquête.

— Mais tu en parles sans cesse depuis que tu es arrivé ! Tout ton corps en parle, qu'il soit en course, posé dans ma boutique ou à me besogner comme si j'étais une pute !

— Excuse-moi.

— Insuffisant.

— J'ai faim. Après dîner, je t'expliquerai… Tu veux bien ?

— Je n'ai qu'un reste de quiche, une salade et un camembert.

— Ça ira très bien.

Il n'aimait pas la quiche, un plat trop nordique à son goût, mais il avait pris le parti de ne pas me contrarier. Que me cachait-il ?

Nous avons mangé en silence. J'ai plus bu que mangé.

Je me suis levée pour mettre un disque. Alors que je cherchais dans ma discothèque quel morceau pourrait nous réconcilier, il a demandé :

— Mets *Les Vieux Amants*, s'il te plaît.

— Pourquoi ? Tu crois vraiment que c'est le morceau qui convient ?

— J'en suis sûr. Tu sais... Tu vas me trouver cinglé, mais, pendant mon coma, j'entendais les paroles de cette chanson dans ma tête et c'est toi qui les récitais. Etrange, non ? Même inconscient, j'hallucinais ta voix et j'avais l'illusion que tu me parlais... Pas comme ce soir !... Avec douceur... Des mots d'amour, d'encouragement... Comme si tu te battais à mes côtés contre la mort. Un drôle de truc, le coma...

J'étais trop orgueilleuse pour lui confirmer qu'il n'avait ni rêvé, ni halluciné. Trop en colère aussi. J'ai mis la chanson demandée, larmes aux yeux, rage au cœur. J'ai senti ses mains se poser doucement sur mes épaules, descendre jusqu'à ma taille, me faire pivoter, et entendu sa voix me dire :

— Voulez-vous danser avec moi ?

J'ai lâché ma canne et je me suis blottie dans ses bras, m'accrochant à ses hanches pour la première fois depuis l'attentat qui m'avait privée d'une jambe.

En même temps que Brel, il a chuchoté :

De l'aube claire jusqu'à la fin du jour
je t'aime encore, tu sais, je t'aime…

J'avais une curieuse intuition. Le front posé sur son épaule, je songeais qu'il avait quelque chose à se faire pardonner, quelque chose qui n'avait pas encore eu lieu. Une infidélité future ? Une rupture ? Une erreur qu'il n'avait pas encore commise et que je ne lui pardonnerais pas ?

— Que me caches-tu ?

— …

— S'il te plaît, dis-moi…

— Morand est mort.

— Le type que j'ai vu après l'agression d'Ernestine ?

— Oui.

— Je croyais qu'il était parti en Bretagne. Comment est-il mort ? En service ?

— Non, il s'est suicidé.

— Pourquoi ?

— Je ne sais pas. On ne connaît jamais vraiment les gens… Je vais à ses obsèques.

— Veux-tu que je t'accompagne ?

— Inutile. C'est à Rennes. Il faut prendre deux trains…

— Depuis, tu repenses à Choukroun. C'est ça ?

Le téléphone a sonné. J'ai récupéré ma canne et je suis allée décrocher. C'était justement Marthe Choukroun qui cherchait à joindre Paco.

— Je vous le passe, il est ici.

Il l'a écoutée, l'a rassurée, a pris quelques notes sur son agenda et a promis.

— Paul est monté à Paris rejoindre "ses camarades étudiants en lutte". Elle a peur qu'il lui arrive quelque chose. J'ai promis d'essayer de le raisonner lors de mon escale à Paris.

— Comment vas-tu le trouver ? Paris n'est pas Bab-el-Oued.

— Il est hébergé chez un copain rue Gay-Lussac… Elle m'a donné son adresse.

Apaisée, j'avais, à présent, envie de lui. Je me suis assise dans un des fauteuils clubs et lui ai tendu la main. Il s'est approché, s'est penché pour me donner un vrai baiser, celui d'un amant attentif. D'une main, j'ai dégagé son membre, l'ai flatté du bout des doigts, des ongles et l'ai massé jusqu'à ce qu'émerge le gland. M'adressant au bout de chair encore parfumée de mon odeur la plus intime, j'ai déclaré :

— Il est temps que ton maître s'occupe vraiment de moi…

Cinquième partie

POINTE ROUGE

Il arrive qu'un contexte, un événement particulier donnent lieu tout à coup à une espèce de rupture, à une espèce de poussée en avant. Mai 68 en a été un exemple, et cela peut se reproduire, sans aucun doute…

PIERRE MENDÈS FRANCE

I

MAI, PARIS, MAI

Lundi 6 mai 1968

Le 3 mai au matin, Gomez et moi étions arrivés aux portes de Paris. En sept heures et demie ! Le temps annoncé par les journaux pour le parcours Marseille-Paris en autoroute, à la différence que l'A6 devait être terminée, dans sa totalité, à la fin de 1970 et qu'une bonne moitié du trajet n'était encore que la N7.

"J'ai bloqué le compteur de vitesse pour ne pas effrayer les passagers...", avait annoncé José en m'invitant à monter dans sa bagnole. En réalité, la Simca 1000 de José était une bombe au châssis et au moteur de voiture de course. Elle ronflait comme une Ferrari et fonçait dans la nuit, laissant sur place les véhicules les plus rapides.

En chemin, je lui ai expliqué mon plan : pénétrer grâce aux fausses cartes dans les locaux du SAC, rue de Solférino, dont j'avais eu le plan sommaire par François et... improviser.

— Improviser !?

— Je sais, c'est un peu léger, mais "qui cherche trouve", non ?

— Chercher quoi ?

— Un dossier compromettant, une implication quelconque dans une affaire louche et, pourquoi pas, les listes envoyées dans toutes les régions de France aux responsables locaux.

— Elles servent à quoi, ces listes ?

— A nous de le découvrir.

Il avait toutes raisons de se montrer perplexe. Plus nous progressions vers Paris et plus je me trouvais stupide. Qu'allais-je jouer les justiciers au lieu d'attendre une erreur fatale de Bolard et sa clique ? J'avais abandonné mon poste sans en informer qui que ce fût et surtout pas le nouveau divisionnaire. Seuls Khoupi, François, Irène et, bien sûr, José le savaient. Une faute professionnelle grave. Une de plus.

Après avoir pris un petit-déjeuner à la brasserie Zeller, au coin de l'avenue du Général-Leclerc et de la rue Jean-Moulin, nous avons cherché un hôtel près de la rue Gay-Lussac.

— Pourquoi si loin de la rue de Solférino ? a demandé José en consultant le plan de Paris.

— Parce que j'ai une course personnelle à faire dans ce coin.

Nous avons trouvé une chambre rue de l'Abbé-de-l'Epée. Dans son sac de voyage, José avait tout l'attirail du petit commando : chaussures sportives, blouson, col roulé noir, pantalon de toile sombre, bonnet noir, gants, poignard, cordes et flingue. Hormis le dernier accessoire, je n'avais rien de tout cela.

Nous sommes descendus à pied jusqu'à la rue des Ecoles où un magasin du Petit-Campeur a fourni une tenue plus adaptée à la mission que je m'étais assignée. Irène aurait ri de ma transformation en randonneur.

Ensuite je me suis rendu seul au 52, rue Gay-Lussac, abandonnant José dans un bistrot.

Personne n'a répondu à la sonnerie dans le studio du deuxième étage où était supposé résider Paul Choukroun. Les jeunes devaient "conspirer" contre l'Etat avec leurs camarades de Nanterre. J'ai hésité à glisser un mot sous la porte et jugé plus simple de repasser.

Puis nous sommes partis en repérage au siège du SAC.

Selon les notes de François, l'officine avait installé ses locaux au 5, rue de Solférino, une voie qui coupait le boulevard Saint-Germain, dans le 7e arrondissement. L'immeuble constitué de deux corps de bâtiment, propriété du Comité de soutien à l'action du général de Gaulle, avait été le siège du RPF.

L'édifice donnant sur rue s'élevait sur trois étages : au premier, le bureau de De Gaulle, au deuxième, celui de Foccart, au troisième, les archives du RPF.

Au rez-de-chaussée, une porte cochère blindée, à gauche en entrant, composé de deux pièces, un poste de garde où il fallait montrer patte blanche à des policiers détachés au SAC.

Les fenêtres sur rue étaient protégées par un treillage métallique en prévention d'éventuels jets d'explosifs. Un souvenir de la guerre d'Algérie pour dissuader l'OAS d'y perpétrer des attentats.

Au fond de la cour, dans le deuxième bâtiment, haut lui aussi de trois étages, se trouvaient les locaux du SAC : les deux premiers étaient réservés aux sections provinciales, le dernier à la section parisienne.

Au sous-sol était entreposé l'attirail du militant de base, seaux, colles, affiches, tracts et sans doute d'autres objets moins inoffensifs…

Nous nous sommes garés à une cinquantaine de mètres de l'immeuble dont l'apparence correspondait à la description de François. Nous avons observé pendant deux heures les allées et venues, sans rien repérer d'anormal.

— Quand as-tu prévu de nous y introduire ?

— Aucune idée, je n'ai rien prévu. Prenons notre temps.

— Comme tu veux…, a répondu José, peu convaincu par ma stratégie.

— Allons faire un tour à la Sorbonne, il y a peut-être un gars que j'aimerais rencontrer.

Vers 16 heures, nous sommes retournés rue de l'Abbé-de-l'Epée en repérant, au passage, une colonne de fourgons de police qui prenait position aux abords de la Sorbonne. Un étudiant m'a tendu un tract que j'ai lu en chemin :

Monsieur le recteur,

Dans la citerne étroite que vous appelez "Pensée", les rayons spirituels pourrissent comme de la paille… Mais la race des prophètes s'est éteinte.

L'Europe se cristallise, se momifie sous les bandelettes de ses frontières, de ses usines, de ses tribunaux, de ses universités. L'Esprit gelé craque entre les cris minéraux qui se resserrent sur lui. La faute en est à vos systèmes moisis, à votre logique du 2 et 2 font 4. La faute en est à vous, recteurs, pris au filet des syllogismes. Vous fabriquez des ingénieurs, des magistrats, des médecins à qui échappent les vrais mystères du corps, les lois cosmiques de l'être, de faux savants aveugles dans l'outre-terre, des philosophes qui prétendent à reconstruire l'Esprit. Le plus petit acte de création spontanée est un monde plus complexe et plus révélateur qu'une quelconque métaphysique.

Laissez-nous donc, messieurs, vous n'êtes que des usurpateurs. De quel droit prétendez-vous canaliser l'intelligence, décerner des brevets de l'Esprit ?

Vous ne savez rien de l'Esprit. Vous ignorez ses ramifications les plus cachées et les plus essentielles, ces empreintes fossiles si proches des sources de nous-mêmes, ces traces que nous parvenons parfois à relever sur les gisements les plus obscurs de nos cerveaux.

Au nom même de votre logique, nous vous disons : La vie pue, messieurs. Regardez un instant vos faces, considérez vos produits. A travers le crible de vos diplômes passe une jeunesse efflanquée, perdue. Vous êtes la plaie d'un monde, messieurs, et c'est tant mieux pour ce monde, mais qu'il se pense un peu moins à la tête de l'humanité.

ANTONIN ARTAUD.

Le tract se poursuivait par une référence à un slogan surréaliste :

Aujourd'hui plus que jamais, face à la Gestapo du Pouvoir, la révolution se fait dans la rue. L'Etat (ses structures socio-policières, politico-culturelles) s'écroulera sous la pression des travailleurs révolutionnaires :
LA RÉVOLUTION DOIT ÊTRE FAITE PAR TOUS ET NON PAR UN.
Saccagez la culture industrielle, vive la création collective permanente.

COMITÉ D'ACTION RÉVOLUTIONNAIRE,
Mai 68.

Des jeunes gens qui citaient Artaud et les surréalistes ne pouvaient pas être tout à fait mauvais…

Le temps de revenir à pied, l'université avait été investie par mes collègues qui commençaient à embarquer les étudiants gauchistes occupant les locaux. Nous nous sommes mêlés à la foule de jeunes massés à proximité des fourgons.

La tension a monté autour des cars où s'engouffraient, un à un, les étudiants interpellés. La rafle n'en finissait plus. Je n'ai pas vu Paul Choukroun parmi eux, mais j'ai reconnu Minier, poussé avec d'autres, dans un des fourgons. Un murmure puis des cris de protestation ont fusé, suivis bientôt de projectiles en direction des forces de l'ordre.

Je me suis retourné pour essayer de comprendre ce qui passait : plusieurs centaines de garçons et de filles s'étaient, à présent, regroupés. Aguerri par mon expérience algérienne, j'ai tiré José par le bras pour nous sortir de là avant que ça n'empirât. Ce qui s'est produit quelques minutes plus tard.

Pour dégager la voie aux véhicules de police, les CRS ont lancé une salve de grenades lacrymogènes. Nous avons reculé devant le rideau de fumée et fui dans un bistrot d'une rue adjacente. Dès lors, nous avons suivi les incidents à travers la vitrine : charge de CRS, tabassage d'étudiants, tirs à répétition de lacrymos, jets de pavés, début de barricade. Le bordel. Alors qu'à Alger, je n'avais pas assisté à l'élévation des différentes barricades montées par les étudiants d'extrême droite, à Paris je venais d'être témoin de la première barricade érigée par ceux d'extrême gauche… Etait-il possible que la situation dégénérât comme en Algérie ? Je n'y croyais pas vraiment. Mais qui y croyait ?

Le patron du bistrot a décidé de tirer le rideau de fer quand il a constaté non seulement que les CRS ne parvenaient pas à rétablir l'ordre, mais que les affrontements se multipliaient et s'étendaient aux environs de la Sorbonne. Comme à Alger, les radios périphériques décrivaient les incidents, minute par minute. Nous nous sommes repliés dans notre chambre d'hôtel où nous parvenaient la rumeur de l'émeute et les explosions de grenades…

La situation ne s'est vraiment calmée qu'en fin de soirée.

Au matin du 4, nous avons appris par le *Paris-Jour* de l'hôtel que tous les étudiants avaient été libérés sauf Daniel Cohn-Bendit, un des agitateurs de Nanterre… et qu'Américains et Vietnamiens étaient tombés d'accord sur le site de leurs négociations : Paris !

L'éditorialiste Camille Leduc conspuait ces énergumènes qui empêchaient la majorité des étudiants de passer leurs examens !

J'ai acheté les autres journaux à un kiosque et y ai lu la même rengaine : pour Jean Papillon du *Figaro*, ils relevaient de la correctionnelle ! Pour *L'Humanité* sous la plume de Georges Bouvard, ces "super-révolutionnaires" étaient devenus les alliés objectifs du pouvoir. L'après-midi, *Le Monde* développerait, sur un ton plus mesuré, les mêmes arguments…

J'ai rendu visite, une nouvelle fois, à l'occupant du studio rue Gay-Lussac. Un jeune type m'a ouvert avec méfiance :

— Pourrais-je parler à Paul, s'il vous plaît ? j'ai demandé d'une voix rassurante.

— Il est plus là.

— Il a été embarqué hier ?

— Non, non. Il a trouvé mieux pour se loger.

— Où ça ?

— A la cité U, pavillon italien.

— C'est où ?

— C'est où !? A la Cité universitaire internationale ! Vous êtes pas parisien, vous ?

— Non, un oncle de province.
— Vous inquiétez pas pour lui, c'est plus un môme…

Effectivement, mais il le resterait durablement pour sa chère maman.

Le Quartier latin était envahi par les flics, en prévention de nouveaux troubles…

L'après-midi, j'ai décidé que nous passions à l'action.

Nous avons sonné rue de Solférino et exhibé nos fausses cartes du SAC. Apparemment, elles n'ont pas éveillé de soupçons.

— Pour Marseille, c'est au deuxième au fond de la cour, nous a indiqué un des gardiens.

Un type d'une quarantaine d'années, l'allure d'un fort des Halles, prénommé Max, nous a reçus :

— Qu'est-ce qui vous amène ?
— Besoin d'infos sur un certain Sénigalia. Il était dans la section parisienne, il y a quelque temps…
— Pourquoi ?
— On le soupçonnait d'être une taupe…
— Soupçonnait ?
— Ouais, il est mort. Avait-il des potes ici ?
— Qui vous envoie ?
— Bolard.
— Bon. Je vais voir ce que je peux faire. Repassez lundi…

— Après-demain ? C'est que… on voudrait bien rentrer rapidement…

— Fallait téléphoner, si vous vouliez rester chez vous !

— Vous auriez donné les infos par téléphone ?

— Non. Profitez-en pour visiter la capitale aux frais de la princesse.

Une fois dehors, José m'a demandé :

— Qu'est-ce que tu en penses ?

— Rien. J'essaie de les mettre en confiance. Ça va être plus long que je ne l'imaginais. Ça te pose un problème ?

— J'ai dit au personnel que j'étais absent pour la semaine au cas où…

J'ai acheté *Pariscope* et découvert la multitude de salles de cinéma. En matière de culture, il y avait Paris et le reste de la France. J'avais toujours rêvé d'aller à la Cinémathèque de Chaillot, qui avait cessé sa grève depuis la réintégration de son patron Henri Langlois. José a préféré visiter la ville qu'il ne connaissait pas.

J'ai passé la journée du dimanche à me gaver d'images du cinéma expressionniste allemand.

Dans la soirée, j'ai appelé Irène pour l'informer que je n'avais pas réussi à retrouver Paul.

— Sa mère m'en voudrait d'avoir renoncé alors que les choses s'aggravent…

— Sois prudent… A la télé, j'ai vu les images des affrontements. Ça m'a rappelé Alger…
— Moi aussi.

Le 6, le temps était magnifique, le ciel à peine blanchi par quelques nuages de traîne et toutes les facultés fermées. Alain Geismar, président du Snesup, syndicat des enseignants du supérieur, avait appelé à la grève. Quatre étudiants avaient été condamnés à deux mois ferme et sept autres, dont Daniel Cohn-Bendit, étaient convoqués devant le conseil de discipline de l'université de Nanterre.

Dans la matinée, à la vue des centaines d'étudiants regroupés du côté de la Sorbonne et à l'odeur des gaz lacrymogènes, José a décidé de ranger sa bagnole dans un garage privé près du Jardin des plantes, à deux pas de la faculté des sciences de Jussieu.

Nous avons traîné dans le quartier en attendant notre rendez-vous avec le responsable du SAC. L'ambiance était chaude ; la masse des étudiants enflait et s'organisait en un cortège hurlant : "Libérez nos camarades !"

Les premiers affrontements ont commencé entre étudiants et gardes mobiles, aux cris de : "Nous sommes un groupuscule !"

Comment retrouver Paul dans une foule de quinze mille mômes !? Même à Alger, je n'avais jamais vu ça.

Des voitures ont été renversées, de nouvelles barricades édifiées.

— Il vaudrait mieux décrocher avant d'être raflés…, a suggéré José, soulagé d'avoir planqué sa bagnole.

— N'exagère pas, je suis toujours flic…

Plutôt que de nous engouffrer à la station Jussieu ou Cardinal-Lemoine, nous avons préféré éviter la foule et prendre le métro place Maubert. Elle était partiellement dépavée et des voitures renversées interdisaient la circulation. Dans un coin, un type d'une cinquantaine d'années, accompagné de journalistes, palabrait avec de jeunes insurgés. Le préfet de police Grimaud !

Nous nous sommes enfoncés dans la station, imprégnée de l'odeur âcre des gaz. Il a fallu changer à Sèvres-Babylone pour rattraper la ligne 13.

— Ils sont chiés, ces petits ! a commenté José. Les CRS ne leur foutent pas la trouille, pourtant il y en a un paquet…

— A cet âge-là, on n'a pas peur de la mort.

— Contrairement aux Américains de leur génération qui risquent d'être envoyés au Viêtnam.

— Les Français ont eu l'Indochine…

— Tout le monde s'en foutait, de l'Indo !

— Parce qu'on n'y envoyait pas d'appelés… Mais leurs aînés, ceux qui avaient leur âge sept ou huit ans plus tôt, ont fait leur service en Algérie…

Un vieux passager qui nous écoutait a marmonné la phrase rituelle :

— Il leur faudrait une bonne guerre !

— Pourquoi les vieux encouragent-ils toujours les jeunes à devenir de la chair à canon ? m'a demandé José.

— C'est ton paternel qui t'a poussé à devenir commando ?

— Non, c'est pour échapper à sa connerie que je me suis engagé. Une connerie en chasse une autre.

— C'était comment, les forces spéciales ?

— Spéciales, comme les deux amis que j'y ai eus : l'un, premier prix de trombone du conservatoire de Lyon, l'autre, agrégé de gaélique. Une fine équipe, bien allumée…

— Que sont-ils devenus ?

— Aucune idée. J'ai tourné la page…

En descendant de la rame, j'ai observé que les passagers de première, tous bourgeois, se dirigeaient vers la sortie d'un pas pressé, comme si avait résonné une alerte aux bombardements. Les notables allaient se réfugier dans leurs appartements cossus, volets fermés, frigos remplis, en attendant que le pouvoir imposât l'ordre public…

Rue de Solférino, la tension était électrique. Dans le poste de garde, les types écoutaient la fréquence radio de la police municipale, craignant l'assaut de leur bâtiment. En effet, non loin, la manif avait, à nouveau, tourné à l'émeute : barricade rue du Four, une deuxième au carrefour Saint-Germain. Malgré plusieurs charges de CRS et des tirs fournis de grenades lacrymogènes, plusieurs milliers d'étudiants répliquaient à coups de pavés et de boulons.

Arrivés au deuxième, on s'est fait accueillir par : "Ah ! les Marseillais ! Vous tombez bien ! Vous allez montrer aux Parigots qu'à Marseille on en a…"

On l'a suivi, sans comprendre, jusqu'au sous-sol.

Une dizaine de gars occupaient déjà les lieux, confectionnant, à partir de tissus et de manches de pioche, des drapeaux rouges et noirs ! Dans un coin étaient entassés des pots de peinture, de colle et des affiches. Mais aussi des barres de fer et des casques de chantier.

José m'a donné un coup de coude en désignant du menton une pile de caisses sur lesquelles étaient inscrits des codes de chiffres et de lettres :

— Des armes américaines parachutées pendant l'Occupation…

Celui qui semblait être le chef a demandé le silence :

— On va donner un coup de main aux flics puisqu'ils ont du mal avec les rouges… D'abord, il faut se déguiser en gauchistes…

— Aucune chance que je ressemble à ces petites tapettes ! a dit en ricanant un adepte de la musculation au crâne rasé.

— A moins qu'on t'offre une perruque de gonzesse, a lancé un type trapu.

Les autres se sont marrés. Dans l'ensemble, ils avaient plus l'allure d'une équipe de rugby que d'étudiants en sociologie ou en maths-physique.

— On va attendre la nuit. Dans l'obscurité, avec les casques, les manches et, surtout, les drapeaux, ils croiront qu'on est des leurs. Quand ils feront la différence, il sera trop tard… Dans le sac, on a amené des t-shirts avec la gueule de Guevara, des foulards et des citrons…

— Pour quoi faire ? On va prendre le thé avec eux ?

— Pour les lacrymos. Vous imbibez les mouchoirs avec les citrons et vous avalez un comprimé de Rumicine. Y a aussi quelques lunettes de moto.

Je me suis approché de Max et lui ai chuchoté :

— Tu as nos infos ?

— On en parle après le boulot…

Je n'avais aucune envie de jouer les casseurs de gauchistes, mais nous devions accepter cette partie si nous ne voulions pas leur paraître louches.

Une fois déguisée et armée, notre escouade, composée d'une douzaine d'hommes, est remontée du sous-sol en alignant des vannes vaseuses sur les "petits cons".

Et nous avons attendu le feu vert de notre chef, massés derrière la porte blindée. La fréquence radio de la PM nous informait régulièrement du développement de la "bataille" de rue.

A 19 h 45, un certain Jaubert, commandant d'une division de gardes mobiles, s'adressait au commandant de CRS Levasseur, dont les troupes avaient du mal à résister aux assauts des manifestants :

— Tenez bon, on arrive…

— Ils sont quatre mille ici et la situation est critique, j'ai bien peur que le barrage cède… Plusieurs de mes gars sont blessés au visage…

— Deux motopompes sont en route et Stévenot et Gravaud ont lancé une fusée rouge…

— Ça va être difficile de charger avec les bus immobilisés au milieu du carrefour…

En théorie, la fusée rouge était le signal qui précède une dispersion par la force, le clairon, celui de l'utilisation des armes. Plutôt rassurant, en un sens…

Rue d'Isly, il n'y avait eu ni fusée rouge, ni clairon et pourtant les armes avaient parlé*…

La décision de sortie a été prise quand la radio a annoncé le recul des manifestants.

Un des gardes a ouvert la porte cochère pour nous permettre de lancer la contre-offensive. Le chef a précédé le groupe au cas où des CRS nous confondraient aussi avec les insurgés. Il s'est arrêté près d'un véhicule banalisé afin de signaler notre action aux flics en civil.

Au pas de course, foulard sur le visage, nous avons rejoint le boulevard Saint-Germain, jonché de débris et totalement défiguré par les combats. Un nuage de fumée âcre flottait entre ciel et terre. Des cris et slogans fusaient au milieu des explosions de grenades, quelques sirènes d'ambulance hurlaient dans la nuit…

Parvenus à la hauteur de la place Saint-Germain, nous avons distingué la masse des CRS qui attendait, en ordre serré ; face à elle, des centaines de jeunes, aux avant-postes, dispersés en petits groupes mobiles, les harcelaient en lançant toutes sortes de projectiles. A la tête de la troupe, forte de quatre à cinq mille manifestants, une jeune fille à l'allure

* Voir *Alger la Noire*.

de pasionaria incitait la foule à charger en criant : “SS assassins !”

Max a ordonné : “On contourne les CRS pour se joindre aux branleurs !”

On a obéi, presque amusés par la situation. Deux minutes plus tard, nous étions un groupe de gauchistes, harcelant, parmi d’autres, les policiers.

L’ordre de les disperser a finalement été donné. Curieusement, cela me coûtait moins de lancer des pavés sur mes collègues que de tabasser ces gosses.

J’ai pensé à mon père, anarchiste espagnol se battant dans les rues de Barcelone contre les fascistes, puis contre les communistes, à la fusillade de la rue d’Isly, aux émeutes de Bab-el-Oued et aux différentes exactions dont j’avais été témoin.

— On fait quoi ? m’a demandé José.

— Si on veut rester crédibles, on doit y aller aussi… Mais mollement, hein !

Et on a suivi le temps de ne plus suivre…

II

POINTE ROUGE

Nuit du 6-7 mai 1968

IRÈNE

“Il est temps que ton maître s’occupe de toi…”, a dit l’homme à son sexe qu’il avait sorti de son pantalon, après m’avoir attachée les bras en croix aux pieds de la table.

Allongée sur le plateau, j’étais en larmes depuis qu’il m’avait asséné un coup de poing parce que j’avais résisté. Je sentais mon menton gonflé par l’hématome qui se formait. Il ne fallait plus qu’il touche à mon visage. Pas mon visage. Peu après, il m’avait tirée sur la table par les cheveux. J’ai cru qu’il allait m’arracher la tête. Paco ! Paco ! Où es-tu ?

Il était parti jeudi et n’était toujours pas revenu. Pour mon malheur.

Quelques heures plus tôt, j’avais quitté ma boutique et m’apprêtais à rentrer chez moi. Alors que j'allais pousser la porte du petit immeuble, j'ai senti une présence derrière moi, mon corps soulevé par des bras puissants et jeté à l'arrière d'une voiture. Avant que j'aie pu me débattre, j'étais face contre le siège arrière, cagoulée et mains attachées dans le dos.

J'ai poussé un cri de rage et hurlé :

— Lâche-moi, salaud !

— Sois sage, la boiteuse ! a répondu un homme en cinglant d'une violente claque mes fesses. La pire de toute ma vie. Une brûlure au fer rouge. J'imaginais l'empreinte des doigts sur ma chair. Il ne fallait pas me laisser envahir par une peur panique mais réfléchir avant de faire ou dire quoi que ce soit. Et retrouver mon calme.

Qui étaient ces hommes ? Car ils étaient au moins deux. L'un conduisait, l'autre, assis à côté de moi sur la banquette arrière, empestait le cigare. Nous roulions sans qu'ils échangent un mot. J'entendais le son des voitures, des klaxons, les bruits de mon cœur.

Pourquoi m'avaient-ils enlevée, en plein centre-ville ? Allaient-ils me violer ?

A Aix, les jeunes et jolies filles ne manquaient pas. Pourquoi violer une boiteuse, comme l'avait dit l'un des deux ? Des pervers ?

Nous ne foncions pas dans la nuit, respectant ce que j'imaginais être des feux rouges. Pendant un long intervalle, la circulation a été fluide, sans arrêt. L'autoroute ? Laquelle ? Forcément vers Marseille puisque l'autre tronçon était beaucoup plus loin vers le nord, à Valence, et nous n'avions pas assez roulé pour le rejoindre.

A nouveau, un ralentissement de la circulation, des arrêts aux feux. Ça n'en finissait plus. Une heure ? Plus ? Moins ?

Enfin, l'arrêt, le bruit d'une grille qui s'écarte et celui du gravier écrasé par les pneus. Une portière a claqué. Mon corps soulevé à nouveau et jeté sur l'épaule de mon agresseur. Une plume, une enfant portée par un adulte, sans ménagement. Une femme trimballée comme un sac de patates par une brute. Je l'imaginais effrayant. Il l'était.

Des marches, puis lâchée sans précautions sur le sol, le choc, un carrelage froid, en vrac. Joue à terre, fœtale, j'ai attendu la suite.

Des pas se sont éloignés…

Un numéro de téléphone s'est composé, au loin. Dans une autre pièce…

Une voix a annoncé :

— C'est fait !… Sans problème… Un peu, mais je l'ai calmée… On passe à l'étape suivante… OK.

Il a raccroché et composé un autre numéro…

Apparemment, l'abonné était absent…

L'étape suivante ? Je me suis mise à trembler. Une gamine dans le noir espérant l'aide d'une main secourable contre les monstres qui ont envahi sa chambre…

— Alors ? a demandé une autre voix.

— Ça répond pas. On fait quoi ?

— On attend et on rappelle un peu plus tard.

— Quand il va savoir que sa boiteuse est entre nos mains, tu crois que ça va le calmer ?

— Si un gars sort avec une boiteuse, c'est qu'elle doit avoir des talents cachés sous la jupe…

— J'ai jamais baisé une unijambiste. Et toi ?

— Non, les nines, je les aime avec tout ce qu'y faut. Vé, y en a même une, l'autre fois, qui m'a caressé les couilles avec ses doigts de pied…

— C'est pas ce que je préfère, les doigts de pied, chez une gonzesse. Celle-là, elle a une belle paire de nibards, et son cul est comme je les aime, bien rebondi…

Les salauds parlaient des femmes comme de la viande et j'étais là à cause de Paco. Un morceau de viande dont on le privait "pour le calmer".

Les obsèques de Morand, une blague. Un prétexte. Les salauds l'avaient suivi jusque chez moi… La voiture après laquelle il avait couru, mardi soir… Paco avait repéré qu'il était filé. Il n'a pas imaginé qu'on pourrait m'utiliser, m'enlever pour l'obliger à cesser son enquête.

Et moi, à attendre qu'il rentre, qu'il apprenne et qu'il renonce…

Allait-on me libérer si Paco acceptait ? me tuer et faire disparaître mon corps ?

Mourir sans savoir pourquoi, pour qui ? A cause de Paco.

J'avais mal aux bras, engourdis par les liens, au corps endolori par la chute, froid au contact du carrelage et de ma peur.

J'ai osé demander :

— Détachez-moi, s'il vous plaît, je ne tenterai pas de fuir.

Des pas, le souffle d'un homme, chargé d'une forte odeur de cigare, près de la cagoule :

— Je vais m'occuper de ton cul, ma jolie. Dans un moment. Comme ça tu pourras comparer avec ton gars…

Je me suis mordu la lèvre inférieure. Jusqu'au sang. Ne rien dire, ne rien répondre. Ni un flot d'injures pour ne pas être punie aussitôt, ni un chapelet de suppliques pour ne pas alimenter son sadisme. En sentant le goût du sang dans ma bouche, j'ai pleuré en silence, invisible sous le noir de la cagoule.

Des voix. Pas celles de mes agresseurs. La radio. Flash spécial. Des journalistes. Des bruits d'explosions, des cris, des slogans. Impossible de comprendre le commentaire du reporter. Trop loin.

— Ces enculés d'étudiants, ils ont brûlé des bagnoles et monté des barricades à Paris…

— Les CRS vont les calmer. Putain, si un d'eux il s'avisait de brûler ma BM, il finirait comme Jeanne d'Arc…

— D'écouter le baston, ça me donne envie d'y être. Et les minettes hippies, je te les enculerais à sec pour leur faire passer le goût du Molotof.

— Molotov, on dit cocktail Molotov, c'était un général de l'armée russe.

— Molotof ou Molotov, c'était un pourri de rouge comme ces petits cons.

— Rappelle le flic.

Nouvel appel, nouveau silence au bout du fil.

— Il fait chier, ce mec. A croire qu'il est allé courir la gueuse. D'ailleurs je vais faire pareil…

Rallume la radio à fond, ça me mettra dans l'ambiance…

— C'est pas une rouge, la boiteuse…

— Non, c'est une rousse, ah, ah !

On y était, j'allais y passer. Les bruits d'émeutes ont explosé dans la pièce mitoyenne, mais je ne les entendais pas. Tel un animal traqué, j'étais à l'affût des mouvements, des bruits de mon agresseur : il s'est approché, m'a soulevée et m'a jetée sur un plan de bois. J'ai poussé un cri sous le choc.

— C'est rien. Tu es sur une table, beauté. Je vais te détacher et tu vas te laisser faire sans m'énerver. D'accord ?

— D'accord. Mais enlevez-moi la cagoule, j'étouffe là-dessous.

— Pas question. Tu seras mieux dans le noir, comme ça tu auras moins honte de ce que tu fais.

Je l'aurais tué pour ces dernières paroles !

Il voulait que je me laisse violer avec docilité !

Je le tuerais !

Il a détaché mes poignets puis m'a installée sur le dos, bras en croix. Quand il a voulu m'attacher le bras gauche à un pied de la table, je me suis redressée et j'ai balancé, en aveugle, la main droite qui a atteint un crâne massif et rasé que j'ai lacéré de mes ongles. Il a hurlé : "Aïe, salope !" et m'a cogné le menton de son poing. Je suis retombée à plat dos, assommée par le coup. J'ai cru que ma tête explosait. L'onde de choc a vibré dans ma mâchoire et dans mon crâne pendant une éternité. Il m'a tirée par les cheveux jusqu'au bout de la table et a recommencé à m'attacher les bras en croix. Vidée de toute énergie, poupée molle, j'ai su à cet instant qu'il n'hésiterait pas à me tuer, quitte à baiser une morte.

J'étais perdue.

Le bruit d'une fermeture éclair qui s'ouvrait et la voix de l'homme qui a dit :

— Il est temps que ton maître s'occupe de toi…

J'ai cru qu'il me parlait jusqu'à ce qu'il continue :

— On va lui montrer, à la boiteuse, qu'elle a pas fait le voyage pour rien.

J'ai compris, alors, qu'il s'adressait à son sexe.

Ses pattes ont déchiré mon corsage, arraché ma jupe et mes sous-vêtements…

Et j'ai ordonné à mon corps de se réfrigérer, de s'anesthésier. Je n'étais plus qu'un cerveau. Plus qu'esprit. Mon âme flottait au-dessus de la table, de moi, de ce corps que je voulais mort. Au-dessus de tout ça. Cette horreur. Penser à Ernestine et à son vitriolage, à son expérience de pute, à Eva et son avortement. Penser qu'un corps pouvait s'oublier. Le temps d'une douleur. En espérant que ça passe le plus vite possible, que ça fasse le moins mal possible. Attendre, absente au lieu, au corps, à soi-même…

Les pattes ont pétri les seins pendant que je faisais défiler les commandes du jour, mes fesses, pendant que j'égrainais l'inventaire de la boutique. Ne pas oublier de rappeler madame…

— Tiens, sens la pièce du boucher que tu vas bouffer !

Dans la paume de la main droite s'est déposé un cylindre de chair moite. Résister à l'idée de le serrer de toutes mes forces… Ma canne ! Je n'avais plus ma canne. Une si jolie canne, à pommeau d'argent, abandonnée dans la rue par les ravisseurs…

La cagoule s'est relevée jusqu'aux narines et le morceau de chair s'est posé sur mes lèvres. Résister à l'envie de mordre, de castrer l'infect.

— La dernière qui a fait bobo à Bébert, je lui ai éclaté la tronche. Alors tu la suces en douceur et en pro, hein ! Je suis sûre qu'avec la bouche que tu as, tu vas me pomper comme une reine… Allez, tourne la tête pour être à l'aise. Là, c'est mieux.

La bouche a avalé la chair étrangère. Le dégoût, l'envie de vomir. Lutter contre l'idée de recracher la chose. Ernestine disait : "La plupart des gars qui montent n'ont pas fait l'amour depuis des semaines, surtout les soldats. Ils veulent une pipe et à peine tu les suces, ils éjaculent. Tout bénéf : comme ils sont plus opérationnels, tu peux les virer, en leur disant, pour les consoler, que tu t'es régalée et qu'ils feront mieux la prochaine fois…"

La bouche, la langue, les lèvres ont redoublé d'efforts pour accélérer la jouissance.

— Ah ! Putain ! Tu aimes ça, hein ! Je savais que t'étais bonne…

Le membre s'est raidi un peu plus, allongé un peu plus, et a craché dans la gorge son jus tiède et visqueux pendant que l'ordure râlait en ordonnant : "Avale, salope !" Ne pas régurgiter, avaler sans broncher, penser au chablis. Comment s'appelait ce cru délicieux, déjà ? Avaler. Oublier l'engin qui abandonne la bouche… Oublier tout.

— Bon, je vais boire une mousse. Pause. J'ai un coup de fil à donner à qui tu sais. T'inquiète pas, je vais pas lui raconter. D'ailleurs, il doit savoir déjà que tu es une sacrée suceuse. Dès que Bébert a repris des forces, on reprend notre discussion.

J'ai hurlé dans ma tête : "Merde ! Ça ne lui a pas suffi !"

Plutôt mourir que le sentir entrer dans moi. Plutôt mourir mais je n'avais même pas les moyens de me suicider. Au secours, Paco ! Où es-tu ?

PACO

Je venais d'exploser la tête de Max. Comme un barbare. A coups de manche de pioche. Paul Choukroun, le visage en sang, m'a regardé, croyant sans doute à une hallucination. Gomez, de son côté, avait neutralisé deux gars, à mains nues. Des manchettes de rien du tout, placées au bon endroit, à la gorge, avaient asphyxié les sbires du SAC déguisés en gauchistes. Un peu plus loin, trois autres avaient terrorisé ou assommé quelques étudiants qui jouaient au lancer de pavés sur les forces de l'ordre…

L'acharnement avec lequel ils s'en étaient pris aux jeunes nous avait été insupportable. Nous faisions mine de rater nos cibles, nous contentant de mouliner pour les effrayer. Les gauchistes criaient que les fafs attaquaient par-derrière… J'étais assimilé à un gars d'extrême droite ! Mon père devait se retourner dans sa tombe !

Max a fauché un barbu en le frappant aux jambes, puis à la tête, faisant valser son casque de chantier. Au moment où il s'apprêtait à achever l'étudiant à terre, j'ai reconnu Paul sous son foulard humide ! Mon manche s'est envolé pour s'écraser sur la nuque de Max qui a vacillé et s'est effondré au sol. Hélas, deux gars du SAC m'ont vu et ont foncé sur moi comme des taureaux, arrêtés dans leur course par José.

— Ce coup-ci, on est grillé ! a crié ce dernier et, comme libéré, il a dégagé, à coups de pied et de poing, quelques étudiants en difficulté pendant que j'aidais Paul à se relever.

— J'ai… perdu mes lunettes… Il faut que je les retrouve…, a dit Paul en cherchant à quatre pattes les lunettes qu'il portait sur le nez. Le traumatisme, sans doute.

— Tu le connais ? a demandé José.

— C'est le fils d'un ami, aide-moi.

Abandonnant manches de pioche et casques, nous l'avons relevé et traîné à bras-le-corps alors qu'il continuait à réclamer ses binocles. Nous avons parcouru ainsi toute la rue Bonaparte au pas de course jusqu'au quai Malaquais, que nous avons traversé pour atteindre le pont des Arts, où nous avons soufflé quelques instants. La rumeur des combats de rue parvenait jusqu'à la Seine. La nuit était douce et le cadre de cette pause, grandiose : rive droite, les Tuileries et la façade du Louvre, rive gauche, les Beaux-Arts et l'hôtel des Monnaies, à notre droite, l'île de la Cité avec son square du Vert-Galant et son fameux quai des Orfèvres, à notre gauche la Seine noire et piquetée des lumières de la ville, filant vers la gare d'Orsay et la tour Eiffel. A cet instant précis, j'ai eu le coup de foudre pour cette ville que j'avais parcourue six ans plus tôt, de jour, et sans la voir, plus préoccupé par la résolution d'une enquête que par la beauté du site.

— Merci d'avoir retrouvé mes lunettes, a dit Paul, sans elles je suis fichu.

Puisqu'il y voyait plus clair, j'ai jugé inutile de lui expliquer sa confusion et nettoyé, avec son foulard, le sang qui coulait encore sur sa tempe gauche. Son arcade sourcilière était gonflée par l'hématome. Comme il boitait, José a examiné sa jambe :

— Rien de cassé. L'articulation du genou est tuméfiée mais intacte.

— Paco, comment savais-tu que j'étais à Paris ? a demandé Paul.

— Je passais par là et j'ai eu une intuition…

— C'est insensé !

— En réalité…

Et je lui ai raconté une histoire faite de vérités et de mensonges, le coup de fil de sa mère, les obsèques de Morand, le hasard…

J'ai songé à Irène : elle aurait été ravie de savoir que j'avais dû abandonner mon expédition pour sauver le fils Choukroun. Je n'étais pas monté à Paris pour rien. Si je n'avais pu éviter le meurtre du père, j'avais, du moins, protégé le fils d'un traumatisme crânien.

Nous sommes passés rive droite et avons pris le métro à la station Pont-Neuf. C'était direct jusqu'à Jussieu, il nous a semblé plus judicieux de descendre à la station suivante, place Monge. Paul et moi avons rejoint l'hôtel où j'ai réglé la chambre et récupéré nos bagages, pendant que José se rendait au garage pour retrouver sa bombe automobile bien-aimée.

Quelques minutes plus tard, nous embarquions dans la Simca 1000, en route pour la Cité universitaire internationale où Paul avait laissé son sac, puis en direction de Marseille.

En sortant de la ville par la porte de Gentilly, j'ai été habité d'un regret. Non pas de devoir abandonner mon enquête, mais de quitter cette cité comme on laisse derrière soi une femme qui vous a tapé dans l'œil et à laquelle vous n'avez pas osé parler…

Certes, nous n'avions plus rien à faire à Paris, mais Paris n'avait pas fini de voir ses pavés s'envoler, ses étudiants s'insurger et ses policiers l'enfumer…

EVA

Le corps du violeur gisait au sol. Sans vie. Et moi, debout, sans voix. Du mal à y croire. Tout avait été si vite. En quelques instants deux hommes étaient morts. J'en avais été complice et, pour une fois, aucune culpabilité n'était apparue. A la fois bouleversée et glacée. Terrifiée par l'acte et soulagée pour Irène. Tigran semblait transformé en un bloc de marbre lisse. Muet, le regard noir, déterminé à aller jusqu'au bout de sa tragédie…

En milieu d'après-midi, j'avais quitté mes camarades s'apprêtant à manifester leur soutien aux étudiants de Nanterre et, une fois de plus, emprunté la deuch de ma collègue pour planquer aux abords de la maison de la Pointe Rouge.

Alors que je songeais à renoncer à cette surveillance pour lui préférer la manif, une voiture noire est sortie de l'impasse. Heureusement pour moi, la circulation était dense et j'ai pu la suivre à distance.

Le centre de Marseille était embouteillé par le cortège des étudiants qui défilait sans incidents.

La bagnole, une BMW je crois, s'est finalement engagée sur l'autoroute du Nord. Sans l'aide de quelques camions, je l'aurais perdue dans le flot automobile. Nous étions en heure de pointe et la progression s'effectuait à vitesse mesurée.

Ils sont sortis en direction d'Aix-en-Provence où ils allaient, peut-être, à un dîner entre truands…

J'ai frissonné quand ils se sont engagés rue Nazareth. La rue de la boutique d'Irène !

Ils se sont garés à quelques dizaines de mètres en amont. Un géant au crâne rasé, une sorte d'armoire à glace, est sorti côté passager, cigare au bec, et a longé le trottoir. Paco était-il chez elle et allaient-ils le tuer ? Une fois de plus, serais-je le témoin impuissant de la mort d'un homme connu ? J'ai été tentée d'abandonner la voiture pour avertir Irène et Paco. Le temps de m'interroger, d'hésiter, Irène est sortie de la boutique dont elle a verrouillé la porte. J'ai jailli de la bagnole et me suis mise à courir pour l'avertir du danger. Hélas ! Le géant a bondi, l'a saisie à la taille et l'a jetée à l'arrière de la BMW qui suivait au ralenti avant que j'arrive à sa hauteur. La voiture a démarré en trombe, me laissant essoufflée devant la porte de l'immeuble où avait été abandonnée la canne d'Irène. Je l'ai ramassée, sans savoir pourquoi. Peut-être pour me convaincre que je pourrais la lui rendre bientôt.

Appeler les flics ? Leur dire quoi ? Une femme a été enlevée par des truands que je filais depuis des jours ? Je ne serais pas sortie de l'auberge avant des heures et pendant ce temps tout pouvait arriver. J'ai couru jusqu'à la deuch et repris la route de Marseille. Je n'avais qu'un espoir : pourvu qu'ils retournent à la Pointe Rouge…

La deuch a failli rendre l'âme, peu habituée à rouler accélérateur au plancher, mais elle m'a tout de même permis d'arriver chez Tigran.

Heureusement, sa phobie lui interdisait de quitter les lieux. Elle allait pourtant devoir fermer sa gueule et s'écraser devant l'urgence.

— Tigran ! Réveille-toi ! Irène a été enlevée !

Il a écouté, tout d'abord sans comprendre, puis avec attention, celle du flic que j'avais connu. Il s'est habillé, a chargé son flingue et m'a suivie sans dire un mot. Comme si son corps de flic avait pris possession de son âme torturée et l'avait bâillonnée. Comme si ses tourments avaient été mis en cellule d'isolement. Aucun mot, aucun commentaire n'est sorti de sa bouche. Il n'était plus qu'action. J'ai conduit jusqu'à l'impasse de la Pointe Rouge. Dans un silence de mort.

Nous sommes descendus et nous avons marché jusqu'à la grille.

— Reste en dehors de ça ! ont été ses premiers mots depuis mon résumé sur la situation.

— Pas question. Je veux savoir ce qui est arrivé à Irène.

Il a grimpé par-dessus le mur d'enceinte. Trop petite, je n'y suis pas parvenue. Il a hésité à me planter là. Je l'ai regardé avec des sentiments qui disaient : “Si tu me largues, je ne te le pardonnerai jamais…”, en tendant la canne d'Irène dont il s'est emparé pour m'aider à me hisser sur le mur. Nous avons sauté, ensemble, main dans la main, de l'autre côté. Un Rubicon.

Sans doute attirée par le bruit, une silhouette est apparue sur le pas de la porte de la petite maison du gardien. Tigran a plongé sur lui et l'a assommé avec la crosse de son flingue. Quand il s'est relevé, j'ai reconnu Pips. Sans rien en dire. Ni le moment, ni l'endroit. Pourtant, j'étais troublée que Tigran ait agressé mon ancien compagnon, sans le savoir. Il lui a passé les menottes dans le dos, lui a mis son foulard indien dans la bouche et l'a jeté sans ménagement à l'intérieur de la maisonnette après avoir vérifié qu'elle était vide. Face à nous, la demeure où une lumière filtrait à travers les rideaux épais du rez-de-chaussée.

Nous avons progressé, accroupis, toujours en silence, jusqu'à la BMW garée dans l'allée, puis jusqu'à la porte sur laquelle nous avons collé nos oreilles. Des bruits d'émeute entrecoupés par la voix d'un homme essoufflé et tendu se devinaient à travers le bois.

Tigran m'a poussée derrière lui et a posé son index sur mes lèvres. C'était doux et ferme. Un homme s'était retrouvé. Fort et déterminé.

Il a tourné la clenche de la porte qui s'est ouverte sans grincement. Ces hommes ne craignaient manifestement pas l'intrusion. Sûrs de leur impunité.

Le vestibule, bourgeois, meublé uniquement d'un portemanteau de bistrot, était éclairé par un plafonnier. A gauche et à droite, des portes blanches, fermées. Il m'a fait signe de me mettre à l'abri derrière la cloison, s'est agenouillé et a tourné le bouton de porte. Le bruit des émeutes, en fait d'une radio à tue-tête, a explosé dans le vestibule.

Telle une enfant à l'affût de la scène primitive, je n'ai pas résisté à l'envie de jeter un œil : le géant, dos à la porte, enveloppé des volutes d'une fumée épaisse, pantalon effondré, fesses à l'air, avait les mains accrochées aux hanches d'une femme qu'il violait sur le plan d'une table ; de la femme n'étaient visibles, de part et d'autre de la silhouette masculine et massive, que les mains attachées en croix aux pieds du meuble et les jambes écartées. L'une était appareillée d'une prothèse orthopédique… Irène ! Et j'ai disjoncté…

Sans attendre le signal de Tigran, sans réfléchir, tel un chat sauvage, j'ai bondi sur le dos du géant et tenté de lui crever les yeux pour arrêter son viol. Surpris par l'attaque, il a reculé, m'a arraché les mains de son visage, m'a fait passer par-dessus lui et m'a jetée à terre comme si j'étais une écharpe trop rugueuse dont il se débarrassait. Au moment où il s'apprêtait à m'asséner un coup de poing au visage, deux coups de feu ont éclaté, puis deux autres.

Groggy, je me suis relevée pour découvrir une scène de cauchemar : Tigran, arme au poing, s'avançant dans la pièce, le géant agonisant à mes pieds, suffoquant, bouche ouverte, les doigts agrippés à son thorax auréolé de sang sur lequel fumait un cigare allumé, plus loin un autre type écroulé, face contre terre, serrant encore un pistolet dans la main droite.

Irène, tête dans un sac de jute, nue sur la table, secouée de frissons, tel un continent meurtri, vibrait d'un séisme dans la profondeur de ses chairs.

D'un pas d'automate, j'ai contourné la table et retiré la cagoule. Irène m'a regardée avec des yeux, des yeux… Ceux d'un nouveau-né qui jette son premier regard sur un monde barbare. Ses lèvres remuaient sans pouvoir articuler un mot, mais disaient merci. Je l'ai embrassée sur la joue, lui ai caressé les cheveux trempés de sueur, en murmurant : “C'est fini, c'est fini…”

J'ai dénoué ses liens et l'ai aidée à se redresser. Irène, assise sur la table, immobile, indifférente à sa nudité, yeux écarquillés par l'horreur, est restée un long moment à observer la pièce qu'elle découvrait.

Pendant que Tigran explorait l'étage, je suis retournée dans le vestibule récupérer la canne que je lui ai tendue pour qu'elle puisse descendre de cette table des tortures.

Irène semblait épuisée et pourtant, dans cette nudité violente, malgré son corps et son visage tuméfiés, son regard, cerné par sa crinière en feu, a pris une teinte violette, une couleur de fureur quand il a croisé celui du violeur au sol qui n'en finissait plus de mourir de ses blessures.

Elle s'est approchée du corps de l'homme, s'est appuyée d'une main au dossier d'une chaise, a soulevé lentement sa canne, et, à coups de pommeau d'argent, s'est mise à lui frapper le visage, les mains et les organes génitaux, avec sauvagerie et la régularité d'un métronome implacable, lui répétant d'une voix grave et saccadée : "Tu ne feras plus… de mal… à aucune femme… Jamais… Tu ne feras plus… de mal…" Jusqu'à ce que la canne se brise. Bien après qu'il fut mort… Et elle s'est effondrée au sol, en sanglotant. Enfin.

Tigran et moi avions assisté au déchaînement de sa violence sans intervenir. Comme si elle avait achevé, sous nos yeux, un serpent venimeux. Il a tendu une couverture et nous a ordonné :

— Partez ! Irène et toi, quittez les lieux. Moi, je dois rester…

J'ai enveloppé Irène avec la couverture et, la soutenant par la taille, je l'ai aidée à se déplacer jusqu'à la voiture.

Une fois au volant, j'ai regardé Tigran qui se tenait debout sur le perron de la demeure. Il était beau comme un roi arménien sorti victorieux d'une bataille contre ses démons. Il a actionné l'ouverture du portail électrique.

Sortie de l'impasse, j'ai compris qu'il ne restait pas pour attendre les flics mais pour en finir avec sa culpabilité…

TIGRAN

Bolard était face à moi, impassible. Il a dit :

— C'est vous qui avez fait ça ?

J'avais été surpris de voir la Fourmi bondir sur le type qui violait Irène. Une réaction animale de femme. De mère. La mienne avait plongé comme elle, vingt-cinq ans plus tôt, pour sauver la vie de mon frère dont j'avais lâché la main. Il s'était lancé sur la chaussée sans prêter attention à la circulation… Comme cette fois-ci, j'avais été un instant sidéré… De peur de blesser l'une des deux femmes.

Après l'envol de la Fourmi par-dessus son épaule, j'avais abattu l'ordure, celui qu'on appelait le Turc. Aussitôt était apparu son complice, arme au poing. C'était lui ou moi, comme disent les types pour justifier la légitime défense. Ma première balle l'avait touché à la tête, la seconde, raté. Elle était inutile. Il était mort avant de toucher terre. Le Turc, à l'agonie mais inoffensif, gémissait de se voir mourir. Irène l'avait achevé à coups de canne. J'avais laissé faire. Quoi d'autre ? Pouvais-je lui intimer l'ordre de reprendre ses esprits ? Comme moi, elle avait eu besoin d'une violence pour les retrouver, se retrouver.

La barbarie est en nous, quoi qu'on en dise. Tout se peut si le contexte s'y prête. Tout se pouvait : crucifier un vieil homme jusqu'à ce que mort s'ensuive, massacrer une famille, vitrioler une femme, en violer une autre, tuer des assassins, les achever à coups de canne. Tout se pouvait, les génocides en témoignaient.

Flics ou truands, badauds ou fanatiques, chacun était capable du pire. Le mien n'était pas encore atteint. Pour la première fois de ma vie, j'avais tué, plutôt deux fois qu'une, et ça ne me touchait en rien. Aucune voix ne me le reprochait. Celle qui, dans ma tête, alimentait ma culpabilité de frère, de fils, d'Arménien, s'était tue. Je voulais en finir avec cette histoire et en finir passait par Bolard. Que j'avais décidé d'attendre.

Après le départ des femmes, je me suis emparé de l'arme d'un des tueurs, j'ai éteint la radio et les lumières des pièces du rez-de-chaussée, convaincu que Bolard finirait par se pointer avec ses sbires.

Dans l'obscurité, immobile, le corps relâché, les sens aux aguets, j'attendais, assis dans un fauteuil, en compagnie des cadavres. Dans un silence de mort.

Le téléphone a sonné plusieurs fois pendant la fin de la nuit. Je n'ai pas bougé, décidé à ne pas répondre. Le laisser s'interroger, encore et encore. L'obliger à venir s'informer, à comprendre le silence de ses acolytes.

A l'aube, un carillon, au timbre inconnu, a retenti dans le vestibule, connecté à la sonnette de la grille. Je me suis levé pour déclencher l'ouverture électrique du portail. J'ai écarté le rideau et distingué la Mercedes glisser au ralenti dans l'allée. J'ai tendu la main pour appuyer sur l'interrupteur qui refermait la grille, le piège.

Bolard était au volant. Seul. Il est descendu et s'est dirigé vers le perron. J'aurais pu l'abattre sans qu'il sache de qui venait le coup mortel : trop rapide. Je voulais lui infliger une mort lente et qu'il me voie l'anéantir. Quatre balles, pour quatre morts. Celles de mon frère, de sa femme et de ses enfants. L'une après l'autre, et assister à sa souffrance, à l'effacement de sa vie, par petites touches.

Je me surestimais. Je surestimais ma haine.

Il est entré dans la maison, a allumé la lumière du salon, est demeuré pétrifié sur le pas de la porte. Je braquais sur lui mon arme, d'une main ferme. Il a soupiré comme s'il venait de comprendre que tout était fichu :

— C'est vous qui avez fait ça ?

— Oui.

— Vous êtes donc capable de tuer.

— Oui.

— Bien. Vous avez l'intention de m'exécuter ?

— Oui, mais avant je voudrais que vous m'expliquiez…

— Comme dans les films, n'est-ce pas ? Racontez-moi tout avant de mourir.

— Si ça vous amuse d'imaginer ça.

— J'ai été un résistant gaulliste, j'ai tué pour libérer mon pays et j'en suis fier. Depuis la guerre froide, les ennemis ne sont plus les nazis mais les rouges…

— Epargnez-moi votre profession de foi, mon frère n'était pas communiste…

— C'était un imbécile arrogant et trop curieux. S'il était resté à sa place, il ne lui serait rien arrivé…

— Vous décidez ainsi de la vie et de la mort d'autrui en fonction de vos jugements ?

— Nous sommes en guerre, jeune homme. Notre pays, notre jeunesse sont pollués par le mirage communiste et mon devoir…

— Votre devoir ? Tuer des innocents ?

— Personne n'est innocent. Nous sommes tous coupables et croire que ne pas prendre parti nous dédouane est une absurdité. Ne pas choisir, c'est encore choisir…

— A quoi vous sert la liste ?

— Vous le saurez assez tôt…

— Dites-m'en plus…

— Non. Je n'ai rien à vous confesser. Faites ce qui vous semble juste. Je n'ai pas peur de la mort, contrairement à votre frère…

A l'évocation de ton frère, le chargeur s'est vidé sans que tu saches comment. Ton doigt s'était crispé sur la détente à ces dernières paroles et avait continué de l'appuyer en faisant des “clic” inutiles, comme s'il avait fallu le tuer indéfiniment. Tu n'as pas entendu les détonations pendant que son corps s'écroulait, au ralenti, secoué par les soubresauts des impacts.

Bolard, étendu au sol, n'avait pas émis un cri, un son. Ou bien étais-tu devenu sourd à la fin de sa vie ?

Un homme du silence, un serviteur de l'ombre, d'un Etat sans scrupules, venait de disparaître, exécuté par un autre serviteur du même Etat, sans procès, ni jugement…

Je suis resté un long moment à observer le cadavre en songeant à ma mère. J'avais vengé mon frère et, surtout, mes angoisses, comme par magie, avaient déserté mon être. Les dégâts de cette affaire avaient été considérables :

Paco dans le coma, Irène enlevée et violée, Eva privée d'Agopian, ma famille exterminée et moi, et moi, et moi, comme chantait Dutronc, devenu un assassin vengeur…

Sans comprendre comment, à la voix qui, jusqu'alors, parlait pour moi, s'est substituée celle d'un chanteur que je n'aimais pas, de Bécaud fredonnant dans ma tête :

Et maintenant que vais-je faire ?
De tout ce temps, que sera ma vie ?

III

MAUVAISE DESCENTE

Mardi 7 mai 1968

Au petit jour, nous approchions d'Avignon.

Paul, endormi sur la banquette arrière, y compris pendant les pleins d'essence, n'a rien vu de la France paisible traversée à cent cinquante, à bord de la Simca missile, rien entendu des affrontements dont nous écoutions les comptes rendus sur les radios périphériques.

Alors que les étudiants de province s'étaient contentés de meetings ou de manifestations de soutien pacifiques, la population ne s'attendait pas à découvrir à la une de ses journaux le Quartier latin dévasté par les affrontements entre manifestants et forces de l'ordre.

J'ai réveillé notre jeune compagnon :

— Tu préfères qu'on te dépose à Aix ou à Marseille ?

— … Pas à Marseille, ma mère va avoir une crise cardiaque si elle me voit dans cet état !

— Téléphone-lui pour la rassurer. Après ce qui s'est passé cette nuit…

— D’accord.

Pour ma part, j’allais profiter de cette halte pour rendre une visite-surprise à ma bien-aimée.

La surprise, c’est moi qui l’ai prise. En pleine gueule.

D’abord, Eva Pelletier m’a ouvert.

— Qu’est-ce que tu fiches là ? j’ai demandé avec irritation.

— Je… J’ai préféré rester au chevet d’Irène.

— Au chevet ? Elle est malade ?

— Pas exactement.

Je suis entré et me suis dirigé vers la chambre.

— Non ! Elle dort ! Laisse-la se reposer… Elle en a bien besoin.

Après une volte-face, j’ai grondé :

— Tu m’expliques.

Dès ses premières paroles, une suée m’a trempé de la tête aux pieds. Une saleté de suée. De celles qui accompagnent l’annonce d’une catastrophe, la culpabilité, la nausée, l’envie de meurtres. Mais les meurtres avaient déjà été commis. Par Khoupi.

A la fin de son récit, j’étais assis depuis longtemps, accoudé à la table, la tête entre les mains. Elle m’a servi un café que je n’ai pu avaler qu’à petites gorgées tant ma gorge était serrée. J’avais même du mal à inhaler la fumée de la maïs que j’avais allumée d’un doigt tremblant.

— Qu’est devenu Khoupi ?

— Tigran ? Aucune nouvelle depuis que je l’ai laissé dans la maison de la Pointe Rouge… Je crains le pire… Si tu restes aux côtés d'Irène, je retourne à Marseille pour le retrouver…

J'ai regardé ma montre : 7 heures.

— Mets les infos à la radio. Peut-être qu'ils parlent de ce qui s'est passé…

"… à la suite d'affrontements d'une rare violence. On ne compte plus les blessés dans les deux camps…"

Les infos ne développaient que le récit des émeutes parisiennes, des réactions politiques à ces événements et les témoignages des acteurs ou des habitants du Quartier latin. Pas un mot sur une tuerie à la Pointe Rouge.

J'ai appelé l'Evêché pour en savoir plus : des pompiers étaient en cours d'intervention sur une propriété en flammes à la Pointe Rouge ; sans doute un incendie criminel car le gardien avait été retrouvé ligoté et bâillonné dans sa petite bicoque…

Ensuite j'ai téléphoné chez Khoupi sans qu'il répondît. Soit il avait décidé d'être aux abonnés absents, soit il était en fuite après avoir mis le feu à la baraque. Quoi qu'il en fût, il était mal barré. Nous l'étions tous.

— Je vais avertir un ami qui m'attend dehors et je reviens. Tu peux rentrer chez toi, je m'occupe d'Irène.

— Comme tu veux…

— Tu as une voiture ? Sinon mon copain peut te ramener…

— On m'a passé une deuch, ça ira…

Je suis allé remercier José pour son aide et l'informer que je restais, sans lui raconter la nuit à la Pointe Rouge.

A mon retour, Eva avait enfilé son blouson et s'apprêtait à quitter les lieux. Elle m'a serré dans ses bras avec affection, s'est éloignée, arrêtée, retournée, m'a regardé de ses yeux noirs rougis par sa nuit blanche et a murmuré :

— Je suis désolée…

— Tu n'y es pour rien. Au contraire, tu l'as sauvée. C'est moi qui suis responsable. Moi et ma connerie.

— Elle a besoin de toi plus que jamais.

— Tu crois qu'elle me pardonnera ?

— Je l'espère… Pour vous deux…

Eva partie, je suis entré à pas de loup dans la chambre d'Irène. Malgré la pénombre, j'ai deviné sa silhouette, sous les couvertures, son visage posé sur l'oreiller, son menton toujours gonflé par l'hématome. Elle s'est agitée un peu, a changé de position, a repoussé le drap comme si elle ne supportait pas son contact sur la peau nue. Sa crinière rousse, éparpillée, était encore humide de la douche qui l'avait nettoyée. Elle s'est plainte dans son sommeil et a pleurniché quelques mots. Quelques mots terribles pour moi :

— Paco ! Paco ! Où es-tu ?…

Je me suis effondré à genoux au pied du lit et, le front appuyé sur le bord du matelas, j'ai balbutié en sanglotant :

— Pardonne-moi, pardonne-moi…

Elle a cessé de gémir et a poussé un soupir de soulagement, comme si le film de ses cauchemars venait d'afficher le mot “fin”, de lui offrir une pause.

Avant d'entamer le tournage de son remake…

*

J'ai roulé, en pilotage automatique, jusque chez moi. J'avais besoin de me changer. Me changer, drôle d'expression !

Eva la Fourmi pouvait-elle se changer et en quoi ?

Elle était une bâtarde, orpheline de père et de géniteur, étudiante en histoire par curiosité, libraire à temps partiel par nécessité, luxembourgiste par mode, fumeuse de shit par angoisse, oiseau de malheur à l'égard de chaque homme côtoyé, petite amie de flic par hasard, par peur de la solitude. Par amour ? Oui. Après toutes ces épreuves, tous ces morts, oui. Sur quoi se constituait le lien entre deux êtres ? Entre nous ? Une certaine détresse, un effet miroir mais aussi une vraie complémentarité. Tigran avait su être fort quand j'étais une Fourmi fuyant devant le pas des humains ; moi, j'avais réussi à le sauver de son désarroi et à réveiller son énergie pour libérer Irène. Nous avions le droit d'aimer, de nous aimer, l'un l'autre, mais aussi nous-mêmes. *"Make love, not war !"* hurlaient dans les manifs les hippies américains. Nous avions mené notre guerre, il était temps de nous aimer un peu.

Encore fallait-il le retrouver. Sain et sauf.

J'ai grimpé les étages qui me séparaient de mon studio, toujours plongée dans mes pensées. Et je l'ai vu, assis sur le palier, adossé à ma porte. Et j'ai hurlé dans ma tête : "Il est vivant ! Eva la Sorcière a conjuré le mauvais sort !"

— Je ne savais pas où aller, alors j'ai pensé : “Elle finira bien par rentrer…”, a dit Tigran avec un sourire d'une tristesse infinie.

Je me suis assise à côté de lui et j'ai posé ma tête sur son épaule :

— Je suis trop crevée pour ouvrir la porte… Dormons là…

Il a pris les clés dans ma poche, a déverrouillé la porte et m'a soulevée dans ses bras :

— Ça sent le cannabis, mademoiselle, c'est une infraction à la loi contre l'usage des stupéfiants.

— C'est pas moi, monsieur l'agent. Quelqu'un a pulvérisé cette odeur pour me faire du tort.

— Ça ira pour cette fois, à condition que vous vous montriez gentille…

— Tout ce que vous voudrez, monsieur l'agent…

Il m'a déposée sur le lit, embrassée tendrement, en chuchotant à mon oreille :

— Tu sais… Je ne pourrai pas faire l'amour après ce qui s'est passé pour Irène…

— Moi non plus.

— Nous avons besoin de dormir…

— Et ensuite ?

— Ensuite ? Je ne sais pas ce que je deviendrai mais je ne serai plus flic. Jamais plus.

Comment dire ? Je me suis détendue au point de couler dans le sommeil, un sommeil ouvert comme une mélodie qui abandonnait son thème pour entamer une longue et merveilleuse improvisation.

“Les folies sont les seules choses qu’on ne regrette jamais…*” a été ma dernière pensée. Avant de m’endormir dans les bras de Tigran.

*

Quand j’ai senti la tiédeur humide de lèvres sur les miennes, je me suis débattue pour repousser le violeur.

— Calme-toi, calme, Irène, c’est moi, Paco…

Je l’ai regardé comme si je rêvais. Mais je ne rêvais pas car aussitôt j’ai senti la douleur au visage. Il m’a caressé le front et m’a proposé :

— Tu veux un peu de glace sur ton menton ?

Je me suis redressée en frissonnant et blottie dans ses bras :

— Non, juste un peu de chaleur… Tu es là depuis longtemps ?

— Ce matin.

— Quelle heure est-il ?

— 17 heures.

— Ma boutique !

— J’y ai affiché une fermeture exceptionnelle.

— Merci.

— Tu veux manger quelque chose ?

— Non, boire un grand verre d’eau et un café. Tu sais… ?

— Oui, Eva m’a raconté.

* Oscar Wilde.

— Elle est toujours là ?

— Non, elle est partie à la recherche de Khoupi.

— Ils ont été formidables avec moi…

— Je sais.

Gêné par notre échange, il s'est levé et est revenu avec eau et café. Il m'observait du coin de l'œil comme s'il s'attendait à être puni. Je n'étais pas en état de punir qui que ce soit. Ni de parler, ni rien. Mon corps s'était glacé et continuait d'hiberner ; quant à mon esprit, il demeurait anesthésié et ralenti. Tout me paraissait étrange, ma chambre, mon lit, Paco. Même le café avait un drôle de goût. Celui de l'amertume.

Pendant qu'il errait comme une âme en peine dans l'appartement, agité par sa propre angoisse, je me suis levée pour prendre une douche. Une canne de secours, laide et fonctionnelle, m'a aidée à rejoindre la salle de bains. Mon reflet dans le miroir était horrible : le visage exsangue, des cernes profonds sous les yeux, le regard éteint, le menton bleui, des plis aux coins des lèvres, une peau livide dont les taches de rousseur évoquaient à présent une maladie infectieuse, les cheveux filasse… Pauvre Irène !

En passant la savonnette sur mes seins, j'ai eu un sentiment de répulsion pour mes propres mains. J'ai lavé une fois de plus mon sexe comme s'il était infesté de microbes. Idem pour mes dents que j'ai brossées comme si elles étaient menacées par une cohorte de caries.

Pour la deuxième fois de ma vie, j'avais été mêlée à une enquête de façon tragique. La première, j'avais été partie prenante, alors que, cette fois-ci, je n'étais concernée en rien par cette histoire. Pourtant, on m'y avait plongée malgré moi. A cause de Paco. Enlevée et violée. A cause de Paco.

Si au moins il m'avait avertie des risques que j'encourais…

Allais-je m'en remettre ?

Allions-nous pouvoir dépasser cette épreuve ?

Lui ferais-je payer pour les préjudices que j'avais subis, par sa faute ?

Qu'est-ce qui pourrait éponger sa dette ?

Fallait-il le faire disparaître de ma vie ?

J'imaginais qu'il devait se poser les mêmes questions tout en ressassant, au conditionnel passé, l'histoire en boucle. Une différence majeure entre nous : je me demandais de quoi serait fait notre avenir, lui comment il aurait pu modifier le passé. A croire qu'il avait besoin de cultiver sa culpabilité pour mieux en souffrir. Etait-ce une culpabilité induite ? La provoquait-il afin de tenter une vaine rédemption ?

Il fallait que je parle de tout ça à quelqu'un.

Ernestine ? En Suisse à tenter de retrouver figure humaine.

Eva ? Trop jeune.

Marthe ? Trop partiale.

François ? Trop impliqué…

Quelqu'un qui puisse être neutre… Seul un inconnu pouvait l'être. Un inconnu qui serait spécialisé dans la douleur et la culpabilité.

Un prêtre ? Confession, expiation, absolution, quelle horreur ! Non !

Un spécialiste capable d'être à l'écoute d'un individu sans le juger…

Oui ! Avant de prendre trop vite une décision que je pourrais regretter.

Très vite. Avant qu'il ne soit trop tard…

J'ai pris le bottin et j'ai cherché dans les pages professionnelles.

— A qui veux-tu téléphoner ? a demandé Paco.

— A qui veut bien m'entendre…

IV

BAD TRIP

Samedi 1er juin 1968

Pendant quatre semaines, les choses ont empiré. Pour moi comme pour les gouvernants.

L'Etat a perdu pied, bousculé par sa jeunesse. Le pouvoir était dans la rue, aux étudiants, aux travailleurs. Lycées, universités, usines, ORTF, théâtres ont été occupés… à refaire le monde, à l'imaginer meilleur, plus démocrate, plus libre, plus égalitaire. A rêver. A coups de déclarations, de slogans, de manifestes. A coups de pavés qui terrifiaient la petite bourgeoisie.

Sur les murs, tous les supports devenaient surfaces à écrire ou à afficher. Le pouvoir était surtout celui de la parole, partout, sauf au sommet de l'Etat où régnait un silence de haute montagne. Pompidou avait choisi de poursuivre son voyage en Iran et en Afghanistan ; à son retour, il avait retrouvé le pays en pleine chienlit, comme disait le général.

Car, entre le 7 et le 24 mai, la situation s'était aggravée. Les barricades s'étaient multipliées, la répression policière aussi. La base ouvrière avait jugé indigne de laisser faire et s'était montrée solidaire de la jeunesse. Les syndicats et les partis de gauche avaient dû suivre. Le mouvement étudiant avait fait tache d'huile. Le pays était paralysé par les grèves, les conflits sociaux, les occupations de locaux.

La province, globalement, demeurait plus sage que Paris. La manif de soutien du 13 mai avait rassemblé cinquante mille personnes sur la Canebière.

En déambulant en marge de la manifestation, j'y avais aperçu, derrière les banderoles des gauchistes de la JCR et autres maoïstes, Minier, Chambon, Napo, sa compagne Aimée, Bidet, mais pas Eva. Ils avaient tous cet air particulier des gens qui voient leurs idées triompher. Je n'ai pas voulu jouer les trouble-fêtes…

A chaque fois qu'un rassemblement risquait de provoquer des affrontements entre étudiants et forces de l'ordre, Defferre, notre député-maire, s'interposait, affublé de son écharpe tricolore. Et ça a marché plutôt bien : seulement quelques heurts entre étudiants de l'UNEF et de la FNEF, entre gauchistes et service d'ordre de la CGT.

Les entreprises les plus importantes de la région s'étaient aussi mises en grève et la plupart étaient occupées : Coder, Terrin, Groignard à Marseille, raffinerie du sucre Saint-Louis, Pechiney à Gardanne, chantiers navals de La Ciotat et de La Seyne, Shell…

Le 24, au ministère des Affaires sociales, rue de Grenelle, Pompidou, aidé de ses proches conseillers,

Balladur et Chirac, croyait avoir abouti : un protocole d'accord en neuf points avait été conclu entre syndicats, patronat et gouvernement. La base de Renault, Citroën, Berliet, Sud-Aviation et Rodiaceta avait refusé de signer.

De Gaulle s'était adressé aux Français le soir même. En vain.

A Paris, cette nuit-là, des gauchistes avaient incendié la Bourse et attaqué le commissariat de Beaubourg. La grève avait été relancée de plus belle.

Le 27, les partis de gauche ont cru le moment venu de déclencher une grande offensive. Au stade Charlety. Un bide total malgré l'arrogance de Mitterrand qui avait déclaré : "Le pouvoir n'est plus à prendre, il est à ramasser..." et proposé Mendès comme Premier ministre et lui-même comme président...

Le 29, de Gaulle est allé faire un tour à Baden-Baden pour échanger des souvenirs sur la guerre d'Algérie avec son vieux copain le général Massu, qui l'avait poussé sur le devant de la scène dix ans plus tôt au forum d'Alger.

Massu allait-il torturer les gauchistes pour qu'ils avouent où ils planquaient pavés et cocktails Molotov ?

De Gaulle se préparait-il à un remake version étudiante, "Enragés, je vous ai pigés...", ou voulait-il que les chars français venus d'Allemagne occupent le pays ?

Les gauchistes criaient : "Nous sommes tous des juifs allemands" en réponse à l'expulsion de Cohn-Bendit, les gaullistes allaient-ils revendiquer "Nous sommes tous des chars français" ?

Irène, elle, occupait trois fois par semaine les locaux d'un psychanalyste aixois. Et j'en prenais plein la gueule.

Quoi que je dise, elle refusait de m'entendre, pour mieux s'entendre, disait-elle.

Après ses premières séances, je l'appelais, espérant sinon son pardon du moins quelques circonstances atténuantes. Comme si j'attendais du psychanalyste qu'il lui expliquât, qu'il plaidât ma cause.

— Alors ? je lui demandais au téléphone, attendant le verdict façon *"guilty or not guilty ?"*

— Alors quoi ? Tu veux que j'aille à mes séances avec un magnétophone pour que tu puisses les écouter ? répondait-elle sur un ton agressif.

— Non, bien sûr… Ça te fait du bien… ?

— Non, plutôt mal, mais le mal a déjà été fait…

Parfois, d'une voix plus douce :

— Tout est si confus, mon histoire, notre histoire, tes histoires…

Le plus souvent :

— Je n'ai pas envie d'en parler.

Pas plus que de faire l'amour. Ce que je comprenais après le traumatisme du viol tout en me demandant si nous nous retrouverions un jour…

Au boulot, ce n'était guère mieux : mon point de vue était jugé discutable par mes collègues et mes supérieurs. Sans prendre explicitement la défense des grévistes, je les justifiais. Et ça ne plaisait pas qu'un flic ne soit pas clairement du côté de l'ordre.

Plutôt amusantes, ces positions déontologiques venant de flics marseillais qui, de génération en génération, avaient grenouillé tantôt avec la pègre, tantôt avec le pouvoir local, exception faite de gars comme Morand.

Moins amusantes, les suites de l'enquête sur l'incendie de la Pointe Rouge. Trois cadavres dans les décombres : celui de Dussour dit le Turc, deux balles dans la peau, de Di Rosa son acolyte, une balle dans la tête, et de Bolard, six balles éparpillées dans le corps. On y avait retrouvé aussi le pommeau d'argent d'une canne. Les projectiles avaient été tirés par deux armes différentes : un MAC 50, 7,65 utilisé par nos services, celui de Khoupi donc, et un Colt Government, calibre 45 ACP, très apprécié par mes collègues, mais aussi des truands.

Selon le rapport des pompiers, l'incendie, sans aucun doute, était d'origine criminelle.

M. Dantec, le patron fictif d'Africa Food inc., n'avait pu expliquer la présence de ces cadavres dans cette demeure, officiellement utilisée pour des séminaires ou des dîners d'affaires.

Quant au gardien, un petit trafiquant retrouvé sur place, il travaillait sous une fausse identité, car il était supposé être décédé en Syrie quelques mois plus tôt dans un accident de voiture. Il disait ne rien savoir de tout ce qui s'était passé. Compte tenu de ses antécédents, on le soupçonnait d'être complice puisqu'il avait été laissé en vie par les tueurs. Il était incarcéré aux Baumettes pour faux, usage de faux et détention de stupéfiants…

C'est ainsi que j'avais découvert l'existence de Ferraro dit Pips, l'ex-petit ami d'Eva, ressuscité d'entre les morts et rapatrié, sous une fausse identité, le 28 décembre 1967. Eva le savait donc et ne m'en avait rien dit. Cependant, elle restait introuvable, tout comme Khoupi dont les parents n'avaient aucune nouvelle. Il avait sauvé ma vie puis celle d'Irène et j'étais impuissant à l'aider en retour. Par ma faute, il avait tué, était devenu hors la loi. Avait-il sombré dans la pantophobie comme le prédisait Chambon ? Se terrait-il quelque part dans Marseille, toujours bordé par Eva ? Je n'en savais rien et ça me rendait dingue !…

Leconte, notre nouveau divisionnaire, en de Gaulle de pacotille, exigeait des résultats rapides. Manifestement, l'identification des criminels lui tenait à cœur. Ironie du sort, j'ai été chargé de remonter la piste du propriétaire de la canne à pommeau d'argent. Inutile de dire que j'ai laissé filer…

Plus préoccupés par la situation politique que par la résolution d'une enquête, mes collègues penchaient pour un règlement de comptes entre truands. Tous savaient que le cabinet Bolard avait défendu le Turc et Vespucci, et, donc, le soupçonnaient de rapports troubles avec le milieu marseillais.

Quand j'ai eu François au téléphone, à mon retour de Paris, il me croyait responsable du massacre de la Pointe Rouge et de la mort de Bolard. Je l'étais indirectement, mais je n'en ai rien dit, me contentant de lui révéler la mission impossible de la rue de Solférino.

Pendant tout ce temps, je n'avais toujours rien compris à la disparition de Khoupi et d'Eva, pas plus qu'à l'attitude d'Irène qui, en signe extérieur de changement, portait désormais les cheveux raides et courts. Sa crinière était devenue un casque capillaire. Une manière de me dire que je la défrisais…

Quant au sens de la liste, il restait un secret que Bolard avait emporté dans la tombe. Pourtant, Hitchcock avait raison au sujet du Mac Guffin…

*

Paco,

Les temps changent, le temps est venu. Tu voulais des mots, en voici.

Je ne suis pas certaine qu'ils soient ceux que tu aies envie de lire.

Ils sont simplement ceux que je peux écrire.

Orléanaise de bonne famille, étouffée par la morale de ma mère et la mélancolie de mon père, j'ai fui la Beauce pour l'Algérie où j'ai fini de me construire, loin d'eux et non sans mal. La jeunesse et l'inconscience m' ont poussée à explorer des situations nouvelles. Là-bas, je suis devenue une petite créatrice de chapeaux. J'étais heureuse, indépendante et, par la suite, amoureuse.

Tout allait bien dans ce pays magnifique et puis il y eut la guerre, et puis il y eut la bombe qui a frappé tous ceux qui partageaient le plaisir de la danse. Tu as su, avec talent, m' aimer malgré mon incomplétude, malgré moi. Et nous avons continué l' apprentissage des vieux amants, traversant les épreuves de la guerre civile, de la perte, de l' exil. Quelque chose s' est perdu à jamais. Nous n' étions pas de simples exilés. L' exilé, l' émigré peut cultiver le rêve d' un retour. Pour nous ce fut un rêve impossible car un autre pays naissait de nos cendres.

Néanmoins, nous avons su nous retrouver. Jusqu' à ces derniers mois, jusqu' à ton coma. Je peux te le dire à présent, tu n' as pas halluciné ma voix dans ton long sommeil. J' ai été à tes côtés, chaque soir de la semaine et chaque dimanche, à te parler, à écouter ton souffle, à guetter sur ton visage immobile les signes d' un réveil. Je t' ai aimé comme, sans doute, je n' ai jamais aimé. Trop peut-être, au point d' en oublier de vivre. Je suis sortie de cette épreuve épuisée. Tu n' as pas voulu le voir, le savoir, trop préoccupé par ton métier et les suites de TON *enquête. Et, peu à peu, je n' ai plus eu la force de continuer notre histoire.*

De garde-malade, j' étais devenue ton repos du guerrier. Ta guerre n' est plus la mienne. Je suis si fatiguée. A mon tour de me reposer.

Quand nous vivions à Alger, j'étais la maîtresse idéale : celle qui était suffisamment indépendante pour ne pas exiger l'exclusivité ou la conjugalité. Tu as pu ainsi rester au domicile de ta grand-mère jusqu'à sa disparition.

Après nos retrouvailles à Marseille, nous avons décidé de mettre en place un nouveau contrat : plus question de parler de ton travail pendant nos instants partagés. Douce illusion : tu ne m'en parlais plus et pour cause, je ne te voyais plus, je te croisais de loin en loin. Pour emprunter tes mode et temps préférés, le conditionnel passé, si j'avais été la compagne effacée, la mère de nos enfants, la partenaire sexuelle à heure et jour fixes, nous aurions pu, comme la plupart des couples et des familles, nous convaincre que nous étions heureux.

Tu as voulu croire que j'étais une compagne infatigable, d'une solidité à toute épreuve. Je ne t'en veux pas pour cela, j'ai conscience d'avoir cultivé cette illusion. Pas plus que je ne t'en veux pour le viol que j'ai subi. Tu en es indirectement responsable sans en être coupable. Mais, depuis quelques semaines, j'ai dû me rendre à une évidence implacable : si je ne voulais plus être mêlée à tes histoires, il ne fallait plus que je sois dans ton histoire…

Il me faut apprendre à ne plus t'aimer, "de l'aube claire jusqu'à la fin du jour"…

Comme toi je vieillis, Paco. Plus vite que toi parce que je suis une femme, et j'aspire à un quotidien sans doute ennuyeux, mais paisible.

Les étudiants que je vois défiler, contrairement à ceux qui se battaient pour l'Algérie française, ne sont pas désespérés. Ils rêvent d'un monde meilleur et, si j'avais leur âge, je rêverais avec eux. A vingt ans, j'étais seule à espérer une autre vie, libérée des contraintes sociales, des idées reçues. Ils ont la chance d'être en nombre et, du coup, ils ont l'air heureux. Leur réveil sera douloureux, mais ils ne seront pas seuls pour le vivre.

"Pour tout bagage on a vingt ans, quand on aime c'est pour toute la vie…", chante Léo Ferré.

Je n'ai plus vingt ans et j'ai assez payé. Il est temps que tout ça s'arrête.

Il vaudrait mieux que tu t'en ailles pour me faciliter les choses. Où que tu ailles, Paco, tu ne seras pas heureux, où que tu sois tu jouiras de chercher des mobiles et des coupables. C'est ta vie, ta survie, plus la mienne.

S'il te plaît, déteste-moi, maudis-moi, mais ne cherche pas à me revoir ou à me faire changer d'avis, ce serait encore plus difficile pour moi.

Celle qui a craint de te perdre dans la mort et qui décide de te perdre dans la vie.

IRÈNE

P.-S. : Eva et Khoupi vont bien et me chargent de te transmettre leur amitié.

J'ai glissé la lettre dans l'enveloppe comme on referme un cercueil. J'allais enterrer un amour, somme toute, assez jeune. Un bel amour que j'étais heureuse d'avoir vécu.

C'est le moment qu'a choisi de Gaulle pour annoncer à la radio sa décision de dissoudre l'Assemblée et de provoquer des élections anticipées.

Décidément, il n'avait cessé de scander ma vie. 1958, 1962, 1968. Dix ans de hauts et de bas, d'amour et de haine avec son peuple. Moi aussi je venais de dissoudre une assemblée pour me retrouver, seule. Allait-il perdre les élections et se retirer dans sa tanière à ruminer sur l'ingratitude des électeurs ? ou rebondir comme il l'avait fait pendant trente ans ? L'histoire le dirait bientôt…

J'ai posé la lettre à côté d'une autre que j'avais reçue la veille. Une belle lettre d'Eva, envoyée des Antilles. Sans adresse au dos, avec un cachet de Pointe-à-Pitre.

Elle y racontait la suite de ses aventures avec Tigran : elle l'avait retrouvé chez elle. Il avait décidé d'abandonner sa carrière policière et semblait prêt à se constituer prisonnier. Elle l'avait persuadé de ne pas gâcher sa vie ainsi. Ils avaient passé une journée et une nuit à chercher une alternative.

Partir leur a paru une solution transitoire mais satisfaisante pour l'instant. Leur choix s'était porté sur le port du Havre et l'autre côté de l'Atlantique. Seul un cargo, un bananier repartant à vide, a accepté de les embarquer pour Basse-Terre en Guadeloupe. Encore l'attrait des colonies, du soleil, de la mer émeraude… Au cours de la traversée, Tigran lui avait confié que ses grands-parents et ses parents avaient eux-mêmes fui la Turquie sur un navire français et que, d'une certaine manière, il s'inscrivait dans la diaspora.

Arrivés en Guadeloupe, ils s'étaient rendu compte qu'ils avaient débarqué en terre d'esclavage et que les autochtones avaient une méfiance naturelle à l'égard des Blancs. Peut-être que cette île ne serait qu'une étape. Les Etats-Unis et l'Amérique du Sud, tout proches, leur permettaient d'imaginer d'autres destins… Elle était heureuse qu'il ait renoncé à son métier, car, disait-elle, elle n'aurait pas eu mon courage et ma persévérance. Elle terminait ainsi :

Tu as beaucoup compté pour moi en me permettant de sortir de mon cercle vicieux personnel, celui d'une fille qui subit les événements, qui suit les hommes sans être capable de faire des choix pour elle-même. J'espère te revoir un jour. Dès que nous serons à l'abri, je te donnerai notre adresse. Je te souhaite encore beaucoup de bonheur avec Paco. Transmets-lui notre amitié, même si je sais qu'il ne m'a jamais appréciée. Je t'aime.

EVA

*

Deux mystères continuaient de me hanter.

La fonction de la liste du SAC et la mort d'Agopian.

Tout collait : le vol de la liste, les morts de Vespucci, de Sénigalia et de la famille Khoupiguian ; la culpabilité de Bolard comme maître d'œuvre ne faisait pas de doute. Mais la mort d'Agopian clochait dans le tableau. J'avais enquêté sur le Turc et ses différents délits. Il s'en était toujours pris aux femmes, dont la dernière, Irène. Pourquoi crucifier un homme, mûr de surcroît, qui ne pouvait en aucune façon satisfaire une sexualité sadique ? Mais, surtout, les multiples empreintes trouvées sur place, selon le labo, ne correspondaient ni à celles du Turc, ni à Di Rosa, son complice de la Pointe Rouge. Pas plus qu'à celles des deux ex-paras ou de leur chef, Roberti. Il y avait deux hommes lors de l'agression du serrurier. Qui étaient ces deux hommes passés entre les mailles de nos filets ?

Quelque chose d'autre me chiffonnait. Une chose que j'avais entendue et à laquelle j'avais été sourd. Mais quoi ?

Je tentais peut-être de chercher des raisons pour ne pas renoncer, ne pas lâcher cette enquête qui avait causé tant de dégâts, en moi, autour de moi et engendré une immense frustration. L'orgueil du flic refusant que son monde lui échappât.

Ces pensées m'obnubilaient au point d'en oublier où je mettais les pieds. Le crissement des freins d'une moto m'a rappelé brutalement à la réalité :

— Oh fada ! Regarde où tu vas, con ! a hurlé le motard qui venait de piler à quelques centimètres de moi.

Tout en reculant vers le trottoir, j'ai bredouillé des excuses qu'il n'a pas écoutées car il a accéléré brutalement le moteur de sa grosse cylindrée comme s'il venait de commettre un délit. Je me demandais toujours comment ces jeunes pouvaient s'offrir de pareils engins qui valaient le prix d'une voiture… D'autant que, l'essence se faisant rare à cause des grèves, la ville était devenue piétonne… Et le déclic s'est opéré sous forme d'une question sans réponse.

Comment Bidet, sans le sou quelques jours plus tôt, avait-il pu s'offrir la moto qui avait permis à Sénigalia de semer ses poursuivants à la sortie de prison ? Alors qu'il avait dû vendre la précédente à cause de sa flambe au jeu, comment avait-il trouvé l'argent ? Et si…

J'abandonnai l'itinéraire de l'Evêché pour emprunter celui de Saint-Jean-du-Désert. A pied. Les dépôts de la RATVM, eux aussi, étaient occupés par les chauffeurs et les mécaniciens. Quant aux taxis, ils étaient en chômage technique.

Bidet n'y était pas. Minier, si.

Je lui ai résumé tout ce que je savais. Il m'a confirmé le reste :

— Sénigalia, infiltré comme électricien dans le SAC parisien, savait que la société Africa Food inc. était une couverture pour des opérations louches avec l'Afrique. Pendant l'installation du coffre-fort dans les bureaux, il a fouiné et découvert la liste. Quand il y a vu mon nom, il a pensé que j'étais une taupe. C'est pourquoi, après la mort de Vespucci, il s'est réfugié chez Agopian. Quand nous avons discuté dans le bistrot de l'Estaque, il a fini par me croire…

— Pourquoi avez-vous disparu après le meurtre d'Ensuès ?

— Parce que ma femme a eu peur qu'ils m'éliminent et pour faire le point avec mes camarades de la JCR. Moi aussi, j'avais des doutes sur Sénigalia et je voulais en savoir plus sur son départ de Paris. C'est lui qui a demandé à décrocher parce que les gars du SAC commençaient à trouver trop curieux cet électricien…

— Savez-vous comment Bidet s'est payé sa nouvelle moto ?

— Aucune idée. Un jour il est plein aux as, le suivant, sans un sou…

— Que pensez-vous de la liste de Bolard ?

— Mon salaud d'oncle a rayé mon nom et celui de mon père pour nous protéger. De quoi ? Ça reste, pour moi, un mystère…

J'ai repris mon chemin vers Montolivet. Une longue ascension, car ce quartier était juché sur les hauteurs de la ville. Après une bonne heure et demie de marche, je suis parvenu enfin à destination. L'impression d'avoir quitté Marseille pour un village de Provence avec sa petite place, son église, ses commerces et ses maisons individuelles. Bordée par un bar-tabac, l'impasse de l'Eglise était occupée par deux bâtiments blottis derrière une grille : une demeure à l'architecture florentine, de deux étages, et une dépendance fade à un étage. J'ai tiré la sonnette.

Unc fcmme d'une quarantaine d'années, d'une élégance décontractée, les cheveux bruns, tressés, accompagnée d'un chien berger allemand, m'a ouvert :

— Bonjour, madame, je souhaiterais rencontrer M. Bidet…

— Ah ! Il donne… quelques soins à mon beau-fils. Entrez, mais je vous demande de patienter dans le jardin…

Le jardin était, en vérité, un parc arboré de cinq mille mètres carrés, très bien entretenu. Sous l'auvent d'un garage reposaient une moto Norton bleue et une Triumph décapotable. L'argent ne devait pas manquer. La dame m'a abandonné pour poursuivre la tâche qu'elle avait en cours : soigner l'eczéma de son chien. Etrange spectacle que cette femme susurrant des mots d'amour en tamponnant de gaze imprégnée d'un liquide rouge sombre les plaies de son chien-chien pendant qu'un étranger avait en charge un adolescent tétraplégique…

— Excusez-moi, y en a-t-il pour longtemps ?

— C'est un vrai calvaire pour lui. J'ai consulté des vétérinaires, des dermatologues, rien n'y a fait. Dès que j'arrête le traitement, l'eczéma repart de plus belle…

— C'est terrible en effet, mais je parlais de votre beau-fils.

Elle a ri :

— Ah lui, non, encore quelques minutes… Parce que, pour tout vous dire, les tétraplégiques sont constipés et M. Bidet s'occupe de… ça et de sa toilette. Ensuite, il le sort dans le jardin, le temps que la femme de ménage range le rez-de-chaussée…

Après avoir fumé deux maïs, le couple est enfin apparu :

Un jeune adolescent brun aux cheveux longs, au visage d'éphèbe et au corps mort posé sur un fauteuil roulant, poussé par Bidet.

— Puis-je vous voir quelques instants, seul ?

— C'est que…

— Allez-y, je peux surveiller le petit, pendant que je termine, a autorisé la dame sans échanger un regard avec l'adolescent dont la moue en disait long sur leurs rapports…

— Bien, suivez-moi.

Nous sommes entrés dans la maison où résidaient Bidet et l'adolescent ; le rez-de-chaussée était meublé d'un lit à deux places, appareillé d'une potence en métal, d'une table ronde et de quatre chaises, d'un meuble sur lequel était installée une chaîne Bang et Olufsen, dernier cri, au service d'une vingtaine de disques.

J'ai suivi Bidet dans l'escalier qui menait à sa chambre. Là aussi un lit à deux places, une bibliothèque bon marché, chargée de cours et de livres de médecine, un bureau envahi par un jeu de cartes et des jetons de poker…

— Vous tenez tripot ?

— Non, non. Je m'entraîne avec des partenaires imaginaires. Qu'est-ce qui vous amène ?

— Des questions.

— Lesquelles ?

— Où étiez-vous le 31 décembre ?

— Le 31… ? Je… Je sais plus. Pourquoi ?

Des gouttes de sueur ont commencé à inonder son visage.

— Tout le monde sait ce qu'il a fait le 31 ! Pas vous ?

— Si, si… Un instant… Je crois que j'étais avec un copain… On a pas mal bu…

— Qui ça et où ça ?

— Qu'est-ce que vous voulez savoir, à la fin ? De quoi m'accusez-vous ?

— De rien, donnez-moi seulement le nom et l'adresse de ce copain. Une simple vérification.

— Avec… Pips.

— Pips ? Vous saviez donc qu'il n'était pas mort en Syrie ?

— Non ! Je ne savais rien ! Il m'a abordé par surprise, ici, à la sortie de l'impasse…

— Pourquoi ?

— Il voulait savoir ce qu'était devenue Eva, si elle avait un nouveau jules…

— C'est tout ?

— Oui. Je lui ai répondu que je n'en savais rien. Depuis qu'elle fuyait Vespucci et sous-louait à Sénigalia, elle avait disparu de la circulation.

— C'était quand ces retrouvailles ?

— Le 31 à midi.

— Et ensuite ?

— Ensuite ? Il m'a raconté ses galères… et on a bu quelques bières… au tabac du coin. J'y ai une ardoise…

— … Et décidé de finir l'année ensemble. Pas de copine pour fêter ça ?

— J'avais plus une tune… et mes patrons s'étaient barrés en vacances dans les Alpes, huit jours avant, sans me payer le mois de décembre.

A présent, il transpirait abondamment. Je me suis approché à quelques centimètres de lui et l'ai regardé dans les yeux :

— Qui, de vous deux, a eu l'idée d'aller chez Agopian ?

— Je ne connaissais pas Agopian !

— Pips, oui ! C'est lui qui en a eu l'idée ?

— Pourquoi on serait allé chez Agopian ?

— Pour la liste ?

— Rien à foutre de la liste !

— Bolard aurait payé cher pour la reprendre…

— Qui est Bolard ?

Déstabilisé par son incrédulité, j'ai improvisé :

— Vous n'êtes pas allé chez Agopian un 31 décembre pour l'écouter vous raconter le génocide arménien. Alors quoi ? Pour… l'argent ?… L'argent du vieux ? Il n'y avait que son salaire sur son compte en banque, j'ai vérifié. Il était seul, n'avait pas de gros besoins, et vivait dans une ancienne agence bancaire avec cinquante coffres. L'un d'eux contenait ses économies, n'est-ce pas ? Qui a eu l'idée de lui piquer son fric ?

— Je n'ai rien à voir avec… avec tout ça. Fichez-moi la paix !

— D'accord, mais avant, vous allez venir avec moi à l'Evêché pour un relevé d'empreintes…

— Non !
— Ce n'est pas une invitation !
— Je ne l'ai pas tué !
— C'est Pips ?
— …
— C'EST PIPS ?
— … Oui et… non.

Ce soir du 31, Pips lui avait proposé de partager des doses de LSD, le seul truc qu'il avait en poche, cadeau de son patron pour faire la promo de ce produit hallucinogène récent sur le marché de la drogue.

Quelques heures plus tard, mon ami, le professeur George, neurologue de formation, m'avait expliqué les origines, l'histoire et les effets de ce produit :

— L'acide lysergique diéthylamide, acide ou LSD pour les intimes, est une drogue psychédélique et semi-synthétique. L'abréviation LSD vient de l'allemand : Lyserg Säure-Diäthylamid. Le LSD a été expérimenté pour la première fois en 1938 par le chimiste Albert Hofmann lorsqu'il travaillait pour les labos Sandoz sur les possibles applications thérapeutiques de l'ergot de seigle. Il fut la première personne à l'essayer, en manipulant ses cristaux dans son laboratoire de Bâle, expérimentant du même coup le *bad trip*. Jusqu'en 1966, Sandoz donnait du LSD aux chercheurs. Il était alors utilisé dans les milieux de la psychiatrie et de la psychologie pour faciliter l'approche psychothérapeutique. De nombreuses études ont été menées à son sujet. Certains chercheurs, dont Timothy Leary*, sont convaincus de son potentiel comme outil dans la recherche spirituelle, parlant d'*état de conscience modifiée* ; leurs recherches sont alors controversées et régulièrement soumises à caution, jusqu'à être écartées de la communauté scientifique traditionnelle. Ils sont notamment à l'origine de la popularité du LSD dans la culture psychédélique. Beaucoup de musiciens de pop et d'écrivains s'en servent pour développer leur inspiration… Voilà. Ah ! j'oubliais ! Il a été aussi étudié comme arme chimique : en 1953, l'OSS, la future CIA, en a acheté à Sandoz pour développer une arme opérationnelle. Ces recherches ont cessé en 1960, après que de nombreux agents eurent pris du LSD pour leur propre plaisir.

— Quels en sont les effets ? avais-je demandé, après avoir écouté patiemment son topo historique.

— Ils varient selon de nombreux facteurs tels que les expériences passées, le contexte au moment de la prise et la dose. Les premiers effets surviennent généralement entre trente minutes et deux heures après l'ingestion, bien que certains usagers puissent les ressentir après dix minutes seulement. Le sujet novice peut ne pas se sentir "partir". La période active dure jusqu'à quatorze heures. La descente

* Timothy Leary (1920-1996), écrivain américain et psychologue, militant pour l'utilisation scientifique des drogues.

comme la montée s'effectuent par "paliers". Le LSD est considéré comme enthéogène…

— Pardon ?

— Qui provoque des expériences mystiques.

— Ça pourrait expliquer la crucifixion, non ?

— Peut-être. C'était un chrétien pratiquant ?

— Je ne crois pas, mais il a côtoyé la guerre des Six Jours, a eu un accident de voiture en Syrie peu après, et s'est fait passer pour mort en donnant son identité à son compagnon de voyage qui, lui, y avait laissé la peau. Un nouveau Lazare, en somme…

— Les autres effets peuvent t'éclairer aussi : désinhibition, sensation de liberté et d'harmonie, euphorie, hallucinations, confusion des sens – on voit les sons et on entend les couleurs –, perte de la notion du temps…

— Ils l'ont torturé pendant des heures…

— Le LSD étant un produit psychoactif, les effets recherchés se transforment parfois en *bad trip*, en rapport avec un état psychologique et un environnement immédiat négatifs lors de la consommation. Des sentiments tels que l'anxiété, la colère et la haine en sont souvent à l'origine. Cette expérience peut avoir des conséquences psychologiques négatives, telles la paranoïa et la dépression, longtemps après la consommation.

Tout concordait avec les aveux de Bidet : lui-même n'avait plus un rond, plus de moto, et Pips, mort-vivant, était paumé, oublié par Eva. Ce 31 décembre était sinistre pour tous les deux. Ah, s'ils avaient du fric ! Mais qui en avait ?

Bidet avait dit au cours d'un fou rire :

— On n'a qu'à braquer une banque. Le problème, c'est qu'elles sont fermées à cette heure…

— J'en connais une, ouverte vingt-quatre heures sur vingt-quatre et jours fériés…

Ils s'étaient retrouvés à deux sur le cyclomoteur de Bidet en route pour la "banque", celle d'Agopian qui les avait reçus sans comprendre. Comme tous, il croyait Pips mort.

Que s'était-il passé ensuite ?

Les souvenirs de Bidet étaient flous et peu cohérents. En allant pisser, Pips avait découvert une cloueuse rangée sur une étagère au-dessus de la cuvette, s'en était emparé et l'avait brandie comme une arme en direction d'Agopian. Ce dernier s'était emporté :

— Ça suffit, les minots, vous êtes bourrés, rentrez chez vous !

— C'est un hold-up ! avait dit Pips en riant comme un damné.

Agopian avait voulu le jeter dehors et Pips, pour se dégager, l'avait assommé avec la cloueuse. Agopian s'était effondré sur la table basse…

Bidet a juré avoir suivi la scène comme au cinéma, sans bouger. Pips avait tourné autour du corps et, sans crier gare, l'avait crucifié en ricanant : "Oh, le joli papillon !"

Dès qu'Agopian a repris connaissance, Pips a commencé à le brûler avec sa cigarette pour lui faire avouer la combinaison du coffre où son fric était planqué.

Le vieux l'avait, en réponse, injurié.

Après un temps impossible à évaluer, au milieu des hurlements rageurs de l'un et des malédictions de l'autre, Pips était revenu à la charge avec une cuiller et, sans prévenir, l'avait énucléé.

— C'était comme dans un film d'horreur… J'étais assis et je regardais, paralysé par ce que faisait Pips… Je crois même… (Il s'est mis à sangloter.) Je crois que je suis allé vomir, en espérant que ça arrêterait les hallus…

A son retour, Agopian avait lâché l'info.

Les économies de toute une vie de serrurier, trente mille francs, se trouvaient dans une boîte à chaussures sous le lit de la chambre d'Eva.

Cette chambre qu'elle n'avait jamais occupée.

Cette boîte où se trouvait sa correspondance.

Jubilant, Pips avait partagé la somme et proposé de trinquer pour fêter leur nouvelle année millionnaire.

Oubliant le vieil Agopian dont le cœur avait refusé 1968.

Un *bad trip* quand ils avaient constaté le décès !

Pips avait aussitôt décidé de faire disparaître le corps. Mais ils n'avaient qu'une mobylette à leur disposition !

De plus, ils avaient laissé leurs empreintes partout dans la maison ! Après une discussion confuse entre les deux complices, ils avaient fui la “banque” et s’étaient séparés dans un climat de parano aiguë.

Ne plus se revoir.

Ne plus en parler.

Ne plus exister l’un pour l’autre.

Bidet avait utilisé sa part pour acheter une Norton et avait tenté une rédemption en sauvant provisoirement Sénigalia de la mort…

Pips avait payé une partie de sa dette à son “employeur”, Di Rosa.

Jusqu’alors, aucun des deux n’était fiché et Bidet n’avait pas été raflé à Saint-Jean-du-Désert.

Un crime minable que j’avais mis six mois à résoudre !

A cause de cette putain de liste qui avait faussé les pistes et compliqué mes hypothèses…

J’ai passé les menottes à Bidet sans qu’il opposât la moindre résistance.

En vrai joueur, il savait perdre. Cette fois-ci, l’ordalie lui avait donné tort et raflé son tapis…

J’ai appelé l’Evêché pour qu’ils m’envoient un fourgon et qu’ils préparent une confrontation avec Pips, toujours incarcéré aux Baumettes.

La dame avait fini les soins du chien ; quant au gamin tétraplégique, on devrait lui trouver un autre aide-soignant…

Après avoir rédigé mon rapport et avoir été félicité par le divisionnaire pour mon obstination, je suis rentré chez moi.

J'y ai trouvé la lettre d'Irène.

Un *bad trip*.

Acide. Sans hallucination, ni illusion.

V

ÉPILOGUE : MAC GUFFIN

Dimanche 2 juin 1968

Comme après la mort de ma grand-mère, je me suis bourré la gueule au pastis, seul. Même si Irène était toujours de ce monde, j'avais perdu la deuxième femme de ma vie. Mon deuxième coéquipier, aussi.

Les êtres les plus chers me fuyaient dans la mort comme dans la vie. Et moi, j'étais passé de la solitude du coma à celle de l'ivresse morbide, les parenthèses d'une culpabilité sans fin…

Je suis resté prostré pendant tout le week-end. Incapable de sortir ou de parler à qui que ce fût. A la mode Khoupi, agoraphobe.

Je me foutais du boulot, de la révolution, des élections et du reste.

Je fumais beaucoup et vomissais parfois. J'écoutais, en boucle et en alternance, *Les Vieux Amants* et *Ne me quitte pas*, histoire de souffrir un peu plus.

Pour échapper au regard réprobateur de la pin-up, j'ai tendu la main vers la table de nuit où traînait *Noces* de Camus.

Devant mon incapacité à le lire, Albert a fini par murmurer à mes yeux :

"L'espoir, au contraire de ce qu'on croit, équivaut à la résignation. Et vivre, c'est ne pas se résigner."

Après un instant de sidération, ce qui me restait de neurones a puisé dans les réserves de ma mémoire une des sentences implacables de ses *Carnets* :

"Celui qui désespère des événements est un lâche, mais celui qui espère en la condition humaine est un fou."

Le dimanche soir, tard, on a frappé à ma porte. Irène ?

Mon cœur s'est mis à battre plus vite. J'ai jeté à la poubelle le cadavre de pastis et vidé le cendrier en fredonnant :

Heureux les amants séparés
Et qui ne savent pas encor
Qu'ils vont, demain, se retrouver…

Puis j'ai ouvert… Face à moi, François ! Les yeux brillants d'excitation :

— Je t'apporte une nouvelle qui va te réjouir !

— J'en doute.

— Ecoute ! La liste du SAC ! J'ai trouvé son usage !

— Je m'en fous…

— Pour mon bouquin, j'ai interrogé un truand, membre du SAC. Le 25 mai, paniquée par le merdier politique et un président KO debout, la direction de la rue de Solférino a donné la même consigne à Paris et en province : utiliser les listes pour rafler tous les gens de gauche et les parquer dans des stades – à Marseille, au Vélodrome et à l'Huveaune – dès que Pompidou déciderait la loi martiale ! Tu te rends compte ! Et tu sais quoi ? Mon truand avait rajouté des noms d'ennemis personnels sur la liste pour s'en débarrasser du même coup…

— Ou en avait retiré, comme Bolard, pour protéger la famille… Pourquoi n'ont-ils pas procédé à la rafle ?

— De Gaulle, plutôt que de donner le feu vert au projet "Résurrection", a préféré annoncer la dissolution de l'Assemblée et les élections anticipées au moment où le SAC mobilisait ses troupes dans toute la France pour la manif du 30 mai. Les sondages prévoient un raz-de-marée pour la droite… Formidable, cette histoire, non ?

— Ouais, formidable…

— Mais impubliable, mon informateur n'a pas les documents en sa possession. Peut-être referont-ils surface, un jour…* ?

La liste, une arme pour terrasser le lion qui n'était qu'un chat enragé en fuite devant une battue électorale…

* Publiés en février 1974 par *Libération* et *Le Canard enchaîné*.

Un Mac Guffin, cette histoire. Une saleté de Mac Guffin.

Qui n'avait servi à rien, sinon à m'éloigner d'Irène.

Après une pointe rouge-révolution, le pays avait failli connaître une pointe noire-résurrection.

De Gaulle allait gagner les élections, les mouvements étudiant et ouvrier s'épuiser.

Et moi, en expiation, j'ai demandé ma mutation.

Perdu l'amour d'une femme, pour gagner une ville que j'aimais déjà…

BIBLIOGRAPHIE ET FILMOGRAPHIE

François Audigier, *Histoire du SAC, la part d'ombre du gaullisme*, Stock, 2003.

Patrice Chairoff, *B… comme barbouzes*, Alain Moreau, 1975.

James Sarazin, *M comme milieu*, Alain Moreau, 1977.

Revue d'histoire contemporaine arménienne : annales.

Tome 1 : *Etudes et documents.*

Tome 2 : *L'Extermination des déportés dans les camps de concentration.*

Tome 3 : *La Cilicie : des massacres d'Adana au mandat français.*

Tome 4 : *Mardin 1915 : anatomie pathologique d'une destruction.*

Christine Fauré, *Mai 68 jour et nuit*, "Découvertes Gallimard", 1998.

Michel Gomez, *Mai 68 au jour le jour*, L'Esprit frappeur, 1988.

Maurice Grimaud, *En Mai, fais ce qu'il te plaît*, Stock, 1977.

André Boulaya d'Arnaud, *Evocation du vieux Marseille*, éditions de Minuit, 1959.
Robert Bouvier, *Le Parler marseillais*, Jeanne Laffitte, 1985.

Roland Bacri, *Trésors des racines pataouètes*, Belin, 2000.

Lucrèce, *De la nature*, Garnier-Flammarion, 1997.

Archives microfilms et papier du *Monde* et du *Méridional*, BNF, années 1967-1968.

*

Le Génocide arménien, film de Laurence Jourdan, La Compagnie des phares et balises, Arte, 2005.

Les Amants crucifiés, film de Mizoguchi, 1955.

TABLE

Coma 9

PREMIÈRE PARTIE : PACO, ENTRE-DEUX 11

I. Saint-Jean-du-Désert 13
II. La Gaieté et la campagne 32
III. Coffres-forts 52
IV. Une soirée mortelle 70
V. Fourmi rouge 86
VI. Plus rien 117

DEUXIÈME PARTIE : LE TIGRE ET LA FOURMI 137

I. Les mots pour le dire 139
II. La *the nana* 156
III. Garde à vue 177
IV. Classe ouvrière 200
V. *Rosa, rosa, rosam…* 226
VI. Les vivants et les morts 250

TROISIÈME PARTIE : PACO ET IRÈNE 269

I. Retrouvailles 271
II. Les copains d'abord 295

III. Règlement de comptes 323
IV. En quatrième vitesse 356
V. Accessoires 379
VI. Cuisine et dépendance 406

QUATRIÈME PARTIE : QUARTETTE 425

I. Faites vos jeux… 427
II. Rien ne va plus… 445
III. Soutien total jusqu'à la victoire 472
IV. Coups de main 497
V. A bas l'Etat policier… 515
VI. De l'aube claire jusqu'à la fin du jour… 534

CINQUIÈME PARTIE : POINTE ROUGE 549

I. Mai, Paris, mai 551
II. Pointe Rouge 568
III. Mauvaise descente 591
IV. *Bad trip* 601
V. Epilogue : Mac Guffin 627

Bibliographie et filmographie 631

BABEL NOIR

Extrait du catalogue

1. FIRMIN MUSSARD
Fausse passe
2. ALAIN WAGNEUR
Terminus Plage
3. PHILIPPE COLIN-OLIVIER
Festival de came
4. PASCALE FERROUL
David sur ordonnance
5. MAURICE ATTIA
Alger la Noire
6. PATRICK DELPERDANGE
Coup de froid
7. MICHEL MAISONNEUVE
Le Chien tchéchène
8. DOMINIQUE SIGAUD
L'Inconfort des ordures
9. PETER MAY
Meurtres à Pékin
10. KERSTIN EKMAN
Crimes au bord de l'eau
11. LUIZ ALFREDO GARCIA-ROZA
Le Silence de la pluie
12. HERVÉ CLAUDE
Mort d'une drag-queen

COÉDITION ACTES SUD – LEMÉAC

Ouvrage réalisé
par l'atelier graphique Actes Sud.
Reproduit et achevé d'imprimer
en septembre 2007
par Normandie Roto Impression
61250 Lonrai
pour le compte des éditions
Actes Sud
Le Méjan
Place Nina-Berberova
13200 Arles.

Dépôt légal
1re édition : octobre 2007
N° impr. 072587
(Imprimé en France)